凤凰鸟

王淑惠　著

陕西新华出版

太白文艺出版社·西安

图书在版编目（CIP）数据

凤凰鸟 / 王淑惠著. -- 西安：太白文艺出版社，
2017.1（2024.1重印）
ISBN 978-7-5513-1095-6

Ⅰ．①凤… Ⅱ．①王… Ⅲ．①长篇小说－中国－当代
Ⅳ．①I247.5

中国版本图书馆CIP数据核字(2016)第312939号

凤凰鸟
FENGHUANG NIAO

作　者	王淑惠	
责任编辑	党晓绒　胡世琳	
封面设计	汇丰印务	
出版发行	太白文艺出版社	
经　销	新华书店	
印　刷	三河市嵩川印刷有限公司	
开　本	889mm x 1194mm　1/32	
字　数	240千字	
印　张	9	
版　次	2017年1月第1版	
印　次	2024年1月第3次印刷	
书　号	ISBN 978-7-5513-1095-6	
定　价	45.00元	

每次歇息

凉露洗尘

着七色斑斓的衣裳

怀满心狂放的唱响

我做蛹穿越冷冻

积攒身心的美丽

以美传真

让大地升起美妙云锦

　　生活的波折与坎坷，没有消磨掉王淑惠的梦想与激情。农民的身份，教育环境的缺失，没有阻挡住她对于真善美的追寻。她多次奔波于作协等单位，几经波折，最终在文化局有关人员、高中教师和热心人士的帮助与资助下，让自己的诗篇付梓。在王淑惠看来，诗歌是她生命历程的一种证明，而她的写作，仍在继续。

丈夫将她所有的文学书籍、笔记、诗稿等付之一炬，也让十年的不幸婚姻走向尽头。如今翻阅《漏屋水滴》一书，记者发现，王淑惠收录其中的一百九十八首诗歌，竟有多半都是在吟咏爱情：

> 梦里有你，你在哪里
> 云天万里，细雨霏霏
> 梦里有你，在我心里
> 长依云梯，笑眼眯眯

曾经的曲折和遗憾，现在已经幻化成为花甲老人笔下最美丽、最超然的诗句。

她笑对人生，赞叹生命。改嫁后，王淑惠来到西安市灞桥区席王乡水沟村，与同样喜爱文艺的老伴在旧屋里一住就是十五年，头顶上酒盅大的窟窿不计其数。

> 漏一点点
> 射进小星星的光
> 那是我的诗眼
> 漏一行行
> 射进一排排的光
> 那是我的诗行

"漏屋诗人"之名由此而来。从头写起，耕读为生，苦中作乐，不改初衷。尽管年龄渐长，农闲之余，王淑惠却有了更多的时间遨游诗海，并将兴趣延伸到小说、散文、绘画等更多的文艺门类。之中，都熔铸着她对于生命的热爱与豁达。王淑惠告诉记者，几千首诗歌作品中，她最喜爱《我是蝴蝶》：

> 每次起床
> 清风相送

辗转难眠读书到深更

是你让我满腹诗情

去润湿每个人的心灵

虽然是没打腹稿的即兴之作，但情真意切。然而，王淑惠的脸上未露喜色，边写边落下泪来。

也许是巧合，一首《灯》，恰恰是她大半生经历的缩影，触文而生情。记者翻阅了她的诗作，其中歌咏的意象，全部来源于生活的感悟，俯拾即是的素材，令她下笔如有神，令读者读诗如见其人。

她眷恋故乡、缅怀亲情。土窑，说的是老家榆林市绥德县砚池洼村的窑洞。在那里，王淑惠度过了自己的少女时光，也最早在课堂上接触到诗歌之美。在特殊的年代里，她被迫初中肄业返乡务农，仍想方设法阅读求知，而陕北的风土民俗、家人的融融亲情，成了她始终歌咏的对象。

多少次梦里坐热炕

姐妹兄弟情意长

五月的杏子还是那么黄亮

八月的枣子还是那么脆香

围住那一碗绿豆汤

再让故乡水滋润我肝肠

王淑惠喜爱当众朗诵诗歌，在记者面前高声吟诵时，仍不改那浓浓的乡音。

她向往爱情，追逐缪斯。二十五岁时，错过升学、求职无望的王淑惠嫁给了铜川的一个煤矿工人。黑户口、打零工，操持家务、相夫教子之余，她仍笔耕不辍，但对于美的认知却得不到另一半的理解。作品被丈夫看成是写给别人的情诗，随之而来的便是无休止的家暴。

以诗为业 以美传真

姜 峰

她,出身田间,相貌普通。

穿着灰底红碎花小褂,宽大的直筒裤,黑色千层底布鞋,一副乡土味十足的陕西农村妇女装扮。与新中国几乎同龄的年纪,几颗门牙已经宣告"光荣下岗"。长年务农的辛劳,令她两鬓斑白、青丝成雪。

她,生活清贫但也富有。

卧室里一个上着大锁、外皮斑驳褪色的老式红木箱,里面没有金银首饰,只有她三十年来在二十多本草稿本上创作出的五千多首诗歌、十四万字的自传体小说、二三百篇散文、十几幅画,以及她最为珍视的,五年前出版的个人诗集《漏屋水滴》。"漏屋诗人",只有初二学历的王淑惠,在记者面前以此自许。

不仅高产,周围人告诉我,王淑惠还有另一项绝活——七步成诗。这会不会是一名农村打油诗人? 在位于西安市灞桥区城乡接合部的家中,记者随手指灯为题,六十七岁的王淑惠提笔就写,几分钟后写下一首诗:

第一次点亮我的心田
土窑里都是你的光明
是你帮我擦亮双眼
将母亲慈爱脸庞看清
我每晚捧着你的光亮

目　录

第一章

记忆的印痕,是心灵的犁沟。

最初的记忆是故乡的天,故乡的地。天是一个不着边际的大明镜。它大,大得无头无尾;它高,高得不可估量。地呢,实际上是山,猛地一看,一座一座的,像一个个尖尖的馒头,又像是扣着的窝窝壳。仔细一看,一座座山又都形象殊异,各具面孔。老祖先给每一块地都起了名字,最平坦的那一块平地叫坪上,略微平的叫微峁,以至崖凹、西峰、刘畔……到底是谁给土地起的名字呢? 这连妈都不知道,推测下来,一定是上辈子的祖先了,他们一代一代地在故乡的土地上出生、繁衍……一代一代地走了。留给下一代的,还是和故土打交道的营生。啊,我贫瘠而荒凉的土地,我一脉相承的土地,我生生不息的土地……故乡,你叫我这么痴迷,这么沉醉,你和我是如此血肉相连,难舍难分。即便我远离了你,你的印痕也成为我心灵的犁沟。因为没有你,就没有我,是你孕育了我的躯体,成就了我的思想。尽管你很荒凉,但永远是我心灵的沃土。

人们总把我们陕北叫陕北高原。在我原始的思维中,原就是平的,就像关中大平原,就像长江中下游平原,就像松嫩平原……

很早很早以前,在洪荒时代,这里是一片汪洋大海,海里沉淀着很厚很厚的沙。后来,大海在亿万年间逐年蒸发,最后干涸,留下了百里千里的细沙高原。它相对南边的关中平原,地势偏高。因多年的风化作用,形成了极细的沙质土层。而后又经过亿万年雨水的冲刷,逐渐形成了一个个山包,一条条沟壑,一道道山川。我的故乡是陕北腹地,这里十分幽美,最初受冲刷小的地方形成了最高的山,不到几十里、百里的地方，就有一个山上人家。山上人家自然离天近，离水远，身在高处视野开阔。沟里人家住在底部，一道道沟渐行渐宽就出了沟岔。横着沟岔，有一条较大的河。

我的坪砚村在高高的山上。向东，一道沟五里路上有邻村玉家硷（jiǎn，陕北地名用字），每隔四里一个村庄，一直到沟岔冯家洼。

向南下山五里的地方是邻村钟家沟，一直出去有三四个小村庄直到沟岔，横着的是小理河。向西下山五里是苗儿沟，一直出去又有四五个村庄，出了沟岔就是大理河。由西向东的大理河，由南向东的小理河，最后一齐汇入无定河。

由于地理位置的分布，我们那里就有山上人家、沟里人家、川道人家，还有城镇人家。山上人家羡慕沟里人家水石相连，沟里人家羡慕川道人家一马平川，川道人家羡慕城镇人家红火热闹。

由于年深日久的雨水冲刷，山越来越高，沟越来越深。后来，有的沟道就打了大坝，到了夏季暴雨导致水土流失特别严重，黄河里舀一杯水，百分之九十是泥沙。

据说，王士吉是我们的老祖先，当故土还是未开垦的处女地时，急流勇退隐居林下的王士吉就相中了这块风水宝地。他把自己的三个儿子分别安插在远近相当的三个山头，所以就有了这三个自然村，一坪、二坪、三坪。一坪也叫中坪，地理位置居中，一坪与二坪的村后有块小盆地叫坪砚。它像一方平平的砚台，四周被山包围着，至今王士吉大人的碑仍高高地竖立在坪砚的北侧。由于风雨的剥蚀，碑上只能隐隐约约地看到"文林郎王士吉于顺治六年"的镌刻字样。

我常常想，祖爷爷多么有胆有识，有远见呢！当初，这里多么荒僻呀，是不是虎狼出没，狐狸成群，野兔野鸡乱跑？最初没有路，祖爷爷带着几个儿子，是怎样踩出一条条路的？新安置一个家，什么都没有，是多么不容易。六七百年前，又没有帐篷，祖爷爷到这荒僻之地时是不是在野地露宿，是不是先挖一个小小的洞，像放柴的一米高的窑，来遮风挡雨呢？我有些替古人担忧。创业安居，无路的崎岖，无物的困扰,无水的烦恼,无人的孤寂,一个个的难题,到底是怎么解决的呢?我的祖先是多么了不起,多么果敢,多么能吃苦耐劳。我为有这样的祖先,心中充满了激动、感慨和自信。

一坪人家最多,二十世纪七十年代大概有三十多户,二坪有二十来户,三坪有十多户。一坪的人忠厚、聪慧,二坪的人精明、灵醒,三坪的人既聪明又勤快。一坪有像我们家这样的先生门第;二坪有木匠和画工;三坪在清朝还有在朝廷里戴顶子的拔贡,新中国成立初期还有两位教书先生。那时,我刚记事,清明节三个自然村的人一同上坟。三个村的活动还有祈雨、庙祭、唱戏,三个村的人都很亲热,路上一旦遇见,就家长里短地攀谈问候,按辈尊称,互敬互让。

经过几百年的繁衍,三个自然村的人口以几何级数增长,窑洞也不断弃旧建新,王士吉大人当年无论如何是想象不出今天的发展和变化的。但王士吉大人当年的宏图、理想、果敢、志气,至今还是被许多后人提及和敬佩。但凡有点儿文化,识得几个字的人,每到碑前都要仰头观看,那几百年风雨剥蚀的石头,是我们的祖先王士吉当年扎根荒山思想的化石。

父亲九岁时,爷爷就走了,我四岁时,父亲又走了。所以,有关爷爷的故事,都是从母亲那里听来的。四十五岁是正当壮年的时候,可是,爷爷抱着他未尽的理想和抱负,一头钻到了地下。

据说,爷爷当年下了决心要给四个儿子一人建一院地方,把四个儿子都供成文化人。每天天不明,他就起来,驮着水还要背一块老石头。爷爷留给了我们五孔窑洞,每一孔窑得多少石头呀!有多少石头就有多少血汗。高大的大门楼,下院草房驴圈都是石板盖顶,硷上和墙畔四周都是枣树,结鸭枣也结团枣。硷畔底下和远一点儿的地方,有果树和梨树,果是老果,梨有圆梨也有锤锤梨。

爷爷只活了四十五岁,但他一生中要做多少事情啊,尽管大门上没刻耕读传家的字样,但爷爷骨子里有耕读传家的思想。这思想是谁教他的呢?是先人王士吉吗?

尽管从母亲口里得知有关爷爷的故事只有寥寥几句,但爷爷的魂,已经深深扎进了我的心坎。当我们走在那条曲里拐弯的水路坡上,似乎就能看到爷爷辛苦劳动的模样。驮着水的驴四蹄蹬在陡陡的坡上,不停地喘着粗气,大汗淋漓的爷爷弯着腰吃力地边挪动步子边吆喝牲口,前人栽树后人乘凉的思想使他不遗余力地奋斗着。

秋天,当我们吃着香甜的果子,水灵灵的梨和甜丝丝的枣子时,爷爷挥汗如雨,挖坑、浇水、施肥、剪枝的情景,不断地出现在我的眼前。

二伯和父亲是按照爷爷的意愿,从师范毕业了,成为彬彬有礼的先生。旧社会,先生家的规矩是比较严的,因为他们读了一些三从四德的书。母亲说,一天到晚,大门总是紧紧地关着,出来进去男多女少。村子里有什么红白事情和热闹,妇女们是不许看的。有一次,结婚的队伍正从我家硷畔上过,她们妯娌踮着脚,想探着头从墙头上看一看,二伯就大声地训斥道:"锣响一声墙头上,马叫一声房檐上。"她们吓得赶紧跑进窑去。

要想走出这个院子,只有回娘家时,娘家人来请了,拉着备着鞍子,鞍子上搭着红绿被褥的毛驴,媳妇骑上驴,才能一路风风光光地看看外面的世界。

尽管我知道关于爷爷的故事少之又少,旧社会的人也不曾留得一张照片,但是,随着年龄的增长,爷爷的形象在我的脑海中愈来愈高大,愈来愈丰满。我感到,爷爷是一个非常有理想、有抱负、有事业心的人。农民的事业就是"面朝黄土背朝天"和土坷垃打交道。因为爷爷非常热爱自己的事业,也就非常热爱土地。他不断地置买土地,据说,坪上的百十垧地都是在他手中置买的。每天他兢兢业业地劳作,带着满足吃饭和休息。故乡的土地上东来西往,南去北归,都有他的脚印,空气中仍留有他的气息。

爷爷早已升天了,我为什么要想他呢?

那是因为,他是一个很本分、很正直、很能干的庄稼人。是他把勤劳朴实的特点传给了我们整个家族和后代,假设爷爷要是一个赌棍或是二流子,我们肯定会羞于想他的。

　　红红的太阳高高地挂着,慢慢地移动着。天蓝蓝的,蓝得高远,蓝得水灵,蓝得透彻,蓝得像美丽的蓝宝石。和天相辉映的是黄黄的土地。如果说,天是一位穿蓝褂褂的爷爷,那么,地就是一位穿黄褂褂的奶奶。因为我没有爷爷奶奶,就把天当爷爷,把地当奶奶。把天当爷爷不是我的先见。

　　妈说:"穿蓝布衫的是长眼睛的。这不是人吗?"还说,一个财主吃得好、住得好、穿得好、玩得好,吃瘾、穿瘾、住瘾、赌瘾都过过了,就一样没过过。

　　讲到关键处,妈也知道卖个关子:"你当他什么瘾没过过?"沉默片刻,我俩四目相对,妈才说:"他没过过官瘾,所以他想呀想,想起了用钱买官。说也怪,有个卖啥的,就有个买啥的。这一回有个买啥的,还真就有个卖啥的呢!老财主用八百两银子买了个连长,有屈有冤的呀就来告状,进了当院,就两腿一跪哭着大喊:'青天的刘连长呀!'"

　　官是老爷,老爷是青天,天就是官,天管着所有要吃饭的人。六七月间,庄稼长得生机勃勃,人们兴高采烈地想着要丰收了。可有老年人就说:"打在囤里才算哩,要看老天爷给吃不给吃。"

　　果真有的时候,老天爷一不高兴,八月中旬就冻了,一地好庄稼可就收不上好颗粒了。老天爷多厉害呀!我幼小的心灵慢慢地对老天爷产生了无比敬畏之情。敬畏它,也热爱它。一清早,抬头一看天蓝蓝的,高高的,给人一种高深莫测,十分遥远又十分亲近的感觉。天边的朝霞无比绚丽,先看霞再看日出,看着看着就入了迷,有时,我就坐在碹畔上的红柳上面,有时坐在簸箕上面,两只手托着下巴,眼睛盯着远方蓝蓝的天空。我并不知道欣赏,只知道天很美,朝霞很美,晚霞很美,太阳也很美,以及山、水、鸟、树,大自然一切的一切都

凤凰鸟

很美。直到逗我的六姐姐从侧面或后面呔的一声，才会把我惊醒。有时，就会有几个人笑我发呆，或是说，想什么呢？是想女婿吗？女婿是什么呢？我不知道。

　　大人很忙，他们每天都有很多事要做，他们顾不上看天、特意品味那美丽清纯的自然，只有忙中偷闲，仰头时，才会感叹今天是个好天气。父亲威严得像一堵墙，一天到晚板着面孔。但是，父亲也有很多体贴子女的地方。比如，他见姐姐们整日整日地纺线，就会说："把纺车扔了，上书房念书。"可是，那纺车怎么能扔呀，全家人春夏秋冬四季的衣服，都得指望这捻子里一条一条的线织布呢。尽管父亲说是说，但到了晚上，父亲自己也在炕棱边搓捻子或是缠线、拐线。

　　大家都忙，只有我闲，我就坐在炕角看姐姐们一下一下地抽线。随着纺车嗡嗡的响声，一条细细均匀的线越抽越长，长到左手不可及的时候，左臂就扬高，右手反一拧那线就绕上了锭。那纺车一天到晚总是那嗡嗡的声音，纺线的人也总是那个动作。我看烦了，听腻了，就看窗棂上的窗花，红的公鸡，绿的猪，黄的老牛。再从小窗中间的那方玻璃上看院子里抖着翅膀高鸣的公鸡，边走边啄食的母鸡，步态蹒跚哼哼着的猪……累了我就趴在窗台上睡着了，睡醒了神情呆呆的，妈知道我饿了，便递来一块窝窝，串门的大婶子好奇地看着我说："这女子都这么大了，看看，吃得挺好，我还以为活不了了呢。"那是指我一岁多时，一直拉肚子。

　　大婶子矮矮的胖胖的，圆圆的脸慈眉善目，圆头每天都梳得规规矩矩。她从不大声笑，但满脸都是和气。她看看父亲，看看妈，看看正在纺线的两个姐姐，心满意足地走了，她是父亲的表姐，很关心我们家的。父亲和妈只管招呼着："二姐，二姐坐。"她挪动着小脚迈出了门，边走边应承着，就慢慢地走了。家人望着她亲切的背影，还真有点儿舍不得呢！

　　妈长叹了一口气说："楚楚，你的小命还是你大叔大婶救下的呀。生你的时候，月子里没啥吃，你大婶让你大叔每天送一筐白菜，我们就是用这白菜汤才养活了你。"

晚上，一家人坐在炕上造捻子缠线，妈在纳鞋底。她一边过来过去地拉着长长的麻绳，一边讲述着自己的身世："苦菜花开心里黄，满月那天就没了娘。"外婆在妈满月那天就去世了。那时，外婆二十五岁，妈是她的第二个孩子。满月那天是三月十八，上午外婆便下地干活了，她觉得很热，便将棉衣换成了夹衣，到中午，就大出血要了命。当时没有大医院可救，只说是血迷。外婆走后，妈的那个六岁的哥哥整天坐在大门墩上哭，后来也生病死了。讲迷信的人说，是外婆把他寻走了。妈是让别人奶大的。妈只知道最后一个奶妈如何好，如何疼她，妈铭记着她奶妈的情意，在那些困难的年月里，她一分一角地积攒了一点儿钱，买了一件蓝卡其的衣料和一个红兜肚，领着大姐，去看了她的奶妈。母女一见有诉不完的亲情，她们整整说了一宿的话。

妈小时候离开奶妈后，就被送给她的亲姑做了养女，她姑性格不好，说骂就骂，说打就打，有时偷偷地拧妈的大腿和胳膊。妈本来姓李，她姑家姓马，人们顺便就叫马李家，当她姑在家把她拧得大哭时，外边的大妈、三妈就说："马李家太娇气，也不知她怎么了，就不停地哭。"有一次，当她们发现了妈身上的暗伤后，也就承认了弟媳的狠心。她们说："还是她娘家亲侄女哩，就下得了那手！"

妈吃饭用的是一个油漆碗，热饭一烫，气味很难闻，妈不敢告诉凶神恶煞的姑姑。这是一个地主家的大四合院，三孔窑洞，一面围的是墙和大门。窑顶上还有小楼房，妈整天呆呆地坐在楼梯上发呆。有一次，一个小孩扑过来把她推倒，她从八十级台阶上摔到楼下。她姑看她摔伤了，还只管骂："死女子！"

妈在她的亲姑家，不爱她的姑，反而爱她的姑夫。妈说，最开心的是姑夫叫她上学。姑夫见她饿了，就让她买油饼吃，买了不付现钱，记在账上。到了年底，油饼铺的人常逗妈："马李家又吃下几吊的油饼钱。"

妈的姑家在街上，离五里路就是妈的家。有时妈也回家，她奶奶的性格和她姑一样，整天骂骂咧咧的。说妈是克星，妈回到家就经常缠在她二妈身边。妈偶尔也去另一个村里她的舅家，她外婆一见她就抹眼泪，那是想起她的女儿了。老家人都好把年轻的遗孤叫作眼泪滴子。妈说，她外婆家五孔石窑，穿廊挑石，穿廊上有鸽子，妈在外婆家敢与表哥、表妹争鸽蛋。

妈说，她也很想自己的母亲。有一次，她梦见一个白胡子老爷爷指引她到了一个又大又干净的院内。进得一孔窑，窑里干净得像一池水，炕上坐了一个又白又俊的年轻女人，正在绣花。白胡子老爷爷说："你常说要见你的妈妈，这就是。"她一股劲儿地盯着她的妈妈，妈妈也盯着她，正当她满心委屈地要对妈妈诉说时，瞬间又醒了。她久久地回味着梦中的情景，那位白胡子爷爷真好，他一定是位神仙，他体谅没娘的孩子，就特意领着见了一回。

妈说，她上了两年私塾，听说街上有一家上学的女子，学开化了，就跟人走了。所以马家大院的十一个女子都停了学，再大一点儿就学针线、学绣花。

十九岁的那一年，经媒人介绍，她嫁给了我父亲。那时候，婚前谁也不见谁，一切婚前联络都由媒人跑，妈光听说了父亲的年龄和家中几口人，其他就一概不知了。外爷对她说："我把你种在厚地里了。"结婚那天，她昏昏沉沉地坐在轿里，只觉得路很远很远，途中听轿旁一个年轻男人说："这回还不知道四弟同意不同意哩。"妈说，她心里想，那我是同意了。可是她什么也不能说，只想想而已，一切的一切都只能听天由命。

原来父亲先娶了一房，那女的脸上有些小麻子，腿也微微有些瘸，父亲从来不愿与她说话，也不愿与她接触。据说，父亲从学校回来，晚上不进大门，夏天就把自己装在筒子（用白布做的睡袋防蚊子）里，睡在碾上。奶奶早上把大门一开，吓了一跳："呀，碾上怎么有个白木棒？"等她知道是父亲，真真是打也不是，骂也不是。父亲的先房就那样孤孤单单地守了一年多,后来生病死了,她在冥冥之中做了我们一辈子的先妈。

等妈的盖头被掀起来,她和父亲才算是头次相见,互相都算看得过去。新婚宴尔,父亲只是对着麻油灯看书,威严的先生,高兴与否只在他的心中。

幸福是什么呀?有时候,幸福只是人的一种感觉,无论什么情况,什么条件,你心情愉悦,身体舒畅,至少这一会儿就是你幸福的时候。我的幼年是很幸福的。我就像这只红眼睛、白茸茸的小兔一样,放到小木箱中,四面都有保卫它的围墙。我的围墙是用亲情筑垒成的。父亲、母亲、姐姐、哥哥都是我的围墙。我又瘦又小,前奔颅后马勺,只有一点点讨人喜欢的机灵和一双明亮的大眼睛。有时,大人们闲了也夸赞我的眼睛:"三女子真是长了一对好眼睛。"所以,我下意识地把眼睛睁得圆圆的,看遥远的蓝天、红红的太阳,看院子里枣树被风掀动着婆娑的姿影。

小窗格格上贴着窗花,那羊、鸡、猪的样子十分逼真,和院子里的相差无几。只是它们不会走,老站在那固定的地方,直到太阳把它们红的、绿的、紫的、黄的颜色一层一层地剥去,就又要过年了。

把花样用清水沾在一张白纸或是什么有字的纸上,然后放在冒着缕缕黑烟的煤油灯上熏,熏好的底样再拓在一沓有颜色的纸上,用尖尖的小剪一下一下地剪,下一年的窗花又成了,那全是姐姐的功夫。我的大姐手真巧,她十二岁那年就给我缝棉衣。老家人说,养女穿花鞋,养儿烧干柴,还说男娃不吃十年闲饭。真的,八九岁的男娃就上山砍柴、拦羊、挖猪草;而女娃呢,更是不吃十年闲饭,她们六七岁就照看弟弟妹妹,喂鸡烧火。我的大姐比我大十多岁,更是妈的左膀右臂。我们小时候,姐不光照看我们,还给我们喂吃的,做穿的,有时眼睛都熬得红红的,因为母亲要做地里的活,还要推碾滚磨。

呀,今天怎么不见大姐纺线了,我正在疑惑,大姐从门里进来了,手里拿了一块花布，多么好看的花布呀！粉红的底，就像院里的粉豆豆花(太阳花)，红的、蓝的、绿的小星星似的簇拥在上面。我眼前顿时一亮，一骨碌从窗台上翻起身来，跑到炕棱边，拽着花布的一角，又是笑又是跳。花布平铺在炕上的一条旧棉毡上，画上了线，姐姐很快裁成了一件小衫子，然后盘腿坐在炕上，一针一线地缝起来。"姐姐给谁缝花布衫？""给人家娃娃。""人家娃娃在哪里？""人家娃娃在很远很远的地方。""那她姐姐怎么不给她缝呢？""她喜欢让我缝。"自打懂事以来，我就不曾穿过新衣服，心里十分嫉妒人家娃娃，一个劲儿地追问。我姐姐一看我那可怜样，便心一软就说："那个娃娃一听姐姐给她缝花布衫，就会笑得咯咯咯的。那个娃娃跟你一样大，也要穿花衣裳，你站好，伸开两只手。"姐姐把正缝着的花布衫在我身上一比，我明白了，我高兴地在炕上蹦了两下，姐姐给我缝花布衫了，那欢快的声音，一直传出了门外。

因为去赶事，她才给我做了这么一件见人的衣服。姐姐缝好后，我就试着穿上新衣服，那感觉太新鲜了，我一时竟不知道手该放到何处，脸也不知该朝向何处，出了门扭扭捏捏地走着。二妈说："看牛的。"三婶戏言道："奔颜女宜打扮，擦上点银粉真好看。"五大婶说："真是人凭衣衫马凭鞍呀。"二堂哥坐在炕棱边说："过来，穿上新衣服再捞一次捞饭。"于是我习惯地将自己的两只小脚踩在他的两只大脚背上，两只小手塞进他的大手中。他扬起两条结实的腿，一起一落，升高落下。他嘴里说着"捞捞饭，打豆腐，干脑叫你二舅舅"的儿歌。这一刻，我只觉得自己不再是父亲说的那个"丑胡赖"了，也不是母亲叫的那个"奔颜女子"，我觉得，自己变成了院里的那一只红蝴蝶，在飞呀飞……

我只知道我们这个村，一字排开的、参差不齐的一孔孔窑洞，是一户户人家。出了村头下水路坡，沟里有井子。井子前面的沟里有几块很大的石头，那是二姐领我洗衣服时才看到的，用手一摸，被太阳晒得烫烫的，上面很干净，把洗好的衣服晒上去，立马就干了。那么大的石头是谁放在那里的？他是怎么放到这里的呀？再往远是哪里呀？要赶事，要出门，穿新衣服，吃好的，看热闹，我多么有福气呀！

早晨洗了脸，姐姐用心地将我那撮细细的黄毛分成两半，扎成两个小辫，折上，扎成抓髻。二妈在一旁逗着："抓髻扑来来，婆家不迎来。"父亲备好了毛驴，大大的鞍子上，又搭了一层被子。母亲今天也穿着净净的旧衣裤，头也梳得光光的，白白的四方脸焕发着光彩。她首先踩着门前的石床骑上毛驴，抱好了弟弟，用一根长长的带子把我绑在她的身后坐稳，然后我们便出发了。毛驴走开了，脖子上挂着铜铃，不紧不慢地响着，有节奏地响在晨曦笼罩的乡间小路上。坡崖上映着小毛驴的身影，映着母亲、弟弟和我的身影。我不停地摸我的抓髻，生怕它飞了一样。我不停地盯着身上穿的花布衫，心想，出门多好啊，只有出门才能穿这么好的花布衫。花布衫竟成了我全部的炫耀，似乎天地中有无数只眼睛在看着我。一个个寂寞的小山村，人们看见有个过路的都要站在硷畔上看，我好像在无声地告诉他们，看，我的花布衫多么好看呀！

我们到了一个叫苗儿沟的庄子，毛驴在沟底下走。高高的硷上，站着几个小孩看过路人，他们嘴里不知道在骂些什么。我不由自主地抬头看那个骂人的小孩。妈说："楚寒不要动，两只手手抱着妈的腰。"驴似乎通人性，不愿听那孩子骂我们的话，四蹄交错走得飞快。

天近黄昏了，我们才到了外爷家。外面的世界真大呀，这一路都不知经过了多少个庄子，我数也数不过来。外爷家在川道，一孔孔宽敞明亮的窑洞面川靠山。平展展的土地顺着东西方向无限延伸着，大理河水哗哗地昼夜向东奔流。川里的庄稼比我们山沟里的葱茏、茂盛，外爷家的硷畔底下是菜地，一畦畦的白菜、茄子、西红柿水灵灵的、嫩乎乎的，长势正欢。川道中央是一条大马路，偶尔有汽车嘟嘟地鸣叫着驶过。上川出产炭、食盐，运炭拉盐的生意人牵着驴赶着马来往在大道上。那些马头上顶着鲜红的缨子，脖子上拴着铜铃。丁零丁零清脆悦耳，十分动听。赶牲畜的甩着响鞭，有的坐在车边信口

凤凰鸟

唱"走头头的那个骡子呀"的信天游。妈常说,她娘家是个"响铃炭马"的地方。我第一次来这里才细细体会到了"响铃炭马"的含意。

外爷家一线九孔窑,由三大门子分开,外爷家住在中间的三孔。进了大门,是一方小院,上了三层门台,正对着外爷的家门,是前后窑,一律的宝石炕棱,油漆炕围子,前窑还有暖阁,灶火炉台都是石板包装的。家里的陈设也很讲究,门箱夹柜、穿衣镜、木床。在二十世纪初,他们也属于小康之家,比起我们乡下的殷实之家要讲究得多。

外爷十分慈祥,深蓝色的大襟上衣干干净净,腰里总要勒一根宽宽的腰带,舅舅、妗子、表姐、表哥他们都非常会说话。一个全新的环境诱惑着我,我总是东瞧瞧西看看,看那油漆炕围子的各种图案,看墙上的四扇屏年画,外爷头头是道地给我讲拿米换鸡、鸡换牛的故事。

外爷家大门外边的电线杆子上还挂着一个四方红漆木匣,那木匣早晚会唱会说,我站在杆子下面,惊奇地盯那个木匣,不知它为什么会唱,大表哥就说:"那里边有个小人人在唱。""那小人有多大?""一寸大。""那她怎么出来吃饭呀?"

初出门觉得很新鲜,过不了几天就想家了,想姐姐、哥哥,想家里的小米汤。我们乡下的水特别好,熬的米汤又甜又香。我常瞅着妈把绿豆和小米下进翻煎打滚的锅里,那豆和米就在开水里打着滚儿,汤过一会儿黄起来,最后熬成黏糊糊的小米稀饭。妈讲过一个傻媳妇的故事,说的是,婆婆问傻媳妇锅开了没有,傻媳妇说:"一颗豆豆上来了,一颗豆豆下去了。"这是真的呀,我不知道傻媳妇说的有什么不对。

妈熬的小米汤最好喝了,油乎乎的,香喷喷的,盛在碗里,凉一会儿,就会起一层皮子,像凉粉一样。先用筷子挑起一层皮子,一点儿都不烫,可是皮子底下的汤还是烧的。妈用小勺子一边搅一边吹着,还唱着:"东风凉西风凉,凉得楚寒站绵羊,绵羊挡在圪坳坳,楚寒回来吃糕糕。"在妈笑吟吟的歌谣中,我的肚子喝得像个大西瓜,好舒服,好痛快呀!

在外爷家住了几天,我就哼哼着。妈问我怎了,我说:"要吃咱家的绿豆米汤。"妗子便说:"乡山圪垯家快回去吧!敢情是绿豆米汤比这里的油糕八碗还香哩!"

妈常说:"有福的生在州城府县,没福的生在孤山旷野。"妈生在川道,长在城镇,但通过媒妁之约来到我们这个山乡圪垯。妈说,那是他的养父做主,认为乡里吃得好,再说,当时我家算是文风人家,有地有窑,日子殷实。

妈十八岁那年,娘家做了两个红顶箱,陪了一些绸缎衣物,六月十六响吹细打地娶进了我们家。一路上,她在轿里什么也看不见,进门背坐在炕头。等一切在闹哄哄中过去后,妈说,她一下子觉得掉进窑里。虽然姑母对她不好,但那都是小时候的事了,她想子源的家,也想李峪的家。可是给谁说呢,父亲整日沉默寡言,大部分时间又不在家。她难过了,暗自流泪,偶尔被堂哥发现了,堂哥就会告诉大家,新媳妇又哭了。

妈结婚的时候,大伯有两个娃,大妈不在了,大伯急成神经病,两个堂哥一个四岁,一个一岁多。妈刚回过门后,就经管起大堂哥、二堂哥。晚上父亲搂着大堂哥,妈搂着二堂哥,父亲说,是他的大嫂临死时,嘱咐他要把两个侄子照看大。妈默默地接受了这个任务,妈说,自己是个没妈的孩子,就想着没妈的孩子可怜,妈整天给二堂哥擦屎擦尿,喂吃喂喝。

那时候,二妈有四个娃,二伯在县城关二小教书,父亲也在别的乡村教书。家里的地雇了两个人,一个十几口之家,碾磨、饭食、衣着,再加上喂猪、喂鸡,做不完的活一下子包围了妈。她每天天黑乎乎就起来,一直忙到黑。她从小没接触过农活,养母家是子源街首屈一指的大地主,米都是租户碾好送来的,所以她开始不会簸簸箕。二妈是个很尖刻的人,常常夺过她手中的簸箕,说:"光知道和男人睡觉。"妈不出声,眼泪一个劲儿地往肚里流。

十二年的大家庭生活过去后，就分家另吃了。父亲的工资是小米，把米驮回来，往笸箩里一倒，按人口分。大伯疯了三年病好了，续了弦。妈养育的两个侄儿对妈很有感情，二堂哥常坐在妈的膝前看她做针线活。有一次，他看着看着就说："四妈，你长了个虎鼻子。"妈逗他说："你那个猪八戒样还说人哩。"一句惹恼了三岁的二堂哥，他哭着说："猪八戒耙（怕）你来来！"惹得众人都笑。妈有时到外爷家去，两个堂哥就一个劲儿地问："四妈，你啥时候回来呀？"他们把妈当作最大的依靠。妈先后有了大姐、二姐，直到分家时，两个堂哥才随他们的继母过日子去了。

二妈和后大妈人都很厉害，她们自己瓮里的小米吃完了，就舀妈这边的，妈从来都不言传。父亲不在，妈没啥吃了，就捎话叫外爷来接她，到外爷家一住就是一年半载，回来时还得给后大妈、二妈拿一口袋干馍片。

再后来，大姐、二姐出嫁了，嫁妆都是妈做的。妈说，她一天要绱六双鞋。她的手真巧，十三四岁就开始学刺绣，她在娘家时那些绣品，二十多年后从包袱里拿出来，花草鲜艳夺目，蝴蝶栩栩如生。有枕头顶，有小孩兜、荷包。每嫁一个女儿，她都要做七八双绣花鞋，连同单衣棉衣，这一应的活儿就非妈莫属了。

第二章

大伯死了,二伯也被镇压了(原国民党),他们都是四十多岁的年纪。我们这个家庭开始变得"阴盛阳衰",爷爷留下的五孔石窑,年久失修,双层窑檐石被风蚀雨淋,一块块掉在地上,窑面和窑里的泥皮也剥落了。一进门窑里像老石壳。多年的柜桌、水柜、立柜等摆设失去了光泽,院墙也塌了,成了破墙烂窑,父亲失去了生活的信心,灰头土脸地应付着生计。

然而屋漏偏遭连阴雨,二妈不管大家吃水和种地的问题,私自让她的一个女婿把驴卖了,父亲眼睁睁地看着这个白姓女婿从大门口把驴拉走,也不敢阻挡。二妈是个母老虎,父亲只有急得捶胸顿足,直喊日子怎么过呀,日子怎么过呀!妈在身边劝说也无济于事。新中国刚刚成立,婚姻自由,二堂嫂离了婚,后大妈走后,二堂嫂也走了,父亲的心病越来越重。这一年,北沙渠请他教书,他每天上完课后,就蹲在一个孤坟地。后来,同事看他神色不对,就把他送回来,妈千方百计地攒了一点儿钱,把他送到子源街看病,四十天回来后,不见有什么好转,只是他在表面上尽量稳定大家,心中却做着生死的决斗。他有时问妈:"我以后有个三长两短,你打算怎么办?"妈也装作若无其事地说:"毛鬼神吓咋老家亲哩!"父亲又问:"你们每个人有几双鞋,囤里有几斗谷子,够不够吃上半年?"他还向母亲赔了小年里打她三次的不是。末了,就看看这个娃,看看那个娃,总像看不够。看得大家都着急哭了起来,他又安慰大家,说没事的。

全家人知道父亲不正常的心思后,都提心吊胆的,时常想着提防,可他又需要安静,就只有让堂哥陪他睡到另一孔窑里。这五孔窑,正中为中窑,两边叫前窑后窑,最边两孔叫前边窑、后边窑,父亲和哥哥当时是住在前窑的,我们姊妹四个和妈是住在前边窑的。

阴历七月七日,那是一个风清月明的好天气,也是牛郎和织女相逢的日子,夜静了,哥哥的一声尖叫把前边窑正在熟睡的妈和两个姐姐同时惊醒。原来十一岁的哥哥也很懂事了,他每晚睡觉都要紧紧地抱住父亲的胳膊。这一晚正当他进入梦乡时,不知是猫还是老鼠把放在炉台上的铜脸盆撞响了,他被惊醒后,看不见身边的父亲,他大叫一声:"四大!"紧接着跑出门外,隐隐约约见父亲吊在了大门上。

母亲和两个姐姐连衣裳也顾不得穿就跑出院子,姐姐又转身拿了一把剪子,等把父亲解下来时,他已断了气。新月如钩,清朗朗的天,暗幽幽的地,一家人大放悲声。那一晚前庄正开会,开会的人都赶来了,大家哀叹了半晌,看时候不早了,就说:"人已经停当了,准备后事吧!"

巨大的悲痛犹如晴天霹雳,把母亲、姐姐、哥哥都打蒙了,不到四岁的我,只知道父亲只会睡,不会坐,不会走,不会说话,不会再叫我"丑胡赖"了。

学校里送来了两担米的工资,学生也戴上了黑纱来致哀。

那几天左邻右舍和乡亲帮忙缝制老衣,穿衣入殓,两天后,取掉了父亲脸上的黄表纸,放进棺材抬走了。孝子把父亲送到坟里,母亲倚在大门边上,哭昏了……

父亲狠下了心,毅然决然地走了,带走了往日的温馨、欢乐和笑声,带走了全家人的依靠,使一个风清月明的七月初七夜,布满了阴霾,罩满了愁云。母亲的心悬在了空中,三十八岁的她,周围是五个可怜兮兮的儿女,"怎么办,怎么办?"随着一声声的叹息,眼泪如涌泉一般流出。她的心像掉在地上的一个青瓷盘子,完全粉碎了。

妈、大姐、二姐的眼睛红了、肿了、烂了,几个人围在碾盘边,用晶清把眼睛点成了粉红色。大姐和二姐在坟地里哭累了,一站起来,就看见父亲的幻影，父亲还是穿着临走前的那种中式粗布衫子。一瞬间的幻觉，也能安慰一下她们伤痛的心灵，她们似乎觉得敬爱的父亲还在身边。

小米稀饭还是那么滚烫，还是那么黄亮，还是那么香喷喷的。可是，母亲再也不唱"东风凉西风凉"的喂饭曲了。

当剧烈的悲痛和哀伤，无比强烈的思念和诀别之情逐渐有所沉淀后，母亲慢慢在痛苦的深渊里挣扎着、振作着。她和两个姐姐互相劝解、安慰，幼小的我更加乖了，只用两只懂事的眼睛看看妈，看看大姐、二姐。见她们慢慢地发呆，我就走到身边把小手塞进她们的手中，见她们面对冷了的饭也不端碗，我就一个个地往她们手中递筷子。有一天，我突然说："妈，父亲不在了，我和楚季怎么长大呀？"一句话，又惹得妈和两个姐姐哭了一阵子。妈妈满是泪水的脸颊挨着我的脸，紧紧地抱着我，似乎要用她整个的身心来安慰我幼小的心灵。

父亲刚走的那两个夜晚，由于妈水米不沾牙，弟弟两个晚上就咬烂了她的乳头，大姐和二姐每天都要把他抱到二婶子家吃奶，二婶子住得离我们很远，她毅然地给比弟弟大一些的女儿断了奶。心地多么善良的二婶子呀！在那极端困难的时刻，她舍己为人。我们一家人都无法用言语表达对她的感激之情，就那样风里雪里的，弟弟吃了半年奶，补偿二婶子的只是一件黑卡其的棉衣面子。后来，二婶子一直对弟弟很亲，总是季娃季娃地叫他，二三十年后，她老了，弟弟跪拜于灵前做了最后的道别。

我不知道，什么时候才知道妮的，现在，怎么也想不起来和我一样大的妮两三岁时的行动和神态，尽管妮就住在我们隔壁。妮端了一个洋瓷小碗从门里出来，两只小手在碗的两旁翘着，像是碗很烫的样子。我走近她，看到多半碗稠稠的钱钱饭，豇豆均匀地露着红灰的颜色。"我给你吹，噢妮娃，我给你打苍蝇，我给你吹。"妮娃只顾一小口一小口地吃,不答我的话。姐姐在门前看见了,喊道:"楚寒快回来。"我看姐姐心情不好,老叫我出去耍,今天刚出来可又叫回去。

过了一会儿,妈揭开锅凉我们的稀糁糁饭,妈先舀一小碗凉在锅台上,用眼睛招呼我来吃。妈说:"楚寒,以后不要爱人家的饭,妈做饭,因稠做稀一点,宁叫'稀溜溜'不叫'断溜溜',妈叫娃天天有饭吃!"从那以后,不光院子里谁吃饭,我都站得远远的或躲开,就是谁给东西,我也坚决不要。

只有当妮喊:"楚,我们耍迎媳妇来。"我才会跑过去。迎媳妇可好玩啦,满院及前村后湾的小孩都来了,我们两个人用手把成轿,我的右手握着左手腕,对方也是右手握着左手腕,然后面对面互相用左手握住对方的右手腕,一顶花轿就做成了。当新媳妇的更小的娃将两条腿分别放进两个"轿夫"的胸前。两个轿夫就边侧着走,边唱道:"哇呜哇咚咚喳,迎得个新媳妇背坐下。"就那样往返无数次,直到尽兴而散。

我们也玩弹杏核,吃子,讨绞绞,打远劲。打远劲是面对面相隔十多米站两排小孩,每排都把手紧紧地拉在一起,排中有人先喊:"打远劲,远劲开,叫某某快过来。"对面那排中被叫名字的那个小孩就远远地猛跑过来,任意把这一排中两个小孩拉着的手冲散,冲开了就拉一个人回去,冲不开了,就成了这排的人。最后哪边的人数壮大了,哪边就赢了。孩子们欢闹的笑声给小山村增添了无限的乐趣。

春天、夏天,我和妮常手拉着手,说悄悄话,到果树下吃落果,吃青枣子,摘果花。当看见了蝴蝶就脱下衫子,唱着"蝉蝉蝉蝉落一落,姑娘姑娘捉一捉"。有时,抓住一只小草猴,玩一会儿,就互相告诫不敢害命,又放了;有时,在桑树上摘一片叶子,从三分之一处一折,两边再向中间一折,把叶根从指甲掏开的空隙中穿过来,从叶尖劈开至折叠处,一只花苞就做成了。手里上下摇着花苞,口里唱着"花苞花苞别抓鸡,明年二月给你吃个老草鸡"。

在明媚阳光的照耀下,我们山乡的孩子陶醉在大自然的怀抱中。

妮的各种玩技都比我高，绞绞在她的手上可以变成面条、花手巾、猪槽子，虽然大家要说讨绞绞饿死鬼妖妖，踢毽子会饿死鬼扁扁，然而只要看见妮，就会争着与她玩。一个个溜圆溜圆的小石头子在她的眼前飞高落下，她手疾眼快，十分灵活，我扔上去就逮不住，永远是她的手下败将。

我跟姐姐们出门既高兴又不高兴。高兴的是，能看外面的世界；不高兴的是，不能和我最亲密的小伙伴妮耍了，但高兴不高兴，都不能由我自己决定。这年秋天，已结婚的大姐先把我领到妗子家，正当她帮有肺结核病的妗子做针线活的时候，婆婆捎来话，说要到外地移民，让她回去，人家日子都过不下去了，姐姐就不能把我带到她家去。

妗子家离姐的婆家有七八十里路，由外爷把我们送到一个叫柳镇坪的地方，第二天，我们自己来到离姐婆家不到十里地的县城。三老姑家在这个县城，三老姑的二姑娘有一个儿子，已参加工作，他们早有话说，想收养一个闺女。姐姐就把我放在三老姑家。五岁的我隐隐约约地知道收养的缘由，心里非常难受。我想家想妈想山乡的一切，不愿给人做养女，尽管城里的老姑家居住环境比乡下好得多。老姑有一个不太大的院子，整天扫得干干净净，两孔窑里家具摆得满满当当，柜桌上有很高很大的蓝花瓷瓶，炕上铺着毛毯。三老姑六十来岁了，胖胖的，一个人看着这个院子，表叔是长征干部在外地工作。要收养我的那个二姑住得不远，她时常过来。

三老姑所住的扶苏山吃水很远，便雇人担水，那担水的人每天倒完一担水就在门后贴的一张麻纸上，按下一个食指印，计数领工钱。

新环境既新鲜又优越，每天饿不着肚子，耳边响着广播播出的歌声，迎面的墙上贴着小妹妹和哥哥抱着和平鸽的年画，但我仍有种被出卖了的感觉，想起就哭。三老姑把我领到一个叫花墙外的人家里串门，也把我带到热闹的地方，还是哄不下。有时，我闹着要回家，紧紧地抱着自己的一条围巾和一双鞋，哭呀哭，哭得伤心不已。被我叫作二姑的养母穿得整整齐齐，口里叼着纸烟，放下她手中的东西，从布提包里拿出好大的一个梨，递给我。为表示我的反抗，我接住那个梨后，又重重地扔到门背后。她又好笑又好气说："死女子，我收养你，指望你给我扫地补袜子哩，你脾气倒蛮大。"我唯恐这位二姑要我，尽本事给她要蛮，一听她说那些负气话，我心里倒轻松不少。二姑夫也来了，他一副干部模样，穿了一身蓝制服，用他那从不干重活的大手掌抚摸着我的头，和气地说："不要哭，叫三爸，三爸给你买个新书包，拿三块钱报名上学。"一切的一切都诱惑不了我，我一听这话，哭得越来越凶。他们一片好心，膝前想有一个伶俐的小女儿，又尽了亲戚情谊，减轻母亲的负担。我哪领这些情，我只是妈的小女儿，哪怕妈只给我喝苦菜汤，我也是心甘情愿的。二姑看我泪流不止的样子，决然地说："死女子，我不要你，我还嫌你麻烦哩，明天捎话，叫你家来人领回去。"二姑夫和二姑观点不同，他指着墙上抱和平鸽的小女孩逗我说："你看，这个娃娃像不像你，我也买一只鸽子让你抱上照一张相。"他一边哄我，一边脱下外套洗脸，顺便抹下手表递给我看，要是在家我看到这种从没见过的东西会非常好奇，就一片破的黄色玻璃，我们都要在眼前轮流着看呢。可是这一会儿，我要抵挡一切诱惑。手里的表被我扔下炕，幸亏没打烂。二姑夫轻轻地在我头上拍了一巴掌，火速跑过去，看了看，没摔坏，戴在了手腕上。

这一天，我跑了，跑到了大桥边，问过路的汽车司机，一坪怎么走。我准备自己回去，可把老姑给急死了，叫了几个人到处寻我。从此她便关了大门，我太小了，又够不上门闩，又抠不开老姑的手。

一天，正当我又抱着围巾和鞋哭的时候，哥哥来寻我了。这一下好像见到了救星，我心里多欢喜呀！

跟着十二岁的哥哥整整走了一天回到了家，多日不见妈，我又委屈地哭了起来。妈说："以前说过那么个话，也没做过给人的打算，你姐姐既然把你放到那里了，也是三老姑家，老姑不会亏待你的，只是你哥不愿意，连学都不上了，给大姐写了信，说什么人口大事，闺女都能当家。"

长大后，我一直感激哥哥，当时十二岁的他就有那样的思想，我们相依为命，即使饥寒交迫，再苦再饿，我们感觉还是幸福的。

　　"小妹妹，你叫啥？"

　　"知道我叫小妹妹嘛，还问叫啥？"

　　"那你承认我是你姐姐吗？"

　　"我二姐给我梳头、教歌，你给我什么呢？"妗子家隔壁院里住着个年轻的女干部，大家都把她叫作"驻社的"。我每天都从墙角往她那孔窑里张望。那驻社的又齐整又俊，她会写字、唱歌，谈吐不凡、说话风趣。这天同坐在硷畔上的柳荫下乘凉，见她问我话，我便学得油腔滑调了。"我给你一件非常有意思的东西。"她笑嘻嘻地站起来，走进办公室，我巴望她能给我一件好东西。她又走到我面前，两手仍然空空的。她让我闭上眼睛，说她要变一样好东西，我起先不肯，拉着她的衣襟，上上下下地搜索了一番，似乎觉得她左边袖筒里有纸卷似的东西，我好奇心迫切，只好闭上了眼睛，当她喊了声"一二三"，让我睁开眼睛时，一幅"除四害"的宣传画展现在我的面前。我看呀看呀看不够，过去，我只知道"半崖上有个黑鬼鬼，耍脚脚、弄腿腿，想吃个酸汤辣水水"，这说的是苍蝇。除了看见的和听说的苍蝇，还有这画下的如此逼真的苍蝇，令我大为惊奇。他怎么那么能行，顿时那画苍蝇的人比眼前这年轻的女干部更能行了。女干部看我喜欢那张宣传画，又逗我说："我要把这张画送给一个叫小妹妹的人，不过，有一个条件，小妹妹要把'苍蝇'两字写出来。""那有什么了不起。"我和妮要的时候，在地上画面条、油馍、包子。别人能画苍蝇，我也能画，我本来不知道写与画的区分，情急之中尽把写当作画了。我将二姐、大表姐、小珍妹一个个推开，然后在那一片柳荫婆娑的土地上照着画上那只苍蝇，画头画身子再画翅膀。"怎么，我叫你写'苍蝇'两个字，不是叫你画苍蝇。"那字又怎么写呢？有一个谜谜说的是"铺绵毡，撒黑豆，鸡不鸹狗不逗"，那是字的谜谜呀。村上大部分人都不识字，就

凤凰鸟

自嘲:"不识字真可怜,拿上传单颠倒看。"大概为了不颠倒看,就记住一句"黑字白旮旯,四只腿腿都朝下"。想到这,我仔细地在那宣传画上寻找四条腿腿都朝下叫作字的东西,"灭"虽是两条腿腿,可这两条腿腿都是朝下的。我就在地上画了一个大大的"灭"。那女干部和表姐又哈哈地笑了:"叫你写苍蝇两字,没叫你写灭呀!""再别逗了,再别逗了,她连一个字也不认得。"还是二姐亲我,终于替我解了围。

那女干部说:"小妹妹,你要念书,要识字。"随后,她将宣传画上的字一一教给我,还教了一首叫《新中国》的歌。生活在新中国,真是幸福。

我长大了要是和女干部一样又会写又会唱,那该多好啊。

第二天,表姐要上学时,她在前面走,我在后面跟,她见我跟她,让我回去,我就躲在墙的拐角处,见她不看了,我又撵她,一直撵到了学校。舅舅的村里只有初级小学,一共三孔窑。表姐念的是七册,上课后,我从墙角绕到窗台底下。我的个子很低,还没有窗台高,就站在窗台下听老师领读课文:"走路想起毛主席,千斤担子不觉累;吃饭想起毛主席,蒸馍炒菜添香味;半夜想起毛主席,睡到梦中笑醒来。"一节课下来,我记住了这些,下课了,我就跑到学校旁的龙王庙里,表姐和同学们撵到龙王庙逗我,问我听会了什么,我就把那一篇课文背给他们。大家都抢着给我教歌。

住在妗子家真好!川道里的景致丰富多彩,真叫人目不暇接。天近小晌午了,舅舅在菜地一遍一遍地催我回去,我就是不回去,光看那清凌凌的渠水缓缓地浇透一畦菜,再浇一畦菜,架上的菜豆角比我们乡下的水灵、鲜嫩,还有乡下没有的黄瓜、白菜、西红柿。我好奇地沿着水渠跑来跑去,直惹得舅舅喊我,尽管脸火辣辣的,我还是不肯回去,菜地飞来飞去的蜻蜓、蝴蝶都非常诱人。直到大表姐来说要下午到街上看戏去,我才乐颠颠地返回了家。

当时,我不知道为什么把戏台叫作马台,马台在子源街的街尾。从来不曾看过大戏的我,深深地被那五光十色的戏装和手舞足蹈的表演迷住了。一根杆子上拴上线穗穗就变成了戏中的马，跟我们平时在院子里骑一根柳条当驴没什么区别，敢情那唱戏的是跟小孩学的。那马靴旁边有两个长耳朵，不停地动弹，我极力记住每个戏景，想等回家了告诉妈。

散戏了，我只顾想着剧中那些演员的动作和姿态，兴冲冲地往前走，从子源街到李峪还继续往前走，竟然把妗子、表姐、二姐忘得一干二净。宽宽的黄土马路上，偶尔有一辆汽车驶过，我站在路边远远的地方，等汽车一过又往回赶。正当我风风火火一个劲儿地往前走时，一个个子不太高的年轻人问道："你是李正贤家的外甥女吗？你不敢往前走了，你舅家已经过了。"我扭头朝他手指的方向一望，可不是，舅家坐北朝南的窑，已在田野的斜后方。我转身，也不答那人的话，穿过田野回到了舅舅家。妗子她们都已到了家，一个个望着我，妗子说："傻丫头，你直往下川走，是谁把你挡住的？"我用左右手的两个食指分别压住眼角，说有这样一个长眼角的人挡住的，大家都笑了，表姐说："那是你二姐夫。"我有些不相信，但一看二姐红着脸很羞涩，我才确定真的是这么一回事。

这一次跟着二姐去舅舅家，让我开了不少眼界，学会了唱歌，学会了课文，带了一张"除四害"的宣传画，又有了一个二姐夫。回到家我先把遇到的新鲜事告诉了母亲，又对好朋友妮炫耀了一番，然后到大婶家串门，也不由自主地告诉他们，我有一个二姐夫。大婶家有个四姐就问："你二姐夫长得什么样子？"我就用两只手的食指分别压两个眼角，引来她们咯咯咯的一阵笑声。下次再问，我再做这一动作，再逗她们笑。

我出了一回门，回到家又和最亲密的小伙伴妮手拉着手，满山遍野地刨"麻麻盘"果馅，摘"毛迷迷"做狼尾巴，嘴上多了一些口头禅。

这天中午，哥哥上学没回来，我提着一个小汤罐和妮第一次到书房给哥哥送饭，路上碰见调皮鬼周蛋，非得让我们把罐里的高粱糁糁饭叫他喝上一口。我们起先不肯，后来看他挡着不让过，只好下策应对,声明只让他喝一口。他答应了,但喝的中间,他一下咕嘟咕嘟喝了四五口也不松手,急得我们硬掰他的手才脱了身,虽然饭被喝了点,但我们还是把饭送到了书房。

从家走到村子尽头,下了几拐几弯的水路坡,再上一个小坡,半山腰的书房院只有三孔土窑,一个个像炕桌一样大的书桌摆在土炕上,学生屁股下放个坐垫,趴在书桌上写字、念书。先生是三坪的一个个子高高的老头,叼着长长的旱烟锅,一口一口地吐着呛人的旱烟,吸完一锅,磕下烟灰,用三个指头再按上一撮子,继续吸。我站在哥哥身边,很讨厌他那根长烟杆,心想他要是把那烟杆放到没人的地方该多好啊!想着不愉快的事,我的身子不自觉地扭来扭去,碰得哥哥写不成毛笔字。他便说:"好,好,等着上完课,咱玩丢手绢。"有好耍的,我的兴致就高了。

终于开始玩丢手绢了,我和妮蹲在学生们中间,看外圈两个人跑,两人把手绢偷偷地丢在别人的背后,蹲的那人逮住外圈的同学让他唱歌。被逮的同学一个接一个地唱:"东方红,辈辈公鸡辈辈唱,毛主席是咱的大救星。"正当我聚精会神地听别人唱歌时,人家就逮住了我。大家都看着我,齐声让我唱歌:"王楚楚来一个,王楚楚来一个。"长烟杆先生也用目光鼓励我站起来,我浑身不自在,但心里又痒痒地想唱。在这静寂的山沟中,唱什么呢,二姐教的那个"在那遥远的地方,有位好姑娘……"真好听,可是村上好多女孩都会唱,我要唱一个大家没听过的歌,才会让大家惊讶呢。我羞答答地站在了场内,两只手都不知搁在什么地方,大家鼓起又一阵掌声时,我终于鼓足了勇气唱道:"穿衣镜,插花瓶,大门里来个办公人,办公人真年轻,三妹子起来太活动。"这是表姐给我教的,当我歌声一落,场内一片笑声,把我笑得丈二和尚摸不着头脑,六岁的我根本不知道大家笑什么哩。我低着头瞅哥哥一眼,哥哥面红耳赤地看我一眼。

回到家一进门,哥哥向妈大发脾气,说是我丢了他的人,永远不要让我到书房去了。妈正在切酸菜,做每晚必吃的烩菜,她安慰了哥哥儿句,并给哥哥解释说:"楚寒还小,不懂事,慢慢才能明白。"

再后来,妈就给我讲她过去的事情,比如,二外婆十一二岁时每次出门,头上就要顶一方红头巾,把脸盖起来,她念了两年的书,家长就不让念了,也是为了学规矩。至于我们,哪里都能去,因为新中国成立了,家境好一点儿的女孩也可以上学,可是妈再不让我唱那支歌,我再也没唱那支并不明白真正意思的歌。而且我的思想中从此种下了一些封建思想的幼芽,总体表现是尽量不跟男孩耍。我在心灵深处给妈有一个承诺,要做妈的懂规矩的好娃娃。

要唱小戏了,戏台就在庙对面,庙在村东边的山顶上,庙里有神像。庙的墙壁上画着龙和祥云,平时庙里静寂安详,这几天因一说唱小戏,把戏台搭在了庙的对面,庙的四周一下热闹了。上香的、看戏的人在庙院里进进出出,起戏的第一天上午吃完饭,我洗了脸梳了头,就兴致勃勃地约小伙伴去看戏。妈叮咛说到了庙院,更要规规矩矩,不要用手指神像。于是我便用耳语悄悄地告诉了最亲密的小伙伴妮,还告诉了晚和芹,绝不告诉周蛋和前村那几个坏小子,因为我们从他们门前过,他们都要平白无故地打我们。叫他们用手指神像,辱没神,神惩罚他们!内心的报复只有我自己知道,一大群山里没看过戏的孩子,被这次的小戏迷住了。大家喊着、叫着,手舞足蹈,听着震响整个村庄的铜锣声。大人陆陆续续地来了,依次在石头上、坡坎上坐定。一边招呼自家的孩子安静,一边认真地看起戏来。

那唱戏的人两手举着穿红着绿的戏偶,边舞边唱地出场了:"王家庄来王二娘,一二一,噢啊噢……"只见那王二娘,穿着红花袄,绿花裤,裤腿很宽,袄袖也很宽,脸盘儿白白的,脸蛋儿红红的。我想起舅舅叫我红饼子,便不由自主地摸了一下自己的脸蛋,觉得那王二娘的脸蛋比我的还红,甚至比村上那个叫起面饼子红板箱的媳妇的脸还红,比村里最俊的媳妇盖满庄都俊。我目不转睛地看着她的脸,细细的眉毛,眼角翘翘的,好看的眼珠和口唇不会动。她头上缠着黑色布飘带一直同头发连到大腿上,绿裤腿底下没有脚,腿是两根硬木杆杆。唱戏的人只前后左右地摇动那两根木杆杆,那戏偶就跳舞,用手撩头发。啊!多么神奇啊!这世上除了我们真人,还有穿着那么华丽的大戏人,还有这造型小巧的戏偶人,我的泥人又算什么呢?世界真好,让我一年年长见识,一年年开眼界。

几天的小戏,给我们寂静的小山庄增添了前所未有的欢腾景象。阴历四月中旬,村庄四周山野里出土的禾苗在微风中摇动着,往戏台去的路上走着三三两两领儿带女的庄稼人,全村好像过喜事一样。每当散戏,我就拽着妈的衣襟,一个劲儿地追问戏偶是怎样做成的,唱戏的人住在哪里,他们从哪里买抹脸蛋的红颜色。妈背着弟弟,有一搭没一搭地回答着我。

夜戏的牛皮影子里有一束呆光,牛皮影子像剪纸,只是比剪纸大、硬、厚。身子是扁平的,背后有两根细棍棍,戏子家撑着细棍在幕布上跳、跑、坐、睡、磕头,一把灵巧的小椅子,刻得花不棱登的。唱戏的那男人边晃悠牛皮影子边唱,他的声音细细的尖尖的,随着一声声铜锣和二胡声,他唱呀唱。我老盼那一束呆光快回去,那个男人却坐在了椅子上,跷起了二郎腿,唱个不停,大人们看着看着便发出一阵笑声和议论声,我还不知道他们笑什么呢。

男人们的旱烟锅在黑夜中映得红红的,抽完了一锅,就侧着身在石头上磕烟灰,年轻媳妇怀中的孩子嘤嘤地咂着奶水。夜戏连唱了三晚,后两夜还有孙猴、猪八戒、唐僧。

每当夜戏完了,天上的星星就会很亮,眨着眼,人们说说笑笑,走着小路回家。

唱完这台小戏的几天里,几月里,那台词都会成为放羊娃的口头禅,这座山上那座山上,时常都会听到:"呆光,快给老娘磕个头。"

我们场场不误地看完戏,这天上午,戏子家准备走了,我们看着他们整理完道具,打捆好箱子,意犹未尽地往家返。调皮的周蛋折了一根干草在我们头上扫,起先我们躲着走,他就一直撑,他边撑,嘴里边学着戏上的腔调唱:"王家庄来好婆娘,咿儿咿噢啊噢。"并且直冲着我叫"王二娘、王二娘",这一下把我气急了。上次,他都挡着要吃我哥哥的饭,还有一次在墙畔上拉我们的棒棒,还有我们藏猫猫时就说:"点头点,猫游夜,游夜花,种芝麻,芝麻玲玲,核桃皮皮来张三去李四。"他干什么都好强,每次都想欺负人,见那根枯草在我头上晃来晃去,我不由自主地转过身,抽了他一巴掌。没想到招来了更大的祸事,他抓了一根有拇指粗的柳条,直追着我急赤白脸地打来,他妈也在后面跟着助威,一直撑到我们家跟前。我妈在门口挡住他,他妈反而恶人先告状:"四先生家,你们先生死了,死女子都敢动手打我们周蛋,在这庄里,你提上四两棉花纺线,看谁敢欺负我们?"妈说:"娃娃们逗阵,拉开就算了。"周蛋狗仗人势,又用柳条不停地在我腿上抽,围着看的人都掉了泪。

　　他们走后,妈才拉起我,摸着我小腿上的一道道红印,伤心得直掉泪。妈说:"这没老子的娃娃,我都不舍得动他们一指头,楚寒以后看见周蛋,就躲着走。"

　　妈,多么可怜的妈,她现在有的是什么呀?是我们这几个娃娃,为了养活我们这几张要吃饭的嘴,妈将能卖的全卖了,娘家赔的两个红顶箱,现在孤零零地只剩一个了,那一个换了一斗黑豆。银镯子、银戒指也卖了,给大姐、二姐定亲时,妈没问人家要彩礼,按当时的风俗,每家拿五丈布,全是蓝单面卡,没穿一寸也都卖了,还有几棵树便宜卖了。现在这孔破旧的窑里,只有几个空空的裂了缝上着箍的大老瓮和纸囤囤,每个纸囤囤里只有一点现吃的糠窝窝面、高粱面。她最最珍贵的财富,不就是我们几个孩子吗?我们这孤儿寡母被人欺负了,只有灰溜溜地伤心。我看到妈那样难过,就发誓永远不给她惹是非了,可是从此,也就开始了我怯懦的人生。

　　我妈的确是太辛苦了,她每天上山下洼,打柴提水,推碾滚磨,家里样样都要亲自动手。农业社人家女人有时可以不去,由于家里没

凤凰鸟

有男劳力，她每次都得去，有时忍着感冒头疼也要去。哥哥像个小大人，总是默默地帮她干活。

一天哥哥跟二堂哥上山砍柴，天气不好，黄风雾罩的。中午过后，也不见他们回来，妈就上垴畔看了一回又看一回，仍不见他们的人影，要去山里寻，又不知道他们走的是哪架山。妈只好心急火燎地等，一直到半后晌，堂哥才背着哥哥回来了。堂哥把满身满头灰尘、脸色煞白的哥哥放在前炕上告诉妈说，哥哥从两窑檐高的崖上跌下去了，由于身轻骨头没跌坏，只身上擦破了几处。妈吓坏了，眼泪汪汪的，用笤帚给哥哥扫身上的土，洗洗脸，拌了碗疙瘩汤让哥哥喝下去，然后叫哥哥躺下。她和二堂哥一同到跌跤那个崖下去叫魂。他们走时，妈叮咛我，要听见她的声音，就在门口答应。过了一个时辰，我隐隐约约地听见妈喊："楚城回来了。"我赶紧答应："回来了。"她喊一声，我答应一声。妈的声音越来越近，深秋的傍晚，在那个孤寂的破院上空，只有她虔诚、慈爱的声音和我稚嫩而细小的声音频频呼应。是的，在这个难觅温饱的家中，平安是我们最大的幸福。到了门口，妈又摇着门闩连叫三声，然后跪在炕上取出叫魂用的红布，从头到脚给哥哥上魂，口里说着："真魂绿马上了身，时时刻刻不离身，满年四季不离身。"

第二天，妈让哥哥再歇一天，什么都不要干，可是，懂事的哥哥歇不住，他用两个瓷罐去大沟担水，那瓷罐本身就很沉，再加上水，比人家用小铁桶担水还沉，可是我们既没有小铁桶，又没有小木桶。这一担水担上来，累得他东倒西歪。他正在倒水时，听村上的一个同学说老师叫他去上学，他提着罐子，是个大肚子，那肚子在水瓮沿上一滑，砰一下就摔碎在地上了，水也洒了一地，把他吓坏了。妈回来并没有责怪他，只把那三大片、两小片破瓷按顺序组装起来，用麻绳捆好，苦笑着说："不能放水，还能放面呢。"其实，放面的家具也空着呢。农业社夏天分麦子，还有五升，妈说明年哥哥要上高小了，由于本村没有高小，只得在妗子家上，她要把那点细粮送到妗子家供哥哥上学。冬天趁没有农活，妈就背上那五升麦子，先去和舅舅、妗子商量哥哥上学的事。

这年冬天，在外地工作的大堂哥回来了，得知父亲去世的消息失声痛哭，说："从小是四大抚养我，后又领我到外村上学，耐心地教我读书，才使我现在能在外地工作，四妈，楚城的墨笔纸张有我的哩。"随后放下了二十块钱。妈心中着实高兴，一是感觉到大侄子有良心，二是她正需要别人的帮助。大堂哥以老大哥的身份，按着哥哥的肩头说："四大是个好人，他总对我们说，人要活得正气、老实、好学、勤劳，现在大人不在了，我们在社会上还要给他争面子。"哥哥默默地点着头。

后来还是因为贫困，哥哥念完高小就再不能继续上学了，他既爱劳动又爱学习，每挖一棵老一辈人栽的树，就在坑里栽上一棵小树，小小年纪啥苦活累活都与母亲抢着干。冬闲时他就读《三国演义》《水浒传》《封神演义》《今古奇观》《明清小史》……我刚上二年级时，不知书中的内容，可哥哥读的那些书名却全让我念会了，我和弟弟还叫他给我们讲书中的故事，那一个个漫长的寒冷的冬夜，是哥哥的故事把我们的心讲得热热火火的。

吕坪塔有我们的续舅舅家，那是一个面水背山的地方，妗子圆圆的脸，杏核花眼，十分和气，舅舅是勤劳的庄稼人。姐姐小的时候常去妗子家，那时候，外爷也健在，外爷、妗子都会讲诗由（就是故事）。外爷还十分幽默，他会说"高高山上一拔麻，麻上有些蚂蚱蚱，天阴下雨不叫唤，太阳出来叽叽喳"那样好听易说的儿歌。妗子呢，会讲七仙女、牛郎织女等好多神话故事，姐姐要领我去妗子家，我当然十分高兴了。妗子把我们当作最尊贵的客人，总要做几顿像样的客饭，而后领我们上塄畔吃舅舅种下的小瓜，那小瓜甜极了，也香极了。妗子家院里还种了指甲花，那花开得像鸡冠一样，摘下来放在蒜钵钵里，再放上白矾和一小块炭砸得黏糊糊的，用来包指甲。包指甲需要老麻叶,我们就下到一个叫许沟的地方摘来老麻叶,包指甲时不能包大拇指和食指,听说那两个代表着父母,所以夏天走一回妗子家,就会带着六个黑红黑红的指甲回去。

我非常羡慕妗子家坡下的那条说大不大、说小不小的淮玉河,河底全是石头,河床上又躺了许多许多干净的石蛋。那水清凌凌的,一直能看到幽深的底,蹚着水过河,真是惬意极了。蹲在河边,我把姐姐给我买的有枇杷图案的小花手绢漂在水上,红枇杷顿时鲜艳可爱了一大截,于是我再让姐姐将她那块有牡丹花图案的手绢也放在水中,看着那鲜艳的花朵,我想我们村前要有这样一条河,该多好啊!

这一次在妗子家小住几日后,姐姐领我沿着这条川道回到她婆婆家。姐姐的婆婆在无定河畔的川里。宽宽的无定河平平的、悠悠的,一直向前流去,两岸的川道都有公路,汽车你来我往地行驶着。

姐姐家有六口人,除了姐姐、姐夫,还有婆婆、公公、妹妹、弟弟。我初来乍到,很是畏怯,傍晚偎在姐姐身边一步也不走开。姐姐在灶前烧火,那泥糊糊的河柴,把灶膛烧得红通通的。姐姐说把我烤的,让站一边,我就是不肯。

过了两天,姐姐领我到前院串门子,我就慢慢对这个环境熟悉了。前院有和我一般大的女孩叫莲萍,还有比我小一点儿的叫花凤。莲萍的爸爸眼睛看不见,大大的两个眼孔,眼珠被一层膜包着,他拄着棍还能前后街串门。从莲萍家的碥畔上就能看到川道里茂盛的庄稼和无定河曲里拐弯的流水。看过一会儿景致后,我们坐在莲萍家炕边拉话,莲萍她妈便讲了一个无定河边的悲惨故事。说的是这个村以前有两个妯娌同受婆婆的虐待,双双商量着投河自尽。有天晚上半夜前后,妯娌俩来到河边,老四家一头就跳了下去,老三家害怕了不想死了,要回又怕家里人追问,她就沿着水流的方向走了,不知走到哪里去了。听了那故事,再看那无定河,我就觉得特别神秘,又特别害怕,那悠悠的河水不知流了多少年多少代,流走了多少苦恼和忧伤。

姐姐家的后院也有一个整天坐在炕上双眼已瞎的婆婆，她是续妗子的娘家嫂嫂。由于长期不见太阳，她的脸色极其苍白，两个小眼窝深深的，上下眼皮紧紧地闭在一起，她说自己年轻时是很漂亮的，鸡蛋眉脸，细皮嫩肉。这话我们也相信，但一个没有眼睛的脸，再漂亮也是于事无补的。她的儿子长得浓眉大眼，留着偏分头，会拉二胡，也会讲谜语，我本来随着舅家娃叫他哥，可是今天姐在婆家，这按辈分要叫他叔，所以我们干脆把他什么也不叫。那人闲了就给我们几个小孩讲谜语，我们猜呀猜，猜不着时，他就给我们道破了。

家里有一个残疾人，男人就得忙里忙外，那家的老头黑瘦黑瘦的，高高的个子，家里家外的活，大部分都要他做。老婆婆在他不在的时候，就摸索着做点儿啥，我只要串到她家，看她东摸西摸的样子，就一边告诉她东西在啥地方放，一边拉她的手走到跟前。这不由得使我想起我妈告诉过我的另一个瞎眼婆姨的故事。有一天，瞎眼婆姨等丈夫和前家儿出去后，自己摸索着做面吃，把长长宽宽的面条下到锅里，估计熟了去捞面时，一条也捞不着。她自觉亏心，偷着吃，嘴里就嘟囔着："稠的不在汤在哩，灶王爷老家作怪哩。"实际上，是她那个前家儿蹲在炕头把面捞走了。

在姐家住的那些日子里，我非常同情这个瞎眼的老婆婆，没事就到她家去，帮她拿东拿西。

我把姐的婆子叫作大婶子。冬天夜长，大婶子见我们都醒了，就给我们教儿歌："老明啦小明啦，姑姑带着花来啦，什么花铲铲花，铲了姑姑的尾巴巴，姑姑回家喊什么，荞面皮皮，干驴蹄蹄，灯盏费油，费成细狗，细狗不咬人，咬了个王老人，王老人告状，告到和尚，和尚念经，念成废经……"我不知其意，只觉得嘴里像嚼着萝卜干一样有嚼头，就读啊读。早上我们在被窝里躺着，把胳膊伸得高高地争抢着喊："谁的胳膊长，我的胳膊长，打死刘家满圈羊，刘家请我吃灌肠，灌肠烧，猫点灯，老鼠过来剜眼睛，剜下筐箩两簸箕，怕得浑家老小端坐起。"姐姐的窗台上还搁着一本《看图识字》，我记起了就一页一页地念。

正当我念着谜语、儿歌和碗、笔、纸、书、犁、锄之类的单字，兴致勃勃地回到家，准备告诉好伙伴妮时，妮早已上学了。

我的兴致一落千丈，我给谁说呢？我也想上学，妈呀妈，我也想上学，我和妮同岁，她九月生，我腊月生。一同耍大，她能上学，我不能，不因为啥，只因为妮的爸在外地工作，我的爸呢，我的爸即使在地下工作，也帮不了我的忙呀！

妮一早就跟着她的姐姐上学去了，我一天也见不上她。原先到下午日头西斜时，我们一同趴在墙头，看排着队的学生娃回家，我、妮还有一帮小孩齐声喊："一二一排成队，小书生回家去。"现在，我怎么还能趴在墙头上喊呢？

妮站到学生队的前边，斜斜地背着绣有红喇叭花的书包，穿着干净的衣服和崭新的鞋子。回家吃完饭，她又从书包里拿出插有大红公鸡毛的毽子和同学踢。我再也不能和她一起耍了，我站在门口远远地看着妮的耍姿和神态，忽然觉得，跟我耍大的亲密伙伴一下子陌生了。

白天，我跟妈在山上拾棒棒叶、挖谷根、扫树叶，满头满脸的灰尘。我知道，哥哥在舅家念书，妈供不起我，可是我也要识字，这怎么办呢？到了晚上，见妈洗完碗，抹完锅台，我恳求道："妈，你给我在炕棱上写几个字。"妈难为情地说："我小时候只念了三年书，现在只记得'女儿精，仔细听，烧茶汤，敬双亲'这样几句课文，几十年不念也不写，双手画不了个八字。"妈一边说着，还是一边在炕棱上写了"土上日田"几个字。我说："这几个我会了，那你给我唱支歌吧！"妈想来想去，终于想起一支歌来，那歌十分好听。歌词是"正月里开的是什么花，那正月里开的是蟠桃花……岂不呀儿哟，花儿红，花不呀儿哟，椤僧僧……"妈用低沉而抑扬顿挫的声音唱完那支歌，为难地说："楚楚，你是逼鸭子上架哩。"

是的，生活这么熬煎，妈哪儿有时间，哪有心思唱歌呀。可是，哥要识多少字呀,妮在五年级要识多少字呀,妮上了学又会念又会唱,我呢,我怎么办呀!我怎么办呀!

晚上,月亮明亮亮地照在院子里,院子里没有一个人影。妮家传出了歌声,妮在教她妹妹永妮唱歌:"蓝蓝的天上——白——云——"为了听歌,我一个人站在院子里忘了害怕。自打懂事以来,我每到晚上就害怕,因为父亲的死给我们留下了无尽的恐惧,我听一句说一句,无奈一会儿就被她家哭闹的小弟弟打断。第二天,我趁空就哄着永妮给我唱,可是永妮不想唱。我就叫来几个娃耍摆逮逮,逮住她,叫她唱她二姐教她的歌,可是有时候,连她自己也忘了。那美丽动听的歌儿就只能让我学了个半截。

有一天,妈去高场里摘绿豆角去了,一回来便从簸箕里拿出一本书,白白的新书里边一行一行的黑字,非常醒目。我问妈:"这是什么书呀?"妈说是《农民识字课本》。第二天前村的芝菊姑娘要在社门口教给大家,妈高兴地告诉我,让我也去。第二天,我便迫不及待地去了。

芝菊穿了一身灰制服,她看我每次都念得很认真,就专门拿了一本《儿童时代》叫我看,那《儿童时代》的封面上有朱总司令笑呵呵的相片,朱总司令站在一群戴红领巾的孩子中间。后来芝菊还给我们几个小朋友教了歌舞,她唱道:"和平鸽真美丽,红嘴巴来白肚皮,飞到东来飞到西,快快飞到北京去。见咱们毛主席,就让我们敬个礼,我们要听您的领导,世界和平得胜利。"我跟着芝菊姐学会了跳舞,伸展着手臂,变换着各种动作,特别开心和愉悦。天天能念书识字,跳舞唱歌,该是一件多么幸福的事情呀!只有上学,才能干这些事情,我什么时候才能上学呢?那一晚,我就做梦自己也上学了,我跑在上学的路上,一边跑,一边喊:"妮,等等我,等等……"妈把我推醒了,我心里一阵阵地难受。

我们老家人爱把不会什么行业的人叫作"门外汉"。人们用这三个字自谦,表达自己的鲁钝、愚昧。我成了学校的门外汉,无论在什么地方、什么时间、什么情况下，只要看见村里正在上学的学生和以前上过学的青年和有文化的人，"门外汉"这三个字就像棱角尖利的石块刺痛着我的心，我是看不到自己的心的，要能看到，定是血淋淋的了，因为我感觉到很疼。

母亲每天是"满面尘灰烟火色"。她像一个大陀螺，总在山里，院里，锅前案后旋转着，她那么早就把我要上学的事忘了。我常用一种苦苦哀求的眼神看着她，但她马上就转过身忙活去了。她不忍心让我绝望，她能做的就是把《农民识字课本》上自己学的字教给我。

这一年夏天，姐姐的第一个孩子半岁了，姐姐要给我们织一些粗布。她是把我们的线和婆家的线放在一起织，然后按线的多少分布。我就去给她看小孩了。我只能把上学的事深深地埋在心底。那是一个火热的中午，到了姐家，我们坐在窑檐底下背阴地里，听说了航娃（姐的娃）的四姑上的中学。这县城的女中学生形象，一下进入我的脑海。那时候，乡下的中学生极少，姐家是县城跟前的人，她家的妹妹便近水楼台先得月地进了中学的门。

她真俊呀！和前两年判若两人。一张白白圆圆，十分秀气的脸孔，眼皮皮薄得像纸一样，弯弯的眉毛，长长的眼睛，笑的声音清脆而响亮，小小的嘴巴说着话，眼睛左顾右盼，似乎也在说话。她说话、走路、吃饭，一举一动，在我眼里都是一个极完美的女中学生形象。看见邻居小孩一边吃，一边洒在地上被鸡鹐，她会说："看他跟鸡打平伙哩。"她拿什么轻俏东西，就将小指头跷得弯弯的。我叫不上兰花指什么的，只觉得她的每个动作都很雅致。学校里正为十月一日排练舞蹈，下午放学后，她便一个人在地上翩翩起舞，我抱着航娃在小窗上偷看。那歌词也十分优美是"夏季到来荷花开"。随着歌声，那轻盈的舞姿直让我目不转睛。航娃转来转去，我真想拧他的屁股，但我不能，姐姐整日操心我们穿不上吃不上。她在带孩子的情况下，还要给我们几个人做鞋、织布，我只好把航娃抱到别的地方，但那翩翩的舞姿总在我眼前闪现。

航娃的四姑每天早饭后，就认真地梳头，她把梳好的头发从头顶中央分一个圆形，将其中一小撮头发，用红头绳先扎成一个小辫子，然后再与底下的头发辫两条大辫子。用同样颜色的红绸子，给发尾扎一个大大的蝴蝶结，走起路来，两根辫子很有动感，会自然而然地匀称地随着步子缓缓摆动。她还有两块葱绿色的方形绸子，那得把辫子梢折起来，用那方形绸子倒包着，从中间用别的头绳把辫梢和绸子扎成一个小球，然后再把绸子翻下去。无论她怎样打扮，都会透出豆蔻年华少女的美丽。等她打扮收拾好了，她那同样风华正茂的女同学就来与她一起上学，几个姑娘都甩着大辫子，攀肩拉手地走在通往县中学的大马路上，她们总是兴致勃勃地谈笑风生，一切都让人羡慕。

航娃的四姑还会折纸鸽子、纸船、纸花篮，她画的画儿有一大本子，瓶花、菊花、兰花、牡丹花、丹凤朝阳、二龙戏珠……

做一名中学生多好呀，我天天在心中感叹，我得从玉家碥小学上起，不，要有机会，我直接上县城中学，我在空想着。

我隐隐约约地感觉，未来我一定会有机会上学的，可是，这个机会什么时候才能来到呀？我都八岁了还上不了学，明年九岁，妮都要上三年级了。我们村那一家的弟弟十一岁上一年级，他哥哥取笑说："你五十岁大学毕业，六十岁娶老婆。"也许我到十一岁也上不了学呢！想着想着我就悲伤起来。

姐姐家前院的莲萍已上三年级了，花凤也上二年级了，她们在一块谈论什么"五年级有地理、自然、历史"，可是无论别人说什么，对一个门外汉又有什么用呢？我是门外汉，我是门外汉，我只知道门和外的写法。有一天，正当姐姐走下布架给航娃喂奶时，我问了她这个字的写法。姐姐狠狠地瞅了我一眼没有回答，姐姐一向很亲切很和气地对待我，吃饭时她总害怕我吃不饱。离开母亲时她对我照顾有加，这是怎么了？过了几年，我才明白姐姐那一次的反常，原来是人忌讳说"汉"，说"汉"就指自己的男人。女人都把自己的男人称为"那"，有了孩子就称"老子的",还有称"受苦的"。我小小年纪自然不能说"汉"这样的词了。

这是"大跃进"之年,庄里泥了黑板,黑板上画着三面红旗,我这个不能上学的孩子不太懂"总路线""大跃进""人民公社"这些内容,只知道干部下来做宣传动员,村上闹哄哄的。听说是上面又来了干部,宣传新政策,搞运动。

这一天,上面又下来了干部,村里给安排了食宿后,就通知社员开会。第二天清早,母亲正准备上山,见前弯的五大婶子风风火火地跑来了,她说:"楚楚妈,你常说,你家三女子想念书,这一回不念也不行了,人家上面的干部说娃娃们到了念书的岁数,一律要念书。我家的二小子也要念,是五大叔参加了昨晚的会。"五大婶当然消息灵通了。我听了这个消息,顿感喜从天降。妈走了,我烧着高粱糁糁饭,一会儿跑到硷畔上看看,一会儿趴在墙头听前庄人的议论。

吃过早饭后,上面的干部和村上的负责人一块挨家挨户地动员。

"我要上学了,我要上学了。"这激动人心的念头就像盛在碗里的饭一样,热气和香气一个劲儿地向上蒸腾,我想把这个好消息告诉天上正飞的小鸟,告诉天边正飘的云朵。现在,我九岁,比那个五十岁大学毕业的男孩还早上两年学呢!

在我们这个小山村里,有人为自己的日子殷实而骄傲,有人为自己儿子有一点儿出路和手艺而骄傲,有人为女儿找上了好婆家和好丈夫而骄傲。而在这个秋天,我为自己能成为一名小学生而骄傲。我眼前闪现着新书、本子、石板和与上学有关的一切东西,我的心就像树上的麻雀跳个不停,翻飞不停;像小河水一样长流不停,哗哗不停;像山里跑的小毛驴一样欢叫不停,奔跑不停。"我要上学了!我要上学了!"我想对着崖娃娃呼喊,让她也喊"我要上学了!我要上学了"!

政府动员我们上学,政府关心我们这些穷孩子,我不能实现的愿望,政府只一句话,我的愿望就实现了。党和国家是毛主席领导的,毛主席真好啊,我真想大声唱《东方红》。

妈从山里回来,看见我喜滋滋的样子,二话没说,就给我拿了箱子里仅有的那身能出门见人的衣裳,从邻居家借了一块钱,叮咛我把脸洗干净,头梳好,去上学吧。村上的十几个适龄儿童,就这样前呼后拥地走上了入学的道路。

下了水路坡,跟着小溪走,绕过一个山脚,再绕过一个山脚,过了好几个山弯子,才到了我们的学校。共五里路,来回就是十里,一天跑两个来回,就得走二十里路。我不嫌累,即使再累,那也是上学的路呀!

玉家磑的人家依山而居,学校在最低处,靠山临水,人家错落于整个山上。一到村口,整个村庄人欢驴叫,狗吠鸡鸣,上坎下坡,村子里沸沸扬扬的情景都映入了眼帘。每天我们进了村,这村里的学生才走出家门,他们从这段小路,那段小路,呼朋唤友地往学校走。润清是五年级的女学生,每次都要领一个小女孩,那小女孩叫田米米,没想到田米米和我一个班,她才六岁,无论上操上课,她都在最前排。我产生了羞愧感,我要是六岁上学,都该上四年级了。

我们的校园里一共有七孔窑,办公室在最左边,挨着办公室依次是六、五、四、三、二、一年级教室,我们走进了最右边的一年级教室,白木桌子白条板凳,一个桌上挤着三个学生,同学们开始叽叽喳喳互问村名、姓名、年龄,因为这里还有前边李家沟的、拐沟的孩子。

我们这个班的同学年龄相差很悬殊,还有比我大三岁的。所以前面是小妹妹、小弟弟,后面就是大姐姐、大哥哥了。

田老师是我们的班主任,他是本村的,有二十多岁,模样稳稳实实的,说话的语调和蔼低沉。第一天他给我们发了新书,交代了纪律制度,就让我们回家了。

我没有书包,手里小心翼翼地捏着新书,像捏着两块宝,捏累了,就夹在腋下。我们一路走走停停,歇下后就好奇地翻阅新书,语文课本封面是系着红领巾排着队朝学校走的一列小学生,第一页是毛主席万岁。一幅彩图中，毛主席和几个同样系红领巾的小学生在一起，毛主席笑嘻嘻的，小学生们穿着白衬衣，紧紧地围在老人家身边，第二页还是带色彩的五星红旗。接下来是拼音，还没人会拼音，大家一开始就唱读后边的课文："一二三四五六七八九十，上下来去……"那清脆悦耳的读书声真让人陶醉呀！

我们一年级年龄最大的女生要数玉家硷的郝竹叶，因她年龄大，又在本村上学，所以非常大方，非常爱说。她会唱民歌和"大跃进"打坝修梯田中新编的歌。她有时唱《三十里铺》，有时唱新编歌："歌唱一二三，哎嗨哟，大家都喜欢，一叫凤儿一叫蝉，生产赛过男子汉，队长张营富哎嗨哟，处处起带头……"我们都会唱这歌，这是玉家硷人编的。玉家硷是"大跃进"中的模范村，歌中的两个姑娘和队长都是本村的先进青年，劳动模范。郝竹叶下课时在教室里一唱，同学们都面面相觑，莲芝对我耳语："你看，那女子能的像个婆姨家。"在我们的印象中，只有婆姨家才是那样高喉咙大嗓子、肆无忌惮地大声说大声唱，女孩子在外面和集体场合，都是很拘谨和文雅的。

郝竹叶看到有人交头接耳地议论她，就毫不知趣地挑战。她说："一坪的叫什么来着？王楚楚。"坐在她跟前的一个男生接嘴说："叫王猪猪。"我受了很大的伤害，眼泪都要出来了，忙面向黑板坐下。他们又喊："三坪的娥子，你是蚕茧里变出来的吗？""二坪的引男，是女的还是男的？"哄一下全班都在笑，我们几个低着头。我们刚上学，也不敢报告老师，想的是老师是这个村的，会偏向他们的，回家也不给大人说，害怕大人说，受欺负就别上学了。

田老师有一天上课前讲了话，他说："几个村的同学都不能欺生，要互相帮助，互相爱护。"以后不愉快的现象就没了。郝竹叶学习特别用功，自己拿了笔砚算盘，又写毛笔字，又打算盘，大声地喊"三下五去二，二下五去三"的珠算口诀。这一天，我们一坪的一个男生说："楚楚跟郝竹叶比一比。"我不知哪来的一股勇气，几步走到郝竹叶跟前。郝竹叶知道，我的父亲曾经也是先生，就将算盘推到我跟前。我就哗哗啦啦地清理了盘子,给她打了个"三盘清",见珠打珠,又打了一个"九盘清",见杆打杆。我边打,边在心里想,你会的我会,你不会的我也会,看你还小瞧我们不。打完这两个,大家又齐声喊:"再来一个,再来一个。"我就一不做,二不休,又给他们打了一个"二秃子看梅花,两条黄瓜一疙瘩蒜",围观的同学见我打得这么熟练,都流露出惊讶的神情。他们说:"门里出身,自会三分。"其实,"三盘清""九盘清"是两年前外爷教我的,"二秃子看梅花"和"两条黄瓜一疙瘩蒜"是哥哥教我的。我在班上表现了一点小聪明,同学们便对我刮目相看了,也使我增加了好多自信。我想,我一定要比大家学得好,不论父亲在不在,我是先生人家的女儿。

念书学问大着呢,我以前以为把字写得像个字就对了,却不知字有笔画笔顺。田老师教我们认识"点横竖勾"的笔画,还教了笔顺口诀:"从上到下,从左到右,先横后竖,先撇后捺,先进人后关门,先放东西后开车。"下一堂课,他问谁记住了,并能在黑板上举例说明,我首先背出了还举了例。后来进行小测验,我的成绩都是最好的。一年级我就成了老师最骄傲的学生,我能感觉到老师对我的喜爱。

字还有字谜呢!什么土字扛了根棍,踢了个飞脚,打了个炮,是"老"字;一点一横长,梯子靠在墙,大口张开小口往里放,是"高"字;上八不是八,下八真是八,十字串中心,人人爱吃它,是"米"字;田间阡陌穿南北是"申"字;一营三十九个兵,二十一个去出征,八个守在营门外,营内还有十个兵是"黄"字。好多姓都有字谜,走在放学的路上,大家看彼此的姓怎么说,我千方百计地把每一个字谜都记牢。我认为,学习不光是学课本上的,从大同学跟前也能学好多知识,我总是愿意跟大同学在一块儿,好听他们在说什么。

上圪垯有一个六年级的女生叫改莲,有十六七岁,两条辫子又粗又长,可是她还嫌短,辫梢上用假发续起半尺长的梢子,真头发和假头发中间用红头绳紧紧地扎着,看不出一点儿破绽。

妮的算术差,中午让她姐姐补课,我就早早地到上圪垯等改莲姐姐。我一边看她精心地编辫子，一边让她给我教古诗、讲故事，我还翻看她的高四册语文课本。上学两年后，我记住了几十个字谜，自己也编了一些，比方：东长城，西长城，三人东城墙后藏，三人西城墙后藏。我说给同学听，果真一个同学就猜出来了，是非常的"非"。我心中不知有多么高兴，不免露出得意之色。当时还不知道孔老先生"三人行，必有我师"的我，深信从这个人口中知道一点儿，那个人口中知道一点儿，我的内心就会丰富起来。

有的大同学知道我爱学，就故意给我出了一个字谜，要我猜一礼拜或十天，但我还是猜不出来，像"斜杆上挂件衣，可惜有点土；还嫌日头底和鸳鸯姑娘去烧香，香头插在香几上；远看像个张秀才，近看是个光和尚"。在四五里远的求学路上，一边说着字谜，一边走路，字谜也记住了，路也不知不觉地走完了。紫琴又说："我们功课还学不好呢，记这有什么用？"我却是什么东西越难记，就偏要记住。

其中，有一个字谜是这样说的："三面有墙一面空，里边坐个女学生，有心对你说句话，又怕门外有人听。"这个时候我已有了"封建"意识，觉得这个字很有意思，但从不对人讲，只暗暗地把它记在心里。

我们学校六个班，共有五个老师，听说教导主任是师范文化程度，校长是村里的社长兼任的，校长不在学校做日常工作。这一次听说有一个大学毕业的老师要来本校。十里八村的我们轻易不接触，也没听说过谁是大学生呢！同学们在路上议论着。

这一天放学回家，妈正在当院的石床旁和两个人说话，旁边还站着两个个子不相上下的女娃。我怕见生人，畏首畏尾地不敢走近，妈就招呼我过去，告诉我这就是在西安城里当老师的堂哥和堂嫂。原来我听妈说过，这位堂哥六岁上学，二十八岁从一所名牌大学毕业，是家里的明星，别说伯伯对他器重了，夜晚父亲望着天空的明星，都会说："这就是咱的侄儿思振。"这位堂哥很严肃，不多说话，也不笑，个子很高，梳着背头，穿一身有些旧的制服，原来大学问家就是这个样子的。

这位堂嫂俊模俊样,很白净,语柔话多。她说两个女儿一个叫玲娜,一个叫丽娜,往后也要在玉家硷上学了。她拉了拉我的手说:"楚妹妹,她俩还要把你叫姑哩,往后就一路上学吧。"

我和妮很快就跟玲娜、丽娜混熟了,玲娜与我和妮一样大,丽娜比我们小一岁。玲娜和妮一个年级,丽娜和我一个年级。她们从大城市回来,一切都让人羡慕,有漂亮的书包,铁皮文具盒,红色、蓝色的铅笔和水彩笔。语文作业本是红方格本子,数学作业是绿横格本子,写字时每人坐一把折叠的铁椅子。我们在沙盘上写字,只有两个用白纸订下的作业本。她们的长相打扮简直就和我们语文课本封面上的学生一样。她们的名字也是这么好听和洋气。她们说,在大城市吃的是绿面,难道还有绿颜色的面吗?

原来,堂哥是"反右"回来的,他的文化水平当然很高。毛笔字写得十分工整,是老宋体,过年时他写的对联和印的一样美观。

玲娜和丽娜初到这个乡下的新环境,觉得很新奇。她们不太理解父亲被贬的苦烦,与我和妮在院子里尽情地玩耍。她们给我们教大城市孩子们的游戏:"城门城门几丈高,八十八丈高,骑马带刀,让我们小孩过一过。"一个长长的队伍,在一次次的喊叫中,我们从她们的胳膊底下钻过,围成一个圈,又跳又笑,热闹非凡,像过节似的。一直玩得等大人催促了,才意犹未尽地回家。

就在我开始上一年级的秋天,哥哥和村上年龄差不多的三个小伙儿一块儿到大堂哥工作的地方当工人。妈和哥哥都喜不自胜,但妈对几年来和自己相依为命还年少的大儿,免不了忧心忡忡。每次哥哥无论出门去哪,走一步都牵动着妈的心。哥哥稍晚些回来,妈就在硷畔上向着哥哥回来的方向张望,等不到的时候,她急得就像热锅上的蚂蚁一样,从硷畔上到院子再到脚地上,来回地转悠,我们常常在一边窥视着她焦急的神情,也随她一块儿担心着哥哥。

有一次,哥哥从大姐家回来,天麻麻黑了。当妈照见哥哥的身影，大步流星地跑到路上，一把抓住哥哥的胳膊说："怎么到这会儿了？"哥哥说，他上午帮姐姐浇园子，姐姐的目的也不是叫他浇园子，而是跟她到园子里拿菜。最后因姐姐叫他背上七八个茄子，姐弟俩推来让去，折腾了一个钟头，就回来晚了。妈听了这个情况也就无话可说了，一个是女儿的孝敬和挂牵，总想给妈和弟妹带点儿吃的，一个是争气的儿子，哥哥是怕姐的婆家人不愿意。

离开了父亲，孩子们个个是妈的心头肉。在父亲走后的这五年中，弟弟由半岁的婴孩长成了可爱的小男娃。妈回忆着父亲刚走的那几个晚上，她的奶水急干了，刚出牙的弟弟两晚就咬烂了奶头，后来流脓溃水的。两个女儿风里雨里地抱弟弟到后弯掌喂奶，半夜烟熏火燎地在铜勺里打搅团喂，而今弟弟的脸蛋又白又红，五官小巧，两个女儿也乖乖地在婆家过日子。大儿稳重懂事，小女乖巧聪颖。这一晚，妈的脸上流露出无限的喜悦。整天忙忙碌碌的她，好像都没仔细看过我们，这一会儿，她看看这个，看看那个。

五年中无论我们谁不舒服了，妈就心急上火，也跟着眼红牙疼。她满村找偏方找草药，怕孩子们有个闪失，会对不起父亲的嘱托。父亲在妈的心中永远是神圣的，父亲撒手人寰，妈从来没有说过一句怨艾的话。我能感觉到妈对父亲的情意和爱戴。我永远忘不了妈哭父亲那哀婉痛切的声调。

现在，只有十六岁的哥哥要出远门了，她不知道具体有多远，光听人家说，要坐几天汽车再坐几天火车。但无论怎样操心，也得让他去，孩子出去找工作，这是关系到他一生命运的大事。妈想起堂哥回来那一年，刚好当干部的堂姐也回来了，还有现在回家的这位堂哥，他们三个在外工作的人踩着雪去村上拜访叔叔婶婶。村里人无不羡慕，孩子们能在外面找个工作，是大人们盼不来的事情。

妈——收拾着哥哥的行李，还给他带换水土的豆子、小米，一再叮咛他出去要自己爱护身体。

第二天该走时，妈又拿出父亲的相片，递给哥哥说："楚城，想你四大了就看一看相片。"哥哥的眼泪立刻涌满了眼眶，父亲离开五年了，哥哥的个子高过妈一个头，细瘦细瘦的。妈背过脸擦了一把眼泪，提着一个打补丁的包袱把哥哥送到前村，哥哥回头看了看我和弟弟，想说什么，嘴唇动了动又什么也没说。懂事的我目送着哥哥，用眼睛告诉他，放心走吧，有我呢。

自从哥哥走后，我们娘儿仨时常盼望哥哥在外边的好消息。来了信，母亲就让妮她姐念给我们听，听说哥哥在外边学开车，我们一听觉得很够味，能开那么个庞然大物多了不起呀！

这一年过年，家里少了一口人，顿觉少了许多生气，多了许多空荡。大肉炒宽粉条舀了一大蓝花盘，这是我们最好的年夜饭。把菜放在锅台上晾一晾，我们娘儿仨出去看人家吊灯笼，我们是几年不吊灯笼了，一个是没钱买灯笼，再一个是没人给我们压灯杆。压灯杆是大男人的事，要在墙畔压长长的一根椽，把灯笼挑在椽梢，再用长长的大绳放至大窗的正中间。我们在堂哥家压灯杆，当把一头的绳子拽着往起升灯笼时，没压好的椽和一块石头从空中掉了下来，石头正好砸在妈的头上，顿时鲜血直流，大嫂手忙脚乱地烧些棉花灰，把灰按在流血的地方。在处理妈的伤口期间，那一盘粉条炒肉成了凉的。

二月里，和哥哥一同去当工人的有两个已经回来了，由于队里发公函说是队上缺少劳力要人，那两个就先回来了，母亲害怕哥哥回来。三月的一天，哥哥拎着走时那点儿烂行李也回来了，说是人家公函上说再不回去，不给家中人分粮。队上负责人完全是害了红眼病，出于嫉妒，费尽心思地要人。哥哥年纪又小，经不住威吓，哥哥说："我想出去挣钱，让妈、妹妹、弟弟过得好一些，人家把粮一扣，妈、弟弟、妹妹饿死了，我还工作啥哩？刚当学徒又没有工资，还是回吧！"

哥哥回来的这天晚上，妈和哥哥一晚上都没睡着，妈说："吃苦，咱吃惯了，也不怕，可是在农村，你没有父亲，将来怎么能成亲呀！"看妈的心事太重，哥哥本来埋在心里不准备说的话只好给妈说了。鸡叫两遍了，哥哥还听妈长吁短叹的，他就说："妈，你不必着急，成家也不难,在路上,有个姑娘和她有病的母亲一路回家,她们家在邻县,一路上我就搀扶着照顾她母亲,她母亲和她都看上了我。她母亲也同意把她许给我,她人长得很好,也很和气,比我小一岁,还上过中学呢。"妈听完后,心里就像苦水中放上了糖,甜多了。

再后来,那姑娘给哥哥来信,还寄了相片。她大大的脸盘,两根长辫,穿了一件格子衬衣。妈看到这未来的儿媳,心里有了希望的光芒。哥哥怕羞不让给别人说,妈就独自在心里高兴。那姑娘在信中说:"你是农民,我以后上了大学,都不会变。"她在信中说,她回去后准备继续升学。

有一次,那姑娘又来了信,别人捎回来时偷着拆看了,哥哥就嫌丢人,再不让那姑娘来信了。几个月后,妈才知道了事情的原因,再埋怨哥哥也晚了,妈也无可奈何。

哥哥在生产队劳动,成了全劳力,全劳力就是每天记十个工分,还当上了生产队的会计。但队里的产量很低,每人只能分二三斗粗粮,连糠带壳,人还是饥肠辘辘。我们的大窑空荡荡的,妈由娘家陪嫁的两个顶箱,一九四七年用一个换黑豆度了饥荒。只剩这一个,就像守寡的妈一样,在后地上显得十分孤单。那个古老的茄紫色柜桌,靠在另一侧的墙边,柜底仓和每一个抽屉几乎都是空的,抽开打开,偶然看到一把长年不用的老剪和线拐子什么的。除此之外,别无他物,衣服都在身上穿着哩,箱子里难以找到一片用来打补丁的破布。由于分的粮少,几个大老瓮也空空地立着,上面盖着高粱秸纳下的盖子。

能数得见的粮食用泥囤就可以盛下。夏天妈在院子里打些纸囤、泥囤,纸囤就是用破鞋沤烂,用斧头扎碎,掺些泥和匀了,拍得薄薄的,粘在一个裹着破布倒扣着的小瓮上,等干了拔出小瓮,收拾齐櫵子,裱上几层纸,有学生的再用白纸画上小彩画贴上,没学生的就剪些纸花贴上。泥囤就没有上好的破鞋做原料,只用打豌豆所剩的末子掺进泥里来制作,制作的过程和纸囤一样。

凤凰鸟

妈总要在收拾好囤檐后，缝上一个笠圈，然后再细细地裱糊。那一排白花花又贴画的囤子，总显示着各家女主人独到的匠心。当时，都是自制自用。儿子分家时，就分给儿子几个，女儿出嫁后，就送给女儿几个。

那分得的粮食粒粒都是妈手中的珠玑，妈把所分的粮总是量盘来量盘去。那些存粮，在她的手下一升一升抹得平平的，她也在搞"计划经济"，共有多少，每月吃多少，做到心中有数。不计划好，就会和村上另外一些人家一样，到春三月就断了顿，孩子哭个不停，男人打天骂地，只有厚着脸皮东借西借。

妈从来不愿那样，再说，又借谁家的去？借了还要还，下一年不是又不够了？所以，妈都是数着粮食度日。民以食为天，家里除了我们这几口人宝贵外，就是这点粮食了。推碾滚磨时，哪怕掉下一粒粮，我们也要把它捡起来。那些黄黄的糜谷，红红的高粱，光亮的豆粒，在我们眼中胜似宝物。妈说："宁叫'细流流'，也不叫'断流流'。"一年中只有几升小米，妈也要把它分布在三百六十五个日子里。那粒粒小米都是从指缝漏进锅里的，清米汤是下火的，碗底几乎没米，那黄亮亮的清水就是滋润肺腑的佳品，是神汤、救命汤。因算子上蒸的都是长翅膀的糠窝窝，不喝清汤人就拉不下，习惯了这样生活的我们，反而并不觉得生活苦。早饭时，大家坐在门上碾盘边、炕棱上，望着那淡黄色水中的光斑，有滋有味地吮吸着，那是黄土高坡的乳汁呀！

一个年长的哥每次来串门，笑着对妈说："四婶子，人家的米早没了，你那米怎么就满年四季都有啊？"妈揭开那盛米的小盆子，每次都有一升多。那位哥又逗笑说："四婶子，我看你这个盆怕是神盆，它会往出生米。"实际上，妈总是把每月要吃的一升半放在这个小盆里。

春天就吃苜蓿、槐花、榆钱、枸杞子叶……反正能吃的都吃了。秋天还好一些，南瓜、洋芋、玉米算长着算吃，日子再艰难，生活依然十分诱人。

这一年正月初，妈忽然肚子疼，疼得坐立不安，前后炕打滚，可把我们兄妹三人急坏了。乡下当时缺医少药，再说，我们手无分文，怎么能请得起医生？第二天，哥哥赶紧跑到二姐家求救，二姐夫二话没说，请了个医生来给妈看病。原来是妈肚里有了蛔虫，用驱虫药把虫打下去后，她的病便好了。

这一场病把妈提醒了，她想，自己假如有个三长两短，丢下我兄妹三人可怎么办呀，妈便打定主意给哥哥娶媳妇。

妈让村上的一个哥去他舅家村里说媒去了。介绍人回来后惊喜地说："没麻达，女娃他爸一听说是四先生家，一口就应承下来了。"正月十几，介绍人就领哥哥一同到那个村相亲。哥哥回来后，脸上有掩饰不住的喜悦，妈就问看得怎样了。一向话语不多、羞怯的哥哥只说和我们前村那家的姑娘一样高，妈就再没多问，她相信儿子的眼力。

说下媳妇就要娶，妈觉得只有娶进门才放心。可是，家中一贫如洗，怎么个娶法？妈横下一条心，娶得起也要娶，娶不起还要娶。随后，她给大姐写了信，给二姐家打了招呼，然后自己就四处借办事用的粮食。

大姐家很快尽他们的力量邮回了一百多块钱和几块布料。二姐夫向他的同志转借了一百多块钱，并从门市部一尺一尺地买下七尺黑条绒，又找人对换成一条裤料。两个女儿家的鼎力帮助，使妈的心情轻松了一大截，只是借下这六斗六升细粮，只有往后慢慢还了。

二姐在订好日子后提前十多天来了，她先帮助妈推碾滚磨，洗刷打扫。她带着自己一岁的女儿，这孩子胖乎乎的，手腕跟前有一道小渠，妈握着外孙女的手说像个耍棒槌。这孩子乖得很，下炕钉一根木橛子，用一根带子拦腰把她一拴，她就满炕爬着玩。

二姐自从嫁到舅家的一个村后，很少回家，因为二姐夫去外地当学徒，川道地区当时也极贫困，她有一月仅用一升高粱度日，白菜汤里搅一撮黑面糊，就是她一天的饭。她没有什么带给妈和弟妹的，来了想着还要吃要喝，她心疼妈的日子不容易，即使偶尔住上几天，她总是不往饱吃。这一次，她还和以往一样，吃饭时舀上一碗底，别人舀第二回了，她还没吃完，急得妈捶胸顿足："全凭你这几顿饭节省哩！"不管妈怎样责备和唠叨，她总是我行我素。她也知道，这种近乎自残的节省方式使妈难过，她就舀一点儿假装吃，那种遮遮掩掩的神态，真让人没办法。有时怕妈絮叨，她就把碗放在锅背后，躲出院子。她那种对亲人赤诚的热爱，我不知道世界上还能有谁。一种克己的美德深深扎根于她的心灵，没有人训导，没有人要求她那样做，可她始终如一。都是爱，爱得太狠，爱得太深，爱成了残忍。

三月十六，正是春暖花开的时节，破烂的院子，破烂的窑洞，都打扫得干干净净，这是哥哥的大喜之日。上午太阳红红地照着，新媳妇就娶到了家，我的嫂子是数一数二的人才，又圆又大的脸盘，大花眼，红红的脸蛋就是老家人说的鸡糠屎脸蛋。有句俗语说"白日脏，黑恶心，鸡糠屎眉脸爱死人"，说的就是白黑透红的脸蛋是最好看的。小嘴如樱桃，身段标致又高挑，看热闹的人都啧啧称赞，妈更是喜不自胜。嫂子干净又手巧，这是父亲下世后，妈自认为最重要的一件大事，由于大姐和二姐出嫁时，妈连一顿饭都招待不起，就分别在两个舅家办事。这一次，有两个女儿家的资助，自己再借些。这一会儿瞅着满院看热闹的人，妈喜得合不拢口，她在心里对父亲说，他四大，我给咱儿子娶上了好媳妇。

娶了这样美貌的嫂子，我心里也是非常高兴。这学期刚好老师给我们教了一首关于嫂子的歌，我老想瞅机会唱给嫂子听，一看嫂子满脸的忧愁，整天不说一句话，我就只能在山里拔苦菜、砍柴时放声唱："花喜鹊尾巴翘，哥哥娶了个好嫂嫂，大眼睛，黑眉毛，脸蛋像个五月桃。"这首歌太好了，好像专门为我作的，同伴们听着对面山崖上回荡着我一阵阵清脆的歌声，就让我教给她们。

哥哥结婚时，二姐夫也来了，过完事，他看到我们没有住处，只用一孔窑做了新房，我、妈和弟弟就先暂时住在我二妈的炕上，真是有吃处没宿处。家中又借下不少粮食，二姐夫便提出来让我到他们村上学。妈知道他们的日子也不好,川道里当时分粮还不如我们乡下,只是菜多,便说:"算啦!"二姐夫是真心想为妈减轻负担,就说:"楚楚在我们村上学,还能帮我们看蓉蓉呢。"二姐心里当然高兴。这天放学,我听说妈也同意了。我心中就有说不出的喜悦,就是我最初跟表姐念的"走路、吃饭、睡觉,都想毛主席"的那个学校呀!那学校不仅窑洞设施比乡下好,老师也肯定比乡下好,靠着县城,想到街上转转也很容易,我是做梦也没想到,能在这个学校念书。

听说我要转学,玉家硷的同班女同学给我写了一封信,信中说,希望我到了新学校更加努力学习,不要忘了她们。底下有全班女同学的名字,田米米最小,她的名字写在最后。后来我再没有见到这些同学,可是那童真的友谊,一生都珍藏在我的心里。别了,我的玉家硷女同学,别了,小妹妹田米米。

这半年,是我四年级的最后一学期,我深知家中的困难和上学的不易,听说玉家硷的同班同学都纷纷退了学,班上只剩了几个学生,后来连学校也只好挪到前沟更远的一个村里了。我有什么理由不用功,不刻苦呢?无论上课、自习,我都是规规矩矩,认真听课,专心做作业练习。老师看到有的同学东张西望,交头接耳,就屡屡地表扬我,我的成绩也总是遥遥领先。

姐夫在街上的工厂里做工,钱贬值了,二十多块连一筐白萝卜都买不下,他便辞了职,在家里劳动。

川道里的人以吃菜为主,春夏秋都吃的鲜菜,有菠菜、韭菜、小白菜、茄子、柿子。秋天主要是大白菜,也有少部分黄萝卜。天一凉,深秋时把白菜腌上,一家都腌几大瓮,有的人多,就腌七八大老瓮,一冬天和初春都是烩酸白菜。早饭有时是下半碗高粱和玉米糁糁,然后切半碗酸菜下进去。有时是窝窝烩菜,切几块洋芋,半碗高粱面烩上大量的菜。

秋天分了几升糜子,碾下一些糜糠,糜糠是很硬的,几天内不吃就苦了。糠也很缺,二姐就想把这些糜糠先吃掉,那糜糠窝窝不仅粗涩而且苦。这一天早上吃饭，我实在是咽不下那窝窝，趁二姐不注意，就把那块窝窝塞在被摞子后边，那长翅膀的窝窝一点儿都不黏，也弄不脏被子。二姐晚上发现了，就很难受地说："你一天饿着肚子还念什么书呢！再吃不下饭，就回去念算啦。"为了念书，我什么都不害怕，晚上饭吃得晚了，我一个人走过大半个村子到外爷家睡觉。书怎么能不念呢！念书多么好呀！简直是出神入化的。只有念书，才能有知识，只有念书才能知道外面的、很久以前的、天上的地下的事情。现在我要退学了，今生肯定也念不成书了。我就答应二姐，从今好好吃饭。每天放学，都有热饭等着我，当时有一句话是"挤粮不如挤口"，多一个饥饿的人，要给二姐家带来多少艰难呀！但二姐再苦也心甘情愿。就是二姐夫，是他叫我来的，所以他也处处关照我，看我没本子、没笔、没墨水了，他就给我买。我是个胆小怕人的女孩，看见我饭吃完了，二姐夫有意站在门外，让我去锅台舀饭，等我舀完他再去舀。今生今世我有了一点儿学问，多亏了二姐夫和二姐。

二姐家这个村大，农业社搞得不好，驴从来都不推磨。二姐怀孕了，还要挺着个大肚子推磨。礼拜天，我在一头，二姐在另一头，在磨道里，转一圈再转一圈，要是粮食豆颗，就会哗啦啦地往磨眼里钻，而这些糠总是不下眼，走几步，就得用插磨眼的筷子捅一捅，一大晌把人转得晕晕乎乎的。太阳晒的，我总感到头疼，眼睛也睁不大。我又瘦又没劲，我活着就得连累亲人，我还要念书呢，生活的艰难让我给亲爱的二姐增加了多少沉重的负担呀！可是，二姐总是千方百计地疼我，偶尔有几个果子总留给我吃。每月磨两升白面搁下给孩子吃，吃奶娃娃，只用一小撮面拌疙瘩，给蓉蓉喂剩下的，哪怕只有一口汤哩，二姐总要让我喝了。二姐还要给我做鞋、做衣服。买不起棉花，二姐就从她结婚时的被子里抽出一些棉花给我做棉袄，为此二姐的被子变得很薄，再冷再冻，二姐都毫无怨言。

我们的班主任张老师是关中人，一个人千里迢迢来陕北工作，无牵挂无负担，对学生和气又热心。我的成绩总排在前面，他心里很高兴。有一天下课时，他说："你叫王楚寒，把这个'寒'改成这个'函'吧。"我是十分崇拜我的老师的，老师起的名字一定意义很好，我告诉了二姐，从此就改大名为王楚函了。

上完四年级第二学期，全班到县完小进行了升学考试。

秋季开学，我和二姐村里升入五年级的同学一同到县完小去报到。走过三里地的马路，穿过子源街，到街的尽头，就是我们的子源完小。当街上的同学知道我在这次升学考试中考了第一时，便前呼后拥地把我包围了，一进第二个校门，有同学就大声地告诉班主任王老师说："王楚函来了。"个子高高的王老师笑嘻嘻地招呼我进办公室报名，因为我迟到了两天。

我对这所学校并不陌生，我是来过一次的。十一岁的那年寒假，我来到二姐家，当时，二姐夫还在县综合厂上班，二姐住在一个姓柳的人家院子里。听二姐说，柳家的父亲在国民党部队任过连长，当过太太的母亲对孩子十分严厉，在普通人眼里就是刻薄。大女儿叫柳碧，和我一个属相，二女儿叫柳云，才九岁，也上三年级了，她们的母亲连大门也不让出。当时我刚到这县城，觉得又陌生又好奇，老想到处看看，希望有一个伴，就像在大姐家认识的花凤和莲萍一样，一块儿到马路边、无定河畔玩，那该多好呀，可是我一听二姐的话不敢约柳碧了。那天下午，我见柳云一个人站在大门口，就和柳云来到了对门的学校。

放了假的学校空无一人，地上落着几片碎纸，被风吹得打着旋儿，这是由一座庙宇改建的学校，庙的大院做了操场，过一个小洞子门，里边分上院、下院。上院是正殿，下院原是戏台。还有东院、西院之分，有转角的围窑，西后院也有上下两排窑洞，现在都是教室和办公室，桌凳都分别放进了几个教室。没放桌凳的教室门虚掩着，柳云陪我转了一圈，就胆怯地要回。

没想到，今天我也是这里五年级的学生了。五年级两个班，五甲在正殿，五乙在对面的大戏台上。五乙的光线好，五甲冬天很暖和。

我们不曾想象正殿的神像前曾经香火缭绕，"收四季高香常尊贵，佑八方子民永大肚"的风光，只知道开着一个个圆洞形窗户的大殿是我们的教室、我们的乐土、我们的摇篮，我们能够进这县立第一完小上学，有了许多骄傲。

子源完小一至四年级，每一个年级都是甲、乙、丙三个班，五、六年级，每一个年级分甲、乙两班。这里的学生不仅有工人、商人、农民家庭出身的，而且还有干部家庭出身的。我们班就有县长的女儿，她叫高文静，眼睛高度近视。

我从班主任老师的办公室领了新书，还领了一个三道杠的少先队大队委员的标志。我的座位被安排在高文静的后面，文静看不清黑板上的字，抄笔记时，她总是等我写一句，转过来看一句。因此，我们很快就成了好朋友，不仅文静对我好，班上的好多女同学都对我好，再加上老师的不断表扬，我觉得自己走进了一个大世界，信心和勇气倍增。我的语文、算术名列前茅，对各门副课也特别认真。有一次上农业常识课，教导主任郑老师给我们讲八字"宪法"：土肥水种密保管工。当郑老师讲到水字时，为了讲水对农作物的重要性，他引经据典，说古代有个叫解缙的学士在大街上走，下起了春雨，解缙滑倒了，街两边的人都笑，解缙站起来，出口就作了一首打油诗："春雨贵如油，下得满街流，滑倒解学士，笑坏一群牛。"我的好学当时在子源完小是出了名的，我总恨不得把老师的每句话都记下来。这一会儿，同学都哈哈大笑，我低着头把这首打油诗记了下来。郑老师走近桌旁看我写什么，然后又大大地夸奖了我一番。他说："这样的学生实在难得，如果大家都像王楚函这样自觉地求知，每个人的成绩都会提高的。"各科的老师都赞扬我，有的任课老师就说，王楚函一定是"绝对冠军"，我心里别提有多高兴了。

六年级升学复习，有时天晚了，文静就领我到她家去休息，实际上，她们家小孩很多，住一孔窑，根本就没有地方。文静与她妹妹还有我，住在县长办公室，那县长的办公室也是很简陋的，室内只有一个文件柜、一个办公桌和一把椅子,炕上潮得很。

　　文静家吃的也是窝窝,只不过,他们的窝窝是粗粮做的,文静有一次掰了一小块给我尝,真香,甜甜的。

　　由于文静每节课就那样无数次地拿我的笔记本,有一次,我烦了,当她又转过来取时,我把笔记本塞进了课桌抽屉。她倒没有言声,可是被任课老师看见了,大声训斥了我一顿,他说我是个没礼貌的学生,老师正讲课,就收拾东西。这是我在子源完小受的唯一一次批评,多次的表扬把我搞得飘飘然,一次的批评,当然使我难受了好长时间。

　　二十世纪六十年代,乡下青年的婚姻基本上以别人介绍为主。我嫂和我哥只相亲见过一面,也没说话,两个月后第二次见面就是结婚那天。嫂子婚前当然没看过我家,一进门嫂子发现婆家和她想象中的有差距,窑院墙都是破烂不堪的。她心里是怎么想的,从来都不说出来,只是百般不如意,虽然一家人什么都让着她。哥哥整天在队里劳动,妈包揽了一切家务,早晨天还黑着就起来推磨。嫂子是新媳妇,天明了妈收拾完磨子又做饭,吃饭时千方百计地照顾嫂子。在妈眼里,嫂子还是个娃,她只有十六岁,比我才大三岁。妈说,楚函又知道啥呢!

　　嫂子三天两头地往娘家跑,娘家人好说歹说地劝,可她心里转不过弯来。她认为自己上了介绍人的当,找到这样一个不理想的婆家。她每走一回娘家,就拿一点儿自己的东西,娘家陪的鞋呀袜呀拿得一干二净。空空的红顶箱底仓里只剩下二姐夫千方百计对换的那块条绒裤料。

　　有时,她今天回来,明天又要走,走时妈总用仅有的一点儿面粉蒸几个馍,算是让她给娘家的礼当。有一次,她弟弟妹妹来送她,第二天弟弟妹妹要回家,她又要一路去,哥哥拉她不让去,她就哭闹个不停,她弟弟只有五六岁,回去告诉大人:"姐夫把姐姐拉得哭个不停哩,馍蛋蛋掉了一地,叫狗吃了。"为此两边的老人都很着急。

远在外地的大姐听说嫂子与家不和谐，她很牵挂，心急火燎地带着两个孩子回家来看。那些年收成一直不好，有时就来要饭的。这天中午，我们正在吃饭，姐姐从大门进来了，抱着半岁的女儿，跟着六七岁的小航，谁也不知道是姐姐，妈就说："看，又来了个要饭的。"哥哥说："那不是我姐嘛。"我们赶紧接过外甥女，谁知那小娇女尖声地哭，哥哥就抱起小航，全家人都很惊喜。妈说，她没把姐姐认得，航便说："我妈又生了个小女娃，你们就认不得了。"逗得大家都笑了。

　　姐姐一看嫂子不在家，证实了她听到的消息的可靠性，就问了妈一些情况。妈说："趁你回来了，寻她去。"我正放暑假，就领着航去了嫂子的娘家。

　　嫂子的娘家，我跟嫂子去过一回，路很熟，她的养母和生母两家娘家在一个村里。我向她养母说明了姐姐从外地回来要看我嫂子，她母亲就让她回去，可是走到下面她的生母家，又拗着不走。眼看半下午了，航又很调皮，我急着要领他回家，还有七八里山路呢，嫂的生母就又好说歹说，嫂子才悻悻地与我们回了家。一进门她问候了一句姐姐，就不吭气了，一家人无言以对，很别扭，我就逗航说："你看见谁最亲？"航说："妗子，因为妗子脸蛋好。"把大家逗笑了，嫂子也抿嘴笑了一下。

　　看完嫂子，姐姐就拖儿带女地走了，她和二姐有一样的心思，在娘家多住一天要吃要喝的。虽然千里迢迢，但她也绝不多住时日，嫂子也要走，而且要把仅剩的那块条绒布料也带走，妈就给了她缝裤子的工钱。后来哥哥知道了，说："妈，人家不跟咱过了，你还给工钱！"妈说："保住人是大事，人保不住了，这点儿布料工钱又算什么呀！"妈相信嫂子的柔肠，认为是神仙赐给我们家这样一个美貌手巧的媳妇，妈再苦再累也要保住她。这是儿子看准的人呀！再说，人家上下娘家人实在是没说的。嫂子的亲生三哥前一年冬天也来家看过，妈盛情招待了他，并细细地叮咛他，在这种别扭的情况下，大家都忍耐对付着，慢慢等待嫂嫂的转变，说嫂嫂年龄还小，不要给她施加压力。

嫂子的三哥回去，一一向父母说明了，还说："我认为，方圆几里都找不下这么善良的婆婆和女婿的。"我们一家人都在等，都在盼。寒假时，我只有一面一毛来钱的小镜子也要送给嫂嫂。吃饭时，嫂子不端碗，我们谁也不端碗。她是我们一家人的中心和目标，因为像我们这样穷家薄业的人家娶个媳妇得兴师动众、东凑西拼，多么不容易呀！嫂子自己与我家合不来，也很孤独，有时就和院里的女孩一起玩儿。妈就凑在小玻璃窗上看，她惊喜地说："你们看她就是个娃嘛，等过上两年长大了就懂事了，耐心点儿，只要她开心，就叫她耍去。"惹得我们都笑了，哥哥的笑脸上有掩饰不住的苦涩。

我上五年级这年冬天的十一月，二姐又添了个女儿，妈来二姐家照顾二姐。二姐刚坐月子第三天，有天下午，外爷从柳坪赶集回来，没回家先走到二姐家。在老家，男人是不能踏月务的，外爷在门外叫妈，说有话要对妈说。妈走到隔了一孔窑的地方，外爷告诉妈说，集上来我村的人说，嫂子在妈来二姐家的当天就走了，去公社要离婚。外爷声音低低地告诉了妈这件事，害怕二姐听见，月子里的人身子虚弱不能受刺激。但是二姐早已站在门前从门缝向外探望，从神色上，二姐就猜到了八九分。母亲进了门，二姐一个劲儿地追问究竟是什么事。眼看哄不住了，妈着急得要回去，媳妇比女儿重要得多。

这一夜，二姐和妈一眼也没合，她们在煤油灯下沉默一会儿，又互相劝解、宽慰一会儿。我一开始听到消息也很着急，但耐不住瞌睡，等我一觉醒来，妈和二姐眼发涩发干，可还在坐着。可怜的二姐也不怕落病。妈看见我醒了，脸上掠过一丝欣慰，对二姐说："你看，楚函的脸蛋颜色真好，红是红，白是白的。"虽是吞糠咽菜，我们那地方水土好，十四岁的我越长越好看了。妈心里很苦，但她想苦中作乐，就谈论起了我，说："娃娃小时候丑，大了一定俊，楚函虽有后脑勺，但有后脑勺的娃就灵醒，要不，楚函书咋念得这么好？"二姐嫉妒道："你就亲你的三女子。"妈又怜爱地看着二姐，心里说，二女子小时候有点儿拗，长大了多懂事，多操心家呀，现在，女儿在月子里又受这急躁和惊吓，我又不能照顾她。想到难过处，妈转过身去，说："咱装睡吧！"吹了灯，她们还是翻过来覆过去地睡不着，我一会儿就迷糊了。

第二天下午我放学回来，妈早已走了。

过了十多天，又一个集上，有人捎话说，嫂子回来了，我和二姐就放心了。原来嫂子在娘家也是个很规矩很胆小的姑娘，未出嫁前她要是心眼多的话，一定要看家，她只听养父说："要是旧社会咱还怕高攀不上人家哩，人家是方圆几里有名的先生人家，看什么家，没什么必要。"这样轻信了养父的话，结果嫂子结婚一到家，看到破墙烂院，窑里泥皮斑驳，生活还不胜娘家。当时，人家娘家一排十多孔旧窑都不住，又砌了三孔新窑住。梨树、桃树、杏树样样都有。嫂子的养父又是村上的能人，年轻时生育了几个小孩没成，就抱养了嫂子，嫂子到家后，又生了几个。

嫂子一看婆家还不如娘家，有过不下去的想法，但她年龄又小，有心无胆。村上有个是非婆姨，挑唆道："你婆一走没人监视你，你要离婚这就是空子。"这一次趁妈出门，嫂子就去了公社，公社正开队干会，嫂子一看满院人，头也不敢往起抬，走到社主任家一天没敢出来。院里那些队干部叽叽喳喳："那是一坪会计媳妇。""听说是来离婚的。""这么俊的人物，离几次婚也能找到婆家。"杂七杂八的风凉话让嫂子受不了。后来社主任问她为什么离婚，是因为婆婆不好，还是女婿不好，她都说不上来。人家就让她回来好好过日子，她就回了娘家。

她爸她妈抱着她的小妹妹把她送回来了，就是妈回去的那天。妈半路遇到了她爸，她爸说："亲家，你放心回去，没事，我都给你送回去了。"妈一到家，果真亲家母在烧火，媳妇正在抿面筋呢，妈悬着的心就放下了。妈啥话也没说，只当没这回事。

这年冬天，嫂嫂和哥哥和好了。我们一家人都十分庆幸，快过年时，院子里给一个堂侄娶媳妇，几个小孩跑来跑去地在哥哥、嫂嫂的门口偷听。弟弟和另一个小侄子噔噔地跑到妈跟前说："听见了,听见了。"大家询问听见了什么,他俩说："一个说,迎人去我给你拉驴,那个说还是不要你拉。""不要我拉把你脑打烂!""脑打烂也不要你拉。"满院人都觉得结婚快两年的小两口终于会对话了,的确很稀罕。

过完年我快开学时,二姐夫也来给妈拜年了,二姐夫回去时,问我走不走,我是不会与他一路的。这时,我的封建思想已很严重,他一直真心实意地支持我在他家上学,几年来没说过我一句重话。有一个雨天,我回不了家,他还买了两个油饼子给我送到学校。还因为我跟前坐的那个调皮男生叫他外甥在路上打我,假期中,二姐夫把打我那小子压在园子里打了一顿。为此,人家妈大肆诉苦:"姐夫为了小姨子打我儿子。"这一切我都记着。自从我来这里上学,他给我付学费、订本子、包书皮,因为他上过学,本子订得整整齐齐,书皮还要包个书角。二姐没上过学,有时就给我订两个五开的本子,长不长,方不方的。

我总是一个人走在上学的路上,从家到十里外的村庄,路上没有一个人。十几岁的我是有些紧张的,但那极静的小路、荒僻的小路,是求学的路呀。我被雷锋精神鼓舞着,"青春啊,永远是美好的,可是真正的青春,只属于这些力争上游的人,永远忘我劳动的人,永远谦虚的人。"我无色透明的心灵,被雷锋的话深深折服,我就要做这样永远力争上游、永远忘我劳动和永远谦虚的人。回顾寒假,我不仅认真地温习了功课,而且读了《林海雪原》《苦菜花》《青春之歌》几本书。还有几本《少年文艺》,做了好多笔记。少女的心灵美妙无比,人生是多么美好啊!去年冬天在放假的路上,哥哥接我回家,我兴致勃勃地把《雷锋日记》读给哥哥听,哥哥和那路边的大山一样沉默。我知道,他是怎样一个诚实和忘我劳动的人。

自从和嫂子结婚后,小两口不合,给哥哥带来多少精神上的痛苦,可他不能在妈面前表露,他知道,妈会比他更加心急如焚,所以他总是宽慰妈放宽心,他说:"任去任留,就当咱还没娶媳妇哩。"哥哥每天从早到晚在队里干活,利用中午做自留地的活,晚上和初冬农闲就用小土车给我们打土窑,他是多么劳累呀!还要背些粮食送到二姐家供我上学。每次当他放下背上的粮食,看到他汗水淋淋的模样,二姐连说:"咋热死了,咋热死了。"他就用他长满老茧的大手把满脸的汗水一抹,二姐就四处替他找擦汗的毛巾。

他只有二十二岁,可是要干多少活呀!我在心里自责起来,我的存在连累了妈、姐姐和哥哥们。二姐家多我这一口人,日子更为艰难。去年夏天,二姐上了火,淋巴发炎,脖子肿得化了脓。那天中午,我陪她看完病,她一只手抱着孩子,一只手开门,那咬着牙十分痛苦的神情,总在我脑中反复出现。二姐知道我爱念书爱得要命,她再苦再累都坚持着。

我在上学的路上,想《雷锋日记》,想那些小说中的人和事,一会儿又想眼前的现实和艰难。一年又一年,二姐家人口多了起来,农业社一年收成不如一年,秋天有大白菜,就下半碗糁糁,煮一大筛子大白菜。可冬天腌的酸菜冰得瘆人,二姐半天半天地剁酸菜,她的手冻得关节老疼,我的心情非常矛盾,要念书,就只得害我的亲人。村上有几个像我这么大的姑娘早订了婚,婆家会给拿三斗粮,外加扯几件衣服。母亲从没提过这些事情,我更不敢想象这些可怕的事情。我离不开学校,离不开喜欢我的老师和同学,离不开给我知识的书本,还有那些美好的荣誉。要是不上学了,没有了成绩,谁还表扬我呢?谁还羡慕我呢?

想了一路心事,到了二姐家,二姐夫没在家,我就坐在二姐炕边的门箱后边搓麻绳,眼看二姐没奶的小闺女哇哇地哭,月子里妈回去了,再加上二姐没有奶让娃吃,孩子又瘦了一圈。我想立马到学校报到上课,可又犹犹豫豫,二姐也天天催,可不知怎的,我还是一个劲儿地搓麻绳。这天下午,本村的一位女同学捎话说:"安老师问你来了没有,来了赶紧去报到,学校已开课了,这是六年级最后的半年,要抓紧准备升学考试。"我去了之后,安老师说:"我知道你的情况,学费的事,你就不用操心了。"

安老师是多么好的一位老师,听说他曾在空军部队任文化教导员,可能是父母年纪大了,他就转业了。他每次用自由活动的时间给我们讲好多好听的故事,枣核,金琵琶,林则徐的传说。安老师的粉笔字写得十分工整,是标准的仿宋体,总是一笔一画,写字时,他的神情既严肃又和蔼。他用自己的工资为我付了这半年的学费,我从内心深处感激他,我还有什么理由不更加刻苦用功呢?

学校很重视学习好的同学,有什么出头露面的事,老师首先想到我。之前我还在上五年级,第二学期快放假时,六年级的学生就要毕业了,在毕业生的欢送会上,我讲了话,讲话稿是老师写的。县上开人大会,六一班的同学朗诵诗,选几个五年级的同学做仪仗队,也有我。六一儿童节庆祝会,老师又让我讲话,那是刚下过一场夜雨的早晨。我穿着一双沾着泥的黑色大雨鞋边走边掉,裤子是我二姐的,奶奶临终前分给二姐的一条大裆黑布裤,由于没有换洗的裤子,雨后返潮,上边有很显眼的白云架。我羞愧地低着头,慌乱地上了台,只觉得台下的同学都在盯我的裤子,而不是听我讲话。我只觉得浑身不自在,话讲得结结巴巴,这一次讲话彻底失败了,老师在台下为我捏着一把汗。演讲完,我沮丧地走下台,想着老师以后肯定就不叫我讲话了,果真,在我们的毕业典礼上,安老师让另一位男同学代表毕业班讲了话。

放暑假的会上,校长表扬了安老师为我付学费的雷锋精神。我在心里想,我什么时候才能报答安老师的恩德呢?只有我继续上学深造,将来有工作了,有出息了,才能报答安老师。妈帮我,因为我是她的女儿,姐姐、哥哥帮我,因为我是他们的妹妹,而安老师既要用心血教育我们,又要用有限的工资资助我。他上有老下有小,还有三个弟弟也正在上学。他的日子也是很紧张的呀,他对我的资助使我念念不忘。

第三章

　　学校放完暑假的第三天，安老师领我们到本县第一中学子源中学参加了升学考试。考完试后，我们忽然觉得，从此就要离开子源完小了，内心产生了好多依恋之情。于是，我们又随安老师回到校园，大家坐在乒乓球台上，最后一次接受安老师的嘱咐和鼓励。

　　天黑了，我们才返回李峪。再见了，亲爱的母校，再见了，亲爱的老师、同学们。

　　中学的录取新生表出来了，舅舅在集上捎话说考上了。当时我、哥哥和妈正在院子里，我听后没感到高兴。因为能考上，在我预料之中，可是上不成怎么办？我见哥哥和妈都没说话，他们在心里也为我上学的事作难，不叫我上吧，他们知道我是多么爱念书；叫我上吧，家里确实困难。我都不敢看妈和哥哥的脸，只觉得喉头发紧难受，真怕泪水流下来，更使妈和哥哥为难。我低头回到家上了炕，盖上妈的那床红色烂被子，泪流满面。

　　妈和哥哥耳语了一会儿，来到炕边说："楚函不要哭啦，妈又没说不叫你念的话，能念书，妈怎么不让你念呢？"说着妈的眼泪也就下来了。我一听还有念的希望，就一骨碌起来叠了被子，又搂柴，又烧火。我是中学生啦，这一会儿所有中学生的镜头、景象都出现在我眼前，有最早认识的大姐的四妹，有和我们在子源街上擦肩而过的所有中学生。他们中有文雅腼腆的女学生，还有并排说着闹着、喜笑颜开的女学生，也有边走边谈论的男学生。那一年我升五年级是第一名，有个瘦瘦的男生升中学是第一名，那个男生我也总能在来来往往的路上遇到，我还暗想将来我升中学，还要得个第一。当然，我还听说子源中学那一年,有一个拔尖的高中生考上了清华大学。人生就像是一级级的阶梯,只有上学,才有可能攀登那高高的阶梯呀。今后,只要我能走进那围墙高高的中学,未来我一定要攀登更高的人生阶梯。往后我就能在那个有刺玫花,本县第一流的学校读书,那又是一种什么心情呢?我也会在一个笔记本上写上叫作外语的另一种文字。

这年夏天,二姐用卖鸡蛋的两块钱,为我扯了花衫子。女娃娃最钟情花衣服了,从小到大,穿了几件花衫子、花棉袄,我都了如指掌,能穿上新衣服,都是大姐和二姐的功劳。我对大姐、二姐总是心怀感激,有她们才能使我漂亮一回、美丽一回,使我光鲜地走在人面前去感受生活的幸福。

十五岁以前,我总共穿过三件花衫子,第一件就是姐姐哄我说,给人家娃娃缝的那一件,满天星的粉底花衫;第二件是十一岁那年暑假,二姐给我缝的一件粉底枫叶花衫子。记得穿上那件衫子,我回家路过街道,看见地摊上有一枚纽扣大的白色和平鸽徽章,我问二姐要,二姐有点儿为难,但还是给我买了。两毛钱的和平鸽徽章佩戴在那色彩鲜艳的花布衫上,让我着实风光了一回,到家后,妮、玲娜、丽娜等同院子的女伴都羡慕不已。

我最喜欢的颜色是粉红色,我想,粉红色是代表理想的,我要做一个有理想的人。然而这一次,却扯了这块绿色底紫玫瑰花的衫子,那是因为三毛多钱的粘胶布只有这一种颜色。

初秋的太阳懒洋洋地照着茂盛的秋庄稼,我怀着十分喜悦的心情,穿着这件新衫子兴致勃勃地去报到。上中学在县城人看来已不是什么新鲜事了,但在我们乡下还是很稀罕的。新中国成立以后,我们村上初中的女学生,也是屈指可数的,我仅仅是第三个。所以,我仍像山中的一只凤凰鸟,望着飘飘的白云、清清的溪水,我的心就像那白云一样飘逸,像那溪水一般清澈明净。世界在我眼中多么可爱呀,我在世界上又是多么可爱呀,就连落在地上的我的影子都是这么矫健、风光。哗啦啦的小河水就像我的心情一样奔流不息,世界有一种美妙神奇的力量,在诱导我,提携我。

在这天高云淡的秋日中,太阳从东方升起,把它的万缕光束洒向大地,也洒向我的心。我确实长大了,我在饶有兴味地感受着世界。世界就像一块无形而巨大的磁石,我就像一粒微不足道的铁屑,紧紧地吸在磁石的上面,我对世界的向往和热爱,是那样的天经地义,是那样的义无反顾。啊……世界,我慈祥的大地母亲,你生我育我,又给了我这么美好的情感。

每一缕阳光,普照着我的身体,普照着我的精神世界,今天,我又成为一个在乡下并不多见的女中学生。我真感激世界对我的恩宠,是这个世界给了我慈爱的母亲,亲爱的哥哥、姐姐和弟弟。在这种艰难的处境中,亲人们支持我上学,每个亲人都像一个火球,用他们的热量温暖着我!

我们子源中学是紧挨二姐家村的。校园里能望见舅舅家,当初表哥升学考试时,妗子听见上课铃,就提着心等待下课铃。每个父母对儿女都是怀着最大的希望的。

中学是这小县城的最高学府,给人一种神圣的、崇高的感觉,不像大城市,一所大学连着一所大学,出门见面,文人对文人,谁稀罕谁呀。从这小县城最高学府里走出的老师,都是令乡人羡慕的对象,不单单因为人家有工资、有学问。那些老师无论穿着好坏,都是整整齐齐,非常得体,走路规矩,说话文雅,处处显示着教养和风度。那种文质彬彬的神态是村人模仿不了的。想起我即将要接受他们的教育,接受他们的影响和熏陶,使我以后也成为这样的人,我的心情又是一阵阵的激动。

长长的土围墙上有斗大的红色标语,这边是"坚持爱国主义教育",那边是"坚持国际主义教育"。回想以前我们每天上学路过这里,总是一个字一个字地欣赏,每天都用眼睛把这些老宋书法看一遍,然后又一个一个地甩在身后,那是人家中学墙上的字,现在竟然成了我们学校墙上的字了,使人增添了好多亲切感。

凤凰鸟

有些陈旧的大门楼上写着"子源中学"四个大字。门房有一位三十来岁的年轻人,负责打铃和收发信件;大门正对校办公室,办公室门前有一个大花园,里边开满了玫瑰色的刺玫花。办公室的右边是三排教室。左边也是三排教室,左边是初一、初二、初三,每个年级三个班,右边是高一、高二、高三,每个年级两个班,右边还有实验室、阅览室和一个阶梯教室。

校园一进门的左右两边还是两排窑,有校长室、教导处和教师宿舍。顶头是教师灶,大办公室右后方是学生的灶,学生灶后面是大礼堂和几排学生宿舍。

我踏进向往已久的中学大门。刚开学,院子里,学生、老师来来往往,院里的刺玫花开得正盛,芬芳的香味被秋风一阵一阵地送进鼻孔。我来到办公室新生报名处,门外墙上张贴着一张大大的名单。第一个是冯永鹏,我在中间找到了自己的名字。望着那打印的名字,那么工整,那么标准,以前我只看见作家的名字在书的封面是那么工整和标准,望着这张新生名单,我好像走上了一个新的人生台阶。

我们的班主任老师姓刘,个子不高,圆圆的脸盘,一双明亮的眼睛放射着和蔼亲切的光芒。他穿一身合体的蓝制服,左胸前的口袋里插着钢笔。进了初一一班教室,我又和子源小学的好多同学在一起了,我们拉着手说着笑着,每个人对未来都充满了希望。不知谁告诉了班主任,我在小学学习最好,这天下午,我们在教室外列单列纵队排座位,刘老师就暂时指定了班干部。有班长、学习委员、文体委员、伙食委员和劳动委员,我是学习委员,芳芳是我在子源小学要好的同学,她情不自禁地向新同学介绍我在子源小学有多么用功,成绩多么好,新同学都在看我,我真有点儿不好意思。

中学的一切使人觉得井然有序,每天起床铃在晨空中响起后,同学们同时从睡梦中醒来,用最快的速度穿好衣服,一起向操场跑去。各班按照约定的次序站好四路纵队,高三班带头唱一首很优美的歌。我们新生就跟着唱,那歌词是:"汾河流水哗啦啦,阳春三月看杏花,待到五月杏儿熟,大麦小麦又扬花。九月那个重阳你再来,黄澄澄的谷穗好像是狼尾巴。"那歌声是那么动听,那么悠扬,在天朗气清的秋天,我们的身心特别愉悦,唱得十分投入,十分忘情,唱完这首歌,体育老师就开始整队。在雄浑的口令中,我们立正,稍息,向右看,向前看,向左转,齐步走。个个雄赳赳气昂昂,挺胸阔步,显得无比自豪和骄傲。

我们初一的新生在最后,初一三班压尾,四路纵队跑开了,偌大的操场上,首尾连成了一个圈,高三的学生堪称大哥哥大姐姐,初一的学生又好像小弟弟小妹妹。

我们学校有好多关中教师,外语、数学、生物、语文的任课老师都是关中教师。

教数学的武老师刚从大学毕业,二十多岁,穿着笔挺的四兜呢子制服,在讲课提问中,他知道了我们班哪些同学反应快,哪些反应慢。开学的第四周,学校举行了一次数学竞赛,从起点拿到题,到终点交卷,结果平时反应快的都没拿到第一,却被平时反应较慢的柳云拿到了。大家心里有些不服,可得承认自己的慌张和柳云的踏实。当时,大家急急忙忙把卷一交,只见柳云仍站在起点,认认真真地全部做完,才跑过去最后一个交了卷。没争上第一的同学丧气地回到教室,袁琦趴在课桌上哭了起来。我也后悔自己的慌张,但争强好胜的性格告诉自己,这次不行,下次争取,数学不行,语文争取。果然,我的作文经常都让冯老师讲评,上边不是写着"传阅"就是写着"张贴",下来就是柳云的,后边学习园地的专栏中,张贴我和柳云的作文最多,为此,同学们都戏称我和柳云是文学家。寒假终考总分我仍是第一,我还是子源小学老师说的:"绝对冠军"。

我的思想很单纯,总是一心扑在学习上,功课复习好后,就借课外文学书读,认真做笔记。同学们让我分享如何才能把作文写好的经验,当他们发现我的几本文学笔记后,就拿去抄。

我受的表扬多了,很虚荣,不能受批评。有一次我写秋收的一篇作文，像每次写作文一样，交给老师后每天盼望什么时候会发下来，享受老师的好评。什么"语言优美，中心明确，内容充实"呀，可是，这一次终于盼到作文发下来，等我迫不及待地打开，五个字赫然醒目"内容不真实"。这是怎么回事？我好像当头挨了一棒，非常难受，就忍不住趴在桌上哭了。每次冯老师讲评中夸奖我的时候，全班同学都注意着我，佩服着我，一下课，女同学攀着我的肩头，十分亲热地问我写作技巧，那是一种众星捧月的感觉，常使我云里雾里的。而今老师莫名其妙的评语，让同学们怎么看我，冯老师把我在语文课上闹情绪的事告诉了班主任刘老师。刘老师找我谈话，问明原因，教导我："要有则改之，无则加勉。"我明白，冯老师是误会我是城里人，不种地，这篇文章中我是写种地的体会。这次小风波过去后，冯老师对我写得好的作文，还是一如既往地给予好评，我的心常是乐滋滋的。

中学的各门功课使我眼界大开，语文课中有精美绝伦的古文，数学也是妙趣连连，俄语读起来流利好听。早读时，有的同学嫌冷就陆陆续续跑回教室，唯有我再冷也在院子里读。我十分渴望知识，想拥抱知识，因为只要有了知识，才能施展抱负，像李白、杜甫那样写出千古绝唱。

我之所以能上中学，除了感激母亲、哥哥、二姐夫、二姐外，还要感激安老师，我决定给安老师写一封信，信里表达我的感激和努力学习的决心。那封信是柳云捎去的，过了几天，柳云又捎来了安老师给我的复信。安老师来信热情地鼓励我加倍努力，永远刻苦，信写了三大张，当我正读时，前后一下围满了同学，大家觉得，我与老师通信很新奇，就争着轮流着看，第一张就撕下一个角来。我把这信看得很珍贵，粘好后珍藏起来。

学校很注重抓思想工作，每天下午都有班会。在礼拜六的班会上，班主任分析完同学的近期表现，好的表扬了，差的批评了。

封超原来比较调皮，可这一向表现好多了，老师肯定了他的进步，随后老师让大家发言帮助纪律最差的同学。我在发言中说："封超进步了，让封超谈谈他进步的经验……"我还没有把话说完，教室里顿时躁动起来，封超更是脸红脖子粗，十分气恼。他和同学们都认为，我在讥讽他，事后我也意识到用"经验"有些不合适，这次班会后，封超处处找我的碴儿，要报复我。我只有在心里暗暗地埋怨自己，谁让你用"经验"二字呢。起初，我真的是无意的，但起到了讽刺效果，我只好小心翼翼地躲着封超。

报复的机会终于来了，那是因为改选班干部，班主任准备把我推荐到学校学生会，所以班委会候选名单上没有我，老师害怕我接受不了，提前把我叫到办公室，给我讲明了他的心意。我听从了老师的安排，当然，感到老师对我仍然是信任和重视的。

这天下午开班会，全班同学就候选名单投了票，最后结果还没定下来。第二天早上，第一节是数学课，数学老师走上讲台，没人喊起立，僵持了一会儿，我便喊了"起立"，全班一下子哄堂大笑。原来在班长不在的情况下，我作为学习委员也可以代喊。现在大家笑新班长没确定，旧班长不喊了，候选名单上又没有我这个老学习委员，我还要喊起立，那确实是一个笑话，是我当时不由自主地喊了。自己给自己带来了羞辱，但是，我心中依然很自信，老师能把我推荐到学生会，自然比在班上当学习委员光彩多了。

没过几天，学校学生会的名单印出来了，共由十几个学生组成，我是两个女干部中的一个。学校学生会的宣传部长送给我一张名单，同学们都抢着看，有的同学还啧啧地说："真了不起，还进了学生会了。"在这会儿，"智多星"却在封超耳边一阵耳语，他俩就同时喊出一句："孙猴得了个弼马温，飘飘扬扬在空中"。那声调古里古怪，引得全班同学哈哈大笑，同学们都知道是讥讽我的。我高升了一回，却遭到了无情的羞辱，要给老师报告吧，他们又没指名道姓。一切屈辱和痛苦，我只好默默忍受。在后来的人生路上，想想，这算个什么痛苦，那只是同学的一个小小恶作剧而已。

雷锋精神激励着一代又一代人，我们曾经在县上举办的雷锋事迹展览会上看过雷锋事迹，我们曾在各种报章杂志上看过雷锋日记和雷锋故事。我们被雷锋精神深深感动着，不光把雷锋日记背会好多，大部分还抄到了笔记本上，并且买了《雷锋的故事》一书，整个社会都是学雷锋的歌声。我们在思考什么是人生最大的幸福，什么样的青春值得歌颂。

进了中学，仍然在提倡雷锋精神，有的同学是遇着别人需要时，才帮忙做好事，而有的同学，一心一意只想表现自己，每节课下课，就抢板擦，擦黑板。别说擦黑板最多的这位同学，还真捞着了一个团员。

我也努力争取进步，而且我认为，努力钻研学习也是学雷锋的重要表现。雷锋同志学习毛主席著作用钻和挤的钉子精神呢，我们学习文化知识也要用这种钉子精神，我们只有学到更多的知识，才能更好地为人民服务。

但是，团组织看重的是做了多少好事，我在做好事方面当然也不甘落后。学校周围村庄的学生回家要帮家人种地或干其他活，住校的同学一听说要做好事，便放弃了一切回家的打算，都准备去做好事。我在二姐家吃饭，在学校住宿，既是住校生又是走读生，我顾不上给二姐帮忙，心想一定不能落在大家的后头。

礼拜天早上，我提议到李家村修河堤，同宿舍的女同学都同意了，我就领着大家在李家村的河堤上与社员们干了一天。这天，男宿舍的同学都到子源街的民工建筑工地上干了一天活，天黑抱回一块表扬他们的大镜框，里边写着所有参加这次活动的同学名字，有了这个战利品，有的男同学就在女同学面前夸赞道："让你们去，你们怎么不去哩！"第二天，他们获奖的事被报到教导处，不仅上了校广播，还把那代表赫赫之功的镜框悬挂到校办公室的墙上。

女同学便都埋怨我，说要不是我的提议，她们去街上做好事，也会得此殊荣。我自觉做了一件对不起大家也对不起自己的事情。由于之前不知趣地喊"起立"，说经验，导致这次失误，我的威信逐渐下降。同学们把羡慕学习好的同学的目光转到能入团的同学身上,和团员走得近了,兴许就能入团。为了以后的前途,政治也是关键,再说,戴上一枚闪闪发光的团徽,无论出入学校,还是回家,都显得进步,了不起。

我也想入团,经常学习团章,向团组织靠拢。但我入团的想法早已钉在耻辱柱上了。因为我隐瞒了成分,每学期入学的报名册上都要照惯例登记成分,我当然是羡慕那些贫农成分的同学,前两个学期都报下中农,多一个下字,决定了我品格的下降。当团组织知道后,这成了永远拒收我加入共青团组织的把柄,为此我心里十分难过和痛苦。因为自己的不诚实,更深深地感到对不起班主任老师。老师给我做的鉴定里,刚好有诚实这句话,但是要让我给老师承认、改正,那简直比登天还难,我就这样自作自受,忍受着自己给自己带来的折磨。这个痛苦,后来成了我永生的教训,一就是一,二就是二,我吸取了不诚实的教训。

凤怡是从永州县永州一中转过来的,她因父亲在子源县工作,就转到子源中学来,插进我们这个班。她穿着带拉链的红点点对襟花棉袄,弯弯似月牙的一双眼睛闪着明亮纯洁的光泽,两条长辫子黑黝黝地拖在背后,脸色也十分红润。总之,她是一个漂亮的女学生,总在微微地笑着。

在班上的女生中,凤怡的个子不是很高,就坐在离我不远的地方,过了两个礼拜,当她知道我是班上学习最好的女生后,就主动与我接近,我们的关系很快就好了起来。

期中考试过后,礼拜天我和她一块上街去,她上厕所,把写好的一封信递到我手里,我一看信封上是一个男同学的名字,好奇心驱使我迅速抽出信,偷看了信的内容。那是她写给永州一中同学的,信中只是简单地告诉了她的学习情况,把所考的成绩往高提了提。我没有意识到,看人信的不道德,反而窃喜我窥视了另一个女同学的虚荣。

凤怡是一个多方面的人才，她演过戏剧，在她转来的第二学期就当上了文体委员，每节课前，她会打拍子指挥全班唱歌。那时，正是抗美援越战争时期，早操后，满校园都是此起彼伏声援越南的歌声，凤怡美丽的身影总在同学面前不时闪现。

她人很激进，很新潮，消息灵通。有一次，她说："县上来了招工的，咱俩去当工人吧。"我当然很乐意，虽说我无比爱读书，但当工人能解决我的生存困境。有工作，那是多么有福气呀，读书还不是为将来有个工作嘛。我随她一起去询问教导主任当工人的事。

由于她搞文艺节目，认识了初三的同学，借了他们的几何课本。当时初三才有几何，她说我们学好几何就可以跳班，她是个敢想敢做的人，后来我们一有空就练习几何习题，虽然那些求证不知对否。这事不知怎么让封超与那几个调皮生知道了，马上成了讥讽我俩的口实，为此我俩很怕那几个男生。

这学期，我在学校接到了大姐的来信，信中夹了一个男青年的相片，大姐在信中说，要给我介绍对象。说那男青年是煤矿技校毕业的，是个钳工，看相片还挺和气，挺机敏的。大姐信中要我给她邮一张照片，礼拜六我约凤怡一起去照相，大姐给我介绍对象的事，我是不会给任何人说的。

我和凤怡攀肩搭背十分亲密，如果把她比作一颗红樱桃，水灵欲滴，我也可算是一枚红桑葚了，红润含蓄。我们自觉青春年少，年华正美，人生一切的一切在我们少女的眼中都是特别的美好。

相片取出来后，同学们就传递着看，这是一张半身合影，我们都微微地笑着，尽管两个人内衣领口都打着补丁，但一点儿也不影响我们的美丽和风采。事实上，我只是想照一张相而已，相照好根本就没给大姐邮，要是邮了，那男青年看上我怎么办，我真的不读书而嫁人吗？我还不至于那么傻，只有读书，我才会有前途，说不定像同学戏谑的那样，我还能成为文学家呢，当然，这样想的时候，心里自然是乐滋滋的。

后来有很多同学都看我俩的样子，也一同去合影，相片取出来后，大家就互换着看。那场风波是我引起的，大家浑然不觉，也无法猜出我的秘密。也许这个秘密就是我人生悲剧的导火索，稚气的我又怎能料到十几年后的事情呢？

关于大姐给我介绍对象一事，我根本就没有放在心上，婚姻之事对一个少女是十分羞怯的事，我只是淡淡地把信和相片看了一遍，就交给二姐搁起来了，也没想到不同意就应该给人家退照片。二姐也没有提醒我，暑假我又告诉了妈，妈也不置可否。因为以前生活所迫，大姐、二姐都不到年龄就找了婆家。而今虽说艰难，我正上学，但怎能让女儿弃学求婚呢？我心里感激着妈对我的宽容和疼爱。

常言说，母亲是人生的第一任教师，这话一点儿都不假，妈只上了两年私塾，没有多少文化，但她的每句话，每个行为，每件事，都深深地影响着我。比方，有个女娃在人面前斜躺歪坐，妈就会说："看那女子，坐没个坐样，站没个站样。"有的女娃在公众场合大声说笑，没有分寸，妈就会说："看那个没家教的样子。"因此，我不做妈看不惯的行为和举止，自己做到行为端庄，本分自律。虽然我既不是大家闺秀，又不是小家碧玉，但也让村上的婶子们爱怜地说："人家那娃娃稳头善面的。""可乖啦！"听到那些赞美的言辞，我更目不斜视。无论在村上还是在学校，我都很少与男性交流，听说学校有个别同学谈情说爱，都成了我心里不齿的异类。

男女有别，这个重大的封建观念使我的行为也很封建。在学校大集体劳动或听报告中，我不抬头看那些男同学，却总感到有人在注意我。在校园里，我看见高中部一位个子高高，穿黑卡其对襟棉袄的男生，感到他很像我哥，我神不知鬼不觉地知道了他的名字，他有一个很别致的名字叫冀宇冠。有一次，我们去高中部那边做物理实验，经过他们的教室门口，那是刚开学不久，他们班选举班干部的名单在黑板上，我从门口经过，看到班长是冀宇冠。我不由自主地在心里重复着他的名字,有时还会在脑海中把他的名字和我的名字放在一起,上边是冀宇冠,下边是王楚函,就像当时庆贺结婚给新郎新娘送的镜框、字画、年画上面的名字一样,男名总在上边,女名总在下边。每当这种念头像魔术一样在我心中反复时,我就愤恨自己,为什么要这样想,为什么这样无聊和无耻,赶紧去想"手抓黄土我不放,紧紧贴在心窝上"这些感情激越的诗句。

这学期体育老师组织了一次军事野游,我们排着长长的队伍,步行十多里路来到当地最高的山——玉南寨。玉南寨北临大理河,顶上有宏伟的庙宇,茂盛的古柏。我们的队伍分特工队、侦察队、战斗队、宣传队。旗手在前方高高举着红旗,号手吹着行军号,一支浩浩荡荡的队伍经过村庄,老乡还为我们熬了绿豆汤,演习进行了一天,夕阳西下中,我们凯旋。

过了几天,在作文课上,语文老师让我们以本次军事野游为内容写一篇作文。作文布置后,我回忆了一下那天参加军事野游的情况,觉得胸有成竹,走路吃饭,睡觉前都在打腹稿。这一篇作文我写得很长,觉得很精彩,交上去后,还觉意犹未尽,就又写了一篇,较第一篇短一些。

在第二周的讲评中,我的两篇作文大获全胜。语文课冯老师把第一篇推荐到全校,在全校的作文课上,每班的语文老师都宣讲了我这篇范文。这在全校来说,也是空前的轰动,初三的语文课袁老师还专门让我抄写一份用来收集。他还把他收集的历届优秀作文让我看了,使我大开眼界。冯老师把我写的第二篇军事野游的文章也作为范文张贴在了后墙的学习园地中。他还让我找方格纸写,说帮我寄到《少年文艺》编辑部,还没等我往方格纸上抄写哩,"文化大革命"就开始了,我这个人真是时运不济。

我的两篇作文都很精彩,给我带来了很多荣誉,我心里别提有多乐了,无论走在校园里还是在回家吃饭的路上,我都觉得全校同学向我投来了羡慕的目光。当然,全校九百多名学生写出好作文的大有人在,但是谁的作文又能在全校风光呢! 班上的同学又开始对我刮目相看了,好像把以前的是是非非忘得一干二净,不断有同学喊我"文学家",为此我增添了不少自信心,只要我努力奋斗,还怕攀登不上文学殿堂吗? 正像伟大的共产主义者马克思说的:"在科学上没有平坦的大道,只有不畏劳苦沿着陡峭山路攀登的人,才有希望达到光辉的顶点。"我就是不畏劳苦的人,我白天想,晚上想,吃饭想,走路想,我如何才能写好作文,你们平时上课东张西望,其他时间不见人影,光凭作文课胡凑合应付老师,你们的作文能是上乘的吗? 我在心里不知对谁说这些话。

是的,我一定要更加刻苦,我兴许能做一个文学家,找对象,找什么对象? 只要能做文学家,我一辈子都不找对象。

放寒假的时候,哥哥来到二姐家,把背的多半口袋黄豆放在二姐的锅台上,伸了伸腰,就揭开水瓮,用马勺咕嘟咕嘟地喝凉水。二姐连说:"冰死了,冰死了。"就提起暖壶倒下半碗开水,但他已经喝够了。

那时,农村的自行车很少很少,毛驴又在队里喂着,用不起,几十斤粮也不值得用,那就只有人背了。为了让我上学,哥哥一趟又一趟地出着苦力,那旧黑卡其棉袄,被粮食袋子压得皱巴巴的,棉袄里边都被汗浸湿了,坐下来他感到冷,便来回在地上走动,直至把汗暖干为止。

第二天,我和哥哥一路回家了,哥哥向来是个不苟言笑的人,一路上兄妹俩默默地走着。我对每个亲人都怀着感激之情,一会儿想亲人们为我所付出的心血,一会儿想学校对我的吸引,我什么时候才能有出息啊,等我有出息了,得好好报答报答我的亲人,我澎湃的心情难以平静。可哥哥总是心事重重,默默不语,他的负担太重了。农业社一年的工分不够粮钱,现在连小侄儿六口人,全都靠他养活。他每天除了队里劳动,中午还要在自留地干,冬天就用手推车为我们打土窑。一路上,我走得很憋闷,在苗儿沟那个杳无人烟的山路上,我就给他背《雷锋日记》里的话："真正的青春，只属于这些力争上游的人，永远忘我劳动的人，永远谦虚的人。"哥哥和周围的大山一样沉默着，每当我想起那个情景，就十分愧疚。他不是不热爱学习，原来他十分爱看书，现在哪有时间，每天清晨出工到晚上回家。他在队里当会计，也是一丝不苟，工作严谨。

尽管二姐夫、二姐对我很好，但那不是自己的家，总有些拘束，一回到妈的身边，我就像一只放飞的蝴蝶，把学校有趣的见闻说给她和弟弟听，有时就情不自禁地背诵贺敬之的《回延安》和《木兰诗》，唱学习雷锋的歌曲。

没想到，弟弟也会唱《学习雷锋好榜样》，而且弟弟这年冬天还在村里办的农民业余学校上了学，他"赵钱孙李周吴郑王"地给我背百家姓，还给我背《农民识字课本》中的课文："大江边高山下，有个村庄叫红花。"弟弟说起上学识字也津津乐道，因为家中供不起他，八九岁正是上学的年龄，他就开始满山遍野地砍柴供灶火。十三岁就随社员一起上山劳动了，家里因为供着一个我，就供不成他。我感到对不起他，决定教他识字，教他加减乘除，每个晚上我教他认十几个字，然后让他一行行地练习。

快过年时，村里真忙，家家做豆腐和年夜饭，由于年年干旱歉收，打不下软糜子，就用黄玉米磨面，蒸黄馍。准备蒸馍的头天下午，要淘豆子和面，嫂嫂擦瓜丝，我烧火，一家人热热闹闹欢欢喜喜的。这几天，嫂子的弟弟也来了，他叫星子，我们就逗他背儿歌。他说了首他三大教的儿歌："旧社会真是灰，甘草灰灰驴料水，染得些布，缝得些衣，出门延户见人衣，新社会真是蓝，双料卡其安安蓝。"他三大没文化，但出于对新社会的热爱，就编这样的儿歌教小孩。我说，这是忆苦思甜的好材料，赶紧记下。

我们那地方是有名的干旱区。阴历的四五月，天空万里无云，红彤彤的太阳从早到晚不显一点儿疲劳，光芒四射，禾苗一日日地枯萎。我们在初中生活中经历过三次重大的抗旱，第一次是秋天，高粱正抽穗,我们的任务是浇高粱,全校师生从大理河抬水,一棵棵地浇;第二次是过了年,每个中学生端雪往麦地里倒。这是第三次抗旱了,从小河沟用洗脸盆端水往山顶上浇苗,大家一趟趟往返在山路上,把胳膊端得又酸又困,但对满山遍野的禾苗来说,也只是杯水车薪罢了。

闲的时候,我们忽然发现沈老师就坐在我们附近,全校六十多名师生都能认得他,但老师不一定能认得所有同学。

沈老师是老师中较为特殊的一名,不仅因为他才艺在身,而且因为他戴着一顶赫赫有名的右派大帽。他是浙江人,还是艾芜的学生,三十多岁了也未成亲,因为是右派,只有很少的生活费。

当然,他的生活很辛苦,这天他穿着自裁自缝的蓝士林布中式对襟衫子,坐在地边,瘦瘦的脸孔清俊严肃。我们班几个男生就围过去让他唱歌,大家都知道他文学好,历史好,体育好,音乐也好。他教高三语文,文学和历史是听人说的,体育是大家亲眼看到的,他翻单双杠娴熟灵活,打乒乓球又是无人能敌。今天在这空旷的山野,他一展歌喉,使我们大开眼界。起初他小声唱,人越围越多了,有些人强烈要求,他就放开声唱了:"毛主席的书,我最爱读,千遍那个万遍哟下功夫,深刻的道理,细心领会,只觉得心里头热乎乎……"那洪亮圆润,音色高昂的男中音在旷野里飘荡着、飘荡着,没想到,我们能亲耳聆听到这样优美的歌曲,唱的又是我们心中最伟大的领袖。这一会儿,同学们把他是右派忘得一干二净了,都沉浸在那音韵里,呆呆地坐着。

最后一天抗旱中,有人忽然发现有的同学没来抗旱。我们怀着疑惑的心情,把那一天的义务劳动进行完。第二天一进学校,打眼就见校园墙上贴了一些毛笔字纸张,我们走进教室,问那几个同学,为啥不去抗旱,他们说是写大字报。往后的日子,大字报一天比一天多了,课停了。每天学社论、讨论,针锋相对地斗争,再就是学校开大会、中会、小会批判。前几天给我们唱歌的沈老师是首批被批判对象,他被认定为反党反社会主义的"牛鬼蛇神"。

　　班里的讨论会上,同学们提出,我和柳云都是"白专道路"的尖子,魏凤怡也没能幸免,她的后台是戴眼镜的教导主任,原因仅仅是因为魏凤怡和教导主任在校园里说过话。而我的后台是子源小学的安老师,原因自然是敬爱的安老师与我通过信。大字报上说,安老师为我付学费,扶持的是历史反革命的子女。我完了,一切都完了,我无法替自己辩护,就说学习知识是为了将来更好地为人民服务,就说……热烈的讨论会根本就轮不上我发言,我们一个个地成了众矢之的。

　　我怎样表现自己呢?做好事吧,要抢着擦黑板已不上课了,没有老师的粉笔字;扫地吧,目前还是轮着分工扫。我就只有学习毛主席著作了,读时做一些笔记。但过了两天,没想到我的做法给那些人制造了口实。班上讨论会说:"王楚函学毛主席著作,不是为了学思想,而是为了学词句。"这一切使我深刻体会到了一句话的真理,"欲加之罪,何患无辞。"再后来,我只能看那些赤贫子弟大字报满天飞,想说啥就说啥,肆无忌惮,飞扬跋扈,胡言乱语。我默默地在校园里看那千变万化,千姿百态的大字表演。什么油炸,什么火烧,什么棒打,随后,游行就开始了。

　　我在校园里看大字报,留意的是沈老师,因为那一学期,我还相约魏凤怡请教沈老师作文去了,我们请他给我们讲讲作文,他站在办公室门口给我们讲了一小会儿,庆幸没被人揭发出来。要说他向我们灌输"封资修"思想的话,我们不是有口难辩吗?大字报写出了沈老师的好多篇诗词,我觉得那诗词很帅,有唐诗的味道,想抄又不敢抄,怕给同学们留下批判的依据。我只记得一首诗开头的一句是"长依宝塔山",这不是写毛主席吗?可是一个右派不管写谁,都会叫人说,狗嘴里吐不出象牙的。

　　一个有学问的人,是与他从小的刻苦分不开的。他的知识、学问很好地向下一代传播,是一个社会应当鼓励和支持的,可是,为什么这样整他呢？我独自思考这个费解的问题，但是，在轰轰烈烈的运动面前，谁还敢为右派辩护呢！前一年我们知道沈老师是《南行记》作者艾芜的学生，我们借了这本书，轮着看。沈老师要不是右派，说不定能写出一部《北行记》让我们读呢，名师出高徒嘛。

听说高三的一位烈士子女爱上了沈老师，我们认识那个擅长文艺，十分漂亮的高三女生，她听沈老师的语文课，一定是被沈老师高深的文学水平所折服。她十八岁，沈老师三十六岁，美缘何谈年龄，孙中山与宋庆玲的年龄也很悬殊，但这是一桩再美不过的奇缘了。教导处出于对烈士子女的爱护，给她指出利害关系，把那美妙的爱情幼芽掐掉了，她即使捧一束美艳的爱之花束送给沈老师，沈老师也怕未敢接受。

沈老师十分苦闷，二十多块的生活费令他难以到南方探亲，当他奶奶仙逝后，他只能在深夜，跪在地上低低地读悼词，来寄托自己的哀思，就这还是被夜半偷听的人揭发，公诸天下，说什么地主的孝子贤孙哭拜。他声泪俱下的哀悼，不能打动偷听人的良心，如偷听者设身处地站在沈老师的位置上想想，也许能良心发现，能放他一马吧！

这半年的课程只进行了一半，语文、政治、数学、外语、物理……所有的课本都被史无前例、浩浩荡荡、横扫一切、轰轰烈烈的"文化大革命"浪潮席卷到了课桌里，再也浮不上桌面，它们静静地躺着，早读再也听不到此起彼伏的琅琅的读书声了。哎呀，我的"手抓黄土我不放，紧紧贴在心窝上……杜甫川唱来柳林铺笑，红旗飘飘把手招"。我的杜甫川也不会唱了，柳林铺也不会笑了，它们好像"牛鬼蛇神""走资派""反革命""四类分子""臭老九"被打到十八层地狱了，永世不得翻身，取代它们的是社论、大字报、大辩论、大批判。我们被这狂风暴雨打得晕头转向。

同学们多数都是随大流的一派，学校里的"先锋"干啥，大家就随着干啥，每天瞅目标，随时观动向。只要有谁在教室门口喊一声："今晚上街在新华书店门口辩论，晚上六七点。"大家会蜂拥聚集在那个

凤凰鸟

地方，一场唇枪舌剑就开始了，那闹哄哄的景象直把人搞疲乏了，大家才陆续散去，无定论又无结果。要说游斗谁了，那些"急先锋"就提领子揪头发，给被游斗对象戴高帽，大多数人就跟着喊口号助威壮势。

我基本上就没写大字报，毛笔字写得很臭不说，我给谁写呀？沈老师那个大右派，我打心底里还同情他呢，要是教导处不干预那个烈士子女，让她做沈老师的媳妇，还是一段奇缘呢，郎才女貌，我这样想着。

再说，我也是"白专"尖子，同学们不再围攻我就万幸啦，每天全校学生除了开批判大会，学社论，听报告或是集体游行，剩下的时间自由支配。自由时间就是一盘散沙，大家无目的地在校园里转来转去看大字报，这样过了一个月，就放假了。

放假那天，我在校园里碰见堂侄王迈。迈和我一级，他在三班当班长，数学特别好，还善于研究理论，自轰轰烈烈的运动开展以来，他们班同学给班主任贴大字报，上纲上线。迈用毛主席的理论分析，认为班主任的矛盾是人民内部矛盾，不得上纲上线，迈反击大字报的言论一贴出，遭到了同学的围攻，说他是保皇派。

迈平时除了注重数学外，还细读马克思、恩格斯、列宁、毛泽东的著作，班上的同学不光称他为数学家，还称他为理论家。所以，遇到攻击他的大字报，他胸有成竹，不怕同学们扣帽子，只是觉得形势闹哄哄，影响学习，所以，他想转学。迈平时和我们家族的所有男人一样，沉默寡言。平时我们在校园里遇见从不打招呼，这天，他走近我，张口问："三姑，你转学不？"我本来是转不起的，永州县城离家四十里，我上不起灶。然而，我也为自己的处境担忧，竟脱口说："转。"

于是我和迈搭车到永州一中，我长了十七岁第一次坐汽车，晕乎乎的。我们到永州一中找到教导主任说明来意，教导主任正忙着开讨论会，也许是泥菩萨过河，自身难保，应付了我们两句就忙去了。

后来，见每个学校都是复课无望，我们转学的事也就不了了之了。

　　暑假中，农村"文化大革命"也如火如荼地开展起来，我仍是不甘落后的一个人，就与王迈合伙给"反右"回来的大堂哥写大字报。当我们正准备往村中心张贴时，堂哥不让我们去。革命哪管亲疏，我没听哥哥的劝阻，堂哥一家当然很生气，但处于当时的环境，敢怒不敢言。

　　由于堂哥"反右"回乡后，钻研中医，为乡邻看病，深得人们的爱戴，过后我仔细一想哥哥的话，就有些后悔，那大字报上的事实无非是谁在某年某月说了一句什么话，然后就上纲上线，乱扣反党反社会主义的大帽子。我回忆着堂哥的点滴往事，羞愧了一阵子。

　　自从堂哥回来后，每年过年门上的春联都是他写的，那端庄优美的老宋书法像印出来的一样。有一年，他还即兴给我们写了一幅字画，"忆往昔，峥嵘岁月，蒋匪贼，瘟病灾，众多变更难言难语，到如今美丽祖国万象更新"，字画贴在炕墙上方。那时才上一年级的我，用稚嫩的眼光品赏着佳作，那是我记忆中最美最好的一幅字画，我是永生都不会忘记的。

　　当妈有病时，他就坐在妈的身边，根根银针扎上妈的肚皮，我们取一张罗子扣住银针，再盖好被子。他坐着留针，头仰得高高的，嘴抿得紧紧地望着我们破烂的窑顶，一言不发。窑里的空气都紧张了起来，我们几个尽可能不在地上走动。妈就说，大堂哥像父亲。父亲在世时大半天不说一句话，妈就说，他是哑巴，父亲才微微地一笑。

　　堂哥给乡邻治病也不收钱，他是"四类分子"医生，哪敢收钱，再说，当时乡下的人哪儿有钱，把病看好了，乡亲们过意不去，送他一点儿东西，而我们给过他什么呢？难道我用大字报报答他吗？大字报又不是谁强迫我写的，我比村上的姑娘多上了几天学，逞什么能啊，无论我内心怎样谴责自己，那次过失已无法挽回了。

　　随后，造反派没收了堂哥的书籍，还有戴博士帽的照片，我看到了堂哥曾经的风光，书籍中有三部半尺厚的《辞海》。我在造反指挥部借了一本，乡里人从来没见过那么好的书，一个字可以解释几十种意思。堂哥文学水平很高，他还帮表叔写过长征回忆录呢，《红旗飘飘》丛书中就有他的笔墨。表叔一旦回到故乡家中，总要把堂哥请去，谈学论文。我放着现成的老师不请教，反而攻击他。我每天抄录《辞海》里的内容，心中内疚着。

秋季又开学了，当我走进校园时，满院大字报叠着贴在一起。听说有人给安老师放了大字报，说是安老师扶持我这样的历史反革命子女。现在满校园都找不着写我的大字报了，也许是早被盖住了，也许是风先生扒了。只有风先生不畏不怯，用它的劲力，把那黑字白纸撕扯得东一片西一片。

这学期报名，再也不用注册登记了，一进教室，合并起来的课桌前围了一群赶制袖章的同学，一位女同学问我："王楚函去串联不？"我不明白串联是干什么。她就告诉我，暑假同学们还返校选举了一批红卫兵代表，我们班有八名代表，都上北京见了毛主席。

我因为隔着县，没收到通知，不知道选红卫兵的事，再说，来了也只能投别人的票，光荣的事早与我无缘了，现在大家都去，我哪能不去？

我们每个人领到一本《毛主席语录》，制作了红袖章，人家都是红卫兵，我一定要忠诚老实，中农成分是不配当红卫兵的，尽管没有人规定，可是我自觉，就在袖章上印上"红色造反团"，多亏还有一个女同学也是中农，她也自觉地印成"红色造反团"，我们便结成了伴。过了两天，我们随着一支百多人的南下串联队伍浩浩荡荡地出发了。

串联队伍晓行夜宿，到了宿营地，就通知队干部接待，安排吃住，队伍三三两两地被分散到社员家住。经过四天的跋涉，我们到了革命圣地延安。

第一次出远门，第一次见世面，我心里感到特别新鲜。我们还参观了枣园、杨家岭、革命纪念馆。上宝塔山，登凤凰山、清凉山。

红卫兵接待站给串联的同学借饭票，我们两个"造反团"的成员很胆小，担心借下饭票，怎么还呀？就商量着去粮站每人买五斤小米，粮站的粮是不随便卖的，但一听说红卫兵要买粮，他们也没仔细看袖标，就卖给了我们。第二天，又出发时，幸亏遇上了一辆汽车，要不长途步行，增加五斤小米的重量，不是更累吗？

大敞篷车上挤成一团，东挪不得西转不得，我们晕晕乎乎地就到了省城。

在同行的同学中，我终究不失为一个爱学习的人，走到哪儿看到哪儿。省城的大字报更是"遍地英雄下夕烟"了，同行的凤怡和另外两名女同学，光顾着看风景，我是到有字的地方就挪不开步了。有一天，我们一路出去，我正看大字报呢，她们就上了公共汽车，在大都市，我是找不到她们的，多亏离驻地不远，我只好转回驻地。

那是一个工人俱乐部，大厅地板上铺着麦秸。大家在红卫兵接待站借来了被子，两三个人扯着一条，顺势倒在麦秸上。没有枕头就枕着自己的行李包，没有行李包就脱下棉衣叠成枕头，别说我们穷乡僻壤来的学生，就是北京、上海来的学生也都是如此，一个休息之地，说不定就有湖南、云南、广东、内蒙古，五湖四海的学生呢。

河北大名县的学生背着大裆棉裤，那棉裤看着就暖和，裤腿很宽，花絮厚得很，看着那棉裤就能让人感到异地暖暖的爱心。我们老家不出棉花，棉袄、棉裤里的絮都是好多年往下传的破棉絮。在延安无比寒冷，到了省城，气候就暖和多了，也不冻了。红卫兵出来串联，本意是锻炼，哪里还能怕冷怕冻，生活上不知比故乡好了多少倍，故乡哪有这么多的白馍吃。

俱乐部接待站的炊事员，做一层摞一层高高的笼蒸馍。我和那个女同学就把小米拿过去，求他给我们蒸小米饭，炊事员又圆又胖的脸，本来就很小的眼睛笑成了一条线说："真是陕北娃，敢情你们陕北的小米就是好吃，出来还要带着，难道吃不惯白馍？"我们没法告诉人家害怕还不起所借的饭票，才这样做。我们光感激他很友好地给我们帮忙，同时，也奇怪人家那些外地学生怎么那么大胆，什么都敢借。

从南方来的学生穿着单薄，一到北方，再加上天气由秋到冬的变化，便借用灰毯子扎成大衣，一人穿一件那样的大衣，有点儿像和尚。

每到一地登记时，我们就领一枚毛主席像章或是毛主席语录牌，别到胸前，后来广播里又通知，动员红卫兵返校闹革命。现在送达学生的车不用付费，将来不返送红卫兵了。我在想怎么回家，最后决定独自回家，路过大姐家，顺便先到大姐家一趟。

到了云城火车站，我先把串联走时妈捎给大姐的几斤绿豆从邮局取出来。邮局在火车站一侧的一个小房子里，现在不见了那个小房子，一打听，有人说邮局已搬到了七里铺。我又跑到了七里铺，那里的人真好，寄放时那位女工作人员正吃饭，听说我要取那点儿绿豆，马上放下饭碗给我取了出来。

到了大姐家，那里有个煤矿，地上一层煤屑，矿区井架高高矗立着。到处轰轰隆隆地响着机器声。我刚好与本地的一位女高中生同路，她自然成了我的向导，我们上了一座高高的阶梯山，又走了有半里路，来到矿小学门口，一打听，这里正开家长会哩，大姐抱着她的二儿子坐在一个教室门口，看见我惊喜不已。一小会儿散会了，她把我领到家里，让我在那里过了两个月丰衣足食，较为愉快的时光。

航九岁，上三年级，由于"文化大革命"也整天待在家，我就和他一起背《毛主席语录》，我背会了，他也背会了。大姐认不了多少字，可每天监督航写作业。大姐对我特别好，每天尽着我吃，她自己喝些稀的，我过意不去，说要回去。大姐就说，等她给我做一身新衣服再回去，那一阵刚好航的爷爷在老家有病，航就和他父亲一道探亲去了。大姐一心一意地给我做衣服、做鞋，问我喜欢什么样的颜色，就去扯棉衣面子。我扯了一块红底带格的花布，大姐一看不够厚实，又跟别人换了，然后我扯了块绿格子带点花的棉衣面子，那时最流行的裤子是草绿色的。因为红卫兵与兵有关联，就应穿军装，所以大姐给我做了一条草绿色的裤子，还买了一顶军帽。

很快就到了阴历的腊月初四，这一天是我的生日。大姐说，买一斤肉给我过生日，我说，与其买肉还不如给我买一支钢笔。由于姐夫不在，大姐就同意了。我自小最喜欢的颜色是粉红色，钢笔杆当然是没有粉红色的，那就买一支枣红色吧！一看见这支笔，就使人想起陪伴我长大的高粱和红枣。

快回家时，大姐又怕我冷，给我买了一条蓝底红白点花的围巾。长了这么大，这一次出门把我外包装一番，再加上这里伙食又好，过了年回家时，十八岁的我脸庞渐渐圆润起来，脸蛋红艳艳的，青春多美啊！

闲聊时，大姐提起她以前给我介绍的那个对象，说那青年特别好，也上过技校，只是年龄比我大一些，我仍是嫌羞没答声。学校大概要复课了，我还要回家上学呢。等我以后上完大学，有了工作……

我回到家的第二天早上，在院子里看见迈。他也串联去了，不知什么时候回来的。我随口问："迈，你到哪里去了？什么时候回来的？"他没有回答我，而后我见妮与她姐，她们一家人谁也不理我，我开始有点儿莫名其妙，随后家人告诉我，我走后，迈一家人和我们家闹了一次矛盾，原因是因为我，我还是想不起我干了什么。

原来"文化大革命"一开始，村上造反派头头就把矛头对准了我堂哥，无事生非地说堂哥拔了队里的两棵黑豆苗喂了羊，用"挖社会主义墙脚"什么的语言来批判他。那一季，堂哥一家惶惶不可终日。

妮的妹妹就住在我家，将家存的一点儿布料装在被子里。本来我们应理所当然地保护他们，但只因有天追随造反派司令的姑娘要到我家串门，我就把她领去了。她每天都在寻找斗争线索，她看见我家炕上多了一床被子，问谁睡在我家，我告诉她是妮的妹子，她用力拽了一下被子觉得很沉，说有东西，像是布，就告诉了造反派头头。造反派头头扬言要抄堂哥的家，堂哥一家知道我把被里藏东西的事传出去后，妮的大姐非常生气地与我妈和哥哥吵，妈和哥哥就说等楚函回来向她问罪。我什么也不知道，回来后，他们一家也没提这事，只是对我记恨在心。

第四章

又到每年开学的时候了,学校还是那样乱七八糟的。老师来的来去的去,学生在学校住上几天,见不上课就又回去了,偶然间遇到一块,就说各自串联的情况和到外地的见闻。

当时,人们用细细的塑料丝编织一个语录袋,把毛主席语录挂在身上,胸前别上金光闪闪的毛主席像章,穿一身草绿军装,戴上草绿军帽,就是标准的红卫兵形象。

凤怡没有穿象征军装的草绿色衣服。她穿了一条裤腿十分宽的蓝卡其裤子,红花棉袄,外边又套了一件淡蓝色红花的大棉袄,仅仅戴了一顶绿军帽,把两根长辫子盘到帽子里头,把帽子顶得高高的。她不喜欢与我们为伍了,每天早晨洗漱完就走了,到晚上才回到我们共同的宿舍,我们很快知道了她的一切。

原来她跟一个高三的男生谈恋爱,每天都与那男生待在一起,谈得如胶似漆,难舍难分。她不怕我知道,并告诉我,她的对象文采很好,绘画很好,曾是班上的文体委员,家在什么乡什么村,家中有几个兄弟姐妹。通过她津津乐道的描述,表明了她对未来婆家的满意,但在众多无所事事的女同学面前,凤怡的举动实在是特立独行。大家把目光都投向她,看她着装古怪,行为特殊,就借机讥讽她。为此,她就躲着原来相处的女同学。

当时,大家还没有整套的毛主席著作。有一天上午,凤怡翻腾着她的东西,把那一套毛主席著作放到桌子上,一位女同学拿起一看,问:"谁给你的毛主席著作?"凤怡说:"是我爸。"那女同学便说:"你爸给你毛主席著作,还要写'今赠雄文四卷书,千秋万代永保留'

吗?"凤怡瞬间红了脸,从此,她就搬到别的女生宿舍去了。因为当时没有秩序,没有纪律,全校学生一盘散沙,自行组合,一个宿舍有高三的,也有初一的。

这年夏天,凤怡就和那个男生订了婚,她是个多情的姑娘。去男方家时,她给婆家每个家庭成员都买了小礼物,诸如毛巾、袜子之类的,回来时就把婆家给的毛哔叽裤子也穿在了身上。

我又怀着忐忑的心情到了学校,学校里的同学们你来我去,大家没事就从家带一些针线活做。我也让二姐收拾了一双鞋学着做,我的手很笨拙,做的鞋像个木橛子。每天清晨,空寂的校园里只听见一个高一的男生在大声地读俄语,大家不知道他为什么有这种心思,学习还有什么用呢?可是,住在学校又有什么用呢?谁也不知道。反正只要流行一首歌唱伟大领袖毛主席的歌,大家就围在一起跟着歌唱,很快就唱会了。

有一天,校门口停了一辆车,听说是去地区造反,搞静坐绝食的,有个女同学问我去不去,我说去。无聊的我,在寻找开心的同时,还要寻找出路呢!

我们坐上了那辆大卡车,像无目的的苍蝇一样,被拉到地区所在的街道上。很多学生都席地而坐,我们也坐在人群中。命令来了就喊口号,打倒谁谁谁,喊完一轮,就此起彼伏地唱"革命战友你们好,革命战友你们好"的歌曲。

"文化大革命"中成立了"革命委员会"。一本《革命委员会好》总结了"文化大革命"的成果。

学校再也不必去了,王迈在家整天津津有味地读书,偶尔在院子里走动。他妈正晒粮食,轻声细语地说:"迈,你帮妈撵一下鸡。"他嬉皮笑脸地回道:"给你雇上十来个撵鸡的,你也用得着?"

"文化大革命"的第二年,队里搞农田基建,我和嫂嫂、弟弟就都在基建上干活,哥哥在队里劳动。妈在家做饭,并照看她的小孙子。阴历的四月,那一向没搞基建,村上一个姑娘约我一起挖药材。我爬

凤凰鸟

崖的功夫不如她,正当挖一棵药材时,脚下没踏稳,一滑就掉下十多米的土坎,由于没来得及丢镢头,右胳膊被拉脱臼了。我抱着胳膊回到家,邻居和妈都没办法。哥哥中午从队上下工,二话没说,就到十几里路外的村子请来接骨医生。我十分内疚和惭愧,不能为家里做一点儿有益的事情,倒添了不少乱,害得哥哥大中午为我请医生。

过了几天胳膊好了,我决定再到学校看看。离学校十多里的地方,要过大理河,由于头一天下了雨,洪水下来了,河槽满满当当的,河水很深。我在河边犹豫了半天,水势不见小。

河对岸有两个人向我张望和招手,意思是他们过来背我过河,我向来封建意识十分严重。于是我弯下腰,把裤子卷到不能再卷的高度,脱了袜子、鞋就下了水,不料越过越深,到了河中心,河水就淹到了我的胸前,那是很危险了,一旦被冲倒,我只会顺流而下。这个渡口前些年把一个搂着驴尾巴过河的十八岁姑娘冲走,我也十八岁了,难道今天也要被冲走吗?难道我今天就要命丧黄泉,一命呜呼吗?逃命要紧,我挺住冲过去,艰难地在河里搏击着向前。心想那两个男同志还在河对面,万一我倒下了,他们会救的。救人一命,胜造七级浮屠,我硬顶着身体左侧巨大的流水漩涡,深一脚浅一脚地越过了危险区。

踏上岸后,我心跳不停,那两人也从险象中回过神来,看着我一副落汤鸡的样子,年纪大一点儿的那一位说:"让我们帮你过河,你怎么不回话哩?"我狼狈不堪,还是没有言声。那俩人就走了,我在河边拧衣服上的水,脊背后面透着冷。

学校越来越破败了,宿舍窗户都是大窟窿,教室的玻璃破破烂烂。女生宿舍里大家嘻嘻哈哈地谈论谁和谁是一对,具体到哪一位女生天天在等哪一位男生。子源街上的一位同班女生对我说:"王楚函,高一的男生给你打九十分呢。"我的分数也不算低,是谁看上我了?我是羞于听也羞于想的,让人知道了,多丢人呀!我纯洁地在来校的路上差点儿被淹死,我红着脸在内心说。

有一次，我和几个女同学路过印传单的油印室，那几个要进去看看，里边打印的男生就招呼她们，其中一个男生是凤怡男朋友的同班同学。我们在笑凤怡哩，难道自己也要与那些高中男生走近，我决定不进去，那几个也就没有进去。那时，我甚至还说不上"男女授受不亲"这几个封建伦理的口头禅，但它的含义和威力已在我心里烙下深深的印痕。

那一段时间在学校，我真的看见了高中部的一男一女，在一间宿舍谈了半天，出门后大家面面相觑，我都为那女生害臊哩！

我把对冀宇冠的念头从心中扫除后，我想还能有哪一样对不起列祖列宗和自己的念头呢？可是，我还是不由自主地想，是哪个男生给我打九十分，难道他看上我了？是不是去年冬天，有一次，我刚洗过头，头发冻硬了，一梳子下去霜渣子白亮亮地纷纷下落，正当我欣赏那霜渣子时，从那一排宿舍尽头通往校大门口的路上，过去一个男生。虽然相隔六七孔窑，但我一眼就看见了他盯我的眼神，那带着欣赏的目光，很尖锐，很强烈。仅仅的一瞥，足以叫人心慌。在那特定环境中的眼神，既不能令人接受又不能令人忘记，使我怀着害怕和害羞的心情回到宿舍去梳头。什么暗送秋波、眉目传情、眉来眼去，这样的词都带着邪念。我要抵挡一切邪念的侵犯，我不敢思考，谁给我打九十分；我不敢思考，谁对我有意，我心灵的堤坝筑得高高的。

可是有一天，我们三个女生在街道旁的树影下聊天时，其中一个女生说："王楚函，人家说，你与李维敏是一对。"对我来说，那是无中生有的事，我连忙说："胡说。"同坐的另一位女同学也淡淡一笑表示否认，因为她很了解我。自从"文革"以来，我到学校只在公共场合碰到过李维敏两次，一次是要去外地时，造反派头头将我们几个扔在永州县城，我们一行七八人徒步返回的，李维敏走一路睡一路。第二次就是欢送新兵时，二十多名同班同学合了一张影，这两次我与李维敏基本上没有说话。

凤凰鸟

这个阶段,王迈也在家中,我只知道他大门不出二门不迈地在家读书学习,可不知道他学啥,心想也就是马克思、恩格斯和毛主席的著作吧!

有一天,我和妈在院子里推磨,那磨光了的磨头,一圈一圈地把糠磨得光溜溜的,就是没有面。妈罗着,我扫着磨盘。就在这时,我听见王迈在紧闭着的门内读书,尽是念念不忘的理想,想着自己将来成为科学家、文学家、教师、工程师、航海家、飞行家。那声音低沉有力,激越雄浑,我不禁心灵一颤,难道王迈还在为理想奋斗吗?

我知道那一段话,那是陶铸先生在《理想,情操,精神生活》中的一段话,美好的理想曾激励鼓舞过我的心,我也想当个文学家。那美妙的理想就像天上的彩虹,刹那而过。他的作品都是激励青年努力学习、奋发图强的人生格言。上学期间,我们把他的作品当作最甘美的精神食粮咀嚼过、吞咽过、互励过、抄录过、运用过,由衷地佩服陶先生的艺术风格,由衷地佩服他的理论和胸怀,他的为人就像松树一样叫人赞叹。

显然,那一次在院子里听王迈读书,犹如王迈将一颗石子投进了我久不流动的心潭,我的心再也不能平静了。我想,王迈在家多么刻苦,每天埋在书堆里,他究竟读些什么书呢?他的精神世界一定波澜壮阔,他这个人看起来很瘦弱,可是有一副十分自信和清高的神态,这肯定是书籍给他的力量。

我真想与王迈谈谈,破译他的读书秘密,为自己找到一把人生的钥匙。但总因为那件对不起他家的事情而迟疑不决,好长时间没与王迈搭话了。他二姐妮和我也重归于好,在山里的梯田上,我俩打打闹闹地耍,我穿大姐做的那件绿底红白点点棉袄,她穿一件枣红底黑白点点棉衣。穿红着绿的村姑嬉戏图,跃然在那高高的坡坎上。迈要是妮该有多好啊,我就能畅所欲言地与他交流,他干啥,哪里能有我不知道的?

二姐在集上捎话,让我和迈去学校领毕业证。到了学校已经见不到一个同学。由于隔县,同学们前一阵都集体来校领了毕业证,各回各乡。看到人迹稀少的校园,我心中有点儿悲凉,回忆着初到校的激情澎湃和头两年的奋发向上,再到后两年的寡落无望,心里就像打翻了五味瓶,我原以为自己是个人才,将来能被母校输送给社会和国家。现在初中三年的课程,两年都没上完,发一张毕业证,实质上也是没毕业。可初六九级连初中课本是什么样子也没见过,不也毕业了吗?拿了毕业证和一把大锹头从教导处出来,最后望一眼我的初二一班教室。六十四名同学生龙活虎的面孔和活泼的身影又浮现在眼前,我没能再与大家见上一面,没能与以前友好的凤怡、海萍握握手说声再见。以后回家乡,还有见面的机会吗?望一眼曾经上过课的实验室,望一眼曾经借过书的图书室,我心里酸酸的,我与这些地方再无关联了。人生难得一场聚散,总觉不是味。别了,母校!别了,我敬爱的老师和亲爱的同学们!

回到家后,我收到了同学李维敏的一封信,信中说,他们都在学校领了毕业证。别人不关心我,单他关心我。他怎么知道我的地址?一定是他很留意我,在学生登记表上记下的,他的来信证实了那次街道旁树下女同学的对话。难道他对我有意吗?难道是他在同学面前流露出对我的好感吗?他小小的年纪,小小的个子,心里倒有这种男女的观念。不是他来信,我还不知道他是哪个乡哪个村的。我在记忆中寻找着他对我的暗示,什么也没有呀!我对他很熟悉,刚进子源中学时,十三岁的他是个小不点,一张娃娃脸笑嘻嘻的,眼睛弯弯的像两个下弦月。我是学习委员,他是伙食委员,不仅一起出操、上课、自习,有时还在一起开班干会。数学竞赛有我也有他,他的天赋比我好。上历史、地理、物理课时,他总是踊跃答题,而且答得较准确完满,同学们都佩服他灵敏的反应和超群的记忆力。他在班上的威信也很高,"文革"初还被选为首批红卫兵进京去见毛主席。两派时,他与我是一派的,但很少见面。还有上次去外县,别的同学去街道上转,当只剩我与他站于一起时,他将手中仅有的两枚杏递我一枚,我没接,难道这就是爱的表示吗?也许这只是我多想啦,什么也不是,让我领毕业证而已,我再没多想这事。

返乡不久,村"革委会"研究让我当上了民办教师。这也不失为一件喜事,不仅可以不忘所学的知识,还能给家中挣一些工分。

在村小学四名民办教师中,我自觉工作不是很差,除了文化没有其中有师范程度的那一位高以外,不比另外那两位差。四人中只有我是女的,我便想起了教音乐,每节音乐课把几个班都集合到一间教室里,人一多黄土满窑,一节课把嗓子吼得生疼,我把歌唱毛主席的歌都教给了学生。自己努力练简谱,听听广播,把一首《阿瓦人民唱新歌》的新歌也能八九不离十地教好。小学生都喜欢跳舞,但我不会,可爱的小学生并不嫌弃我,每天早饭后,都跑到我家院子里跟前跟后地喊王老师,喊三姑、三姐。

做小学教师,学校里有报纸看,可是报上都是社论,读那些文章干巴巴的、硬巴巴的,就连小学生的语文课本上也都是毛主席语录。"文化大革命"前两年我是没什么长进,只是把语录背会了不少,毛主席诗词全部会背。

但是,每当我看见王迈,就看到了他的自信和胸怀大志。我一定要向他讨教,我打定主意后,就设法向他走近。

第一次与他交谈,使我茅塞顿开、大开眼界。望着眼前这个极瘦弱的堂侄,就觉得以前好像不认识他似的。他心里不仅仅装的是伟大的马克思主义、列宁主义、毛泽东思想,还有众多世界的哲学家,康德、黑格尔、孔子、老子、墨子、孟子、王充……他家那个高高的旧式大立柜里边全是他的书,柜子上也摞着高高的书。他说,一个人渴求知识,难道只能在学校吗?无论在何种情况下,不能没有奋斗目标,他说,在知识的海洋里游泳,是人生最大的快乐……他有一副不可抵挡的做天下博学家的气概。

向王迈第一次的讨教，是我心灵转折的重大起点。回望近两三年都在"文化大革命"中虚度，我非常伤感。我恨自己怎么没有王迈持之以恒的钻研精神呢？王迈自平反后，就不再参加闹哄哄的运动，无论在校和家，都在自学和奋斗，他五年级时就确立了要做哲学家的理想。在他眼中，哲学是一门包罗万象的学问，王迈鼓励我一定要坚持学习。我便在他那里拿了《资本论》《辩证唯物主义》和《历史唯物主义》回家认真地读，读完后也像王迈那样逐字逐句地做笔记，我的精神逐步地充实起来。

　　我的妈妈是多么好的一个人，她从来都是心平气和的，和邻里村人从不争低论高，对待自己的儿女，更是宽容无比，本来二十来岁的我应该好好帮妈妈操心生计，多谋算给她给弟弟做两双多余的鞋什么的。还有二姐从我十多岁开始抚养，现在，几个孩子嗷嗷待哺，嫂子也有几个孩子，每天要在基建队劳动。我却连自己妈和弟弟的活也做不来，更别提帮助姐姐、嫂子了。

　　自从知道王迈的钻研和奋斗后，我的心一刻也不能平静，从王迈那儿拿了几本哲学书籍，读完后，做了读书笔记。但我知道自己天生不是学哲学的料，那些高深的哲理，实在是难以理解。于是，我又决定走自学文学之路。可是，两三年不读书了，我是学文学的料吗？是不是料，我一定要走自学的路。于是，我一本一本地读小说，一首首地抄、背诗词，文学理论几乎挨段抄写。

　　我都这么大了，村里的女娃娃十三四岁学针线，十五六岁就要给全家人做衣服和鞋子，我二十多了，谁还能为我做呀？然而我十天半个月也不动一针，遇到学校礼拜天，一早起来就站在门前的柜子前看书。因为我们土窑洞的方窗子在额头上，光线暗，只有门前的柜子上方才有些光亮。我正看着书，遇着妈做饭，她又要擦洋芋，又要烧火，我就过去帮忙，妈说："不用你帮忙，你赶紧给自己做鞋去。"我娇嗔地说："妈我不帮你做饭，真不好意思吃。"妈说："每天不都是我给你做吗？有什么不好意思的，我一个人能做，你一双鞋做了这么长时间，

凤凰鸟

再做不好，出门连双见人的鞋都没有。"

在妈一再的催促下，我就拿起鞋帮子或鞋底子，心不在焉地纳上几针。饭一吃，碗一洗，我就又开始看书写字了。尽管理想很渺茫，但王迈说，世界上有好多文学家都不是走仕途之路的。比方张继，落榜后写出了千古绝唱，又比方蒲松龄。有一句话是不成功便成仁嘛，既然前途渺茫，也就不想前途了，即使没有前途，不学习又是多么空虚呀。因此不仅要学，而且要抓紧学。于是我四处借书，听说安老师在子源图书馆，我就向安老师借书，安老师很热心，帮我挑选了我想看的文学书籍。开小教会时，我总会带上两本。趁会间休息时间看看，画画圈圈点点，等回家抄写笔记。《文学概论》《现代汉语语法讲义》的笔记抄了一本又抄一本，记住的又有多少？《红楼梦》《水浒传》《四世同堂》读了，领会的写作技法有多少？《毛主席诗词》全背过了，诗词里怎样的格律，怎样的平仄又知道多少？学难不是，学亦难乎？不管难与易，我下定决心要将自学之路走到底。文家沟女民办老师金丽问我："你为什么总要在教师会上拿书看？"她讥讽的笑声似乎说："是哗众取宠吗？"我猜不透她的心思，也懒得猜她的心思。虽然我觉得她问得无知，但我什么也没有回答她，我是不屑回答她的。

王迈的学习精神一直激励着我，我身边有了这样一位精神的鼓舞者，常常令我激动不已。偶尔去二姐家，我在子源街上见到了以前熟悉的女同学，就大谈王迈的酷学和对学习的观点，听的同学说："那顶什么哩？"她们说的顶什么就是能找到工作吗？能挣钱吗？不能，真的不能。但我只要有机会，总是要说他，自己说得心花怒放，把别人说得哑口无言。

这期间，有的同学上了高中，有的出门当了工人，有的竟然上了大学。我们班从来考试不及格的一名女生，上了中医学院，因为她的伯父是大官，招生的直接就要走了她。告诉我消息的这个女同学说：

"中医对谁都是零。"她当然能学，不考试埋没了一些智商高的，便宜了一些智商低的，我心中只觉得命运是这么不公平。别人重新升学和就业的消息像远处飞来的石块一次次击打着我的心，我害怕听到那些消息。要是我不是他们的同学，和别的村姑一样，听到别人的好消息就像听天方夜谭，像听灰姑娘遇上了白马王子。如果我曾经不是同学中的佼佼者，我也会自甘堕落，落榜怪自己不行。但我只好安慰自己，只有用学习充实自己。由于家中生活贫困，以糠菜充饥，我的胃经常发酸，我就向赤脚医生学习针刺，买了快速针刺法的书，对着书上的穴位，自己给自己扎针，几次下来真的再不胃酸了，我就每天坚持背一些穴位，也给村上的叔叔婶婶们扎针，天下没有什么是学不会的。

王迈和我一样没有出路，但他一点儿都不在乎，每天都有书读，一切时间和精力都用于学习，这样不虚度光阴是他最大的满足和快乐。读伟人著作，读黑格尔、康德，读微积分、概率论、函数，还有文学作品。他说，哲学是一门包罗万象的学问，所以他涉猎各门学问，他像老虎吃山一样大吞大咬，又像蚕吃桑叶一样常嚼不停。他的酷学好似竖在我面前的一面明亮的大镜子，使我想到天下历代的博学之士之所以博学，都是这样的孜孜不倦，都是这样拼搏和努力，都是这样的目光远大，心胸开阔，脚踏实地。我打心眼里佩服和爱戴这位堂侄。他不仅仅是我离开校门的第一位老师，而且是我心中唯一的明星。我主动帮他摘抄笔记，主动帮他借书。有一次，我去子源二姐家，他列了一份数学书目，让我到子源中学数学老师处借，那位高三的数学老师正拉着借来的老黄牛犁操场哩。当我把王迈的数学书目递给他过目后，他惊讶地啧啧道："他把数学书箱子的书都翻完啦！"我的学习收效甚微，但因我面前有这么好的老师，我坚定地告诫自己，不能畏缩更不能退却。

夏季夜晚的黄土高原，天空静蓝、幽蓝，月亮与稠密的星星静静地照着我们的山村，我们的庭院。枣树在院里窗上疏洒着微动的影子，劳累了一天的庄稼人晚饭后正倚在门框上、石床边、磨盘上乘凉。每当这个时候，钻研了一天学问的王迈就站在碾子旁对我讲开了哲学的来龙去脉，各个流派，各种理论。他日日夜夜地读书学习，那些哲学的理论充实着他的心胸，我的心像久旱的土地，期盼智慧的润泽，面对这样一位既现成又使人折服的老师，我虔诚地像听一位大师在宣读圣经。

王迈再不是小时候那个顽童了，再不是只会用秸秸瓢做马车、自行车、汽车、飞机的那个幼童了，再不是子源中学初二三班那个理论家、数学家和班长了，他在我心中是一个绝无仅有的年轻哲人。

支持他的人只有他父亲和我。他执着地走致学的道路，时间一长，其他家人也就不反对了，邻人和村人心里有看法，但也不议论，只有个别人说。王迈固然体质弱是事实，但他太懒了，整天啥也不干，从屋到碾上还要搬个凳子坐下。只有我最清楚他的勤奋，早上五六点钟，他就开始锻炼，天一明就读书一直要到午夜十一二点。他是我的榜样、楷模，是点燃我心灵之火的缪斯。

我对生活没有更大的向往，没有更多的期盼。生活在亲爱的母亲身边，生活在这静谧安宁的山乡里，每天都能仰望旷远的蓝天，每天都能享受习习的凉风，从书中了解一些外面的世界，用文学艺术温暖自己青春搏动的心。走上高山顶，极目远眺，心境也很愉悦舒畅。快乐时也像展翅的鸟儿，张开双臂从山顶飞奔下来。高兴了，也像鸟儿一样亮起清脆的歌喉，把曾经的老歌重唱一遍。回到家中亲情融融，有空了，逗逗可爱的小侄儿、小侄女。永远保持这样的生活状态，该有多好啊！

然而，命运是很残酷的，一个严峻的问题摆在了面前，随着村上一个个与我同龄和比我年龄小的姑娘出嫁，我意识到，自己也要走这条路。往哪儿去呀？找个什么样的人呀？我从没考虑过。上学时听个别早恋的同学说找对象的标准：一军二干三工人。找个工人，肯定比农民好。农民多辛苦啊，苦汗不断，披星戴月，一家老小饥肠辘辘，吞糠咽菜，求助无门。工人上班有时间，而且拿的是工资。

这年冬天，妈去大姐家看孙女，姐姐来信说，煤矿上新招了一批工人，她与妈商量，意见是给我在煤矿上找一个对象。

找对象，没有了父亲，就应该听妈的。我串联时见过煤矿上的生活状态，矿上的男人都下井采煤，又黑又累，但工资是不错的。女人有工作的在地面干，没工作的就看娃、做饭、洗衣，比起农村妇女要轻松得多了。再说，我要坚持自学文学，要在农村结婚，就意味着和农村祖祖辈辈的妇女一样，没日没夜地在地里、家里做。列宁说："家庭是妇女的桎梏。"我宁肯选择一个较轻的桎梏、较轻的枷锁戴在脖子上。

过了年，我和哥哥商量后，决定四月去一趟姐姐所在的煤矿。这年二、三月间，李维敏先后又给我来过三封信，由于我一直没给他回过信，他还不知道我收到了没有。最后这一封信的背面写道"春不到花不开，收不到退回来。"当村人递给我时，我真有些脸红，我其实也不是榆木脑袋，一窍不通，联想起以前同学的议论，我确定他对我有心，之所以在信中没有丝毫表露什么谈情说爱的话，那是因为他没有与我联系上。他在学校也很优秀，但我从来没考虑过这个小弟弟般的人，就是我的对象。

到了大姐所在的矿上，先由别人给我介绍了一个山南人。见过一面后，那人就回了老家。别说他不同意，我们家乡的人向来对山南人有看法。那里水土不好，而且他们那个村庄还缺水。

而后又说了一个河南人，那人高高的个子，虽然长相不是很好，但文文雅雅的，有点儿书卷气。他告诉我，自己高中毕业后才参的军，复转后分到了这个矿上，我表示了对他的好感。但妈和姐姐都不同意，听介绍人说，他的老家是石山，过了几天，那人又到介绍人处征求我们的意见，姐姐就替我回绝了人家。这一批复转到煤矿上的青年，当时年龄都在二十五六，所以他们对婚姻有些迫切。他说，自己也准备回老家,言下之意是回家找对象,但他还是让介绍人转交给我一封信,我不敢大胆对妈和姐姐表示自己的真实想法,对于他们,我羞于启齿。所以,即使他离我远去了,我心中有所惋惜,但只能是默默的。

从家乡出发时,我说是到外面找对象去了,要是找不下,脸面上似乎没有颜色,所以,我还要在这矿上再等待一次机会。起先来到这里闲着,我就看随身带来的几本书,后来就砸了一阵子石子。

矿上有一个家属的弟弟在外地工作,这家属与姐姐相识,随后,就把他返家路过的弟弟介绍给我。妈和姐姐商量后认为,这个人的家离我们近,再说,厂里的工作比矿上要好。见过面的第二天,那人要回厂上班,互相征求过意见后,我们就做了一个简单的订婚,他为我买了几件衣服。

自从订了这个婚后,我感觉没有找到幸福,反倒像心上压了一块石头,有说不出的压抑和痛苦,原来婚姻就是这样吗?两个陌生人没有一点儿向往和爱慕的基础,就成了未来长相厮守的人吗?我忽然觉得不可思议,我想马上退掉,卸下这个包袱,但出尔反尔,又怕人笑话,内心的痛苦一日比一日加重。论长相,这人并不差,高高的,胖胖的,白白的大圆脸,五官也端正,浓眉大眼,穿戴也整整齐齐的,礼貌谈吐都还可以。但他远不是我心中要找的那种类型的人。

我明白,自己希望的是那个高中毕业的复员军人,那风度,那气质,那谈吐,那笔迹,那仅有的一封信的背后,都要写上一首很有象征意义的毛主席诗词。我能理解他特有的隐喻:"战士指向南粤,更加郁郁葱葱",那分明是对我的向往,对我的爱慕,对我的追求呀!为什么可以争取到的,却让我擦肩而过,把我不向往的这个人强加于我?二十岁的我从来没有感到心情是这样的沉闷和压迫。

之后,我与妈回了老家,妈知道我的不快,没有对四邻说我订婚的事。我几次向妈提出我要退掉这门婚事,她很为难,首先感到丢人,其次也没能力给人家退,我们回来的路费都是姐姐家花的。我们住了几个月给她们的生活增加了负担,拿什么给人家退?再说,人家同意退吗?这件事只好拖着,让我痛苦着。

过了一段时间,男方来信了,我回信说,我要解除这门亲事,信中语气十分坚决,叫他以后别给我来信,男方看我的态度无可挽回,就再没给我来信。男方要求把他送的衣服折成钱归还,我只有告诉介绍人,让我姐给他邮去。

我在焦急地等待我的未来,似乎天遂人愿。这年冬天,有位农业大学的实习生来我村实习,他和我村的赤脚医生混熟了,那位赤脚医生想把那个实习生介绍给我。

年轻人是山乡的点缀。二十岁的我和所有村里的女青年一样,芬芳如花,活泼如蝶,清亮如泉。女孩子最爱在镜子里欣赏自己的容颜,我也是。镜中的我有红桃似的双颊,小巧而棱角分明的嘴巴,薄薄的眼皮,柔柔的头发。人最钟爱的是自己,觉得自己好看,自己正确,自己高尚,自己能行,跟别人比起来,我单觉得自己后脑勺长了一点儿,只有把自己想象成一只美丽的孔雀,才会勇敢地开屏。

那个实习生姓郝,他忽然间像一位天使降临到我面前。我每天都站在门旁的柜子跟前看书,有一次,赤脚医生领着小郝突然进了我家的门,我们的土窑里没有可坐之物,他俩就坐在炕棱边。他高高瘦瘦的身材,圆圆的脸孔,同样很清瘦也很英俊。细眯眯的眼睛,一副标准的书生模样,我们于几米远的斜对面待了二十来分钟,寒暄了几句。当然,在我的潜意识中,他才是我最理想的对象,但这是不可能的,人家一个来自省城的大学生,能看上我这个乡丫头吗?

没想到过了几天,小郝给我写了一封信,我小心翼翼地拆开。映入眼帘的,尽是那么优美的笔迹,那字真如行云流水,字的结构、框架都十分工整,间距十分均匀,笔画硬而流畅,我所见过的钢笔字实在找不出这么好的。

　　楚函:

　　　您好,满院春风吹不住,一枝红杏出墙头。

他一开始就用古诗开头，然后表达了他见到我的心情，字里行间充满了他对我的向往与友好，最后说，他愿与我做书信之友。

我的心情一下矛盾了起来，按理说，我一个还没退完婚的人，是不能与他交往的，但错过这个机会，这样可心可意的人到哪里去找呀？我决定迅速地把那门婚事退掉。于是翻出了家中仅有的三个人的布票和三十斤粮票，拿到子源街卖掉，又向二姐借了一点儿，才刚够一半退婚的费用。我写信让大姐夫、大姐帮我凑齐，迅速邮给那个人，这钱迟早是要还他们的。

退完婚后，我就开始与小郝通信，他很快回了省城，我也知道，二十分钟的短短一面，我能了解些什么，只因为他是大学生，他是我最理想的人，他可以做我的老师，再说，他在大城市，大城市对人有很大的诱惑力。省城在关中平原，平原上产小麦，平原一望无际，省城繁华热闹，走近省城就是走近文明，再加上能与一个高层次的文化人成家，一切都使人觉得妙不可言。小郝像一条金鱼，在我心中掀起一层一层的波澜。这以后，我每天每时每刻都在想着他，他早已回了省城，但他的影子深深地扎进了我的心灵。相思的滋味无比甜蜜，无比惬意，那是心中的绝妙风光，我感谢上苍给过我那样沉醉的相思之情，即使我今生没有得到那样一个理想的爱人，但只要有过那种感觉和体验，就知足了。

小郝每隔一个月或两个月就给我寄来一封信，那信成了我生活中最大的期盼，每接到一封信，我都要专心致志地读上好几遍，然后又细细地品味着信中的每一句话。只有这样一个有才华、有修养又风度翩翩的大学生，才能令我如此倾倒，他成了我心中的一颗熠熠生辉的明星，照亮了我的心灵。我也知道，按当时的社会常规，我是不配他的，最后我是不可能与他走到一起的。无论社会地位、文化程度还是城乡差别，我们都相隔着无法跨越的鸿沟，但我不肯放弃一点点仅有的希望，只要他肯给我来信，哪怕存在着百分之零点零一的希望，我都会充满激情地给他回信。他的来信写两张，我就写三张，他写三张，我就写四张，我也不知道哪来的那么多话，想对他说的话，与比二十来年养育我母亲的话还要多。在信中，我急切地表露着自己的性格、心性、向往、追求，以及对文学的激情和矢志不渝的奋斗。我认为，能让他与我保持较长时间的联系，是因为我的人品，我的才华。他在信中认为，我是他遇到的女子中较为聪明伶俐的一个，他感叹一个小山村有这样不同凡响的女子。

> 晚立梦中赞阿妹，两颊红似彩霞飞。
> 心如晶莹宝石闪，情同泉水越涧美。

一切是这么的浪漫和美好，恋爱就是要心心相印，互相倾慕，互相欣赏，我只要他有一颗惦念我的心就行了。我从没问过他的籍贯、住址、家庭人口等，我觉得，问这些很低俗、很无聊，我也不会想，他是不是在做戏，玩弄一个乡妹子的感情，他在我心中成了神圣而纯洁的白马王子。

即使有一天他要与我断绝联系，我也非常能理解。他有条件找一个学历同等，经济条件好，工作能力强的伴侣，找一个乡妹子纯粹是自找烦恼。我期待着他的友好，也等待着他的分手。

他邮给我两张照片，坐相英俊潇洒，站相清瘦儒雅，相片是夹在一本《流行歌曲》里的。有一次，他寄了四十块让我在本地替他为他的父亲买一件羊皮袄，街上的羊皮都是一张张卖的。我不知道如何帮他的忙，就把钱返寄给他。他有时也在信中劝我不要因为他耽误了我的青春，但只要我对他抱有一丝幻想，我就要拒绝所有别人的介绍。

吕明涛也是乡亲们为我介绍的对象中的一个，他家离我村只有十多里路，比我低一级，也比我小一岁，也当民办教师。我打小就知道他，同在小学上过学，这几年，有时开教师会，也时常见面，他为人诚实本分，大方质朴。有一年哥去公社开会回来晚了，在他们学校住宿，将为队上买的一小瓶墨水丢在了他们的办公桌上。他专门托人捎给了哥，墨水盒上还插了一张叠好的小字条，落款有他的名字，可见他是一个细致而热心的人。他捎来墨水的那天早晨，我无意中看到了那张字条：

王会计：

昨晚您在我校留宿，不慎丢下墨水一瓶，今托人捎于您。

吕明涛

那工整而认真的笔迹，至今清楚地浮现在我面前，人的品格往往从细微处表现，假若他是一个粗心或毛糙的小伙子，会将那墨水随便用了，或者干脆据为己有……难道以前他就知道我的哥有一个文静乖巧又好学的妹妹，难道他想过这个妹妹有可能成为他媳妇的候选人，难道他们听自己的爷爷说过，我们家旧社会门风好，老辈人都知书识礼。难道他是一个不唯成分论者？不，什么都不是，只是他的人品使他在每件小事上都与人交好，细算起来捎墨水那年，他才十六岁，也许那时他正雄心勃勃地奋斗前程哩。

吕明涛小名叫涛涛，好几年前，他的爷爷老了，是他披麻戴孝上我们村请阴阳先生的。那一天，妈从村上串门回来对家人说："吕家硷的涛涛为他爷爷请阴阳先生，哭得怪可怜。"一个大男孩痛哭又是个什么样子呢，可见，他是一个对亲人感情极深的青年，这是我对他的又一印象。

论家庭状况，论年龄，论个子，论学历，论社会地位，论了解和熟悉的情况，我与吕明涛谈婚论嫁，应当是合适的，但当时我这个心比天高的姑娘，只把感情倾注在那个没有结果，远在天边的大学生身上，对吕明涛是不屑一顾的。吕明涛那边来人提亲到第四次就无望了，他很快定下了前村一个十八岁的妙龄姑娘。我承认那姑娘比我漂亮，比我手巧，比我能干，但她的内心世界永远比不上我高远和复杂，吕明涛只要娶一个会过日子的媳妇就行了。要我这样内心复杂的人,其实,一点儿也不实惠,我这个高不成低不就的人就等待命运的结果吧!

过一阵子,我就要到二姐家去看看,由于二姐对我数年的供养和照顾呵护,我在她家上学给她增添了那么重的负担,每顿吃的酸白菜,因我她要多切上两碗。深冬那腌菜冰冰的,导致她落下了手关节炎,指头上的关节肿大,时常疼,我现在这么大了,仍看书学习追求理想,帮不上她任何忙。我想念了只能看上一回,回家把她家的生活状况告诉妈。过子源那边还有一个原因,就是可以在县图书馆借文学书籍,因为敬爱的安老师在图书馆工作,安老师每次都对我很宽容,任由我挑要看的书目。然而,过子源也往往给我带来新的不安,就是听到某某同学又到外地工作了,某某同学上什么什么大学了。

这年正月,我到二姐家后,便上子源街看扭秧歌。站在长条板凳上的,正好是我初中的几个女校友。她们招呼我站上去看,她们现在都是县粮站的职工。我与她们站在一条板凳上,忽然觉得身轻似水,勉强看完秧歌,她们带着幸福的笑容,一窝蜂似的手拉手向工作单位走去。她们就像有了美丽笼子的金丝鸟,既为自己的美丽庆贺,又为自己的笼子庆贺。当我从板凳上溜下来,竟成了一只灰老鼠呆立在路旁。

想当初,上山下乡一声令下,大家一群乌龟不笑鳖,可现如今,她们似乎踏上了天堂之路,而我的天堂又在哪里呀?求职之路不通,与小郝的失联,又证明找对象的路不通。

我每天晚上在昏暗的煤油灯下读"独立寒秋,湘江北去""远上寒山石径斜,白云生处有人家",把视力1.5的眼睛读成了0.6,也还是原地踏步走。天堂与人间对别人来说,就像隔了一条线,轻轻就过去了,对于我来说,就像隔着汪洋大海,遥不可及。

小郝的信终于来了,他说他等待了我几年,我仍然没有工作,连个营业员的工作也找不到,太叫他失望了。因为结果在预料中,所以，我的心反倒很平静。

琼是我的另一个女同学，她家在离子源县十里的集镇上。琼有一张标准的四方脸，细长的眼睛，阔阔的嘴巴。她在班上的成绩就是个中上。特别爱打乒乓球，一下课要风风火火地从教室门口挤出去，跑到乒乓球案前挥洒一阵。上课了，又忙忙活活地挤上座位。琼在班上威信不错，入了团，"文革"初期又被选为红卫兵代表。

自从返乡后，我与所有的同学都没有联系，只有每次到子源走亲戚，路过琼居住的集镇，就想到琼，顺便在她家坐上一小会儿。琼的父亲是医生，继母带着两个妹妹、一个弟弟。有一次，我又去琼家，琼兴高采烈地告诉我，她是先进知青，不久前，她到省城开了先进知青会，本县只有四个代表，她说，她的工作马上就要分配。果然不多久，听说琼成了子源县委办公室的打字员。我再没有兴趣找她了，现在的我是一个乡姑娘，土里土气地走进那地方，会多么大煞风景。再说，同学是县委的工作人员，家雀与凤鸟会相形见绌的。

有一天，别人捎话说，琼让我到她那里去一趟。琼有了工作，还惦记着我，我在没有任何出路的情况下，巴不得谁来提携一下呢，于是我就去了琼的工作单位。明亮的太阳照进了县委打字室的窗户，窗户前一溜儿摆了三台打字机。琼正眼尖手快地打文件，身旁站了一个等文件的干部，两三分钟就打完了，那干部赞扬琼的工作速度。等室内无人后，我们寒暄了几句，琼就转入正题，说她要为我介绍与她同镇的一个男青年，她说的人我知道，是我在子源中学的同级生。虽然琼说，此人现在在哪里工作，但我对他的印象不怎么样，鉴于我目前的情况，其实，也不能挑剔人家了，更何况还有琼的美意。

过了一向，琼征求男方意见，男方嫌我没工作。我只好跟琼说起李维敏，说返乡不久，他给我来过信，现在，李维敏到外地学习去了，琼说，等他回来替我问问。原来李维敏回乡我也回乡，在同等的条件下，他对我有想法。后来他在镇上当公务员，也没改初衷，现在他出去深造了，肯定会有变化，我并没有抱多大希望。

这期间,村上的队长有心把他的内舅介绍给我,也是从前的校友,此人呆呆板板的。我眼看自己是无着落的大姑娘了,心想,那就同意谈吧。因为是相知,见面什么多余的话也没说,便立刻订婚。他的证明也只有两块钱,他和我实在是太穷了。妈从箱子拿出仅有的一双新袜子算作我给他的礼物,两块钱,我又把自己出卖了,这一回我既不痛苦,又不高兴,好像这是天意,我就像一筐廉价的桃子,只要有人要,处理了就完了。我没有跟那人说话,我知道,他是高六七级的学生,样子很老实,话语不多。他姐夫说,他最近找到了工作,我觉得也没必要问他本人,他是说了一句话,说:"我是农民。"我只当他作谦虚状呢,根本没理会。我也没问问自己,眼前这个低低个子的男人就是你未来的丈夫吗?我好像没有了思想。我好像自己要火速处理自己,不能犹豫,犹豫了就意味着处境一日不如一日。我似乎朦朦胧胧地感觉到选对象的范围越来越小了。因为社会的现实告诉我,二十三四的青年都成家立业了,同学凤怡的女儿都三四岁了。

为了表示我的好学,他临走时,我把自己抄写的毛主席诗词及注释小本送给了他。他谦让着不接,不知为什么,他没正面看我,羞答答的,他一定觉得不配我,所有的事都是这样的不可理喻。

人活得多难呀,我不禁要问,人为什么要结婚?女儿必须嫁人,必须从娘家离开吗?如果没有这一切烦恼,那又多好啊!我还是站在门前光线最亮的地方,读我的文学书吧,做我的文学梦吧。订婚有那么一回事,就当没有,因为它没有给我带来一点儿好的感觉,只要它不给我带来痛苦,就行了。

我的又一次订婚很快就被熟知我的人晓得了。原来表姐就是男方那个村的人。表姐说,她想把我介绍给同村的另一个男青年,一开口,村上知情人就说,你表妹和谁谁谁订婚了。表姐在集上见了二姐、二姐夫,对他们说:"楚函怎么能与他订婚呢?他父亲是个神经病,再说他根本没有工作,是他姐夫把楚函骗了。"

整天操心我的二姐、二姐夫一听心急如焚,他们认为没工作是大

凤凰鸟

问题,家里有个神经病,整天打打闹闹怎么过呀!二姐夫当即来到我家告诉了妈和我,我也忽然觉得荒谬。男方倒好像说,他是农民来着,骗我们的貌似只有他姐夫一个,可他明明知道,几年来,我找对象的条件就是有一点儿工作有一点儿文化,可他为什么要骗我呀?我马上到了他家,开口便问他的工作单位在哪里?实际上,荒谬的不是他,而是我,我连所谈对象最起码的情况都没弄清楚就订了婚,难道那也叫订婚?充其量就是递把柄,但为什么又要递这个把柄呢?

队长假装给我找他内舅的工作地址,找来找去找不着。我说:"你也不必找了,你叫他不要等我了。"我随手把那两块钱放在他家的炕上。他们都无言以对了,我转身出了门,又是一身的轻松。

如果说,那一次的退婚,村里人还不太知道的话,这一次的退婚,是四邻皆知,老幼全晓了。村人在背后议论,有的就幸灾乐祸地说:"这里也不成,那里也不成,看她能找个什么人家。"

也有人善意地说:"看人家那女子,也没文化,人长得也不如楚函,可找的婆家又好,女婿也有工作。楚函那个能行娃怎么就没个好运气。"连同村上一些小妹妹也叽叽喳喳。

现在一个二十四岁的老姑娘成了众矢之的,望着旷野,望着千沟万壑的黄土包子,我无地自容,到处是窥视我的眼睛。我恨自己这么愚蠢这么鲁钝,就没有魏凤怡那样的头脑和胆识,早早地为自己找到一个至爱的郎君。难道我是傻瓜,不会吧?前几年开教师会,我的发言是那么精彩,赢得一阵阵掌声,连公社书记下乡都说:"王楚函在县上开教师会发言是出了名的。"还有开各种批判会,公社指定让我发言,三里五里八里十里乃至公社,谁不知道我王楚函文章写得好。可在婚姻大事面前,我怎么这么无聊和无奈呀,上帝啊,你给了我聪明智慧给了我思想,怎么不教给我处理自己终身大事的本领呢。

因为退婚,队长对我进行了报复,我做不成民办教师了。上了大坝,坝上有坝上的乐趣,老镢头在高崖上把土刨得哗哗啦啦地响,刨多了，又从崖根一锨锨地摊匀，然后拉起夯，哎哟哎哟地唱着打。坝上是清一色的姑娘，只有队长是男的。姑娘群中数我年龄最大，数我工分最低，这很正常，因为返乡四年来，我几乎没有在工地上干过活，工地劳动好比只是个插班生。小姐妹们都对我很热情，她们请求我给她们教歌和讲故事。

烦恼紧紧跟着我，一是没法看书学习。每天天一亮就上工，到暮色茫茫才收工。二是眼看自己一个老姑娘实在没了出路，有人还给我介绍二婚男人。

李维敏从省城学习回来了。琼给我捎话，让我与李见一面。我还是抱着一线希望去了子源。晚上，我领着外甥女一同到了琼的打字室。琼给李打了电话，李过来了。我们见了面很拘束，再没有了少年时两小无猜的情景了。李维敏现在不愧是待过大城市、进修过的人，整齐的服饰、帅气的举动吸引着我，进门后把雪白的衬衣往椅背上一搭。我这个老姑娘，穿了一件旧的绿格子大褂，土里土气，憔悴不堪，与眼前这位白面书生相形见绌，格格不入。

回想起刚返乡时，他给我来的四封信，我一直没给他回信，一定使他很焦虑很失望。当我第一次订婚不合心意时，觉得还不如找他，那年秋天，我是给他写过一封信的，但因小郝的到来，我又不与他联系了。

过了两年，在县小教会上，他突然出现在我面前，我正在大院洗衣服，既没抬头，又没跟他答话，让他好尴尬。我一直对自己当时的态度感到不可理喻，就是看在四年同学的分上，也不应这么无礼。那纯粹是我的自私心，害怕熟人议论，从而损害了自己的声誉。那年秋天，我写给他的信较为隐蔽，而且是以我第一次要退婚时极为痛苦的心情写的，那时，我希望他能成为我的救世主。这一会儿我觉得自己很卑鄙，也很虚伪，表面上，老要表现出无比的稳重、文静，不可一世，超凡脱俗，实际上，却小视别人为己所用。不，不，第二次退婚后的这半年中，我还给他进修的学校寄有三四封信，我一心只想促成我与他的婚姻。

那一次教师会中受到我的无礼对待后，他回去写了最后一封信。他说，他并不是专门看我的，是给单位买炉子，来到我们县城后，才听说开小教会，顺便看看我。那时无论是他专门看我或不是专门的，都证明他还惦记着我。他的心还有些热，因为他在信的最后说："让我们的心冷却吧。"那分明是说让他的心冷却吧，我的心只是秋天的剩米汤总是不冷不热的。现在因为我的需要，把自己的心烧热了，而他的心冷下去，还能重新热起来吗？他曾经给过我的机会让我放弃了。我现在把自己变成一盒剩饭，还出现在他跟前，他不买我的账，是应该的。

我们都并排面向墙边的桌子坐着，我特别惭愧，没有与他正面相视的勇气。最后，我们勉强寒暄了两句就进入了正题，他说，在外面进修，有外地同进修的姑娘邀请他看电影。他现在是一个离心泵。我想，说不说什么都不重要，更何况，难道我要告诉他，有大学生跟我谈过两三年，这样来提高自己的身份吗？我要告诉他，我退过两次婚用来寒碜他吗？这一次见面的原因主要是琼，琼见我可怜没有工作，对象又难找，既然李以前有追求我的迹象，看现在还有没有可能促成我俩。

又是冷场。现在，我两好像分别来自亚热带与北极的两个人，无法再描述自己的心境了。我想着快刀斩乱麻，事实上，也没有什么乱麻可让我斩。我只是问："那你以前给我来信……"他说："那只是以前，明年，我还要上大学。"现在他不仅是亚热带人，马上又要变为火星人了……我说："那就算了。"也不知道到底算了什么。他站起来拎了那件雪白的衬衣出门而去，与琼打了声招呼，便走了。他曾经是想走进我心里的，因为我的灰暗和冷落，他远去了，他会永远地离我远去，我心里不由得一阵悲凉。我盯着自己身上的绿衫子发了一会儿怔，然后恢复了心情，过去琼那边说了原委。琼说："你怎么能先说出算了，你让他说。"我说："谁说都一样。"要他不说，我也没必要等他了，他再上几年学，我多大了。我这样想。

那晚街上正演电影，我与琼及我外甥女一同走进电影院，我非常沮丧,非常烦乱,连电影演的是什么也不知道。我后悔不该与他有这一次难堪的见面,现在他一切都好,潇洒了许多,英俊了许多,进修长了学问,而且还要继续深造。我一个连民教也做不上的老姑娘,在大坝上卖苦力,加上嫁不出去的思想负担,令我憔悴不堪。

过去在学校,由于我端庄的行为,刻苦的学习,优异的成绩,使他对我产生过爱慕之情。初恋之火只独自在他的内心燃烧过一阵子,初恋之情随着环境的变迁,时间的推移,很快便荡然无存了。现在,他心里有的是省城同学端庄、俏丽的形象,有的是未来做一名大学生的远大前景。他也许从传言中知道,我订过两次婚,现在又黑又老,一事无成,他一定庆幸,我以前对他的冷漠是天大的好事,他一定庆幸自己以前对我苦苦而热烈的相思只处在萌芽状态。他也许恨不得把我从他的心灵上擦洗干净。我不想把自己写得太坏了,他绝不是甩掉了一个重重的黑暗的影子。假若他第一次来信或第四次来信,我们有了联系;假若他到小教会上找我,我们热烈相谈;假若他不去深造,只是一个小小的乡镇公务员;假若没有我的好高骛远……他现在会不会变呢? 在电影院里,我的思绪烦乱成一锅粥,我只觉得,自己是一个空荡荡的柴火篓子,失落感像一团黑云,沉沉地压在心头。

家乡的高山土地依然如故,年年有薄薄的五谷捧送给村人,爷爷栽种的果树,像我的父辈一样相继老去,枣树却依然如故,这旱涝保收的高田作物,年年有红枣留给栽树人的后代。村庄的面貌依然如故。总有媳妇娶进,姑娘嫁出,总有老人老去,小孩出生。然而,我这个老姑娘违背了村庄的规律,已经难于嫁出去了。是什么原因呢? 是因为我读了几天书,就不知天高地厚了,就不认识自己了。我是谁呀? 我要是那一把荒禾,就让妈塞进待烧的灶膛里;我要是那一碗高粱米,就让妈下进待煮的锅中;我要是那一筛子干草,就让哥倒进驴槽。我是什么呀? 我是一个活生生的人,而且是女人。要是男人,又该多好啊,永远像哥哥和弟弟,不会有嫁不出去的苦恼。但是,曾经在我心灵的深处,似乎害怕永远留在家乡,因为哥哥和弟弟太苦了,天天担星星背月亮,仍是饥肠辘辘。我似乎朦朦胧胧地觉得,自己要摆脱这种处境。那么怎样的摆脱法?凭上学,找工作?这条路早已在一九九六年五月断掉了,现在连适龄的农村男青年都没有,更别说嫁给非农民呢。

苦恼,就苦恼吧,谁让我高不成低不就呢,谁让我这山看着那山高呢,谁让我整天做文学梦呢,谁让我想入非非呢。可是,我目前成了妈最大的心事,虽然妈不能天天和我说这些事,也不埋怨我曾经的行为,但我天天都能感觉到妈的苦恼,也感觉到哥和姐对我的操心。我恨不得钻进地缝里,还是钻进小说里吧!《海岛女民兵》中有个玉秀,几年前读过的《晋阳秋》里边也有个玉秀,她们没有我的烦恼,我为什么不叫玉秀呢?楚函、楚函,处处寒冷、处处寒碜。

"妈,我为什么叫楚函呢?""因为你小时候长得丑,虽然说丑,但人都说,这女子很有喜气,就叫楚楚吧,你又生在寒冬腊月,所以就叫楚寒。"可爱的女孩生在寒月,可是上学后,老师把"寒"写成了"函",老师是想让我做一个有涵养的人,我连这点儿头脑都没有,还有什么涵养呢?

我自以为比村上同龄的姑娘强,强在多念了几年书,对着太阳,我会说赤日炎炎似火烧;对着月亮,我会说月光似水,银辉万里。我知道女词人李清照,作家冰心,我知道"才下眉头,却上心头""人比黄花瘦",我知道"小小海燕,横海漂游,月明风紧,不敢停留……"但是,如今什么都不懂的她们一个个很快有了归宿,她们已经在别村的家里,生儿育女,过着平常又和睦的日子。她们从来都不会有我这样嫁不出去的苦恼。

在一切无望的情况下,妈和哥哥商量,再看看姐姐的矿上有没有适龄的男矿工。因为远在外地的大姐对家里的事情也十分操心,她本来就留意着这件事情。过了半月,姐姐来信说,矿上有新招来的矿工,由于第一次的退婚,我是不应再到矿上去了,但现在实在是无路可走。我这块心病总不能老搁在妈的心上吧,我只有硬着头皮去。

首先是不去大坝上工。我整理自己的东西,当然没有任何衣服可让我整理的,文学书籍只能拣几本带上,笔记是一本也不能少,有关现代汉语语法的,文学概论的,写作知识的,古今诗词的,历史唯物主义和辩证唯物主义的,历代名人传奇的,毛主席诗词注释的,还有各种小说笔记,黄书包已装满了只好作罢,剩下的放在一起,叮咛妈保管好。这一次,不管是好是坏,我都要嫁人的,绝不能再以一个老姑娘的身份返回。为此我没有丝毫的欣慰,倒有满腔的悲哀。我把家里人现有的照片带上,当我想家的时候拿出来看,再把"文化大革命"中送三个同学参军的那张合影看看,大家早已各奔前程了。那个心仪过我的李维敏,小小的个子,一脸稚气地穿着宽大的黄大衣站在左后方,还有我和魏凤怡的两寸小照,也带上吧。我又翻出那个大学生小郝的照片,后悔我以前为什么没还人家。我把照片包在纸里,夹在一本新书中,让我永远忘掉他吧!

　　还有两天,我似乎就要永远离开生我养我的村庄了,离开这些熟悉的古旧的甚至破败的窑洞,离开家乡所有的亲人。望着村前那蜿蜒的小路,望着慈祥的妈和所有的亲人,我百感交集。

　　这两天我心乱如麻,看书看不下去,写字写不下去,那就作画吧,以前每年过年我都要画梅花,画各种飞禽。虽然我的画技很拙劣,但新涂上的色彩是那么浓烈和鲜艳。我的画给自家和嫂家的年增色不少。来人总要问:"是楚函画的吧?"妈会满意地答是,不用问,那猪呀羊呀猴呀鸡呀的窗花,也是我和嫂子共同剪的。而今后过年,我不能再为家里画画儿了,那就现在画几张吧!我铺纸抹彩,为侄儿、侄女画了好多娃娃画。侄儿、侄女撵出撵进地问:"姑姑还没过年哩,怎么就画画哩?"我心里酸酸的,不能告诉他们。

　　我走的这天早上吃过饭,一家人把我送到村口,哥哥把我送到县城的车站。我只带了够买一张车票的钱和住宿的钱。走了四十里路,哥哥连一口热水也没得喝,就要空着手返回。冬日午后的太阳将它淡淡的光照着哥哥劳累的背影,哥哥转回身来叮咛我几句,我哽咽着点头。

第五章

我拎着沉甸甸的包，一步步地向车站隔壁的旅舍走去。这书包里装的是我沉重的梦，梦中的人物好像是李白、杜甫、白居易、李清照、老舍、沈从文、冰心、曲波、柳青。我要带着我的梦，到一个不是梦乡的地方寻梦。悲壮感一股一股地充溢着我的心。望着多次走亲、开会、赶热闹的县城，我眼前一片迷茫。上帝呀，为什么要让我走一条我不想走的路？我像是你手里的牛皮影子，是你在我背后撑着棍子让我走这一步的呀！

阴历十月初，早六点，天还黑黑的，汽车闪着贼亮的眼睛启动了。每次出门，人都会有一种新奇和激动，好像前面有幸运在等着。可是这次，我的心情特别灰暗与失落。十七十八一朵花，二十四五豆腐渣，我永远是十七十八那多好呀！那时走在妈身后，左脚右脚跳着走，说笑就笑，说唱就唱，无忧无虑。尽管自小到大缺吃少穿，又有什么要紧！山里的鸟儿又有什么呀？可现在再有两个月，我就整整二十四岁了，头几年，村上还有比我年龄大的两个姑娘，她们好像挡箭牌一样挡着我，她们一出嫁，我就成了出头的鸟，顶风的船，人们的眼神一下子集中了过来，他们有意无意地要打听，楚函有人家了没有，他们的眼睛就像箭一样地射向我。

昨天晚上我住进旅舍，有一位五十多岁的大妈要到岭南去服侍她的儿媳，她的儿子是一九六八年从学校参军到岭南，而后在岭南转业有了工作。大妈一说她儿子的名字，原来是子源中学高三的学生，我很熟悉。参军前，他有几次到我们住的女生宿舍闲聊，有人对他开玩笑说："你往那个宿舍跑，是看上了谁?"一听这样的话，我就会莫名其妙地脸红。我不会像魏凤怡那样大胆地谈恋爱，也不会对任何男生有什么想法。我觉得自己很正统，找对象没有正经八百的介绍人是荒谬的。我是妈的好女儿，妈叫我规规矩矩地做人，我就要永远循规蹈矩。也许正是这样，我才失去了好多机会。

那个大妈说的儿子，当初在我的印象中是好样的。个子矮矮的，有一张红红圆圆的脸庞，薄薄的嘴唇，细细的眼睛，穿着十分整洁，服装也比较新，还是制服，戴一顶白灰色的鸭舌帽，听说他还是班上唯一的党员。

不会打乒乓球的我，那一天和几个女同学试着打乒乓球，他也在。他接过我对面女同学的拍子，我一下羞怯起来，我害怕人说闲话，我想放下乒乓球拍子，但出于礼貌又打了几下。那么，是他对我有意吗？记忆的蛛丝马迹缠绕着我的思绪，想这些，又有什么用呢？只怪我当初是个不懂情为何物的人，只怪我太懵懂太愚蠢，在校园里顽固不化，错过了多少机遇。他和他们，还有那个不知名给我打九十分的高一男生，他们永远会将我忘得一干二净。

我是什么呀，难道过去那些女文学家会这样自轻自贱吗？睁开眼睛从车窗望出去，晨曦中，一抹红霞绚丽多彩，缓缓地变幻着形状。懊丧什么呢？灰心什么呢？今生，我还要发誓做一个文学家呢。摸摸怀中沉甸甸的书包，我的希望又鲜明起来，如同天边的霞光，满是曙色。对，丈夫是什么，爱人又是什么，不就是生活的陪衬吗？我真正的生活内容，应是不懈的文学追求。我要好好读书，将来写作，这应是我人生永恒的主题。想到这里，我的心明亮了许多。

大姐夫下了班，洗过澡的眼圈总带着难以洗净的黑印。他说，自己托一位同县老乡给我物色了一个对象，那青年没爹没妈，噢，还是个苦孩子呢！有一个姐自然是早已成家了，有一个妹妹，男青年来矿后，就托付于姐姐，没人管的孩子一定是有些野性的。这就不说了，大姐夫还说，此人前一阵子在地面上的缆车站前，一条腿被缆车挤压了，井下受伤，地面也受伤，不过是轻伤，一见就知道了。大姐夫还提到，此人没上过几年学，据他本人讲，只上到四年级。一听没什么文化，我的心就很反感，只想到此打住，转念一想，文化高的郝某注定与我无缘，那么李某、吕某呢，他们还都是初中文化，又都与我擦肩而过。在家里，别人还提过两个只有小学文化的复转军人。我一听文化低于我，就拒绝了，到头来我要与这个半文盲度过一生呀！我有种说不出的悲哀。偌大的一个煤矿，文化人比农村人多多了，怎么偏偏不让我碰上一个哪怕只有初中文化的人呢！

不要说，人家矿上各科室的干部，就是普通工人中具有初中文化的人也不会少。

矿上的家属区东西南北来说，北边叫北苑，那个"苑"字是艺苑的苑。听说北苑住的都是文化人，有工程师、技师和管理人员。南边叫南粤，写法还是毛主席诗词中的"南粤"两个字，那么，为什么不写成南原或南域呢？可见，这地名还是文化人的杰作。东边叫东坡，完全和苏东坡的东坡吻合，那地方有图书馆、阅览室、报亭、新华书店。书店大门上边有白底红字醒目的正楷字写着"东坡新华书店"。书店名用一个大诗人的名字，增添了不少诗意。

还有东闸，那是一个大门，进出的路口，围墙上过去写着"文化大革命"的标语：抓革命，促生产，促工作，促战备。现在写的是为社会主义煤炭事业奋斗到底。那大大的仿宋体都是文化人的功夫，难道今生我要与文化人绝缘了？人说金娃配银娃，我是有一点儿文化的，更主要的是，我要追求文学，更应该找一个有文化的人，但茫茫人海，我硬是找不下一个有文化的人了。真应了那句俗语，好汉没好妻，赖汉娶花枝。天下人家好多没文化的姑娘，找的反倒是有文化的丈夫。

我十分无奈，用蚊子一样低的声音嗫嚅着说："我想找一个有文化的人。"大姐夫一下躁了，大声地揶揄道："前面给你说的那个人家没文化吗？你为什么要退？你退了，在老家安然自在，给我造成多少麻烦。那后生来信与我交涉退钱的事，把我糟蹋死了，每次来信都是用黑纸做信封。"手段也真够恶毒的，多亏我给他退了。有什么值得用这样手段的呀！第一次听到用黑信封写信的，而且就发生在我身上，这么倒霉的，不就是百十块钱吗？一分也不会少你的，何必呢？

我压下心中最大的欲望，心想，就这样委屈自己吧！我不禁自问，你不是要处理自己吗？难道处理还要讲条件吗？只要他还能认识一些字，往后长长的人生旅途中，我可以做他的老师，天天教他，他的文化程度也会不断提高，那样，我们才会有共同语言，谈天说地，论古议今。我无奈地安慰着自己，再说，这里也没有家乡那么忙，家乡生活那么烦琐，推碾滚磨的，这儿有大把的时间看书学习，这应是我追求文学最重要的一个条件。我还要什么呢？

今后与我长期过日子的就是刚走的这个人吗？见完面，他走后，一团乱麻堵塞在我脑中。姐姐看我嗫嚅，表不上个态，也很着急。因为姐夫摔盆打碗给她发脾气。我看着姐姐那身心交瘁的样子，也很不忍心，她在矿上没工作，姐夫有一年在井下胳膊受伤后，就转到地面上干，工资很低，只开五十来块钱。孩子一年年增多，五个孩子有三个上学，小的才会走路。因日子困窘，她整天干临时工，扒石矸。回来又要忙死忙活地做家务，累得筋疲力尽。

姐姐小时候在娘家操劳，而后成了家，还要为娘家操心。我长大后，一次次地给她带来麻烦，天呀，生我何用，还不如死去。我正在诅咒自己，姐姐转进里间，姐夫追问她我的态度。姐姐说不上个所以然，姐夫大发雷霆，说："她想找有文化的，那她怎么不在家找呀？要文化干啥？下井挖煤，有钱花，不就行了，挖煤要什么文化？文化能当饭吃吗？她害得别人给我寄黑信封。这次还要怎么样？"我在隔壁听着恨不得钻入地缝，可是哪有地缝让我钻？上天无门，入地无缝，我的命运竟这么残酷。我永远也不会料到更残酷的命运在前路的暗处埋伏着呢！我活着就任凭命运摆布吧。

"那就同意吧。"我说。

姐姐隔壁的小房子,住着一对新婚夫妇。她丈夫就与给我介绍的这人是同县,同时来的煤矿。我来后,他就到宿舍去过夜了,晚上我与他媳妇住在新房里。她告诉我,给我介绍的这个人脾气不好,啰唆,威信不高,受伤的腿也能看出一些跛来。这一下我好像有了依据,把听到的流言一一对姐姐说了。姐姐认为,真要这样的话,那就算了。第二天一大早,我就和姐姐一同去介绍人那里,说明我不与那人谈了。

　　这一天,姐夫上早班,下班后他知道了也只气恼地说:"你们以后愿意怎么找,愿意找谁,我是不管了。"他话音一落,没想到那青年领了他的一位老乡掀帘就进来了。他很客气地告诉姐姐、姐夫说,这门亲事不成也没有什么,他要回家去,看姐夫、姐姐需要捎什么他们家乡的土特产。几句话打动了姐夫,等他们走后,姐夫和姐姐再次劝我同意这个人。我始终没搭腔。

　　凌晨四点,姐夫让姐姐把我从隔壁叫起来,声色俱厉地威逼我,不同意这事情的话,让我马上回老家。在他看来,这人一走真的就没有再适合我的对象了。来时,我就觉得,自己再不能回去了。怎么办呀,我矛盾、痛苦,我只好硬着头皮说同意。我很恨那人,他真狡猾,他昨晚来分明是要手段。

　　又是一个痛苦的订婚日。第三次了,我不明白我自打懂事后,循规蹈矩,不近男色,为什么在婚姻上这般无奈? 没有这该死的婚姻,多好呀! 但娘家没有养女的先例。骂人都是养老女子呀,起女坟呀,美丽的女儿永远是一盆水,要往外泼,要不生无立足之地,死无葬埋之地。

　　自小我和所有的女娃娃都一样,无比喜欢花、花布。穿在身上的每一件花衣服,我每天欣赏它的花形,直到把那花色记得烂熟于心。而这一会儿面对撕下做棉衣的花布,做裤子的褐布,做里子的卡其布,它们成了置我于死地的绳索,我知道自己再难受,这婚已是铁板上钉钉,天知道,我悲哀至极,难受至极。

从此后,我要活人,就要调整自己的心绪,我宽慰自己说,要高兴起来,要面对这一切。我一边给姐姐料理家务,一边也去干临时工,姐姐的门前就是粮站,卸面可以挣一点儿现钱。

卸面也是热活,人手并不少,有闲着的家属,有家属从外地来的亲戚。其中有两个汪姓和柳姓老头,光害怕增加干活的人,狼多肉少,让他们赚得少了。当他俩看到又多出一个扛面的姑娘时,就联合起来,千方百计地刁难我。这一天,九个人卸面,姓汪的老头在车上安排三个人,顶面安排三个人,然后他俩和我扛。据说,平时车上和顶面都是各两个人,扛面的人多一些,今天,他们硬要把我挤下去。

那汪老头大声地喊着:快点儿、快点儿! 他俩飞跑着,他们以为我追不上他们,然后好挑剔我,撵我走,我心里清楚他们的阴谋。我使出浑身解数与他们拼。他们开始一次扛两袋,我也扛两袋,后来他们扛三袋四袋,我也扛三袋四袋,他们走多快,我就走多快,他们跑多快,我就跑多快。大冬天,眼看身上只有一件衬衣了,还是汗水淋淋的。

这有什么关系,难道我二十四岁,正当青春斗不过你们两个五六十岁的老头吗? 那两人又使出高招,用一块窄窄的木板搭上面垛子,要人踩着木板上。我第一次有些颤巍巍的,但两三趟后也稳稳当当地上去了。后来,那姓柳的老头硬说我把一袋面摔破了,半袋子倒在了地上,说损坏了要赔的。有几个大嫂看我也挺能干的,就说柳大爷算了,揽起来就行了。姓柳的老头纯粹是诈唬我,粮站卸十多车面,哪能不破一个面袋子? 再说,库房是水泥地,一揽上边全是干净的。那袋面本来就不是我摔破的,人们心里都明白。我心里很气愤,长了这么大从没挣过一分钱,第一次下大力气赚点儿钱,竟摊上这种事。

下午,那俩老头看扛面扛不过我,就叫我上面垛子顶面。我马上上了面垛子。我是憋了一肚子气干活的,劲格外大,两只手从别人肩上接下面袋子,狠劲一摔,再站上面踏平,虽然一天下来累得筋疲力尽,但我很不服气。心想,这粗活重活用的是力气,只要把劲使出来就行了。难道这比汉语语法中的复句还难掌握吗？比构想一篇文学作品,还需要耗费心思吗?

那两个老头看挤不掉我了,便放弃了,我也随那些河南媳妇,把他们称作大爷。大家干完活等车,有说有笑地闲谝,他们还说要吃我的喜糖呢,谁能知道我的喜糖太涩太涩。

未婚夫过来,我总表现得坏一些,沉着脸不说话。过一阵子,他不来了,我的心又矛盾起来,就表现得好一些。他每次来时,还知道给姐姐最小的女娃带一点儿吃的东西。姐姐故意说:"楚函脾气不好。"他说:"楚函的脾气好得很。"他肯定怕惹我不高兴,坐一会儿就走,很知趣。我的思想开始转化,反倒觉得是大姐夫给我做了主,要不我犹犹豫豫只能当一辈子老女子。

过了年二月份,我与他登记领了结婚证,我的终身大事好坏总算了却了,全家人从此可以放下这桩心事了。但谁能知道,我的灾难从此才真正开始。

新婚的第三天,他上夜班,白天正在睡觉。应下粮站的事情,我得在粮站门口去等车卸面,晚上六点,我干完活回家,他恶狠狠地从床上撑起半个身子骂道:"哪里喂狼去啦?"这话对我来说真是当头一棒,我怎么也料想不到,他从一个新婚丈夫变成了恶狼,出口伤人,言辞狠毒。他明明知道,在粮站干活就是要等车的,再说,我婚前只挣了十八块钱,我不知道哪一点儿不对了。我说:"你啥意思? 这么恶毒地骂人?""我还恶毒地打人哩。"他边说,边上来就给了我两个耳光,我整整地哭了半夜,后来他给我认错,给姐姐认错。

想起自小妈、姐姐、哥哥对我的呵护,他们是从来不说重话的。结婚三天,平白无故遭此羞辱,我实在无法忍受,但是不忍受又能怎么办呀,我对他一反常态的举动感到无可奈何。婚前有一次他来姐家,我见他抽烟,便说往后不能抽。第一次他不言声,第二次背着我抽,第三次他将烟放在桌子上。我拿一支,笑着说,这是一根壮地虫,他也没生气。他说，自己没怎么发过大的脾气。那么，他现在为什么要这样出口伤人，出手打人？我安慰自己，就当他是给我下马威吧。

我死心塌地地跟他过日子，我还在心里庆幸大姐夫给我做主。要不，我仍然会犹豫不决，会继续大龄下去，更成了妈和亲人们的心病。我终于把自己嫁出去了。我在心底里毁自己，不就是上了几年学吗？在煤矿上，高中生还嫁文盲呢！都是为了男人能挣钱，为了生活得轻松一点儿。我也是这样的，为了轻闲有书看。可是，我来到煤矿，反倒比原来教书还要忙。不过，我告诫自己，梦想是不能丢的，以后挤时间还要读书的。

过了两天，我在姐姐门前的地里收拾地，准备种菜，路过的一个工人问我准备种什么，我一边干活，一边给那人应答了两句，我知道那个工人是离我们不远铁路家属院的，出来进去早晚会碰到。丈夫看见我与那人说话，就一个劲儿地追问我说的什么，为什么没跟其他路人说话，单跟那个人说。我觉得无聊，实在不想应付他，更觉得他不可思议，怎么是这样一种人。他还会因别的一些小事要挟我，呵斥我，比方他起床后，嫌我叠被子慢了等，我原以为他仅仅是没文化，心地还算善良，谁知道，他一天比一天暴躁，说话总是恶狠狠的。

刚一结婚，我把心就交给他了。我们一块在山坡挖枣刺时，我告诉他没成婚的原因，并表明，我一生都和他相依相伴，给他说这说那。谁知竟成了他讽刺挖苦我的把柄，他突然说："要你的人能拉一汽车，你看你多伟大，多了不起。"我说："只要我不订婚、不结婚，总会有人提亲，这是我的错吗？"

我越来越觉得，他不是什么善良之辈，但生米已煮成了熟饭，一切无法挽回，就让我慢慢与他磨合吧。然而，始料不及的事情一天比一天多起来。

这一天有卸面的活，因为卸面活太重，人必须吃点儿干硬的东西。我烙了个饼，自己没吃，先掰半个，给他放在枕边的一把糜子笤帚上。他翻身爬起，狠狠地将饼扔到地上，大声骂道："你们家吃的东西放在这上边哩?"我呆住了,我们家里干硬的东西是在笤帚上放哩,况且,这饼又没放一点儿油。我赶紧说:"那下次不放就行了呗!"我的声音很低沉,我开始惧怕这头雄狮。人说,天上下雨地上流,小两口打架不记仇。后来他发的脾气多了,我就习以为常了,只要当时不入耳,一会儿也就忘了。人说嫁鸡随鸡,嫁狗随狗,他是我今生的丈夫,他和所有的煤矿工人一样,很是辛苦,每天要下井挣钱。也许是他在井下太累太危险,心情紧张,上了地面,就不由得发火。

他很勤快,每个月都是全班,下班回家还要从井下捎些生火的硬柴。一个男人能吃苦,基本就是好男人。他能吃苦,未来生活是有保证的。听说煤矿上好多人不好好上班,请病假、旷工,自己的伙食钱都挣不来。这样比较下来,我还是觉得自己找了个好男人,每天下班及时把热饭、开水为他准备好。我也不想让他生气,生气了下井干活,人是不放心的。

但不知道为什么他还要生气,我让他写字,我说:"一天坚持学一点儿,我教你。"他把纸和笔掷到地上,大声说:"你们家的人指这字吃饭吗?"对的,也真是的,我们家的人也不是以写字吃饭的呀,我从此就不教他了。想教也教不成了,我尽量避免与他冲突。然而,有一回我正开玩笑时,他就骂我,我把手前的一节电池扔到后墙壁上。谁知他拾起那节电池狠狠地在我手背上砸呀砸,砸了几下,手背就肿得像个大馒头。砸完了,刚好汽车来了,我就卸面去了,我常常把挨打当凉水一样喝。

几个月后,我怀孕了,我去公司买了三块花布,准备给未来的孩子做衣服。二尺五的两块,三尺的一块,总共也不到一丈。回来后,我在床前洗衣服,我正与他说笑,给他淋了一点儿水。他忽然来了脾气,就把右手立成刀子,左手拉着我带水的左手,狠劲地在我左胳膊上砍着打,好疼呀!从此,我彻底认定他是个狠心的人。这一次事后,我还是认定他是在井下干活不如意,才拿我出气,我根本想不到,他打我是因为那几块花布的事。当时,他每月开八九十块,我卸面也要赚上五六十块，那几块花布只不过几块钱。算了，不管因为什么挨的打，又没打伤我的鼻子和脸。我自认命苦，没遇上脾气好的男人。才结婚两三年，我不是什么新媳妇，反倒成了一只任人打骂的毛驴。

更让人不可思议的是，有一天中午，我们两人正在房间，好好的说笑中，他忽然用手指着斜对面篮球场说："看，那里有匹马。"正背着擀面的我不由自主地向那个方向看去。他马上变了脸，说："明明是一个人，试试你看不看，你要是看就说明想看那人了。"妈呀，这是什么事情呀，天大的无理取闹，他简直是胡来。我头无比大，气得要命，简直束手无策。我质问他："你为什么要这样无理取闹呀？"我难过得大声哭起来。后来我惊动了姐姐、姐夫，他们都感到这个人不可思议。他又大发雷霆地说："我问自己老婆话，与你们有啥关系？"

屡次的打打闹闹，左邻右舍开始认为，他现在是因为年轻、慢慢脾气会好的。这次闹得满城风雨，邻居和老乡看不下去，认为我跟他过不到头，他是个生葫芦，建议我还不如趁早另做打算，我听了别人的建议，但是根本不可能。当初我无出路，第二次到这个矿上，找了个煤矿工人，本来就让人笑话，而今结婚不到半年就能离婚？所有的气，我都要吞下。

"人往高处走，水往低处流。"这是人生的定律吗？那么，煤矿是高处吗？煤矿工人要下几十丈的深井，绝对是低处，而迎来的是生活的高处。我成了一只呆头鹅，不仅连自己最欣赏的佳作不会写了，就连那些照猫画虎的词也不会填了。空闲时，我望着矿上高高的井架，黑乎乎的选煤楼和冒着蓝烟的矸石山发呆，忘了耳边轰轰隆隆的机器声，忘了运煤火车的长鸣声，我在想一个最根本最简单的问题，为什么要二次来煤矿找对象，是因为要利用清闲时间走文学道路，因为要脱离农村的贫穷，是的，这两个原因都有。

农村的确太苦了，自新中国成立后，全村没修过一孔像样的新窑。就像我们家，哥与嫂子结婚后，我在外上学，妈和弟弟这家住几晚，那家住几晚，后来弟弟大部分时间住在下边的大婶子家，十来岁的他穿得单薄,吃了南瓜就肚子胀,大婶子、大叔半夜起来,又是摸又是揉。要不是逢上这样好的乡邻,可怎么办呀?妈有一向挤在有几个孩子的二婶子家,因为二叔喂牲口,晚上在饲养室睡觉。在这种无奈的情况下,哥哥每天在队里和自留地干得筋疲力尽时,还得推那笨重的小土车,为我们打土窑,那工程多么巨大啊!要从一个斜的山坡上挖到窑的高度,光高就两丈多。哥哥是刚结婚那一年开始打土窑的,那年他才二十岁,多么繁重的劳动啊!第二年暑假,十四岁的我也去推那独轮车,一车土没推出去,反倒把大拇指内侧扎了个血口子。

家乡的农民年年种地,年年饥肠辘辘。春三月,苦菜也挖不下,连杏叶都吃,沙蓬也吃。女儿家希望到婆家改变命运,结婚过后才知道婆家还不胜娘家,无米下锅,到了娘家就哭鼻子流泪水,反倒让娘成天记挂着。

我知道,煤矿上生活比农村好,自小的记忆中,大姐在煤矿上一年总给家中邮两三回钱,就那么一点儿钱总能接济家中的油盐开支。打不来煤油,买不回盐的人家,就去集上卖褐豆,被管理集市的人在集市周围的山上撵得乱转。现在,我吃的真米五谷,受的却是无名之气。我恨自己,一个土生土长的山里人,为什么要逃避农村生活?我完了,我彻底完了,还做什么文学梦呢!来矿上订婚那一阵,我还自由,也有零钱,买了一些文学书籍,其中有《鲁迅选集》,当时买了赶紧挨着看。现在我被打得焦头烂额,我的书呀,你能给我带来什么,你能减轻我的痛苦吗?爱书是我的天性,我怕那个人凶了,把书给我扔了,我小心翼翼地放到箱中的衣服下,还有我那一笔一画摘抄下的一摞子笔记。

因为我怀孕了,卸面的活太重,就去二里远的矿郊挖土方。每天我都挺着日渐隆起的肚子,只管默默地铲土推车,看见其他天南地北的人在工地上开心地说话,讲故事,我稍稍地忘了一些痛苦。这一阶段,他不是很凶了,还为我买过几次桃子。姐和邻居都说,年轻人慢慢就变好了，人们都怀着一种美好的心愿，我更是期盼他变好。听邻居说，冬天鸡蛋难买，他就买了一百个鸡蛋埋进小缸的沙子中，准备让我在月子里吃；快生产时，他也同意让我妈来服侍我。我总是小心翼翼地把握着自己的命运。

哥哥把妈送过来时，我离产期只有八天了，就不去上工了。由于结婚住的是姐隔壁的小房子，所以，妈来了就住在姐姐家。他又是上夜班，白天睡觉，小房子只有一个尺把见方的小窗户，说窗户不如说透气孔。妈刚来时，姐姐仍然每天要上班，我就在姐家里陪妈。第二天，姐家来了个老乡，家长里短地与妈攀谈老家的情况，我坐在妈身边不说话。

天快黑了，我过小房子准备做晚饭，他从床上猛地坐起，大发雷霆，说我在姐那边和男的女的，有说有笑。他非常气愤的样子，额头青筋暴着，步步紧逼。因为妈刚来，我不想让她老人家知道这些难堪，硬忍着不言声，可他一个劲儿地追问，把我急得眼泪止不住地往下淌。后来我在姐那边拿东西，妈看见了，就问平白无故为什么难过成这样。我实在没法说谎，况且我是个不善于说谎的人。妈来到小房子，好言相劝，说我们三女子从小就乖，说他也是个苦命人，没爸没妈，远远地出了门，不能无事生非，好好过日子，眼看就要有娃了。不善言辞的哥哥也好言相劝。妈慈爱的目光里流露着对我的怜惜之情，她老人家万万想不到，小女儿会遇到这样一个人。

这事过后，生活依旧，我坐在妈身边，头也不抬地做针线活，她感觉到我的不痛快，远远没有在家时的活泼开朗，只以为女婿脾气不好而已，根本想不到女婿会无事生非。早先由于生活所迫，妈的两个大女儿早早地给了人。大女儿心灵手巧，做茶打饭，缝新补烂都在行，婆家人又好。二女儿因为有她姐做针线活，她总是做重活、粗活，十六岁给了人，没婆婆，有时就受公公的气。三女儿养得大大的，总盼她能找个理想的人，谁知反倒是这样，她回想了一下村上所有人家的女婿，感到自己的小女儿实在是不该在外面找这样的人。妈难过得

凤凰鸟

一夜没合眼，天明眼睛又酸又涩。

阴历十一月二十晚，经过剧烈的阵痛后，凌晨一点，我的大儿子来到世上。在那些时常充满火药味的怀孕日子里，我简直没有时间想象未来的儿子是什么样。这一刻，看到他圆圆的小脸，小鼻子也棱棱的，他哭过几声后，就闭着眼睛安静地睡觉。我没有一点儿睡意，爬起来看看他，我与他原本是一个人，这一下就变成了两个，我的内心充满好奇，沉浸在做母亲的新鲜感里。他长上几个月，就会叫我妈妈了，我暂时忘了先前的所有痛苦。

第二天早上，丈夫说，蒸几个红薯吃。我想起了学校有一次用红薯掺面炸红薯糕，叫幸福糕，顺便就说，咱们留着这几个红薯吃幸福糕。他一听就用粗话骂我，不堪入耳。我疯了，我无意说的一句话，他就骂我，况且我坐月子还不到三天。原先他为月子准备的一百个鸡蛋都坏成了黑水。我在月子中只吃面和米汤，妈服侍我在姐姐那边吃饭，我们用儿子的出生证买了三斤鸡蛋。他每天下班回来都要将那鸡蛋数一遍，嘴里还要嘟嘟囔囔。我坐什么月子，我简直是坐监牢。他对妈说话总是很没礼貌，我真后悔，不该叫妈来，是叫她老人家为我难过来了吗？

我有了一个可爱的儿子，但每天和我生活的，是这个人品卑劣的人。我依然感到生活非常暗淡，只有回味原来在家的一切，在学校的一切。我的心灵深处永远向往的是做学问读书。我总能梦见上学，梦中可不是那个趾高气扬的我，而是老找不到教室，找不到座位，答不出题来，急得哭，哭醒了再追梦的我。即使后来上不成学，就那样永远在妈身边，永远只站在门前，冷天哪怕只掀开门缝读书呢，都是无比惬意的。

> 女儿生在高山上，依山独把红霞赏。
>
> 仰无远鹰放胆量，独立枝头展翅膀。
>
> 浅读诗书十七八，自觉才薄气自华。
>
> 同龄姐妹他人妇，安可屈就嫁乡下。

寒冬掀帘漏缝明，更深苦读挑油灯。

漫无目标单寻梦，难怪散作九秋蓬。

盲人夜半骑瞎马，世事艰险难自拔。

人生本是一杯茶，是甘是苦都品下。

出水芙蓉最清爽，抖污荷开瓣才芳。

坎坷梦醉鬓已苍，少女心香飘异乡。

  这是将近三十年后，我用这首诗当作自己的人生写照。在当时，人生这杯苦茶只能让我慢慢品尝。尽管我把文学之绳紧紧地系在人生的舟底，但隔着船舱，它离我那么的遥远。在每天的烦乱和痛苦中，我根本摸不着它的脉络，我只觉得，自己这一生完了，但完得不甘心，我好像置身于苦海，总想抓住一根救命的稻草。我万万想不到，我的凤愿会在遥远的苦航后实现，我万万想不到，苦海那边有绚丽的风景在等着我。此时，我只是一只迷了路的小山羊，孤独无依，任凭一只狼的袭击。

  把他比作狼，实在是太过分了，他是那么的勤劳，他好像有自己的目标，把日子过好，这日子好像只是他一个人的。为这日子，他不顾一切地出满勤，甚至超勤。他只是自小没教养，所以才出口伤人，把我当作他的工具，他的奴隶，他的附属品，他的出气筒子。

  要承认他好的一面，要用他好的一面与矿上那些不上班，吃不上就偷电缆，甚至逼迫媳妇卖淫的人比，我不是有一个好男人吗？每月有票子，能买私粮和一切生活用品，我的生活有物质做基础。我们还一块卸面，装沙子、石子挣钱，这日子不是蒸蒸日上吗？如果他不无理取闹，不随心所欲地损人、骂人、打人，该有多好啊！我个人奋斗不成了，以后把儿子管教好，让儿子上大学。

  看着可爱的儿子，我的生活好像透进了阳光。如果我在家看书，肯定是不行了，他不仅会把纸笔抢到地上，而且会给我烧掉的，我还是上班挣钱，先把日子过得好上加好，让他高兴，他也许就不对我发牢骚了。生产后仅五十四天，我便拖着有些虚弱的身体上了土方工地。

这是一个风和日丽的艳阳天。我出了矿区,走在一条野花丛生的路上。这里远离了矿区的乌烟瘴气。向后看,矸石道的烟还是随风东飘西漫,各家烟囱上黑稠的浓烟四处皆起。向前看,几处农家的房舍、土窑散散落落,门前的柿子树、核桃树枝叶新发,挖土方不远的山坡上是一片槐花林,芬芳的槐香阵阵飘来。

挖土方是一条缆车路基,长蛇阵蜿蜒摆开,有十几个班,各自为阵。垫土的工地上因为要推架子车,都是年轻家属,他们喜笑颜开,操着各种口音,谈天说地。我只是默默地铲土,默默地推车,生活不宁的家庭使我垂头丧气,无精打采。然而,与好多同龄的女青年在一起,她们的情绪感染着我。

河南媳妇凤芝和美芝,她们名字相近,我还以为是姐妹呢,她们口音相同,长相却是天地之差。高高个子的凤芝讲的故事很有意思。

她说:"有个男子在外地工作,写给妻子一封信,信中问'老白毛'(老白毛指他妈)在不在?眼中钉(眼中钉指他妹妹)挨不挨?心中人快不快?一对鹦哥欢不欢?

"这封信让他舅收到了,他舅看后很恼火,对这个外甥非常气愤,回信道:'老白毛正当家,眼中钉正开花,心中人得了病,一对鹦哥死了尽。'"

虽然这位舅舅的信写得很刻薄,但对那不孝子的打击是痛快至极的。我在劳动中听到这么有意思的故事,真现成,我要把听的故事都深深地记下。

我曾经在家乡也听到一些有趣的故事,就给他们讲了一则老先生写信的故事。说的是有个媳妇请一位老先生给自己多日出门在外的男人写信,这位老先生德高望重,知识渊博,信自然写得很好了,但在这封信中,没写一个字,只画了一道天河。这位求写信的媳妇见信上没写一个字很纳闷,回去还是硬着头皮把信邮了。隔了多时,他男人就捎银两回来了。当我把这则故事讲完,干活的姐妹们争相问,老先生画天河是什么意思？当我道出是日月难过时，大家很开心地笑着说，这个小妹妹老不说话，我们还以为你没有文化呢，还不知道你是茶壶里装豆，嘴上吐不出，肚子里有哩。我终于扬眉吐气了一回，这初识的姐妹们怎么知道我的心和我的梦呢？

收工时，我的乳房憋憋的，散工的哨子一响，我迅速走出人群，快步返家，要给才两个月的小宝宝喂奶。妈还没回去，姐姐说，这里生活好一些，让妈多住几个月，路远来一回不容易。再说，我上班，妈可以给我看娃，饭在他们那边吃。因为我没户口，要买私粮，姐姐总为我着想。我进门后，先给娃喂奶，妈为我们擀了一张面放在案板上。

我正在喂娃，他进了门，就问："你在路上看见了谁？"

我看他凶巴巴的样子，顿时昏头涨脑，我在路上碰见谁了呀？千人万马的大路，我碰见的人太多了，都不认识，谁是谁呀？

我深知，这又将是一场无理取闹的闹剧，而且要当着我敬爱的妈面前演，我是避之不及，躲之不及的。我眼睁睁地看着妈两次为我伤心，心中只一个劲儿地盼着这场风波平息，但他是个迫害狂，不知是什么邪魔附了身，不肯善罢甘休。他穷凶极恶地追问这样的话，僵持了一会儿，我忍不住哭了起来。正在隔壁姐家吃饭的妈和姐姐都赶了过来，问他为什么要这样无理，他总是正问歪答，强词夺理，蛮横地说："我问我老婆一句话，还不成吗？难道她不是我老婆吗？"

他总是无事生非，叫邻居老乡都觉得不可理喻，还有老乡认为，我与他是过不到头的，应趁早做打算。我看看可爱的儿子，想想我从千里之外来到这里，害怕家乡的乡亲笑话我，再说，我为人怯懦，离婚不比退婚，需要多大的勇气呀，还是忍着过吧！

妈回去后，我知道她会替我难过和操心，每次给她写信总用姐姐的口气，后来她便不生气了。

后来生的气太多了，我也就麻木了，我尽可能不让姐姐知道，她自己有几个孩子，还抽空给我的孩子做鞋做衣服，我总是连累自己的亲人。

我总在痛苦中度日，不由自主地想起让我感到心灵满足的学校。

曾经同班的女同学，她们一个个肯定都过得很幸福，小学时会画仕女图的姬园园在哪里？她坚持画仕女图的话，现在一定画得更好了。

县委书记的女儿与我们初中班的一个男生结婚了，因为那个男生与李维敏同姓。他们结婚时，就有熟人在二姐跟前把那个男生说成了李维敏，说李维敏与县委书记的女儿结婚了。说这话的人好像知道一点我与李维敏的关系，即使有关系，也是没有用的，不仅是李维敏最终不能选择我，就是那个在学习上远远不胜李维敏的男同学，也不会选择我的。因为最根本的问题就是，我没有工作。有工作，可以使一个灰雀变为金丝鸟，没有工作，可以使一个金丝鸟变成灰雀。县委书记的女儿心也不高，她选择的是一个乡下农民的儿子，我又心高什么呢？我绝不是攀什么荣华富贵的人，男方有一点儿文化再有一点儿工作，即使他穷得家徒四壁，我也不会觉得怎么样，只要这个人人品好。

我在二十几年的人生经历中，总感到好人就像毛主席说的占百分之九十五，百分之五的坏人，怎么就偏偏让我遇上了？不，他不是坏人，他不偷盗、不抢劫、不赌、不嫖，在外又不打架滋事，而且还很勤劳，他光是很凶，大发雷霆，无事生非，好像是嫌我牵挂我妈和家了。不过，那算什么牵挂呀，想起这事，我愧疚难忍，每年寄上两次钱，一次只是很少的一点点，后来的挨打受气，都是因为邮钱。他的每句话都能把我家人恨得咬牙切齿，我心都碎了，我所有的亲人呀，我为什么要让你们恨这个恶棍呢？你们都是那么好的人，我原本想着嫁出来会对你们有所帮助，现在达不到愿望反而……

我整天漫无边际地想着，脑子被杂乱无章的思绪填塞着。我觉得自己是一只跌进污泥里的鸭子，飞也飞不起，游也游不动，但是，我的两只眼睛能看到世界上的一切。我为什么会碰上这样一个难缠的人呢？我为什么会是这样的遭遇呢？难道是上帝在惩罚我？天下有这么多同时代的女孩,人家随便找一个对象,就能和谐如意地过日子,有的还很美满。

村上以前那几个年龄比我出阁时还要大的老姑娘,后来找的人家都不错。三十多岁才成家的那个姐,我当年去过她家,男的在外边工作,家中有三孔新窑,亮堂堂的,婆子是一个胖胖的老太太,还不到六十岁,家务做得妥妥帖帖。

人家也是当媳妇,怎么那么自在?而我目前却住这么简陋的房,开门就是床,还干着繁重的活。每天从早到晚,十来个人要卸二十八车面,我是三个顶面中的一个,另外两个都是男的。一麻袋大米一百五十斤,我也能背起,有时还会给肩头垒四袋面。人来到世上就是要下苦的。下苦我不怕,现在只怕受气。给别人正常行个结婚礼,他可以把我踢得口鼻流血;给别人行个满月礼,意见不合,他便用双手把我掐得出不上气来,浑身冷汗不断。

小时候,我在家是个胆小的乖娃娃;上学时,我是个刻苦的好学生;长大后,我是个文静知礼的好姑娘。现在,我是什么呢?我是一个烂皮球,任打、任摔、任折腾。不,皮球是没有心的,我还有心,我还要做文学梦呢。才下眉头,却上心头,我走近那个存放文学笔记的箱子,就觉得走近了我的文学梦。

没事的时候,或者恶棍不在的时候,我总要站在那个箱子旁,想念一番。想我当初在家读书和做笔记的情景;想那个明亮的夜晚,我与队里的社员背完褐豆后,一个人站在垴畔梁上,构思诗的情景;想笔记上记的那些密密麻麻的文字。我真想念从前的日子,可现在,我人在挨打受气,心在煎熬,灵魂在受苦,谁能拯救我呢?

面对这样一个状况不断的家,我整天在想,我的命运为什么会是这样呢?我与他是水火不相容的,我既不是大家闺秀,也不是小家碧玉,可我也是寒门淑女呀!自小家里培养我奋发向上、热爱家庭、热爱亲人的品格,而他的贫穷恰恰使他异常暴戾、无比自私、独断专横。他只想把日子过好,那日子咋能是他一个人的,一切要按他的意志办？他不仅想把我这个人彻底占有，还想把我的意志也彻底占有。他像暴君、像秦始皇，我无法与他沟通和交流，我的每一句话都会受到打击，遭到辱骂。

有一次，无意中，我告诉他邻居的老家来了人，他会大声说："来干什么？来喝谁谁谁的血吗？"

他的喉咙里冒着烟，满肚子装的都是火药。而我不与他说话，他又要反问我："整天不想与自己的男人说话，在想着谁呢？"我实在是难以适应，难以做人。这时我才咀嚼出妈曾经说过的一句话："宁喝一碗展糜子汤，不吃一碗皱米子饭。"可是，今生这皱米子饭，我是吃定了。

回想在没有父亲的日子里，妈是家里一把，地里一把，一个人顾理不过来，遇着阴雨天就没有干柴。有一次雨后，潮柴在灶膛里半天不见火焰，再加上烟囱受潮后不出烟，那滚滚的浓烟把家罩得看不见人。妈害怕把我们呛着，让我们都在院里，她一个人还要坚持烧火做那顿饭。等饭做好了，妈的眼睛也睁不开了。我的妈呀，你千辛万苦地把我养大，就是让我受欺凌的吗？我多么期盼有一个不受气的家呀。

想要的我得不到，不想要的偏偏在不知不觉中就又来了。

这年秋天，孩子才八九个月，我发现自己又怀孕了。琐碎而痛苦的生活本来就是泥沼，我站在沼泽地，怕自己越陷越深，绝对不能在孩子这么小的时候，再要孩子。我偷偷地在小肚子上掐呀掐，终于流产了。那一个凉凉的秋天早上，我把一个孩子的胚胎倒掉了。第二年八月，第二个男孩还是来到了。他一生下来，浑身都是疱，后脑勺出了个大红疱。老二很乖，两只乌黑的眼珠像两点浓墨，浑身的疱一烂，没皮的嫩肉就像刚出壳的小鸟。

生老二的那一天，他上班去了，好在大姐近。大姐知道后，叫来了接生员，然后一直给我熬汤，给老大喂饭。他回来后，从不会感激人。

老二出生十七天时,抱到医院看了看,大夫说他太小了,针也不好打,再说都是皮肤病,自己会好的。果真那些疮慢慢结了痂,都好了,后脑勺上的大红疮,用枣刺把脓水一放,也慢慢就好了。四五个月时,他长得十分可爱,又白又胖,虎头大眼的。

从此,我是两个孩子的母亲了,今生我是这棵树上的绳子,越绑越紧了。无论怎样受气,日子总还是要好好地过,要拼命挣钱买私粮,供这三张没户口的嘴。我一边卸面、砸石子,一边照看小孩。姐、外甥女都抽空帮我抱娃,我想给外甥女买点儿小礼品表示感谢,都要遭受他的非难。姐每次都劝我不要多心,她和外甥也不是外人。

老二长得越来越漂亮,老大也东跑西窜地自己玩耍,我还是有希望的。有这两个儿子,等儿子大了,我也许会时来运转的。

做女人多难啊,多累啊。以前,我知道,守寡的妈很难很累。现在,我自身体验着这种难和累。

料峭的早春,矿区的山沟里冷风飕飕。六点我就起床做饭,给两个孩子穿衣、喂饭、喂奶,自己再吃一点儿,然后洗碗封火锁门,抱一个再扯一个上托儿所,接着走几里路去上班。晚上收工七点多了,赶到托儿所。这时,人家所有的孩子都接完了,阿婆怀前和膝旁只有我的两个孩子在可怜兮兮地哭。他们饿,他们想妈妈想回家。在满矿区的灯火中,我怀里抱着一个,背上背着一个回家,然后又是喂奶,做饭,洗涮碗……等给孩子洗完脚时,已是十点多了。这时我才能出一口长气,看见孩子甜睡的小脸,心里很安慰。

那个人也忙,有时晚点儿回来。可是,他除了上班、担煤、劈柴,事务远不及我多,有时间还打牌闲逛。

在万般忙乱中,他还要找我的碴儿,不顺心时,就伸直长长的胳膊,用那蒲扇一样的大手抡我的耳光。

这天,我是流着泪去挖地的,一边挖,一边泪如雨下。众人看我难过的样子,有的询问,有的劝说。只有一个四十来岁的妇女用质疑的口气说:"白天给男人把饭做好,晚上把床铺好,哪儿会挨打呢?"我

凤凰鸟

是什么也不会给人说的,我没法为自己辩解,只好任由别人评论。

我在思忖那妇女的话,她的质疑不会让我斥责自己什么,我总是这么本分,乖巧,我没有一点儿对不起他的地方。

他是井下工,白馍让他吃,我吃苞谷面馍。他吃捞面,我吃汤面,甚至连面汤都喝了。他在隔壁打牌,我做好饭等不及,就给他端过去。家务全是我的,他的暴戾是我的劫数。

我有时怕得晕头转向,脑子一片空白,做事慌张,提心吊胆,前一向他忽然说钱不对了。我没有花一分钱的权利,钱不对了怀疑我,我气得要死要活。可是,我不会也不敢骂他,申诉他也不让。

有一次,我正洗菜,一不留神把水盆子的水溅了一案板,他提起那个木头钉下的板凳就砸我的后背,我永远是任他打、任他骂的出气筒子,今生我是逃不出他的魔掌了。除非死了,但我还不想死,上有老下有小,再说,我的心中总有一种等待,等待未来还要做文学家呢。今生无论怎样灰暗,梦还是美丽的、美好的,只有做梦,才是有希望的。

在所有痛苦的人生中,梦在晚上为我壮胆,梦在深宵与我做伴。尽管白天我被骂得打得焦头烂额,深夜总会有一个梦来拜访我,安慰我。梦里我总在上学,一道道的答题,考试,正要去交卷突然就醒了,醒后我会遗憾好久的。有次,我梦见王迈被浙江大学录取了,好多同学都考上大学了,我难过得很,一哽咽就哭出了声,把他惊醒了。他恶狠狠地说:"哭丧"。我只庆幸挨打挨骂的事晚上梦不到。仁慈的上帝呀,你为我在深夜留了一片心灵的净土。

我太想家了,痛苦的婚姻让我加倍地想家,我不顾老家的笑话,"心太高了,谁也看不下,结果找了个煤矿工人,还是个二杆子,没文化,挨打受气。"我求他让我回一次家,不论他在经济上如何苛待我,只要有路费就对了。

家乡啊,到处充满明媚的阳光,家乡虽贫瘠荒凉,但给了我健康的身体,圣洁的心灵,美好的感情。我想念故乡纯净的土地,想念和蔼的父老乡亲,想念我菩萨般的母亲,想念亲爱的二姐、哥哥、弟弟以及所有的亲人。我这次回去,还有更重要的心思就是操心弟弟的婚事。

那几年长大了的我二十多岁还没出嫁,所以,妈没有张罗弟弟的婚事。再说,国家提倡晚婚,弟弟二十多岁时要定下亲的话得等三四年才结婚,订下未过门的媳妇,年里节里就得应酬,穷家薄业的,妈就想等把我打发出门了再说。这两年眼看弟弟到了婚龄,却急忙谈不下对象,妈便焦灼起来,所有的亲人也很操心,大姐的意思也是让我回家看看。

阴历十月,我终于踏上别后四年的故土。黄昏时分到家,掀门进去,昏暗的煤油灯下,妈正切酸白菜,一边切,一边将那又硬又酸的菜丝抓一撮放进满口没有一颗牙的嘴里,妈还是那么饥饿。我的心好像被猫爪抓着,一下抓到喉咙眼,我极力平复着自己的心情。来时,我想带一袋面回来,不单是为母亲,还为我两个长嘴的小娃,但那吝啬鬼买了一袋面,只让带半袋。

妈与弟弟的晚饭和我几年前走时一模一样,几个洋芋切碎下锅,和酸菜,再加一点儿桃粟面。

见我领着两个孩子回来,母亲无比欣喜,哥哥、嫂嫂、侄儿、侄女都来看我们。第二天,村上的乡亲也陆陆续续地来看我和孩子。

妈想告诉我的当然是弟弟的婚事。将近一年时间,二姐夫利用晚上的时间为弟弟亲手做了一对衣柜,做好后一个一个地送回来。现在分别立在柜桌两边,那个我走时就有的柜桌,也上了茄紫色的油漆。衣柜是金黄色的,似乎还有不显眼的红花纹。妈说,二姐夫三十六岁才学木工手艺,做的活也很好,经常给几家亲戚熬夜做家具。给他那边的亲戚做的是顶箱,只有给楚季做的是立柜,还是两个。言语之间,妈对二姐夫充满了感激之情。二姐一家六口,日子也很艰难,但总为我们着想,二姐夫在好多事情上成了我们的大恩人。

我迫不及待地询问妈,有人给弟弟介绍对象没? 妈说,前几个月，村上的一个哥想把自己的妻妹介绍给弟弟。可弟弟说，那女子一头的黄头发。"哎呀，都什么时候了，人家不嫌咱，咱还能嫌人家吗？"我脱口而出，赶紧对妈说，"就叫这个哥说去。"

因为我们都知道，人家娘家也是正派人家，七八个儿女，父亲积劳成疾，腰弯得已经不能做重活了。山里的庄稼全凭两个姑娘在做，这么能干的姑娘不娶，还等啥时候哩！母亲还说，这姑娘在基建队劳动也是数一数二的，抽空还用苞谷皮搞编织草活。弟弟见我与妈商量他的事情，憨厚地笑着，他好像期待我给他做决定。我说，就这么定了，找那位哥让他到丈人门上去说。可那位哥最近还在别的队搞基建。

这次回来是孩子他爸把我和孩子送回娘家的。我想，几年来二姐还不知道我找了怎样的一个人呢！不看他的为人做事，外形也还看得过去，我和他带着两个孩子准备一起去看二姐。几年来总在梦里，跟着二姐吃饭上学。二姐去年大病一场，现在又是个什么状况呢？她有病没有告诉我。

病后我们知道了，我和大姐家凑了二十块钱寄给二姐，后来又等于讨回来了。因为快生老二了，他说，红糖难买，我觉得没有红糖不吃也罢了，可这个无赖硬逼着我写信给二姐家，让买几斤红糖，因为二姐夫能办事，缝纫机就是他经过了千里路给捎下去的。

鉴于他的吝啬，我是不想问二姐家要东西的，我于心何忍呀。可是，那无赖长着一张老婆嘴，早晚逼我说："难道只能让我给你家亲戚钱？"我看他专门找事，无法忍受，告诉大姐。大姐也为息事宁人，就说，那你不妨写信让捎来二三斤红糖。谁知大方的二姐夫一下捎了十斤红糖，还给孩子买了一截花布。收到那东西，我心里别说多么难受了，我恨不得打自己的耳光，我是什么人呀，我无颜面对自己的亲人。

二姐病后缺乏营养，不到四十岁的她又瘦又老，满头白发，做过子宫肌瘤手术后，小肚子扁扁的。大女儿一下长得和大人一样，脸孔红扑扑的,十六岁的小姑娘明年就高中毕业了。二姐一家热情地招待我们。他们炒了几个菜,准备了酒为我们接风,他们永远把我当成最亲的妹妹,当作上宾看待。我却难过地湿了眼眶。吃完晚饭,刚好戏楼有电影,我们就与外甥们一起去看电影。

晚上睡觉时,只剩二姐和孩子们了,二姐掀起衣服,让我看她肚子上一尺多长的刀伤。她说:"要不是你二姐夫抓紧给我治,我怕是没命了,在邻县的大医院昏迷了三天。"我紧紧抓住二姐的手,庆幸她还能好好地活着,难过我是个无用的人。我也不能告诉亲爱的二姐,我出去找幸福没有找到,找到的是难以告人的痛苦。她总用一种探索的眼光,搜寻着我眼中的痛苦。

我回娘家身边带的根本就不是什么丈夫,而是一条咬人的狗。从矿上走总共一百块旅费,剩了几块他唯恐我花给亲人,路过个商店也要跺脚使气,然后逼着我将那剩余的几块钱给自己买了一条围巾,买了围巾他认为就能戴回自己家了。我无比地恨他,但还不能表示我的恨,我活得实在窝囊啊!只有上帝知道,我心中本应有的爱和恨。

二姐一家人当然无法彻底看出我的心理。可爱的大外甥女和几个孩子,除了逗两个小弟弟玩,还要想法找点儿东西送我。大外甥女踏上高凳子拿着仅有的一点儿学校补助的粮票,说:"三姨买私粮吃,把这点儿粮票送给你。"亲人们对我越好,我的心越是愧疚。

凤凰鸟

第六章

那位给弟弟介绍对象的哥终于从外队回来了。我一听说，立刻就到他家去找，他二话没说，来到我家。我和妈准备了一盘宽粉条招待他，和他商量第二天就到女方村子去说媒。

当时，农村的婚姻特别简单，也因为都知内情，连看带订就在一天。我们做了顿蒸馍炒菜，那个哥和嫂就把他们的三妹领来了。这个未来的弟媳妇，个子不高不低，有一张圆圆的脸、扁扁的后脑勺，眼睛有点儿小，嘴巴阔阔的。两根辫子，头发有些黄，脸皮晒得黑黑的，一看就是长年劳动的。她不是很漂亮，但很耐看，庄户人家娶媳妇不能光看漂亮，而她正是一个像男劳力一样会养家的姑娘。那天，她父亲也来了，但没到我们家来，我到他大女儿家去叫他，老人说："那边的事，我放心着哩，你们该怎么办就怎么办。"

亲事说成了，按当时的民俗还得商讨一点儿彩礼，斗米斗面，礼钱二百四。我们试探看能不能少一点儿，介绍人就有些不情愿地走了。我和妈害怕事情成不了，晚上我们去碾上就听坡下有人议论这件事，他们认为彩礼付不上的活，有可能成不了。第二天早晨，几个好心人又来到我家，询问情况。正切酸菜的我撂下菜刀，直奔介绍人家。当我推开那位哥家的门，弟媳的父亲正蹲在锅圪塄抽烟，见到我笑嘻嘻的，我的心就宽松了许多。老人背上有一个大背锅，低下头磕下一锅烟灰，又慢慢地从手中的烟袋里装上旱烟，再加上炕棱上的烟灰。他边吸边看大女儿，与我打招呼。我说："六叔，你看昨天那事……"他明白我要问什么，心直口快地说："你就不要再操心了，六叔不是三丈高两丈低的人，一切好说。"我顿时很感激这位老人，一切由他做主，这婚事是没有什么障碍的。我很快返回家，告诉了妈和那几个操心的村邻。我对妈说："遇着这么开明的老人，咱们再艰难，也得把礼钱凑够，看老人那副身架，也太可怜了。"母亲说："你说得对。"

今生，我总算帮妈办成了一件事，顺顺当当地给弟弟订了婚。妈一下就眉开眼笑的，有时，我做饭，她和弟弟就逗我的两个孩子玩。弟弟把大人的长衫子给一岁多的老二穿上，老二就像道士一样头顶着纸帽，满炕东倒西歪，趔趔趄趄，逗得大家哈哈大笑，院里的堂侄媳妇芳也过来凑热闹。

我们每天早上蒸在锅里的都是粉渣，冬天队里在坡下的土窑里推粉，每天下午提上些新粉渣，然后将粉渣放进盆子里拌上半碗高粱糁糁和半碗小米，第二天早晨掺和了，就放到箅子上蒸熟，吃粉渣喝开水。除了粉渣外，我们还吃高粱片片，里面还要搅一点儿用高粱颗粒磨成的面，就那还得用开水烫面才能和在一搭，这样做起来挺麻烦。因此，我总爱做粉渣，我和弟弟吃得挺香，妈没牙吃得很少，有时候就给她老人家和两个小孩做点儿拌汤喝。村上没媳妇的人家也是这样生活，别说我们有了媳妇的人家。

来时，我还以为两个孩子在那边吃惯白馍白面，回来生活不惯，没想到住了一段日子，他们一个脸蛋黑红，一个脸蛋大红，我不禁慨叹陕北故乡的好水土。这里不管吞糠咽菜，人的脸色都是又红又白的。

弟弟每天吃完早饭，就去基建队劳动，天不冷时，干一早上才吃饭，最近，因为天太冷吃完早饭才去上工。他当了个班长，排长给每个班划一截子，给他们班划得最多，他很憨厚，如果完不成任务，他自己就拼命干。一天到晚，一个高高大大的小伙子，总是腰疼背疼。他说，他不想当班长了，大家总是硬叫他当，还吓唬他说，不当了就送公社学习班。他是班长，什么活最重他就干什么，可怜的弟弟因为我上学，他连学校门都没进过，十二岁就跟大人一块干活，挣五分工。乡下本来供男不供女，可我占了弟弟的读书权，我心中依然有一种对不起弟弟的感觉。现在，弟弟总算订下媳妇了，他今生不会当光棍了，这是一件多么值得庆幸的事情呀！

婚后第一次走娘家，第一次与家人同住了这么长时间，使我远离了挨打挨骂的日子，尽管家里吃粉渣、烩菜、高粱糁糁饭，但我觉得，家中宽松自在，使人重新感受到了家乡的太阳温暖而明亮。家乡的夜晚，总是万籁无声，我爱听妈没牙憋气的呼吸，妈放下她心中最后一件大事，好像睡得很踏实。我醒来不敢翻身，怕惊动她老人家，但不经意间一咳嗽，她就醒了。她第一句话就问我，怎么没睡着，她会劝我把一切事情都想开，好好把孩子养大。她顿顿饭叮咛我吃饱，洗碗用热水，甚至出门倒水也叮咛我把手擦干了再出去，省得把手冻裂了等等。我的母亲，我的妈妈呀，她永远关心着每个儿女，她永远疼爱着最爱的小女。

哥哥、嫂嫂、侄儿、侄女们时常过来逗孩子玩，不多言语的哥哥，在他眼里总能看出对我的担忧。我难道永远是个长不大的孩子吗？为什么要叫家里人这样牵挂？现在千里迢迢的，经济上，我又没有自主权，即使母亲有病，也不能及时看一眼。这一回，我才知道路远的难场。有次在前村担水，一位叔叔也对我表示惋惜，说他的姑娘来娘家时常要问起我，他对姑娘说："楚函几年也不回来了。"

我真后悔呀，村人只知道我成了别人家的媳妇，岂知我的苦难和痛苦的生活呀，我的苦难和痛苦是无法告诉乡亲的。一切后悔都是无用的，我还得面对现实，我该走了。

年前村上回来一位矿上上班的哥，他给我捎了二十块路费。家里这个工于心计的吝啬鬼，掐尺等寸地只给我买一张车票的钱，像是阎王给小鬼捎来了书信，小鬼再无奈，也必须按阎王的指示如约而赴。我带上两个孩子，商量好与这位哥一块起程。

哥与弟一人背着一个孩子在前边走，妈站在高坡上，看着我远去的身影，我哽咽着不敢回头，走远一点儿再挥手，呼呼的风中传来她"一路小心，慢慢走"的叮咛。

别离苦

别离苦

苦泪滴在故乡土

一滴一个坑

滴在妈心头

妈，你放心，我已是伤痕累累了，我不怕受伤，无论是刀山，还是火海，既然踏上了，我会走过去的，我在心中这样对她承诺。妈飘扬的白发和精瘦的身躯，就像一棵饱经风霜的老树，永远停留在我记忆的画面里。

到旅社的当晚，两个孩子经过阴冷的沟道，受了凉，同时发起了烧。我的妈呀，我在心里叫苦不迭，这怎么办呢？我一个人在旅社守着两个红眉烫眼的孩子焦灼万状，急得头上都冒汗了，不停地摸摸这个的头，摸摸那个的背。尽管两个孩子脸烧得红通通的，但是不哭不哼一声。

同旅社的人都为我着急。直到天黑，同行的那位哥来了，他说得抱到医院看，不看第二天坐上车怎么办。于是我俩一人抱一个赶到县医院，开了一块多钱的退烧药，回到旅社给孩子喂下。第二天坐上车，过了一上午，孩子们都退了烧。我心中十分庆幸，因为要见我家那个阎王去了，孩子有病了，不招来臭骂才怪呢。

正月十几，天寒地冻的黄土高原上，绵延的山峰光秃秃地矗立着。家乡故土灰黄的颜色渐渐从我的视野中消失，过了南峰，山就有了些绿色，一片一片林地在坡坎上晃过，地上也有了绿草。

车子在一个车站加油时，人都下了车。我看到了刘老师，我不由自主地喊了声"刘老师"，刘老师也认出了我，喊道："王楚函。"刘老师似乎看出了我失魂落魄的样子，什么也没问。

于是，刘老师当班主任的形象和学校的一切都呈现在我脑中。在刘老师当班主任期间，我是他的第一个得意门生。刘老师还对其他年级的老师说："王楚函不仅刻苦，而且品质好，真是品学兼优。"他

凤凰鸟

给我的鉴定，言辞多褒奖。拿到通知书，我总是一遍遍地默读那评语，自我欣赏老师的评定。老师对自己的得意学生，总是爱怜无限，不让受半点儿委屈。有一次，语文老师误会我写的作文不真实，发下作文本，我看到评语就哭了。刘老师把我叫到办公室，语重心长地教导我有则改之，无则加勉。就是那次使我牢牢地记住了这句严于律己的格言。"师之言如金石，破我胸中千重嶂。"要是"文革"后我能再上学的话，说不定还能听刘老师的教导，听说刘老师后来在子源中学仍做高中部的班主任。今天的相遇，让老师看到我灰头土脸的样子，他也许会失望和惋惜。后来我从与刘老师同行的远房表哥处得知，他与刘老师是一同上省城开会去了。

　　回家几个月，我自然把原来的临时工丢了。听说桐业乡要成立镇，镇上要招一批临时工，我赶紧去报了名。那一天在镇上开完临时工分配会后，一位当妇女书记的老乡对我说："听人说，你会画会写，合集厂要一名宣传员，你看行不行？"这一句突如其来的问话，好像一枚石子投进我深深的心潭，溅出了圈圈漪涟，我有些喜出望外，天下还有这样的好事等着我。我这匹默默无闻的千里马，今天大概遇上了伯乐，我激动地对那位书记说："我不会画会写。"她打量着我说："无论会写还是会画，你去合集厂试一下吧！"

　　我连连点头，走出了会场，望着矿区高高低低、样式各异的房舍，望着选煤楼井架和轰鸣的运煤火车、汽车，我的心情一下明朗了起来，一下觉得就连今天的太阳也是这么好，路旁的树叶也格外翠绿鲜活起来，大小道上来来往往的人，腿上就像生了风。我似乎忘了一切烦恼，总觉得马上就要有施展自己才能的天地了，胸中伸长着向外的力。能写能画，那不是文化人的事吗？我这个早已沦落为家庭窝囊废的人，又有机会握笔了。那是一支枣红色的钢笔吧，流利的笔尖在我敏捷的手下，会对着直格和无格的纸张哗哗作响，心意在纸上流淌，思维在纸上流淌，把曾经的知识文采变为华章，那又是怎样的人生景致呀,我深深向往的就是这样的人生吧。

回到家,我不敢显露自己高兴的情绪,害怕他看见了不知又要生出什么是非来。我路过姐家,悄悄地对姐说了一下,姐不用说也为我高兴。她知道自己妹妹的爱好是什么,有这样一个机会,即使是临时的,也能让亲爱的妹妹开心上一阵子,姐在心里盼我能干上自己喜欢干的事。

回到家,他已经下班啦,在邻居家院里背坐着打牌,我对这只老虎唯恐避之不及,他能远离我一分钟,就有我一分钟的安全。我火速开了门,端直走近存放我文学书籍和笔记本的箱子前,几大把拉出所有压在上面的衣服,然后将那些书和本子一本一本地抚摸着,摸得热泪盈眶,不小心泪滴就掉在了上面。掉上要发霉的呀,我赶紧用袖子擦擦,用鼻子闻闻,就是有些霉味,住在这条阴沟里,书本长年压箱,能不霉吗? 只有读书人闻着书的霉味是香的。

还是读书好,读了书,就能让我有这样一个机会。这算什么机会呢! 人家张抗抗还没你大呢,早都出书了。人家是人家,我是我,我只要念念不忘我是一个热爱书的人就行了。我不能辜负妈和老师的期望,要对得起二姐的辛劳和哥哥的汗水。今生只有把那几年学习、生活中获得的知识全都派上用场,我的心灵才会发出一点儿金光。读了书和没读书,会使我变为两个人,没读书的王楚函,柴篓子空荡荡的,而读了书的王楚函,柴之底有可能装着几个金苹果呢。干脆把我比作商店吧,没读书的我,心中摆设的只能是油盐酱醋,锅碗瓢盆;而读了书的我心里陈列的就是各色花布,甚至是绫罗绸缎。绸缎多美呀,绿色的绸缎就像碧波万顷的原野和大海,蓝色的绸缎就像高远无限的蓝天,白色的绸缎就像柔软洁白的雪原,红色的绸缎又像千姿百态的彩霞。我还是那个富于理想,有着烂漫之心的王楚函,我心灵的深海还是这么优美,这么澎湃,敢情我仍然是块文学家的料吧,我好像又发现了自己,我为我的发现而激动不已。

现实很快提醒我,赶紧收拾。几分钟内,我就火速整理好一切。

凤凰鸟

然后捅炉子、洗菜、切菜、和面、擀面，我的手从来都没有这么麻利过。饭做好了，我先得敬"神"，而又懒于敬，他在玩，饭凉了我还得热，我把饭端到门口，看两个孩子跟着，我就叫老大端过去。老大鸣鸣也十分惧怕他父亲，但还是听我的话，小心翼翼地送过去了。今晚，这世界就有了留给我们娘儿仨的自由空间，我抱着孩子一个一个地亲，两个孩子觉得我今天很异常，在接受我的亲热中，用异样的眼神看着我。我开心地说："儿子们，从今天起，我教你们认字、写字，你们知道有文化多么好呀，有文化的人整天可以和书做朋友，和笔纸谈心，与墨做伴，你们知道吗？"孩子们似懂非懂地点头。他们吃完饭，还见我不吃，鸣鸣就给我拿了个馍，丰丰效仿他哥，给我递了双筷子。

　　第二天，我到合集厂去报到上班，镇上早把分配到这里的临时工名单送到了。厂里的领导点完名后，又具体地分配到厂里所属的各个班，之后点名室只剩我和另外一个年轻的女同伴，我心猛地一沉，难道是把我们漏掉了？那还说叫我来干啥，前一天下午的喜悦顿时被分配的现实冲得一干二净。直到室外各班领完人，那位点名的领导又转回来，让我俩跟他走。我们上到一个简易的二层，进了一间虽是低矮但十分宽敞的房间，里面摆了几张办公桌，还有放文件的立柜，后墙上还有厂长值班表和上下班时间表，墙上贴了一些政治标语和伟人语录，这时，我的心才放松了。

　　那位领导转过身来，对我俩说："你俩是镇上推荐来的宣传员人选，我们这里要一个宣传员，现在通过写作，看你俩谁更能胜任这个工作，我给你们出个题目，写一篇《新时期总任务》的文章。现在，你俩开始写，写好交给我。"他边说边拿来几张白纸递给我俩。我俩就坐在合起的两张枣红色的办公桌两边开始写作，陆陆续续进来的几个办公人员用眼光打量着我俩。原来让我考试的是书记，他姓李，后边进来的几位分别是厂长、副厂长、技术员和办事员。

　　我非常自信，心中认为，那个女同志绝不是我的对手，我一边构思，一边从裤兜里摸出不足两寸的铅笔头。因为我是个始终与文化断不了情缘的人，无论走到哪里，见字都要反复凝视，哪怕是火药库上的"小心火"三个字呢，哪怕是"商店""粮站"哩。由于我对文化怀着深厚的感情，兜里时常装着一支笔，劳动间隙，哪怕是天空飞来一张对联纸片，我都可以在上面重温旧梦。有时，在库房门前等车，我可以在同伴手心画个梅花点，让大家添笔画，组成一句话。大家添来添去填不对，路过火药库，我会指着"小心火"让她们恍然大悟。有时，我给她们说字谜和智力题，说一点儿开心的事，会使大家忘了劳累，忘了烦恼，也稀释了我的痛苦，更使姐妹们知道王楚函是个有文化的人。

那位女同志也拿起了人家办公桌的蘸笔，开始写题目。我走到她身边，低声对她说："你问人家要几本杂志，咱做参考。"一位被称作陈工的人就递给我们几本《红旗》杂志。那位女同志翻了一遍，似乎摸不着头脑，索性对着一篇《论人民民主专政》看了起来。从她看这篇文章来看，我又一次断定她是门外汉，虽然她是高中文化程度。她看了一小会儿把书全部递给我，我先浏览一遍目录，觉得没有可参考的，撂下书，就动笔写。这婚后的四年里，我是小鬼，是奴仆，是家婆，我的青春在痛苦中飞逝，读书最多的时候是在老二的月子里。第一个月子妈在，她不让我看书。这个月子，虽然姐姐也提醒我别看书，可她一走我就看书，把鲁迅的《朝花夕拾》等四本著作逐字逐句细细地品味了一番，还把《四世同堂》细读了一遍。我由改革开放写工农业的变化，再从人心所向写国家的昌盛，写党的英明，写全国人民跟着党为新时期的总任务努力奋斗，迎接一个美好的新时代。不到一个小时，我的小铅笔头，在三张纸上写过。我写完马上交了卷，那位女同志仍边想边写。

当天下午，我跟着一个班清理厂内卫生，等待这次考试的结果。第二天早上点完名后，李书记说："王楚函，你就给咱厂当宣传员吧。"我说："只要你信任我，我可以边干边学，希望你多指导我。"我一下子变得口齿伶俐了许多。

凤凰鸟

每天早上点完名后,我就来到厂办公室,先做卫生工作。然后到各个班参加劳动,听班长提供可报道的新闻,有了新闻,把报道写好让书记审阅一遍,将可有可无的字去掉。他让我再抄写一遍,然后我下一个大坡送到矿办公楼四层广播室。广播室的门总是关着的,我只需把稿件从门下塞进去,多次送稿来从不知广播员长什么模样,单从高音的广播喇叭里,频频听到她用清脆的嗓音播出我的文章。无论中午走在路上,还是晚上站在炉子前,我总会听到播音员这样的声音:"下面播送合集厂宣传员王楚函采写的报道……"几年中,我的大名时常在这偌大的矿区传响着。尽管我当宣传员的工资没有干其他工种的工资高,但我总觉得自己是英雄有了用武之地,读报看书的机会也多了起来。我的工作,除了打扫卫生写报道外,还办几处黑板报,上下几块黑板报,我总是半月一换,内容新颖丰富,头尾插画。过国庆节,我还用纸办了一期色彩斑斓、格调新潮的板报。过来过去看着自己的杰作,心中总是沾沾自喜。

有一次,我正在硫黄分厂精心地出板报,就听那边有人小声说:"这不是农业上叫男人打得哭鼻子的媳妇吗?没想到,她有这一手还叫男人打。"另一个说:"人家写得好,你听矿广播里常播她写的报道。""什么写得好,写得好的人多着呢,她不定是走了谁的后门。"当时,煤矿上走后门成风,难怪他们有议论。井下有后门或找到后门就能调上地面,地面家属也是有后门的,诸如厂长老婆都是看大门的。电工、钳工等技术上的临时工,也都是有腿子有面子的人干的。至于老百姓只能干烧窑、破石头、烧白灰、拉煤、出砖等一系列又脏又累的活。我是一个井下工人的妻子,自然是平头百姓了,干个轻活,怎能不叫人惊讶,眼红嫉妒呢?有一次,一位家属当着李书记的面问,他是不是我的姨夫,肯定是那家属背后听人谣传。我听得莫名其妙,把李书记也问笑了。李书记说:"我没搞'七大姑八大姨'那一套,我是任人唯贤。她是经过考试来我们这儿干这个活的。"于是那个家属扫兴地走了。

不管怎样，我曾经热爱的写作派上了一点儿用场，没事了还可以看看书，我已经很欣慰了。从矿图书馆借的《乔厂长上任记》《陈奂生进城》《许茂和他的女儿们》以及优秀短篇小说中，我知道"四人帮"被打倒后，有了"伤痕文学"，"文革"中受害的人都在诉说自己的创伤，我心中也有创伤，却不是"文化大革命"，而是结婚使我受伤。"创伤"两个字总在我脑海中映现，我的心也总是不断地疼痛。

无论我干什么，家里仍然硝烟四起，几点几分回来的拷问，时有发生。我本来就是个走路目不斜视的人，在他的高压下，我更像一个木偶。可是我心是活的，我知道感恩是人之常情，叫我干上轻活的，源于邻居老乡无意中的一句话，要不是她说我能写会画，那位妇女书记就不知道我这个人了。见了那位邻居老乡，我只能握手表示感激。而这位书记在茫茫人海中成全了我，我非常想感谢她，用什么方式呢？提两斤点心叫人看见以为行贿，买一样东西吧，买什么好呢？女同志就买一双袜子吧！这样一件微不足道的小事，也要请示阎王，阎王这次倒是很快就同意了。

第二天傍晚下班后，我估量她已到了家，我边走，边问着找到了她家。进门后，她问："干得还可以吗，能胜任吗？"我一一回答了她，手在裤兜里动了几回，最后终于下定决心，拿出了我的报恩之物。我说："书记，这是我的一点儿心意。"书记一看我的来意，两只手极力阻挡，并说："你的情况，我都知道，三口人买私粮吃，日子过得不容易呀。你不要多心，你能干那个活，是因为你适合干那个活，刚好，我知道了你还是这方面的人才，就不过是推荐了一句话嘛。"

啊！我还是个人才，我不禁为她那句话感动得想哭，我是什么人才呀，我是个挨打挨骂的人才。

我看她执意不收，就假装走了，走过她厨房窗户时，我就把那双袜子扔到厨房地上，然后大步流星地跑开了。我从路灯下的人群中走过，长长地舒了口气，我报答了第一位提携我的人。

家里的气氛绝不会因为我干上了什么活而轻松，尽管阎王有一次自得地说："我在老家讨不到老婆,在外讨了个老婆,也能打在人群里。"我在他眼里,仅仅是一个打在人群里,能生娃、能干活的女人。至于一提起"文化"二字,他会大肆贬低我,他会骂:"你有文化顶个屁,文化能当饭吃,你怎么不在你家吃你的文化,来这里找我。"他总是盛气凌人地辱骂我,他太野蛮了,他哪里懂什么尊重人,爱护人,他任意地辱骂我,好把我压制得不敢说话,不敢向他提任何物质上的要求。最根本的问题,他就是怕我记挂我的家人,导致我在他跟前不提娘家的一个字,他顽恶不化,没有一点儿人情味,我从内心深处怎么也看不起这个叫作人的人。但我还得忙忙碌碌,小心翼翼地服侍他,为了这个家,为了两个无辜的孩子,也为了我自己,忍气吞声地活着。他打我骂我,两个孩子总是瞪着大大的眼睛,惊恐无比,我尽量避免挨打,好让孩子们少受点儿怕。但打骂凌辱总是不期而至,狼和老虎是不会改变它们的兽性的。

那是一个严冬的下午,我下班后正准备做饭,他指着我罩衫袖口上一根断线的小眼,大声追问是怎么烂的。这么小的眼不仔细看根本看不出来,衣服穿久了就要烂的嘛,我答不上来,两个孩子眼巴巴地等着吃饭。在他再三的拷问下,我气得把棉衣一脱,站在门后,站了半个时辰,身上冷得发抖,他又大声命令我穿上衣服做饭。类似这样的折腾,我过后就当没发生过,因为我已经麻木了。

没过一向,外甥准备结婚。我预先与他讲好,买一条床单作为礼物,隔天他反悔了,大发雷霆。我想争辩,姐曾经给我们买被面枕套,但知道没用,就只是想哭。"哭哭哭什么丧",随着骂声,一只脚蹬破了我的嘴唇,我只觉得咸咸的血流进了嘴里,这个阎王还不肯善罢甘休,又拽着我的长辫子,拉出十几米远,拳打脚踢。我在心里一个劲儿地说:"老天呀,我多么无辜啊!"慢慢的,什么都不知道了。

等我醒来时,发现自己躺在篮球场的一个水泥台阶上,身旁围了里三层外三层的人在救我。有人说:"不要紧了,不要紧了。"有人斥责阎王为什么要打人。事后我才知道救我的就是我第一次来矿,与我谈的那个高中生,曾经有一位老乡说过他:"楚函,那一次,你要与人家那小伙成了,该多好,人家文文雅雅的,可懂理呢,去北京给我捎了一回东西,回来列了一张表,做事真是丁是丁,卯是卯。"我心中后悔不已。但那时是妈和姐姐不同意,他现在当教师,路过这里见众人救不醒我,他就拨开人群,掐我的人中。人都散了,他现在是什么样子呢?我真丢人,似乎早在这个人的意料当中,我还清楚地记得他写给我的信中说:"婚姻大事,我们都要认真考虑,弄不好,成了世人的笑柄。"我真的就成了世人的笑柄,我身心受伤,忘了疼痛,因为挨打多了,也麻木了。我当初还想做文学家呢,我的美梦多么辉煌,现在的我,好像一只被打倒在地的狗,围了一圈人,像看阎王要猴。大地呀,你就像一九七六年唐山那样地震吧,把我这笑柄连同我的梦一起埋葬吧。

　　一次次的奇耻大辱,使我无颜活着,我不吃饭,以示抗议,我要向阎王讨个说法。阎王这次好像在众人的压力下有点儿妥协,他看我躺下不吃不喝,身心交瘁,就拿了一根棍让我还击他,我胳膊软得连那棍也举不起,三天不吃饭装个卖米汉,我装不了,肚子火烧,口很干,浑身无力,思绪总要回到小时候。我是一个被公认的乖娃娃,没高声过,十几岁时说话让人听不清,在二姐家村里,和二姐相好的一个媳妇笑着说:"楚函说话大声点儿,别怕把牙露出来。"现在,我怎么与强盗恶棍过在了一起,可悲呀,真可悲。

　　过了几天,我赶紧又上班了,好不容易干个好活,丢了不可惜吗?我想不到因为干这个轻活,后来招来了多少屈辱。

　　一次次的挨打受气过去,我还是要擦干眼泪,捂住创伤,面对现实,面对这个家庭,面对他。众人劝我说:"他没心,是麦秸火,随着年龄就没脾气了。"我也在心里争取多想他的好处,他最大的优点就是勤劳、管家。一年三百六十五天,他就想干上三百六十六天,甚至更多,遇着加班,他为了多挣些钱,和别人争着抢着去干。为了家里有吃的,他千方百计地去买主食票,柜子里时常要放上几百斤主食票,而且他常常步行到几十里外，搭车到几百里外买小米苞谷，他的大方向是对的，是过日子的人。他预算未来两个月置一样什么家具，到时一定会办到。因为这些，我一次一次地忍气吞声。至于他根深蒂固的戾气，我深知是无法改变的。我跟他过一辈子，只能受一辈子的气，但我有什么办法去解脱呢？我恐怕是一头陷入泥潭的牛，越挣扎陷得越深。还是听天由命吧！

他是一个非常爱逞能的人，在单位说话得意忘形，大吹大擂，以为人家谁也不如他，他谁也敢损，谁也敢骂，就是不知道尊重人是什么意思。回到家除了玩牌，他有时也大聊那些无用的东西，我不爱听也不敢言传，最害怕招来无故的辱骂。

有一次，我对他说，邻居老乡的父亲来了，他便大声揶揄道："来干什么？又是来喝他家人的血来了。"他时时都在给我敲警钟，好让我不再提给我妈寄钱的事。我偶尔费好大周折邮二十块钱，前后就叫他找碴儿打我几回。结婚七八年来，他从来不买担水桶，公用自来水在我与姐家的中段，我每次从姐那头拿了桶，担完水，过去送桶时，再给姐捎一担水。他里管七十外管八十，还嫌我给姐担了水。我说："那你买一担桶不对啦。"他就说："给你妈邮的那些钱，能买两担桶，你怎么不说不用给你妈邮的钱买桶。"我什么也跟他说不成，他是斜说斜对，顺说顺对，在这个家中我永远是小鬼，他永远是阎王。阎王叫我死，我不敢说不死，我永远只能生活在被奴役、被践踏的屈辱中，要说有乐趣的话，我的乐趣和希望只在儿子们身上。

两个可爱的小男孩，都是圆头圆脸大眼睛，老二的脑袋和老大的一般大，遇到公共场合，有人会问："这是一对双生娃吗？"老家有句俗语，娃娃亲众人亲。他们的可爱，招来了众人的喜爱。我没有前途了，不能让孩子们也没前途，我只想培养他们成才，将来让他们都成为大学生。

我每天下班快到家门口，他们就从人家家属楼的二楼飞快地跑下来，共同扑进我的怀里。我们进门的第一件事，就是先让他俩写字。老二当初不到两岁，满把手握笔，从一到十、干、土、王、玉、国，一笔笔加上去。由浅入深，循序渐进，后来生字带拼音写在一张张捡来的灰包纸上，挂在墙上给他们当黑板。现在老大已经上一年级了，老二会背好多首唐诗、儿歌。他们的成长和进步给我带来最大的欣慰。

他整天贬低文化，那是为了贬低我。实际上，他何尝不知道有文化的好处。给孩子们买书，他不反对，当时我陆续给孩子们买了《365夜》《儿歌》《少儿歌曲》《儿童文学》《小木偶奇遇记》。

只有他不在的时候，我的儿子们才能尽情地表达他们对我的爱。他们唱："我的好妈妈，下班回到家，劳动了一天，多么辛苦啊，妈妈妈妈快坐下，请喝一杯茶。让我亲亲你吧，让我亲亲你吧，我的好妈妈。"这时候，他们一个在左一个在右亲我的脸颊，我不也是世界上最幸福的人吗？一旦有空我就给他们读故事，他们会争先恐后地往我身边围。他们也一个个地轮着给我背唐诗，背儿歌，其乐融融。每当这时，我便忘了人世间还有痛苦。

自从干上这个心仪而理想的临时工，我总是一丝不苟、兢兢业业，特别是在写稿中能发挥自己的特长。这里的几个厂长文化都不高，他们都是从井下调上来的。有厂长要出席矿上的会议，就让我给他写发言稿。我会在极短的时间里为他写好、改好、抄好，他觉得满意，会面带笑容地连声说："不错不错。"矿上开职代会，宣传部让我写一首自由体的诗，我当天就写了三四张的长诗，第二天早晨就播出了。为此工会主席说："王楚函文思敏捷。"并为我在矿图书馆办了借书证。我在这里上班一年零四个月，写过的作品在年底被评为二等奖，奖给我一本《董必武诗选》。第二年被评为一等奖，宣传部长把第一个奖品递到我这个临时工手里。我内心按捺不住喜悦和自信，心想只要有文化，还会派上一点儿用场的，我能做一点儿与文化有关的事，总没让妈、二姐、哥哥白供我，也不会让历届教我的老师白费心血。我首先把好消息写信告诉妈和哥哥，信封落款地址是合集厂办公室。这小小的合集厂，不用写什么办公室，信也能收到，写上这三个字完全是我的虚荣心。因为我找了个井下工，又没文化，上次他给我写信连信封上的名字都写错，村上有文化的人一定在背后笑我。我现在想挽回面子，让他们看到我王楚函还是一个读过书的人，可以干上一份用得着文化的工作。我甚至想象着老家的某一个文化人正往哥手中递信，一边递，一边笑着说："楚函在一个厂的办公室，一定干的是舞文弄墨的工作。"哥哥含笑不语，妈惊喜地从窑里往外走说："快拆开看看，快拆开看看。"我慈爱的妈呀，儿女的每一件小事都牵动着你的心。

老家来信了，哥哥写信照我的地址，办事员递给我信时，不禁哑然失笑："怎么还是办公室？"我一下羞了个大红脸，我责问自己，为什么这么虚伪。人家李贺，只活了二十七岁，成了唐代著名诗人，你已经快三十岁了，干了这样一点儿不足挂齿的文化工作，还要宣扬自己，真是无聊。我在内心深深地责备自己后，便督促自己好好学习，我开始大段大段地摘抄精彩的文章、格言，读从矿图书馆借来的文学书籍。生活又像四五年前在老家一样，深埋于心灵中那颗文学的种子，又开始躁动不安。这梦虽然很遥远，很渺茫，但是只要不间断地努力，就能看见那不远的灯塔。

合集厂的书记是西建人，我们老家往北走一百里就到了西建的地界。所以，李书记说话好像与我的口音相近。他是一位和蔼可亲的老人，快到退休年龄了，做事细心、谨慎、一丝不苟。早年，李书记还是军队里的教导员呢。一年多来，我写的广播稿，李书记总是逐字逐句地改，要不是他改，我的稿子还能上地区报？我时常对李书记心怀感激。他总是小王小王地招呼我，他见我有空时读书做笔记，还把报纸上的字一个一个地描在白纸本上，便常常用赞许的口气说："爱学习是年轻人应该有的一个长处。"现在，他要调走了。这个像长辈一样指导我的人就要离开，我有些失落。对于他一年多的教诲，我想表示感谢，就把前一年奖励给我的《董必武诗选》送给他吧。

一年有余多教诲,胜过读书两三春。

后有疑难忆师导,喜闻新迹争相颂。

李书记回赠了我一个蓝色封面的笔记本,打开一看,扉页上写着字迹遒劲的几句话,"善于学习,品德谦恭,事无巨细,不避寒暑。"一位难得的师长,你的教导,我会深深铭记的。

弟媳妇于年前已娶回了家,与弟弟和妈相处得也不错,我和姐姐在一起时,就放心地说起家中的事来。姐姐就提议让妈再到矿上来一次,住上几个月,妈虽然在家办完了小儿的婚事,但老家时常干旱,生活总不见起色。再说,给弟弟结婚花费大,家里更是清水糠菜的日子。我是小女,离开妈的时间短,更是非常想念她老人家。姐姐提议让她老人来,我哪里有不高兴之理呢。但我总是高兴不起来,因为家里的男人像阎王一样。姐姐看出我的心思,便说:"现在,你也住远了,妈来了,就住在我这边,你和孩子们想妈,就到我这边来看。"我还有啥说的呢!

阎王前缘前世不知跟我的亲人有什么冤仇,提起我的亲人,他总是咬牙切齿的。看我敬爱的妈来了,不仅没有嘘寒问暖的话,还总说些带挑剔、讥讽、挖苦的话。有时,我在姐的院里闲遛,他会大声地揶揄我妈,妈知道他是个什么样的人,尽量避免与他交谈。为此,妈也很少到我这边来,我的两个孩子很爱他们的外婆,就不住地到姨妈家去看外婆。

我在合集厂上班时,有位大嫂看上了生化班的一位姑娘,她请我把她儿子的情况告诉那位姑娘,想让我给他儿子做红娘。我也是个年轻媳妇,做媒是与我无缘的,但她只求我转告一句话,我就成全了她的心意,不料这件好事真的成了。俗话说,成一桩婚姻盖一座庙。这事让我欣慰了好一阵子。大嫂给她儿子结婚时还请了我,婚后小两口又带着礼物谢媒。礼物中有一瓶罐头,我有心让妈尝尝那罐头的味道,又不敢。自妈来后,我迫于高压,不能买一点儿好东西孝敬她老人家,心中总有一种隐忍的痛。这天下午,他下班后迫不及待地打开那瓶罐头,和两个孩子一人一口地吃开了。眼看快吃完了,我说,留下一点儿吧。

过了一天,我硬把妈叫过来,让妈吃点儿罐头。妈看着两个孩子怎么也吃不下去。我不断地让她,她不吃好像就让我无法尽孝心。妈说:"吃啥不吃啥,只要你不受气,我心里比什么都好。"

妈不吃,我着急了,出口说:"你怎么不识抬举呢?"话一出口,我怎么能骂我的妈呢!妈急得要哭,我也哭,恨不得打自己嘴巴。为了这一口阎王吃剩的东西,我纯粹不是孝敬她,而是在欺负她。我活得太窝囊了,简直无地自容,我一天累死累活地挣钱,活成这个样子,真不如死了,我在心中发狠地诅咒自己。

转眼间,妈在这里住了几个月,她老人家很少到我这边来。中饭后,两个小外孙硬是把他们的外婆拉过来了。我就让妈和老大在对面的小房里休息一会儿。

我与老二还有阎王在一张床上休息,阎王逗老二,老二就用脚蹬他,正玩着阎王来了脾气,扳起老二的屁股,用他那蒲扇一样的大巴掌,使劲抡小孩的屁股,两巴掌下去,孩子的屁股就成了紫茄子。我赶紧去挡,他的巴掌就扇在我的脸上。"怎么好好的就打起架来?"妈赶紧过来护我,他抡起巴掌,对着妈的左脸就是两下,啊啊啊……我都不知道如何是好。这个令人憎恨的阎王,无缘无故地打人,打老婆、孩子,怎么能打妈呢!面对气势汹汹的恶棍,我只好把妈扶出去。妈想哭但不能哭,怕外人笑话,她老人家擦了擦眼睛就过我姐那边去了。妈不告诉姐姐,姐姐左看右看,妈的半边脸那么红,再三追问才知道原因。

过了两天,等阎王不是很凶了,我非让他给妈道歉,但这一切又有何用呢?我善良和慈爱的妈,你要我这样的闺女有何用啊?

中秋节前,妈决定回去。临走的头一天晚上,阎王上四点的班不在家。我执意让妈到我那边,再与我坐一小会儿,妈答应了。我打了三个荷包蛋,强让她吃了。

妈走的时候,我一定要送送她,妈已经六十有五啦,出远门有可能就是这一次了。我问那阎王要了几块钱,与姐姐一道把妈送到长途汽车站。

妈这次来,见我的处境依然是这样苦不堪言,心里很难受。妈觉得小女儿跟的那个所谓女婿的人,不是个人而是只狼。可爱的小女命怎么这么苦,她在心中叫苦不迭,真是苦蔓蔓结不下甜蛋蛋,对于这只狼和我的生活,妈是什么也不能说的,什么也不必说的。因为一提起他,就触痛我受伤的心灵。妈也不与我说我儿时伙伴与村上姑娘们的情况,她怕增添我不如人的悲哀。我们娘儿俩有空坐在一起的时间,就只默默地对视着,姐姐有时像化冰解冻的阳光一样,说一说,笑一笑,缓和一下局面。

现在,她老人家要走了,她心里一定是打翻了五味瓶,心事重重地放心不下我,我要在这最后的送别时刻使尽浑身的解数,尽孝道。在熙熙攘攘的车站,我花了三毛钱买了一碗豆腐脑端到她面前,她是说啥也不喝的,我似乎忘了她喝不下去的原因,只想到她一走,我就没有行孝的机会了。我双手颤抖着,想跪下求她喝下这一点滚烫的东西。她只好无奈地接到手上,想说话,嘴唇发抖,眼眶里聚满了泪,硬忍着不让掉下来。我便背过身去擦眼睛,不想泪水涟涟地送妈。我转过一个楼角心想,才为妈花了三毛,再花一点儿怕甚,于是走到一家商店的柜台前,决定给母亲买一样既实用又有纪念意义的东西。我便东张西望,心情惶惑地看了一圈,决定买一把小刀,妈没牙,带在身上,能削苹果吃。

当我把小刀拿在妈面前时,妈着急地埋怨道:"你买这做什么?你还以为你的罪轻吗?你回去怎么交代?"我没法解释。我知道,我的灾难是少不了的,不会因为没买一把小刀而减轻,反正就是这样了,整天跟狼在一起,还怕狼把我吃了。跌进了油锅,还怕油煎,该烫就烫吧,该煎就煎吧,但我嘴上还是安慰妈说:"不要紧,我总共才花了八毛钱。"

把妈安置到旅社,刚坐定,妈和姐姐就同时一个劲儿地催我回去,大家都知道,阎王要在那个破房里施展恶行,迟一分钟,我就会重一分钟的罪,我恋恋不舍又痛苦万分地低着头出了旅社的门,不敢再回头凝视一眼敬爱的妈。

一进家门,阎王果然在下面那个小房中等着发脾气,头一句话倒不是先问我送妈花了多少钱,而是问前天晚上我给妈打了几个鸡蛋,我说是三个,他那毒手就上来了:"你就知道你妈,你妈你妈。"他咬牙切齿恶狠狠地咆哮:"你怎么当初不跟你妈过一辈子哩?你跟我过,坑害我来咧,你看我的钱好挣,我的黑窟窿好钻,你这个没良心的东西。"他只用一只手,我顾不上分辨他是哪一只手,那只手抓住我的脖领子,从房前拖到房后,再从房后拖到房前,到了墙根就往墙上撞。他不是人,他是阎王,他是一个饿鬼,他是一个刽子手,一次次地宰割我,我也不是人,是饿狼饿狗口中的一块肉,是魔鬼手中出气的物件。凌辱是什么,蹂躏是什么,糟蹋又是什么,我好像不懂这些词的实质内容,上帝在用最残酷的语言告诉我。

我初来矿上时,带领临时装卸队的那两个河南大爷都干不动了,原来那个记工的张嫂也因为丈夫的升迁调走了。所以,粮站把领临时工卸面的活,委托给了我们的近邻老周。老周在铁路上工作,是巡道工,和我是较远的老乡,他老婆不会生育,谁料抱了一个女娃又是小头畸形,五六岁了,像一条长白菜躺在床上,喂吃喂喝,刮屎刮尿。老周两口子都四十多岁了,不干也行,但是一看后继无望,心想能多挣一点儿就多攒一点儿,以防老了好用,于是老周就当上了粮站装卸队的临时长官。人家粮站只让他负责叫人,及时完成装卸任务,至于叫谁不叫谁干,粮站不管。老周接受这个差事后,首先想到的是我们家,一是因为我以前卸过面,现在刚是而立之年,男人力气又大,而且更重要的是,我能记账、算账,他老周和内当家的都是文盲。

这样，我们双双加入了卸面的队伍，粮站有两个库房，山下是一座大库房，山上是小库房，卖粮都在小库房。因为粮站的全部机关，包括油库、米库、账房都在上边。下边来车下边卸，上边来车上边卸，卸大米、滚油桶。卸面工，只要一叫，就顺手抓一身衣服穿上，有时是边走边扣纽扣，像冲锋陷阵的战士一样，冲向战斗岗位。上边要爬一道转弯的坡，就这样重的活，对棚户区一片黑户来说，有特大的诱惑，我们都庆幸能干上这赚现钱的活。

我姐也想干，她家五个孩子，四个上学。姐夫在矿上涨工资时，受了伤，上了地面，和他同时参加煤矿工作的井下工都是六级工资，他这个老党员始终是四级。姐姐找老周，也加入到临时卸面的队伍中，活一来只要姐姐知道，就跑着去干。这一天，底下的人都往上跑，不见姐姐，我就把姐姐叫来了。正卸着面，他在面垛顶面吆五喝六地喊我姐，就厌恶地叫老马家老婆。这个人太没良心了，我姐千方百计地帮助我，给娃们做衣做鞋，娘儿们几个帮我抱娃。由于我住的房有一小方窗户在房顶，都是初来矿时无住处的工人胡乱盖下的，从姐那边挪过来时，只用三十块买下，一开门就上床，冬天一开门，冷风忽地一下就上了床，多亏煤矿上有的是煤，烧的火炕。有一季，大人上班走了，把孩子锁在家又黑又暗，我就把两个孩子锁在姐家，两个孩子不懂事，往往把人家的一条牙膏全部挤到外边，涂得到处都是，把肥皂泡成糊糊。姐姐为了我，一切都不在乎，现在干的是公家的活，阎王除了不帮助我姐，还要咒骂、欺负，面对这样的情况，众人都看不惯，我心中更是愤愤不平，但表面根本不敢表示。他知道我不高兴，又骂了我一顿，嫌我把姐叫来了，分了他的肥肉，面对这样一个人，我只能恨自己命太瞎。

他没有兄弟，只有姐妹，无论他对我的亲人怎样，对他那几个我未见过的姐妹，我总是以礼相待，我断定他的姐妹绝不是和他一样的人。自结婚后，与他姐妹们通信都是我写，我一一地问候，一一地报平安，她们有时邮一点儿干果或糕面。我就提议给她们寄一点儿东西，没啥邮，我就把自己的衣服选择几件邮给他的妹妹，我设身处地想，他家中的姐妹，在没有父亲的情况下，也会记挂这个出远门谋生的兄弟。

我与他成家快六年了，没有回过他的老家。他的姐妹们想见见我和两个娃，他便决定一家四口回一趟老家。

我给他的姐妹都买了衣服作为探亲的礼物。一行四人坐火车倒汽车到了两千里以外他的老家。由于他的姐妹都在乡下，我们就先到了他的几个远房婶娘的村庄里。刚一到，他就让我给他七十多岁的伯洗衣服，说他这个伯在新中国成立前赌博输了老婆，到老都是无儿无女光棍一条。老人的衣衫又脏又硬，我们就把随身带的工作服给老人换上。我把他换下的衣服拿到门前的水渠边，放在洗衣石上狠劲地搓洗。第二天，这家婶娘准备盖房正在烧砖，我和他一块背砖出窑。我永远是个朴实的农家女儿，走到哪儿干到哪儿，那些村里人都赞叹他找上了我这样勤俭持家的好媳妇。他有一个门中叔是县上的干部，当知道了我的出身后便说："要在旧社会，人家那样家庭的女子，根本不会找咱这样的人家。"当着一屋子他家人的面，我满肚子的委屈无处倾诉，倾诉了又能怎样呢？

第三天早上，我们决定去他姐家。天阴阴的，走在路上下起了毛毛雨，四十里路上，一个人影也不见，后来走到大都快黑了。打开了话匣子，我分明想说，我对他好，给他的亲人买这买那，到他的婶那儿，我又到十多里外买酒，给他姨买衣服布料。这次回家带四五百块，是回他的家，这些血汗钱里难道没有我的血汗吗？自从揽下卸面的活后，有一天，十个人卸了二十八车面，我是三个顶面中的一个，另外两个都是男人，一天到晚，抓面袋子抓得指甲盖都要往下掉，我疼得实在忍受不了。

他在荒山野岭上，又大声吼叫开来，边吼边顺着刚才上来的山路跑下坡到一个水淋淋的玉米地里。我再也不敢吭气，而且想哄他都没法哄了，他跑得快看不见了。我只能与两个孩子在雨中等着，望着两个孩子惊恐的眼神,我心里责怪自己惹下了老虎,特别是这荒山野岭中,为什么要碰这恶虎呢?他撒完野自己又上来了,还是不往前走。我带着两个孩子站在这前不着村,后不着店的野岭上,担心一会儿天黑透了山路滑可怎么走。我实在是没辙了,只好跪下向他乞求往前走。

总算到了他姐家,一看未曾见过面的姐,紧紧地抱住我的老二,激动地说:"这是我的主啊!"我在路上生的气立马没了,眼泪不由自主地往下流。他姐亲切地说:"楚函,这不是到姐家了嘛,你有啥对姐说,姐会对你们好的。"姐看到我们的两个娃长得虎头虎脑,聪明伶俐,甚是高兴。

两个孩子跟着他们的孩子去学校里玩耍,不到四岁的老二上讲台背唐诗,背一册语文的全部课文,背儿歌。他还给乡里的娃教知识,使乡里的娃大开眼界,他们的老师啧啧称赞。他姑门前的邻居小姑娘只要一逗:"小朋友,给咱来一段。"老二就用他那稚嫩的声音背:"小兰兰四岁半,大家都夸她能干……小剪刀咔嚓嚓,大家都来剪指甲……"那几天,总有一帮小孩围着他弟兄俩转。

孩子他爸的姐妹们知道,自己家的人是什么样子,她们表示十分同情我,怜爱孩子,她们千方百计地给我们做米糕,做宽粉条等好吃的。他的妹子和我们一路去县城,总是不停地背她的小侄儿。我心中暗想,他怎么不像他的姐妹们呢?我有委屈不能在他的姐妹跟前说,说了,我们一走,会让她们担心,他姐身体也不太好。我和他一路到很高很远的山下担水、割糜子,我给他的外甥们洗衣服。只有去给他的父母上坟时,我趴在他父母的坟上哭了大半天,他也不拉我,他还以为,我在悼念这些没见过面的老人呢!我在哭我的苦难,我想他家的老人要在世的话,肯定会劝他们的儿子对我好。

我是个很稳重、很诚实的人,走到哪里都会被人注意的。在合集厂上班,一个比我年龄小的女同事,认为我为人好,想让我给他娃做干妈。他也刚好认识这女人的男人小潘，小潘在好的单位上班。他认为与这样的人打交道，不会有什么坏处，就默许了。小潘两口子年下就领着刚会走路的娃拜年来了，我也给小潘的娃准备了衣服和鞋子。然而我弟弟也有了娃，但我不敢表示一丝姑的心意，趁给小潘的娃做活的当儿，我偷偷地做了一双小棉鞋。后来姐姐回老家看望妈，帮我悄悄捎回去了，这是我唯一瞒着他做的一件事。

姐姐是十月下旬回老家的，她已经十三年没回去了。腊月初，她返回矿上。我一听说姐回来了，赶紧跑到姐家问候妈及家中的情况。姐姐一一告诉了我家中的情况，还告诉了我两件意想不到的事情。一是哥哥家被贼盗了几斗细粮，那些细粮都是嫂嫂连年来舍不得吃，一升一升地攒下的。谁料一夜间，贼把两斗米、三斗麦子、一斗绿豆都背走了。把嫂子快急疯了，把哥急得上山干活，都软得抬不起来胳膊，妈也跟着挖心挖肺地难受。

另一件事，更叫人意想不到，哥自留地的青苗在一夜之间被拔得遍地都是。今年盛夏，苗长得很高了，在哥哥的精心务作下，葱茂苗壮。庄稼人盼的就是苗子，人说："一年的庄稼，二年的性命。"早晨哥哥准备锄第三遍时，到地里一看，两三块地的苗都被拔得横七竖八。哥一下子傻了眼，站在地头半天醒不过神来。从小没有父亲的他，胆小怕事，从来在庄里院里不与谁争长论短，这是什么人在害他呀？他百思不得其解。后来，公安局破了案，原来作案人是与哥从小在一起玩的单身汉。他是个孤儿，一个人住一孔大的背阴窑，冬天总是冻得缩着肩抄着手，经常来我家，遇着热饭，妈就给他舀一碗，递到手里，还让他坐在热炕上……

他为什么要干这坏事呢？原来这个单身汉仅仅因为与我们十岁的侄儿吵了几句嘴。夜里就做下这伤天害理的事情。

后来，公安局把他从外地抓回来，哥面对一起玩到大的这个孤儿，什么话也没说，但哥与一家人的心灵伤害是难以弥补的。听了姐姐的诉说，我为家中这两件事难过了一阵子。我深深地感到，我哥永远是那么善良，善良了就更容易被人欺负。

姐姐还说，妈询问我的情况，她一再告诉妈，楚函不再挨打受气。妈半信半疑地说："只要楚函不再受气，我就放心了。"我知道这种善意的欺骗，无论如何都抚不平妈心灵上的愤懑，清不尽妈心灵上的忧愁。我在心中有点儿埋怨姐姐，要是当时不叫妈来这里两次，她老人家不是就不知道我的详细情况吗？妈啊妈，什么时候我才能不叫您操心呀！

家里的事，二姐家的事，村上的事，我一一想知道，也特别想知道王迈的情况，当初一心鼓励我踏上自学之路的堂侄，现在做什么呢？姐姐说："王迈上了两年卫校，又自学得到了大学文凭，现在在村上当医生，也去周围几个村庄看病。"这个我最尊敬的侄子老师，他的梦想实现了，而我的自学梦呢？我的心免不了一阵隐隐作痛。

和姐姐拉家常拉得久了，竟忘了阎王的责骂，从姐家门里出来，望见对面山上一轮明月在一棵核桃树上面缓缓而行。来矿上几年好像不见了月亮，因为一到晚上，矿区便是一片昏黄的灯火，再说，整天把人忙得焦头烂额，根本没有时间赏月。今晚谈的是家乡的事和人，想的是家乡的明月，使我想起我曾经是故乡一只自由的鸟儿，现在却身陷囹圄，伤感万端仰天问上苍，上苍啊上苍，我今生是不是飞不出这囚禁我的小小牢笼？

冬天，有一次小潘来找他，见他不在，就坐下与我聊了起来。那天真冷，房子又这么小，男人不在，我有些封建，再说，他整天胡说八道，使我心生怯意，我就把门开得大大的。小潘嫌冷，坐了一小会儿就走了。后来，小潘对他说："不知道楚函这么封建，我去找你那次，大冷天，她把门开得大大的。"连小潘也料想不到这无意中的闲话，后来竟成了他置我于死地的把柄。

我就是这样封建的人，自懂事起，总是谨慎为人，小心走路，沉默寡言。在矿宣传部开会，因为那三十多个办事员都是男的，我就独独坐在边椅的一头。有一次迟来的一个人看看别处没座位，见我跟前还空着一点，他正迟疑地看着，旁边一个人嬉笑着把他拉着坐在我旁边，还笑着说："都老婆娘了，又不是没见过世面。"惹得满屋子的人都哈哈大笑，把我弄了个大红脸。

还有一次，我回他家的时候，去合集厂请假，厂长的女儿说："你们那地方有啥特产？"我回来时只带了些小豆，就装了一碗小豆给了厂长家，厂长还笑着谦让。

冬天，厂长和他老婆吵架了，把我给他们的小豆就撒到厂房院里。人们在背后纷纷议论这件事，我好长时间才知道，深感不可理喻。

后来与我关系好的女同事告诉了我这件事的前因后果。原来是有一个女班长，她家养着猪，杀了猪后，就用酒肉把几个厂长招待了一顿，而后她就大着胆子偷摸厂里的东西。厂长们吃了人家的口软，就睁一只眼闭一只眼，而这厂长老婆是看大门管家的，非常吃醋，认为这个女班长与自己老头有瓜葛。女班长从大门出去，绕到围墙后，正准备把她放在下水道里的木料拿走，守在墙内的厂长老婆拽住她死活不放。事情暴露后，厂长老婆就大骂，厂长知道是谁这样大胆偷盗，让老婆不要声张，老婆醋意倍增，就与厂长大吵大闹。吵闹中，她就愤愤地说："这些女的也不知是你的什么情人。"说着话就从桌子上拿起我送厂长的小豆，顺着院子撒了一地。

不知情的人当然看我的笑话，我知道这件事后，简直无地自容，这怎么办呢，我在这里干还是不干？不干，会叫人说闲话；干，不知内情的人也会在背后乱议论。

紧接着，我就被分派到石粉班。班长正是偷东摸西被厂长老婆抓住的那个女人。这女人叫延毕红，我与她有过一次接触。年前，她回老家拿的炒豆给过我一把。

我实在不想在这里干了，我在矿上第一次受到了这样的污辱。回去对他说，我不想干了，他本来就是个利欲熏心的人，一听石粉班工资还高一些,正合他的意,他大声地说:"现在劳动社会嘛,你不干,在家闲着,老靠我养活你……"我才想起自己干不干是没有自由的,那就硬着头皮干吧!

石粉班有几个工序,第一个工序是先把大块的石头用老锤砸小,然后扔进粉碎机里磨成石粉;第二道工序是把石粉、煤等过磅,搅匀推到传送机皮带前;第三道工序是开滚筒机将配好的料进一步磨成细粉。下午全班人分成两拨,一拨粉石渣,一拨配料,两样活都很呛。干活时,人从头到脚全副武装,穿的高筒工作鞋,戴的披风帽,口罩里边垫着小手帕。一开机器,乌烟瘴气的石粉吸进嘴里、鼻孔里,呛得人不停地咳嗽。在偌大的厂房里,时间一长会得矽肺病的,在机器的轰鸣中,我们这些女临时工就在烟雾里跑来跑去,好像一个个偷地雷的小日本。班长延毕红一反常态,每天叫我干最重最累的活,与她关系好的,她总安排在较为轻松、不那么呛的地方。她是班长,只用指东画西,过过磅,现在拿同样的工资,总叫我干重活,太不公平。有一天下午,我质问她,她蛮不讲理地说:"你不想干这脏活累活,为什么不坐你的办公室呢?办公室多舒服,多有福气呀!"我说:"我坐不坐办公室与你有什么关系,你既然当班长,就得把一碗水端平,叫我多干几回重活可以,我也年轻。但你总不能天天这样,你这不是小看人吗,不是欺负人吗?"她说:"嫌我欺负你,你找厂长去嘛,我这离开你也能行,离开狗屎还种菜呢!"她像泼妇一样骂我,我觉得与她讲不了理,就不理她了。往后她还是一如既往地让我干重活,再加上下班了遇着粮站来汽车,还要卸面。晚上吃完饭洗洗衣服,我总在十点以后才能入睡,每天腰酸腿困,承受着生活的重压。

有一天中午,来了四车面,我刚下班,没进家门,就直接去粮站卸面,一个半小时吃饭时间刚卸完,两个孩子就在他大姨家吃了饭又去了学校。我往口袋里装了一个干馍,一到厂就干活,也不敢吃这个干馍。班长本来就想欺负我,她知道我卸面,盯着我染着白面粉的头说:"又卸面,又上班,力往哪一头使?"有时,她还说:"你家挣那么多钱打金娃娃呀?"我懒得回答她。

那一天下班时,大家忙着换衣服,我正脱高筒鞋,延毕红把她脱下的靴子往我头上一扣,简直欺人太甚!我在家是个受气包,无法摆脱那个阎王,在外还要受这气,要是与她闹翻了,顶多不在这儿干就是了。我咽不下这口气,人说欺人还不欺头,她简直想在我头上拉屎,我悄悄地预谋着报复她。我心里愤愤地想,这个不是东西的女人,不是她的小偷小摸,我怎能让厂长老婆扬豆糟蹋呢,不是扬豆事件,我怎能到这石粉班呢?想着想着,越想越气。我脱完靴子,脱下裤子,趁她在水龙头上洗脸的当儿,将那又脏又烂的工作裤,齐裆套进她的脖子,狠狠地拉了几下,心中骂道,你这个势利眼,你这个贼,害人一而再,再而三,今天叫你也尝尝反击的滋味。总算出了一口恶气,这是我有生以来,在社会上最厉害最果敢的一次报复行为。下班回家的路上,我轻松了一路。

回家路过大姐门口,姐说,家中来了一封信给大家念念,我接过一看,信是哥写来的,转达了母亲的健康,家中的平安。还说弟弟、弟媳都给二姐帮忙,二姐家正在砌窑。大姐夫和大姐商量给二姐家寄上一点儿钱,老家的人在困窘中修建,能帮一点就帮一点,他俩还叮咛我让我不要在阎王跟前提帮忙的话,怕他找事。

我想来想去,二姐夫、二姐供养我六七年,我能如此没良心吗?要寄点儿钱,最少也得二十块,他肯定不同意,一修建窑洞,粮食也会紧张的,这里小米便宜,要是买上一袋小米,有十多块也就够了,这样不会让他感到太吃劲。我回去好言相劝,他也表示同意了,就去二十多里外买回了四十五斤小米。

过了两天,他上早班,平白无故地开始寻事,先是说,我递给他的碗上有水,我赶紧接过来,用抹布擦干,接着又说,递给他的筷子是歪的,我赶紧又重取一双筷子。他还是大发牢骚,说着话就拿了把菜刀,吓得我心惊肉跳,我以为他要来杀我,战栗着倚在床的一边不敢动。谁知他猛地举起刀跑过去,将立于墙根的那袋小米大砍几刀,那黄澄澄的小米就水一样地泻在地上，然后他头也不回地出门上班去了。

我愣怔了两分钟，惊觉过点了，我也要上班，天塌下来也要上班，不上班，更大的灾难还要来的，我赶紧锁上门跑着去上班。中午下班时，路上刚好遇见姐也下班，姐看我神色不好，就料想不是挨打就是受气了。她硬问我，我只好告诉她了实情，她越过自己的家，一块到我的房里，帮我将地上的小米揽到另一个口袋里，还埋怨我，为什么要告诉他呢。哎，我自己里里外外地干，几天前上夜班，白天卸了二十八车面，一天要挣二十多块呢！我活得多无奈，多痛苦啊！

自从到石粉班后，我又没有了学习的条件，可读书学习永远是我心中所向往的。无论什么地方看见字，我就心疼，晚上我总是做上学的梦，总是在上学的路上绊倒了，心里害怕迟到，但就是站不起来。等我赶到学校了，学校不是考完试了，就是下课了，我总是站在教室外难过，要不，就是拿着作业或考试卷到处寻找老师……一觉醒来，方才明白，我早已远离了那最让人沉醉、最让人向往的地方。

我的老大鸣鸣已上二年级了，他的成绩总是不理想。这天，我给他辅导数学，三七二十几，问他好几遍，他还是说不上来，正在一边写字的小儿丰丰便说："三七二十一。"后来，我逐个问他所有的乘法口诀，未曾料到他都会。我心中十分惊喜，他听听就听会了。从此，我就更加满怀信心地教他，我争取上夜班，白天就用厂里拾下的灰包纸，用毛笔写上带拼音的生字，像老师那样教丰丰。丰丰太乖了，只要我说上课，他就搬个小凳子坐在墙根，教会了，他就一个人反复地写，上午十点半，下午五点半，准时听《小喇叭》少儿节目。鸣鸣看弟弟在家学习都用功，也努力起来，虽说反应不快，字倒写得工工整整。

我觉得我还是有希望的，希望就在两个儿子身上，我今生写不了诗，做不了文章，要叫两个孩子从小就知道什么是诗，除了教他俩一些易读的唐诗外，我还逐告诉他俩一些诗的基本知识。比方，什么叫押韵，小儿丰丰马上就会说海带芹菜。他这年六岁，给我写了一首

凤凰鸟

159

小诗:

美丽的红花,亲爱的妈妈,最坏的爸爸。

我爱妈妈,也爱哥哥,不爱爸爸。

老大的学习很吃力,我有时给他辅导就急了,训他,有时也打他,可落到他的手中,孩子真有些受不了。那一次,阎王嫌老大回来得太晚,大声斥责他的同时,就用木头钉下的板凳砸孩子的脚,看着孩子跳着脚尖哭,我心里真不是滋味。老二相对就不太挨打,他的聪明伶俐令人十分疼爱,我每次都亲他的后脖颈,他脑袋两边的头发纹路分明地顺着小窝长,好看极了,大大的眼睛,水汪汪的。两个孩子从不打架,也不互相抢东西,他们基本没有玩具。扫地、刷鞋,五六岁就自己干,两个人到水管旁抬水,哪怕只抬一桶水,我是想培养他们从小爱劳动的习惯。

丰丰已经上一年级了,他的学习当然是一点儿也不吃力,因为他在家把一年级整个学年的功课都学完了。上学就等于重温一遍,所以在班上他的成绩总是遥遥领先。他会看课外书籍,我原来给他只买了《365夜》下册,他自己就到粮站借来别人的《365夜》上册,他从早上坐在床上开始读,一直读到下午五点。这孩子像我一样爱书、爱读书,看着他聚精会神的样子,我非常羡慕,非常喜欢。他读一会儿伸伸腰,要不就站在床上手脚并用地讲给我和鸣鸣听,逗得我们大笑,只有在这种时候,我才会忘了挨打受气。今生我与一个暴徒在一家,那就注定要挨打受气一辈子的。

这几天,他见煤烧完了,对着墙角仅剩的几块大的向我发难,说我不先烧大的。前几天去弹棉花,因为我把老二领上了,他骂了一路,也许他生来肚子里、脑子里装的都是骂人的话,不骂就憋得慌,骂出来也许会痛快些。不管怎么说,他是我们这个家庭的主要劳动力,该怎样对待他,还是怎样对待他,我买了鸡蛋和肉,一律先让他吃。

煤矿上，下井工人都辛苦，没有下井工人，哪会有这么庞大无比的矿山呢，我也不会到这地方来的，我是投奔他来的，他是投奔煤矿来的，两个孩子是投奔我俩来的，为了孩子，为了我的投奔，我要忍受谩骂。

只要淡忘挨骂受气，乐趣和欢笑就会从痛苦的夹缝中滋生出来，除了来自两个孩子的，还有姐和外甥的，还有一块儿干活的姐妹们的。

我们戴着披风帽，穿着长筒鞋，一个个像偷地雷的，石粉荡地，满身满脸，在轰鸣的机房里走来走去地推车、配料。烟雾笼罩的机房中，我们这些穿着奇装异服的家属工，像孙悟空一样穿云破雾。

歇了，我们坐在流石砟的小库房里，把两层口罩退下来，弹一弹、吹一吹帽子上和眉毛上的灰尘，喜笑颜开地聊家务，讲故事，讲绕口令，讲天南地北学来的语言。聪心去过青海，会讲藏语里的十个数，她讲藏语，我就讲俄语、蒙语，我和聪心永远是博学的秀才。歇息中，大家都会把我俩围在人群的中央，让我们表现一下，也使我们感到了一点儿自满自足。

没文化的姐妹们也会讲故事，讲的却是乡下听来的酸故事，那些风趣的小故事，往往听得大家哈哈大笑，既开心又解除疲劳。

第七章

又是一个槐花飘香的季节,矿郊的山野上,有一大片一大片的槐树林。槐花开放的季节,茂密雪白的槐林里蜜蜂嗡嗡地叫,蝴蝶翩翩飞舞。河南籍的矿工家属们非常会过日子,将一口袋一口袋的槐花捋回来晒干,到冬天蒸包子。礼拜天,我领了丰丰与鸣鸣到不远的一片槐树林里捋槐花。那寂静的山野真使人愉悦,我就想,一个人住在这里,该多好呢。听不见噪音,更听不见吵骂声,婚姻早已成了我的牢笼,我望着槐枝上飞起的鸟儿,无比羡慕它们的自由。想起我平时上下班的街道两旁,商家到处在卖时兴服装,我不仅没有自主权购买,就连欣赏一会儿都不敢,想起他瞪大眼睛质问我几点几分回来的,我就心惊肉跳,一下班便行色匆匆地往家赶。什么时候,我能变成一只鸟儿就好了。

重压总是压得我喘不过气来。他说,这个春天要翻修房,让我准备砖。我下班后就到处捡砖头,翻修房时顾不上拾煤,闲班时他拾我担,一上午我要担七八担煤,我是他手中的一个皮球,是他使用的毛驴,他说往东,我不敢往西。为了家庭生活,弹跳也是应该的,劳累还是应该的,但横祸却在我始料不及中,步步靠近。

一九八四年阴历的四月初十,我到死也不会忘记这个黑色的日子,这个开始让我经受炼狱的日子。

这个月,他为了翻修房,与别人调换了班时,他上四点的班,上午准备翻修的材料,下午上班送完风筒后,就偷偷提前上井,然后蹲在家中的地上,等到点去洗澡交牌子下班。

四月十日晚,他又穿一身黑色工作服,黑脸黑手地蹲在地上等时间。晚十点，我忙完了一切，准备睡下，他吞云吐雾地抽完烟，喝完茶，露出白生生的牙对我说："石敬钟从外面的路上过去了，人家四十八岁了，要贪图享乐了。"

说时也没见他言辞激烈。这个人本来就爱信口雌黄，我只当他说一句闲话，也没放在心上。合集厂五点半下班，走半小时的路，到家六点钟，从六点到十点，做饭、洗碗、洗衣，然后封火，照顾两个孩子睡觉，我一整天都在不停地忙碌，只想早点儿睡觉。

四月十一日早上，我上班时，遇上了姐，因为上班走同一个方向，住得又不远，姐稍迟两分钟，我们俩就会同道。我不仅与姐亲密无间，而且姐为我找下了那么个男人内心感到很愧疚，所以就更加关心和疼爱我。我有什么话总想对姐说，一路走着，我记起了他昨晚对我说的话。我就对姐重复了一遍原话："什么石敬钟从门前的路上过去了，人家四十八岁了，要贪图享乐了。"姐说："那就是个爱说话的人，管他说啥哩。"显然，姐是预料不到要出啥怪事的，姐知道那个人狗嘴里吐不出象牙，她总在宽慰我，再说出啥怪事，也是我和姐阻挡不了的。中午我回家吃饭的时候，他当着邻居的面大声地骂我该死，我真的莫名其妙，不知道因为啥他要骂我。骂一句就过去了，我是没必要与他计较的。

四月十二日晚十二点，我正在熟睡中，他一边把门擂得咚咚响，一边大声喊开门。还没等我下地拉开顶门的棍（因为都是简易门，没闩子），门就被踢开了。他大声地问："来过了没有？来过了没有？"
"啊……什么来过了没？"他继续追问，我才想起他前天晚上说的有关石敬钟路过的话，他是在捉奸呀！我的脑子陷入一片空白，这是什么事呀？这是什么事呀？我的妈呀！这是凭空捏造，奇耻大辱呀！我这辈子作了什么孽，遇上了这个孽障。

我完全忘了我是怎样回答他的，我好像说"没有，没有的事"。我有必要与他争论有还是没有吗？我应该打这个畜生的嘴，可是，我太弱了，他太凶残了，他瞪着两只吃人的眼睛，那眼睛根本不是一双人的眼睛,而是恶魔,是魔鬼的眼睛。他根本不听我的辩白,也许是蓄谋已久的诬陷和伤害,他面对的不是十年如一日拼命苦干的妻子和自己两个孩子的母亲,他面对的是千年的仇人和冤家,是敌人,是犹如杀父的刽子手。

他揪着我前胸的衣襟,抓着我的领子在咆哮:"几次?一共几次?"我本能地回应:"什么一共几次?""你装,装什么傻?干的好事,自己都不知道吗?"接着一个连一个的耳刮子,我已经陷入了灭顶之灾。死也要还击,也要申诉,但向恶魔申诉,又有什么用呢?"你这是血口喷人,这是血口喷人,这是……"我这样说了吗?好像说一句迎来一巴掌,我满嘴流着血,棍子在我面前挥动着,他好像又拿起一把菜刀向我砍来,过一会儿从枕头上抓起脏枕巾塞进我嘴里,我好像死了,但没有断气,妈妈呀,你的女儿好可怜呀,恶魔平白无故地要我的命呀!我在迷迷糊糊中想,掉进虎口里还怕死吗?反正是个死,只是要死得清白,不能冤死呀。

我盼望赶紧天明,天明了才能把这奇耻大辱搁到阳光下。可是怎么个搁法呢?就说我男人昨夜在自己房里捉奸,就说我男人指责我跟石敬钟勾搭成奸,就说他质问我野男人来过几次吗?我的天啊!怎么个申诉法,谁又能明白究竟是怎么回事,我的脑子是如此混沌,如此混乱,千头万绪的乱麻……

要说,我平时过的日子好比在半山崖,每天心惊胆战。那么,这一夜,四月十二日的这一夜,我真正跌进了万丈深渊,我不知如何才能爬上来,如何才能自救,我已被身边这个恶魔糟蹋得一塌糊涂,我也许不需要申诉,只需要快点儿死,死了也就什么都不知道了。我好想妈,好想死前再见一次妈,再见一次所有的亲人,我想抱住他们大哭一场。只有妈妈才知道自己女儿的苦楚,只有二姐、哥哥,以及所有的亲人才知道我的清白。哪一种死法解脱得最快?跳河、喝药还是……我的脑子像一架坏了的机器,但有一个轮子还在不停地旋转。

恶魔从梦中醒了,打挺坐直后大声命令我,说道:"还不告诉你姐去,叫做饭,人都就要来了。"原来他都叫好了人当日动工翻修房,一间小房也就是一天时间。还修什么房? 修坟墓,人都要逼死了,修什么房! 我在心里愤愤地反抗。"找死吗? 你姐走了,在哪里做饭?"那魔掌把我往外一推,又一推,我踉踉跄跄地滚动着,我不是人了,我是魔掌下的一个皮球,我逃不出魔掌,还要挨打。

清晨六点,姐住的小房子还很暗,姐没看出我的脸色,我极力平静自己,不能让姐知道昨晚的一切,我说:"姐姐,他说让你今天别上班,在家给盖房的人做饭。"姐答应了。

早晨八点,太阳四散地照着,照着摇摇晃晃过来过去上班的人,照着罪恶。

这是什么季节呀,槐花开败啦,好像是初夏,对面坡上农民的麦苗和油菜都朝气蓬勃的,门前沟道里和家属楼前的树也是枝叶繁密,人家不知穿的啥,我好像穿了薄薄的绿衫子,蓝裤子,但我为什么这么冷,冷透骨头。我的脸色一定是苍白的,起床后洗了脸没有,梳了头没有? 我把一切都忘了,我傻了,要变疯了,据说疯子就是气疯的,我是谁呀?"来过了没有?""什么来过了没有?"是石敬钟吗? 石敬钟来那破房子做什么? 这个该死的石敬钟,这个世界上没有你,就没有我这一次的"空难"。不怪石敬钟,只怪恶魔,恶魔要害人,假设是白敬钟,黄敬钟,还不是一样的害法。不怪恶魔,怪我自己,我为什么要第二次来煤矿找这恶魔的。我过来过去地搬着做饭的东西,脑中重复着昨晚恐怖的画面,那巴掌,那拳头像下雨一般密集。是的,是冷雨,要不,我这么冷,牙冷得相互磕击,身子冷得要东倒西歪。冷语一句六月寒,现在不是六月是四月,所以肯定更寒,况且,是那么多可怕的恶语,恶语比冷语更寒呢,也是他把我打冷的,骨头打碎了,热量散发了,哪儿有不冷的。再冷我也要干活,翻修房子是大事情。不翻修,这三十块钱的鸽子笼光漏雨,烂檩条掉下来,砸住大人不要紧,砸住孩子怎么办? 孩子正上学呢,砸住了就会耽误功课的,耽误了功课,学习退步了,将来考不上大学。我要死了,还管孩子上不上大学,即使孩子不上大学,当前还要有个住处。我死了,孩子有个住处,我也就安心了。鸣鸣、丰丰,这是妈临死之前为你们做的最后一件事情,妈是忍着一腔怒火为你们盖房的呀,我还会为鸣鸣、丰丰着想,我是不会疯,不会神经的。

房顶上帮忙的人怎么一个个都像黑蚂蚁,他们动作怎么那么慢,还不快点儿盖完,我要走了,我要到邻村那个水库里歇息去了。我一趟趟地往回端姐烧好的水,还有馍和菜,机械地、趔趔趄趄地走着,我提醒自己不要绊倒了,绊倒了再站不起来了。如果洒了饭菜,倒了汤水,帮忙的人吃不好、喝不好,会影响鸣鸣、丰丰住房的质量。孩子,我永远是爱你们的妈妈,我真不愿意离开你们,但魔鬼把我往死路上逼,魔鬼害我,魔鬼要置我于死地,我死了你们只能靠魔鬼一个人养活了,所以我什么也不对你们说,说了你们也不明白。

魔鬼这一会儿在哪里呢?这会儿他是顾不得给我发虐了,多庆幸呢,要是一直修房该多好,那他就没有时间施暴了。"走快,走快。"说曹操,曹操就到,原来魔鬼时刻在监控着我呢!"慢吞吞地,想死!"又是一声咒骂。想死,想死,想死,我死了,看你还骂谁,我在心里报复着,脚下加快步子。

下午,恶魔忽然又在五个帮忙的同事面前说,我穿着新衣服干活了,于是,正在干活的我换下新衣服。这衣服根本不是新衣服,但也不烂,是旧衣服,都穿了两三年了,再说,这一天我只是过来过去端水端饭,帮姐做饭,又没沾泥没沾土,换什么衣服,是他叫换,我也不敢不从,只好关上另一个鸽笼子的门,换了衣服。

姐一定是看我神情恍惚,一天到晚没吃饭,连水也没喝一口,姐不知我怎么了,和以往挨打受气不一样。姐追问缘由,问了半天,我终于憋不住了,我知道修房帮忙的人干完活都已走了,我不知道今晚怎么过,又是"来了没""来过几次"的鬼叫吧。我鸣鸣地哭着,给姐诉说了昨晚的一切。

姐夫在旁边一听,十分气愤地说:"叫他过来。"话音刚落地,他就进了门，姐夫瞪着眼，大声地说："你在说什么话？你想把人逼死吗？整死吗？"姐夫边质问边上去给了他两个耳光。姐夫又搓着两只手说："我打你还嫌你脏。你还算人吗？你说，王楚函做下了什么见不得人的事了？"恶魔在姐夫和姐姐面前显然不嚣张了，他说："叫她自己说，叫她自己说。"

回去后，我不知怎样，后来又被那恶魔塞进了魔窟，魔窟里还有我的两个宝贝儿子，他们惊恐地瞪着大眼睛，不知发生了什么事情。只听那魔鬼说："没地方睡，到你大姨家睡去。"我真想拽住两个儿子，也许他们是我的护身符，不过，不能也不可能，他胡整让孩子受惊，他们明天还要上学呢！

四月十三日，修完房的这一夜，又是一个可怕的黑夜，我提心吊胆地等待着，看他会对我做出什么事来。恶魔手中始终不缺乏工具，他举起了地上的瓦刀，把我掀到床沿，连连地砍着，臀部定是紫了、青了、烂了，反正我坐也坐不成了，钻心地疼，这肉体上的疼不要紧，但心灵的伤害太深了。

又一夜"来过几次"的追问，如一把刀子一下一下戳我的心，一下一下搅剜我的心，我的心碎了，我的心在滴血。我好好的人嘛，我清白的人嘛，恶魔你眼瞎了，心也瞎了。你说的石敬钟，我只是认识，住在隔壁，哪有不认识的道理，我并没有与人家说过几句话，过来过去的路上，对面碰见了，人家喊一声丰丰，那都是丰丰两三岁时的事，丰丰长得可爱，人都想逗。有一次，在铁路家属院门口打酱油，石敬钟借过我两毛钱，转身到家就还了。还有什么呢，即使我与他说过几句话，在邻居跟前不是也很正常吗？恶魔呀，你为什么平白无故地要制造冤案。对于他大半夜的拷打追问，我是无可奈何的，光盼天明，不过天明了又如何呢！

天明了依然要收拾家、洗碗、做饭，在我没死之前，总不能不给孩子们做饭吧。

中午，孩子们又在一片恐怖的气氛中默默地吃完饭上学去了。

这一会儿他没对我发虐，我想好言相劝，我对他说："你不要胡来，什么事也没有，我与石敬钟都没有多答过话，何谈苟且之事，你不看在我的脸上，你家老一辈四个人就守你一个，你要看在咱两个娃身上……"还没等我说完，他操起了那根长长的平时做饭用的火柱，放进炉子里烧，他说："不烫你不会说真话呀！"

谁家的男人会平白无故地残害自己的老婆呢，人家的男人不但不会，就是爱都爱不过来呀！我们一块儿上班的那位李嫂，天一阴，她丈夫就会到工地送雨鞋、雨伞，做好了饭也送到工地，然后自己去窑上添料，李嫂多幸福呀。来矿上的姑娘们找的对象，除个别丈夫不幸地在井下出事，伤残或死亡外，大部分都成了当家的主妇。掌握着丈夫的工资，想给自己买什么时兴衣服，就买什么时兴衣服，想给屋里添置什么需要的用品就添置。

楚函呀，楚函，你多么可怜，虽然也有几件换洗的衣服，但每一件买时都是征得他同意的。那年去他家的路上，路过黎原大城市，我看上一件花格上衣，他不许买，非让我买一条绿裤子。现在看来，这些事太无所谓了，以前挨打受气的日子还忍耐着能过，现在，他是平白无故地要我的命，要我死，他在捏造事实，制造冤案。

我是活人，我得跑在酷刑前面，天下哪有等着被残害的傻瓜，哪有等死的人。趁他背着火柱，我很快转过墙根跑了，我边跑边想，我该怎么办？我该怎么办？我往哪儿跑呀，没有去处，还是一死了之吧。死前我得告知他们领导一声，我寻到了他的单位，矿办公大楼的一层，他的主管区长正值班，我大概把所有发生的事讲完，最后说："他现在拿烧火柱烫我，我才跑出来的，我不敢回去。"主管区长说："无论什么事情，你先回去，谅他也不敢烫你，我们这里是生产办公的地方，今天下午只我一个人值班，我又走不了。"谁也不能救我了，我走出他的办公室……

现在，我用什么办法快速地结束自己，没想到，我会走到这一步，难道我十来年千忍万忍，千等万等就等待今天吗？一切不必多想了，四五里之外有一个叫柳坝的村庄，那村前有一个大坝，坝里的水清澈见底，就去那里，那是一个僻静的地方。顺着公路走过去，一路只有汽车也没什么步行往来的人，一头下去，我就什么都不知道了，一切烦恼、痛苦都会消失，我就会彻底、干净、快速地解脱。我心中烦乱，失魂落魄地向柳坝的水库走去，恨不得一步赶到，但到十几米或者更远的地方，我却瘫软地坐在了地上。

我以前是多么爱水呀，从小生在山上，真是缺啥爱啥。舀一点儿水倒进明晃晃的铜盆里，放在门口的阳光下，太阳像在里边洗澡，把太阳的影子映向窑顶，窑顶上会有一块亮闪闪的光斑，多么奇妙呀！阳光跳上了窑顶，随着盆子的摇动，那光斑就会上上下下、左左右右地移动。家里吃的、用的水都是从山底下用驴驮上来的。妈给人家缝一个棉袄，才能让人家的驴驮一驮水。前庄驮水的伯说："你四婶子，是拙工变巧工呀！"妈看着那一瓮水够用几天了，满足地笑笑。春耕忙种时，妈用巧工也变不来驴工了，只好去担、去提。在那又陡又窄、弯弯曲曲的山坡上，妈瘦弱的身子被一担水压得东摇西摆，不停地换肩。

驴一次要驮三四担水，笨重的大木桶在驴鞍子两边缓缓地摆动，随着水响，驴也喘着气，驴累得边走边摇，站着缓一缓气。在负重的坡上，人不用催它，它也会自动地抬起四腿往前赶路，早一点儿上完坡，它就会早一点儿轻松，早一点儿到家，它就会早一点儿卸下背上的重负。当两个人一左一右地站在驴身边往下抬水时，驴会主动地低下头往后退，多么精灵可爱的小毛驴啊，多么宝贵的水啊！

现在，在这生死关头，我不仅想故乡的每一个亲人，也想那负重的毛驴，毛驴负重也被人疼爱，而我呢？我怎么就活得这么背，不胜一头故乡的小毛驴。故乡的水和我脚下的水差距甚远，那宝贵的水是滋养我长大的金水，而眼下这一库绿水是索命水呀！不，不，我不敢进去，不能进去，我又不欠谁的命，我这命是故乡那金水一滴一滴养大的。我为什么让这陌生的水索走性命呢，是魔鬼的逼迫，他越逼，我越不死才对。

人死之前，要把一生的事都回忆完，那就让我继续回忆吧！当人忙得没有预备下水而遇着下雨时，天上的雨可吃也可用。窑檐下，碾盘上都摆上了坛坛罐罐，盆盆碗碗，那一滴滴甘露就叮叮咚咚地向外溅落到所有的器皿里。雨一过，地上软软的泥地上，我们小孩不约而同地踩泥潭，光脚片子在软软的地上，边踩边唱："泥软泥软上水来，我给你担水饮马来。"过一会儿，圆圆的脚窝坑里真的就水渍渍的。

有时候，我们就跑到沟底下耍呀，一溜溜的沙土崖下，都是泛水圈（泉眼），用手刨个小坑，那水就咕嘟嘟地像开锅的泡泡往上旋，下游的小溪难怪水越来越多，因为沿河一路有无数的泛水圈呀！小时候，我还跟着二姐在小溪低洼处的石头上洗衣服，把小花手巾漂在水面上，好看极了，花手巾上的红牡丹水湿后十分鲜艳，而水渠里的水，颜色较深，深深的渠中哗啦啦的水，你争我赶地跑向水地。水渠只有川道才有大理河声音喧响，奔腾向前。拦河坝上，瀑布般的水流淌而下。每经此处，我就坐下细细端详上半天，目光不愿离开那喧响万状的急流，那急流使人想得很远很远……

而现在，我面对的是这一池碧水，深不见底，里边有的不是水的美好和可爱，这索命水下边一定有水鬼，多可怕啊！我不是来欣赏它的，它将是一汪吞没我的深渊，那将不是绿色的漂浮，而是无比痛苦的沉淀。灵魂和思想沉淀了，尸首会浮上来的，一具发胀的尸囊，令人战栗，我的妈呀，我跳还是不跳？我不跳还是跳？天黑下来了，被人碰上会误会的，也许误会这个女人天黑了还在水库边等野男人。我怎么总往坏处想，在这个世界上，只有那恶魔才诬陷我。我不能死，死了人们会说，我真的做了脏事，被男人知道后逼死的。我要活着好向他讨说法，向这个世界证明我的清白。

于是我站起来，向来时的路返回，太阳已下山了，照不见我惶惶惑惑的容颜和歪歪斜斜的影子了。

又到了闹闹哄哄的矿区，那个叫作家的地方，让我万分恐惧，我不能回去,可孩子们又怎么办呀,他们一定可怜巴巴地瞪着两双大眼睛。

不能回去,不能回去,干脆找一块儿上班的姐妹家里躲躲吧。找桂枝吧,她儿子都那么大了,让小伙子笑话我;到攀菊家吧,听说她那一片住的都是干部,说不定有宣传部的岳部长,认出了多么不好意思。对啦,找芬朵姐吧,她住在西峰的路上,人少,再说,我还给她娃做过红色格子衫子,做完都一点多了,我才睡觉。她欠我的情,应该收留我。

芬朵姐的男人是小学教师,说不定与我谈的那个高中生教师住在一块。不管,管不了那么多了,天黑了,人们都在自己的家,教师们吃完晚饭,都应是改作业或备课,没时间串门的。不知不觉,我就到了西峰路,没费劲就找到了芬朵姐。开了门,她男人正在洗碗,两个孩子在灯下写作业,芬朵姐正在为女娃钉那红花格子衫子上的扣子。这是多么和睦的一家,芬朵姐真有福。当时,我要嫁的那个高中生,家里也应是这种其乐融融的情景吗? 都什么时候了,还想入非非。

芬朵姐有点儿惊讶地问:"楚妹,怎么这个时候来了?"她仔细打量了一下我的脸色,就什么也不问了。端起一碗剩饭让丈夫热,我生硬地说:"不吃不吃。"言下之意,就是你看我能吃下去吗? 趁我低头的当儿,芬朵姐与她丈夫使了个眼色,转身对我说:"楚妹,你先坐着,我上个茅房。"她还扯着闺女的手,让陪她一块上茅房,边走边说:"这两天没人扫茅房,太脏,要拿手灯。"我不知坐了多长时间,反正脑子里乱哄哄的。只听门外一声"到了"。门一开,是姐,还有恶魔,他有所收敛,用抱怨的口气说:"往回走,连饭也不给孩子们做,逛啥?"姐姐两手扶起我的右臂,又用左手把我盖在眼上的头发向左额拨了拨,也说:"走,回。"

新修过的北边那一间鸽子笼小屋,砖头泥块堆了满地,开着的门黑洞洞的像一张巨兽的嘴。两米天井对面更小的鸽子笼小屋灯光暗淡,两个孩子在那仅有的单人床前写字,我一眼就盯见了门口炉台前的火柱,这一会儿,它静静地立在炉台前。我一个趔趄后,浑身颤抖,后背又被猛推了一把,我抓住墙,他说:"还不快点儿做饭!"

孩子们偷视的目光中充满了饥饿,我抓起火柱捅完火,就想把火柱藏在他看不见的地方,但这怎么可能呢,他盯着我干活,我看到那双血红的眼睛,暂时不像要残害我,我开始放心地和面、擀面、下面。他和孩子们都吃完了,他喊着让孩子们收拾好书包去孩子的大姨家睡觉去了。我已经两天没吃饭了,喝着这一碗汤面,味同嚼蜡。骂声又开始了,我只好趁着洗碗,把所剩的一半饭倒掉。

人说吃饱的虎不伤人,但他不是老虎,是毒蛇,他伸着长长的毒舌,用毒汁喷射我。"你怎么没死呢,两百块钱买上个毛驴,崖里也掀不下去,那么大的水库,有你一个,有你几百个看死得了,你回来就得说清楚,十年来你堂堂正正的,为什么现在想起来做那事?"

随着不绝于耳的骂声,他把门顶住了,听他说出十来年我堂堂正正的话,我脑中的重压一下轻松了许多。这灾难也许只是一团乌云,乌云会有散尽的时候,我要问他为什么诬陷我,是不是谁在他跟前乱嚼舌根。还没等我拟好反驳计划,他的毒手就上来了。

他用右手提着我的领子,把我掀跌在床上说:"如实给老子交代,不交代,今晚就把你的皮剥了。"又一个罪恶的夜晚开始了。我怎么能挨到天明呢,他一会儿打一会儿骂,一会儿逼供,一会儿罚跪,我才想开口,那一团脏枕巾就又塞进我嘴里。老天呀,上帝呀,你们在哪里呢! 你们是不是以为我不懂蹂躏、糟蹋这些字眼。现在我懂了,饶了我吧! 现在我不仅在实践中体验了蹂躏、糟蹋的字义,还感受尽了狗血喷头、毒汁四溅、狰狞狠毒这一系列的残酷词语。

天很黑,黑暗中他好像站在地上扳我的左腿。只听嘣的一声,是他把我的腿扳坏了,我扯下嘴里的枕巾大喊:"我的腿呀!"

终于天明了,我一定要诉说我的冤屈,我就要被这个恶魔折磨死了。哎呀,如何诉说呀,怎么能说得清呀,我还没弄清,他为什么要这样咬我,我怎样对人讲呀,昨天下午,不是对他们的领导说了吗? 也许他们的领导会来管管的。我像一个憋足了气的球，肺都快要爆炸了，我想大声喊叫冤屈。那样满街地大哭大喊，我不就疯了吗？疯了多可怕，我的两个儿子就有一个疯妈妈，不能不能，我得控制自己。

他不去上班了，他害怕我跑，我跛着腿去茅房，他在门口盯着，我企图跑，被他拉了回来。我就坐在门口的地上号啕大哭，是他的老乡，还有一个人，把我抬回房中，我气愤极了，两脚乱蹬，是他老乡抬着我的腿，我用右脚蹬他的臂膀，似乎说："你们那地方怎么那么瞎，出了这样一个不是人的东西。"

太阳是黑色的，天也是黑色的，大地旋转着，我要申冤，趁我还有一口气。我趁机跑了出去，到了姐的门口，原来姐也没上班，她害怕我想不开，寻死。姐把我拦住了，我进了姐的房子。那恶魔立刻赶来了。

"看把人气疯了，天啊？"姐哭喊着。恶魔有可能怕我疯了，没人做饭，又收手了。快中午了，两个孩子和四个外甥快放学了，恶魔又一下一下地把我推回了地狱。

下午，听说粮站要来面，恶魔说："走，卸面去。"他是阎王，他叫我死，我不敢不死，我连卸面的衣裳也没拿，就到了粮站。以前，一天卸过二十八车面，我是三个顶面中的一个，那两个是男的。顶面比背面活更重，因为我年轻，体力好，所以我总顶面。热天顶面，汗珠子顺着脊背流，连鞋都是湿的。有时也扛面，活紧了就扛四袋面，竖着放两袋，横着放两袋，共二百斤呢，一百五十斤的大米包也经常背。可现在，我是泄了气的皮球，几天没吃一顿饱饭，浑身软如面条，没有一丝劲。粮站还是这个粮站，库房还是这个库房，而我已被折磨成了一个四肢无力的软鬼。

那个河南籍的姬嫂来了，十年间，她把那么一群孩子养大了，人没怎么变老。我第一次卸面也在这里，在那飞扬的面灰里，穿梭着这个矮个子女人，满口河南腔。空闲了拉出瘪拉拉的奶子，喂她的三女。吃奶她们不叫吃奶，叫吃妈，她男人抱着不到半岁的碎娃递给她,那松软的奶像一串下了架的葡萄。因为六个孩子的吞、咬、拉、拽,乳房变得垂挂,吃完后,她将孩子放到铺在地上的衣服里,然后两个人一起卸面。

我也是父母的第三个女儿,我也曾啃咬妈的乳头。妈很瘦,身形瘦得和她切的窝窝片一样薄。干瘪的胸脯上,能看见一根一根肋骨,肩胛上的骨头更是明显,包裹她的五脏六腑。我啃咬妈的乳头,简直是残忍。妈没有奶水,父亲天不亮就顶风冒雪到四十里外的县城买铜勺给我打米糊,天黑透了,他往返八十里拿着那黄亮亮的铜勺,带着劳累和满足返回家,听着哭闹的我,赶紧吩咐二姐点火,大姐做米糊。

现在我这样被凌辱,被诬陷,被宰割,我的大呀,我的妈呀,你们当时别生下我多好呀!不,不能怪父母把我带到这个世界上,要怪这些面,老家没有面,没面就没有幸福的日子,只有这矿区才有这么大的粮站,这么多的面。我是扑着面来的呀!面的味道是多么滑爽,多么筋道,多么滋养人呀。

也不怪我来矿区,全国各地来矿区找对象的又何止我一个呀,人家不是都很好吗?只能怪我的命不好,碰上这样一个畜生,这么一个毒汁四溅的坏种。我的命好苦呀,世上也许只有一个这样最坏的人,刚巧让我碰上了。有本名著叫《悲惨世界》,我的命比那悲惨世界更悲惨。恶魔呀,你把我折磨得人不像人,鬼不像鬼,还叫我卸面,现在我满腔的愤怒,满腔的冤枉和仇恨,都无处发泄呢。

又是一夜的逼供、打骂、诅咒,我好像是一只煮在锅里的鸭子,受够了应有的煎熬,已经筋疲力尽,没有一丝力气。恶魔使完了毒招,终于睡着了。

我迷迷糊糊地开始做梦。这是哪里,在哪里呀,抬头一看,望不到边的石头山高高地矗立着,山里没有一个人。有猴子,猴子不可恶,它们是人类的朋友,它们聪明通人性。不通人性的动物肯定是狼和老虎。我要找它们算账去。于是,我走呀走,尖尖的石头硌得我脚心疼，一直疼到心里，后来大汗淋漓。

可我就是走不出那山，猴子跑到我跟前，攀上一棵小树，揪着我的耳朵要给我说悄悄话："老虎和狼虽然可恶，但如今伤害你的不是它们，你应该向谁讨债，就去讨债。"那么，我应该向谁讨债呀，这石头山中，是没有动物让我讨债的，这里没有生存条件，没有土，这棵小树是从石缝里长出来的。没有植物，动物们吃啥呀，猴子吃啥呀，猴子到这里干啥来啦，是为给我说悄悄话来的吗？那我又是到这石山上干啥来啦，是探险，观光旅游？那么，我来这里干啥来啦？对啦，一定是逃避，逃避猎人的追捕，难道我是动物。不是，是妖魔要害我，把我追到这乱石山中的。"妖魔你在哪里？""在这里！"一个尖声的答复，我揉了揉眼睛，不见妖魔，又是一阵黑风，又黑又黄的龙卷风，刮得天昏地暗，连眼也睁不开。这一会儿，我又盼风停，又怕风停，怕风停了妖魔现形……

一觉醒来，我的两只胳膊麻木得动不了，口干得要命，这些天，我一直没喝过水，要张一下嘴，嘴唇也是麻木的，要翻一下身，腿也是麻木的，我就要变成木乃伊了，还做什么凤凰鸟的梦呢！

恶魔一连整了我几天，也累了，天明了还在睡觉。我真感到度日如年，欲死不成，欲活不得。我怎么办呢？我还是寻他的领导去。

以前，总听村上的老人们说，死是一步难路，八十岁的老人也怕一死哩。三十五岁的我，正是壮年的时候。生的欲望像强大的磁场吸引着我，假若我死了，是冤死的，谁会为我申冤？我要是不死，就还得过日子，必须有柴米油盐。现在恶魔整得我上不成班了，他也不上班了，大人死了，两个孩子还是生命的嫩芽芽，谁管他们呢？我要是活着，还能为他们洗衣，做饭，照料他们的生活。现在，我恨不得时间马上过去十年二十年，那样，孩子们都成了大小伙子，他们就会明白事理，为我做主。

我提着买好的菜又走进他们领导的办公室。领导说："你先回去，我们派人去调解。"我好像又有了希望，这个世界上一定有人说公

凤凰鸟

175

道话,幸好那天下午,我没有跳进那个水库。

这天上午,他们的一位领导来了,是个五十多岁的人,一副善良的面孔,两鬓已白,他坐定后,接住了恶魔递过去的烟,就讲大道理,然后说了他对我的印象。他说:"那年过年,到你家来,你家里用灰包纸写着字,贴在墙上教孩子。你家孩子上学前,一年级的课程都学完了,这样的母亲是很难得的,虽说你们吃黑市粮,但日子过得蛮不错的嘛。不过,你不要放着好日子不过,用脚踢,过上十几年,你会后悔的。"

这是我的救星吗? 他能把恶魔心中的疙瘩解开吗? 他能把恶魔的毒心烂肝清除吗?

无论怎样,这人目前是我唯一的救星,我想诉说我的冤屈,喉咙像憋着一团乱麻。

恶魔永远是先发制人:"你叫她说,叫她说,她干的啥事?""胡说,胡说,我什么事也没干。"我大声气愤地申辩。恶魔毫无顾忌地当着那人的面,抓起脏枕巾又塞进我的嘴里。那个领导看此恶行,连站也没往起站,更没讲一句制止的话。我失望透顶了,但我还是盼他多坐一会儿,甚至坐下去。无论什么人在跟前,都能为我壮胆。恶魔把我整死了,跟前有证人,但是恶魔是不会一下把我整死的,他要慢慢折磨我。

一夜连一夜的殴打、审问、逼供、折磨还在不停地继续。窄窄的窗户道道底下,总有邻居听。第二天,邻居就告诉我姐:"快把你妹子整死了,快救救你妹子吧!"姐四处奔走,去单位找他们的领导,领导说:"交给调解办了"。

我和恶魔去了调解办,调解办有三个人在办公,都坐在桌子后边。有一个年龄较大的干部,一一问过了矛盾的起因和过程,分析道:"我认为,女方不是那种作风不正的女人,男方说的那些话没有证据。过了十来年了,对方是怎样的人,自己应该知道,你们该干啥,干啥去,好好过日子,不要无事生非了,无事生非对谁都不好,把你爱人逼出个三长两短来,孩子就没妈了。"然后问他听下了没,他说听下了。

可是一到夜晚,他又犯病了。我实在是无奈,死的念头产生,消亡,再产生,再消亡。

恶魔置我的性命于不顾,逼让我给他老乡道歉,说我那天蹬了他老乡。我对他老乡是一肚子怨气,我觉得,他那些老乡都不能指出他的厉害,似乎都在看笑话。可我还是跟着他赔不是去了。

天黑透了,回来时沿着弯弯曲曲的小路,走到矸石崖上,我恨不得马上滚下去自尽。十几丈的高崖上,冒着呛人的烟。他见我慢吞吞地走,强逼我蹲下。他两只手将一块硕大的矸石举过头顶,照着我的额颅往下砸,大声地问我交代不。他今晚要置我于死地,砸死后掀下这高崖,一会儿几车矸石就埋了,我会死无证据的。我沉默着,等着那矸石砸向头顶,可那要命的石头总在半空悬着,不知悬了多久,也许是恶魔举累了,砸在我身边的石堆里,然后一推一搡,又把我推进了地狱。

又是一夜的逼供,我还是死了吧,"平地亦能起风波,未料灾难猛临头,愿带冤白入地府,不叫一人指脊骨。"这是我的绝笔,我把绝笔留给谁呢? 装着吧。

清晨,天刚亮,又一列火车过来了,我冲着火车跑了过去,但已经慢了,火车头轰鸣着驶进了选煤楼,扬旗的工人边扬旗边喊,有啥想不开的……我不等他说完,就大步地上了斜坡。我上了矿办公楼的四层,以前在我当宣传员时,就老把广播稿往四楼送,四楼就是顶楼。我径直到四楼平台,然后爬上那一米高的围栏,那矮墙的宽度大概是我的身宽。这一会儿我只要轻轻地向外一滚,就会肝脑涂地,就会忘了我敬爱的妈,亲爱的姐姐、哥哥、弟弟,就会忘了两个可爱的儿子。

我一个人在楼顶的墙棱上爬了很久,四月天的清晨还不是很热,而在那水泥墙上,我也根本感觉不到冰凉。脑子里出现的是最悲惨的一幕,我肝脑涂地的时候,姐姐抱着我的尸首痛不欲生。我为什么要这样对待从小疼我、爱我、呵护我的姐姐呢。小时候,妈活太多,总是姐姐喂我,给我做衣服做鞋,十三四岁的姐姐为我把眼睛熬得红红的。出嫁了的姐姐仍然给我做鞋做衣服,多少牵挂,多少心血。我到这里十多年又让她操尽了心,我不能不能啊,想到这里,我将身子滚到了围栏的内侧。

是姐姐和恶魔一起找过来了。姐姐在骂恶魔:"你把人整死了,我跟你没完。"

"她自己要死,又不是我把她推下崖的。"

"你不胡整,她就寻死吗?"

"我怎么胡整了,问自己老婆两句话也不行? 我还算什么男人。"

恶魔永远会强词夺理。姐姐用她气得冰凉的左手,牵着我麻木的右手,亲情的力量又给了我极大的生命支撑。

两个月来,在巨大的横祸面前,我闷了,傻了,呆了。第一个月,我就瘦了十三斤。我反复咀嚼着母亲曾说过的一句话,"宁喝一碗展糜子汤,也不吃一碗皱米子饭"。灾难使我想念四月以前的日子,那十年尽管挨打挨骂,日子在磕磕绊绊中还能过下去。现在,这恶魔天天在要我的命。连我自己也弄不明白,他为什么要这样没完没了地害我,是不是别有用心的人在他面前搬弄了什么是非。

"你说有那事,谁说的?""这些事人家会当面说?""那背后说什么?""你干了什么,人家就会说什么。""我干了什么啊,我干了什么啊?""你干了什么,你自己知道。""我知道,我什么也没干,我是清白的,清白的。""你十来年堂堂正正,清清白白,人家就是看上了你的稳重,才不会被人发现,你让他与哪个野鸡,他还怕损坏自己的名声!"

这恶魔纯粹是个无赖,你看他没文化,可胡说却是一套一套的。啊,欲加之罪,何患无辞。其实,我没有与他争辩的必要,我是一个掉进泥坑的人,总想抖掉身上的泥,越抖便粘得越多。

第八章

我还有什么办法解脱自己呢！我已经成了废物,连结束自己生命的本领也没有了。

恶魔这几天又逼着让我上班,我活着,总得要生存,恶魔是不会养活我的。我便硬着头皮进了厂子,厂里的人都在看我,有同情怜惜的目光,也有不屑、讥讽和疑惑的目光。

我根本就干不动,但我知道环境不允许我躺下。我瘪着肚子,慢吞吞地有气无力地干着。

看着厂房墙上的电闸刀,看着滚动的磨机,我都要和结束自己联系起来,扑上那滚动的磨机,肯定是血肉横飞。胳膊和腿能抢出门去,多可怕呀！还是买些毒药一吃躺在床上,比较平静。

歇息时,大家围过来,纷纷议论,问我怎么回事,我一时憋不住多日的委屈,向人们诉说了那罪恶的一切。

"你是个死人,你不会告他？你不会离婚？跟一个要饭的,也不能跟那人,你有几条命,你又不是欠他的命……"

恶魔判断失误,让我挣钱去了,没想到让我寻出路去了,我似乎看到了一条生路。就是一只鸟飞进黑山老林,跌进深渊,也会飞出来的,再别说是一只聪明的凤凰鸟了。

在深重的灾难中,我最大的人生体验就是心如刀割,就是油都喝不下去,吃饭如嚼蜡,无论拳打脚踢,无论用瓦刀砍,棍子抢,我都麻木得不知道疼了。只是那一次把我的腿扳坏,导致现在走路一瘸一拐。老天呀,今生为什么要让我遇上这样一个恶魔呢！

不怪老天,怪我自己,我当初在婚姻上为什么要高不成,低不就呢？即使是小郝不成，李维敏不成，吕明涛总可以的吧，哎呀，我要是找上一个憨汉、傻瓜，也不至于到了今天。

正当我无头无尾、胡思乱想之际，恶魔的毒手伸向了我。

他恶狠狠地指着我那本红色硬皮文学笔记中间的一页问："这是什么？这怎么念，是果戈理焚稿？"我怎么能给恶魔讲清一个十分有意义的文学典故。

"是锅里熬什么东西？"可悲，可悲，当初我在家，在那静静的土窑里，是怀着怎样的憧憬抄下这些文字的呢！

"还有，还有，还有你给谁写的爱情诗？""没有呀。""嘴别硬，找出来你嘴就不硬了。"他从一个粗布针线包里翻出一页纸。那是马克思论爱情的一张活页笔记。

他说："你一九九六年给谁写爱情诗了？"这是一九八四年，怎么就到了一九九六年呢，仔细一看是一八八六年。

"你抄这些有什么用，是用马克思的诗写给那个人吗？"无聊无聊，我没法回答，也没必要回答他。

恶魔把我从老家背的一包的笔记，一本一本地扔进火炉，又把我的文学书籍，桌面有鲁迅的六本著作，都扔进了火炉，接着，又将我的衣服、手套、枕巾也都扔进了火炉。我早已欲哭无泪了，我已彻底绝望了。

记得有一个问答题，问世界上有几个人。答：两个人，一个男人，一个女人。

哪里有男人，哪里就有女人；哪里有女人，哪里就有男人。男人是上帝对女人的馈赠，女人是上帝对男人的馈赠。上帝还同时给男人、女人赠儿女，赠生儿育女的场所和物质。男人是到处寻找物质的，女人就跟随男人，到了男人寻找物质的地方。

上帝啊，上帝，你为什么赐给我这样一个心肠狠毒的男人，这样一个如蛇、如蝎、如狼、如虎、如豹的男人，他在抽打我的肉体，吸食我的血液，粉碎我的灵魂！

调解办的人来了,我想不需要调解了,一切都无用了。人家真的不是来调解的,是通知到法院的。

我要走了,看看这个罪恶的家,还有我的两个可爱的儿子。儿子,妈妈要走了,还能为你们做点儿什么呢,最后的一晚我补好了两个儿子的裤子。

"孩子们,你们长大了去看妈不?"

"你去哪儿呀?"

我没有回答,我也不知道我要去哪里。我能去哪里,我只是要离开你们的。孩子们瞪着眼睛不说话,他们似乎明白妈妈在这个家活不成了。

再见了,我的儿子,再见了我的灾难,再见了我的青春。

我只带着一颗伤痕累累的心走向未来,走向新的天地。

一只凤凰鸟终于从火坑中飞出来了。太阳多么红啊,天多么蓝啊!无尽的苍穹辽远而开阔。

凤凰鸟

第九章

时间的轮子飞速地运转，我王楚函这只从炼狱中飞出的凤凰鸟，已经满头白发地站在了二十一世纪了。前半生的苦难已经奉告世人了，后半生的风采还没有写下呢。

正当图书出版之际，我的心情十分不平静，既然命定是一只凤凰鸟，不告诉这只凤凰鸟在文学道路上的进步，是对不起读者的，对不起生我养我的那一片黄土地，对不起含辛茹苦养育我长大的母亲，对不起九泉有灵给了我生命的父亲，对不起帮扶母亲让我长大成人、识字知礼的哥哥姐姐，对不起因我而没上过一天学中年就逝世的弟弟，对不起坪砚村、名州县所有的乡亲们，对不起让我体验生与死，考验我的前夫孔四方，也对不起让我衣食温饱，海阔天空大做文学梦，我的后夫祁祥愚，还对不起我的两个亲生儿子，两个继子及所有亲人们。

所以我要在最短的时间内，把主人公王楚函人生后三十年在文学上的努力和收获写出来，让人们在为凤凰鸟流泪后，更感欣喜，更感生命的坚强、执着、美好。

回到一九八四年的冬天，离了婚的我开始写作。写《诗梦》《母亲》《路》，因人生多难，梦中对幸福就无比向往的我，也只有在梦中才能体会到幸福。所以我老想沉浸在幸福的梦中，我的梦就像一片落地娇红，十分柔嫩；我的梦就像一片薄薄的纸，即使你用鸭绒，我也担心它难以经受得住。梦里还能上学读书，梦里同学递给我天书，梦里感受太阳就在黎明的源头，梦里有心仪的爱人，常依玉梯，笑眼微微。

我对自己说，王楚函，既然上帝命定你是一个做梦的人，那你就继续做梦吧。没家庭、远离孩子的女人，很特别，很特殊，很可怜，只剩生命了，我没打算离婚甚至也没想过离婚，前夫孔四方是那样的勤劳，两个儿子是那样的俊气又可爱。计划生育严，我就做了结扎手术。现在，既然死是那么难，就像孔四方说的，两百块钱买头毛驴，也掀不下崖的。只要是生命都有求活的本能，就像蚂蚁、蜘蛛。蚂蚁要运粮储备，蜘蛛要织网。

王楚函，你会做什么呢？一不做，二不休，继续做文学梦，还有什么说的，我的命中也就只剩这一根"文学梦"的救命稻草了。

冬天，我还住在姐家，姐姐看见我活过来了，一扫前几个月的焦虑。"劳动社会""劳动社会"，前夫孔四方的声音时常响在我的耳边，我何尝不懂这样一个浅显的道理呢。"劳动社会"，劳动才能滋润生命。

我要做文学梦，首先要考虑的问题依然是温饱问题。三十五岁告别了少妇的年龄，从此人到中年了，我要一边谋求生活，一边做文学梦。这样想着，我认为自己依然是一个有思想、有梦想的离婚婆姨。记得小时候上学时，子源街的前街上，就是二老姨家碥上，住着好多离婚婆姨。人们一提离婚婆姨，是会嗤之以鼻的。那些离婚婆姨也许像我一样是生活的不幸者。我离婚是孔四方逼的，离婚的过程，没有她们那么漫长，十年的婚姻只用四天就了结了。

　　人生似舟浩海行，颠簸覆没实无情。
　　谁料能走这条路，母哭儿啼泪汪心。

现在，我只管好好地劳动吧！去粮站豆腐坊帮忙，在这个粮站不知干过多少次活了，十多年来，只要这里有活，就有我的汗水。捡一包黄豆从垛上掀下来，一百五十斤重，装不上车，就左一拉，右一拉，拖到锅跟前,倒进锅,放进水来回翻搅冲洗,然后捞进大缸里泡上。在猪吞食之时,赶紧收拾家具,刷锅洗衬布,拖地板,忙碌地干完这一切,就跟着拖拉机卖豆腐。一天忙到天黑,两块工资就到了手了,我有能耐独立自主,自力更生地活着。我还是有力气的,干活很麻利。也许我还是有文气的,每晚坚持写作,写好了就把稿子寄出去。

离婚婆姨,这样一个有些难听的称谓,一直困扰着我。但是我还是要回去看妈的,因为妈去年一直担心我,为我她受了多少熬煎呀!我住了一个月,突然收到了省作协的一封信。信中拟请我参加省作协举办的"诗歌小说读书学习班"。尽管从老家到省城要一千四百里的路程,尽管没有盘缠,但追求文学就像一块心病,有希望没希望,我都不能放弃这样一个机会。刚好二姐的小女小蓉也想去她姑家,那就一路吧!

阴历的六月十五,天气真热呀!我和小蓉找到"诗歌小说读书学习班"的报到处,报完名,我们又坐电车到东郊寻到她二姑的村庄。这个村叫辛台,与前面永汀村紧紧相连。小蓉的二姑,文英姐见到小侄女十分高兴,她盛情地招待我们。

我满怀喜悦,信心十足地去参加学习班,会上见到了好多名家。第二天会议上由名家看稿,坐在我对面的是一位著名的诗人。当他一目十行地看过我写的《梦》后,说:"你的诗路子不正。"一盆凉水当头而浇,使我苦不堪言。本来还要参加一个《青果集》的评选,因他的话让我没了底气,我便放弃了,十天的会议很快结束了。

我返回小蓉的姑家,准备回家。文英姐说:"楚函,你要愿意,我给你在这里介绍个对象。"二十世纪六十年代,文英姐与在子源工作的一位医生结婚后回到医生的老家生活至今,她人很麻利,一个人养大四个孩子,盖了房,屋里屋外收拾得干净利落。我相信这位姐,于是同意了她给我在西京城介绍对象。

文英姐先寻到她本村的一位大妈。大妈转告男方家,那天晚上,男方先让他的表嫂把我见了一下，过了两天，男方自己来到文英姐家，开始与我面对面地交谈。

这人后来成了我的丈夫，祁祥愚。他看起来很诚实很本分，个子不高，有工作。大家一阵寒暄过后，文英姐与他的表嫂说："你俩的人生道路都各有各的不幸，苦命的人走到一起，会互相谅解和体贴，你们互相了解，各自权衡。"说完，她们到外屋去了。

我看着桌子上的一个水杯子说："客观地说，你就想自己面对的就是这个水杯，至于它以前装过啥，你不要考虑，我说了，你也不会相信。"他对我说，自己上有老下有小，多年来也不愿考虑这事，可是今年过年时，七旬老母一下病倒了，住院四十多天，是老母亲恳求他把这件事办一下，说她自己万一有个三长两短，屋里得有一个人，他才开始考虑这件事。

我的条件很合他的心意，一是没带娃，二是有文化，三是人也能看得过去。我的想法与他有相似的地方，一是他有文化，有工作，二是他还有些个人的爱好。只是文英姐与他同时都说了，他家有些贫困。我不也贫困吗？我似乎从来都不害怕贫困。

我走进他家后，看到他的一面大一面小的两孔窑，一位个子矮矮但十分面善的老母亲和两个乖巧的男孩。是上帝把我的那两个男孩换成了面前的这两个男孩，在我眼前重叠的是鸣鸣和丰丰的影子。

这是一个依然十分炎热的晚上。鸣鸣、丰丰你们吃了饭吗？热不热呀！多日不洗的衣服穿在身上是不是更加紧贴肌肤？现实令我马上抬起头，望着窑顶。窑顶泥皮斑驳，由于两孔窑离河渠特近，地上潮潮的，黑漆漆的。大窑里的两个黑板柜，据说是新中国成立时分到的。小窑里的两个红平箱，是孩子妈妈结婚时的物件。一个茄紫色的柜桌，柜桌上放着两大摞电影、戏剧、历史等各种书。地上立着大低胡、大提琴，墙上挂着二胡、板胡。

这一切更显示了他的爱好与文化素质，这里是大都市，大都市的人文化素质都比较高。孔四方，你既然把我这个不爱你的人赶走了，你就好好地肩负起养育两个儿子的责任吧。我也想养育儿子，但命运是多么的不公，我都没立足之地了。

他等老母亲和孩子转到院里时，开口问我："连我就这四口人，你看，能不能跟我们一起生活，特别是我的母亲，她一辈子身体不爽，抓把孙子，缝补洗涮，每天都要吞下几颗止痛片。止痛片像她的干粮，一年四季都备着，两个孩子，一个两岁，一个四岁，娘没了，也挺恓惶的。"我认真地对他点了头。

西京东郊这条浅浅的沟道，绿树繁茂。有高大的柳树、桐树、皂角树，树丛中还有杨树、槐树。树中间有小河，正是盛夏，知了在树上不停地叫，让人感觉树林里面有无数只知了，它们此起彼伏不停地鸣唱，成为一支夏之歌。辛台的后沟有一座明镜般的大水库，小河的水正是水库里流到下游的，辛台的人家都在河南岸，参差的砖木结构的房舍，二层小楼。永汀村地势开阔了许多，南岸北岸都有人家居住。妇女们都在河里洗衣，她们不把小河叫河，而是叫河渠。河渠里上午、下午都有洗衣的大姑娘、小媳妇，大家说着笑着，亲热地与住在河渠边的祁妈妈打着招呼。

西京郊区农村的人热情、和气、礼貌、文明，他们毕竟居住在十三朝古都，话不打人，语不伤人。

我初来此处，感到他们每个人都很会说话，他们光拣好听的说，或者说，他们心地本来就都很善良，都盼别人好。实际上，是给别人说好听的话、宽心的话，别人也给自己说同样回报的话。看到我年龄大的，老人就对祥愚的妈，也就是我婆母说："你这下好了，有人给你接班了，再不用你整天想着虎行、龙吟没穿呀，没吃呀。你看，祥愚家媳妇是个能行人，啥都会做。"真的，家务上的事我啥都会做，用他给我仅有的一点钱买了布，在缝纫机上给大人、小孩一人缝一件新衣服。旧的补补，给孩子们做些单鞋、棉鞋。祥愚每天从很远很远的北郊化工厂换车赶回，天都黑透了，我们四个人无论晚上几点，都要等他回来一起吃晚饭。

还记得我们坪砚村的一个哥对我的评价,他说:"咱们这一辈就数你乖,比咱们小的数翻玲、改珍最乖,乖是什么? 就是说话和气,没有是非。"

是的,我是上过几年学的人,懂得文明礼仪,再说小时候,也受家庭门风的影响,我们整个大家庭的所有子弟、子女,在四乡都被认为是文明家庭,还是有一些家庭特点的,说话都不高喉咙大嗓子,很少与人随便争吵,语言很少。现在,我又遭受了命运的不公,漂泊至此,更需乖巧,更需亲近善待周围的人。

小小个子的婆母与我生活了五年,祥愚对母亲特别孝敬,买了只奶羊让母亲喝羊奶,母亲自己喂了几只母鸡,下蛋季节,也有鸡蛋吃。婆母一辈子都没住过个好地方,买下库房后,她也想住几天大房,就先搬上去了,锅台头还没搬上去,我就打鸡蛋,滚羊奶,端上库房,递到她手中,因为库房与窑洞还是有一段路的。

我也给她做月白色的大襟衬衣和黑色哔叽的大襟外套,初来那两年,孩子们穿上我做的新鞋,她就领着我和两个孙子到她舅家走亲,说:"看我儿祥愚找下了一个不错的媳妇。"我也很能理解老人的一片苦心,虽然她是从旧社会过来的,但毕竟是大城市郊区的人,说话很风趣。比方,把一锅馍蒸熟了,她会站起后,两手向空中一伸,说:"可把咱解放了。"有时,别人问这个事怎么办,她会说:"无所谓,无所谓。"我与她共同生活了五年时间,是和谐的五年,舒心的五年。

我初来乍到,为了与两个孩子搞好关系,给他们一人买了一个日记本当作见面礼,给虎行的扉页写着"天才出于勤奋,知识在于积累"。给龙吟的写着"书山有路勤为径,学海无涯苦作舟"。我要用最好的格言,鼓励他们努力学习并增进我们的亲情。龙吟是个很机敏的小孩,见过我第一面后,他对奶奶说:"我知道了,我们家要增加一口人了。"他出去玩耍给村人说:"我们家也有个妈,衣服洗得可干净了。"我与他们一家老少融洽和谐,祥愚心中很欣慰,他就在我给孩子的日记本上写下一首自己喜爱的诗,表达他当时的心情:

高天泻流水，明月照虎行。

青松几代老，人间尽知情。

　　祥愚每天回来都带有晚报，晚报的副刊上有小说、散文、诗歌、游记等文学作品。他到单位会把我给他做的马甲翻到里子上，让同事看我的杰作。他单身了八年，同事和领导都为他人到中年能找上一个满意的贤内助而欣慰。

　　家务忙完了，地里的活忙完了，我就争取多读些文学作品，旧书摊上买一块五毛的破书，五六块买下一本小说。祥愚为我买的唐诗、宋词，我自己买的雪莱、普希金的诗选，几年下来世界名著摆满了一书架。在文学的海洋里游一回泳，即使没有自己的创作，也是幸福的。我永远记着王迈的话，努力用文学充实着自己，不过有时也很纠结，创作不出怎么办，就这样碌碌无为一生吗？就这样混老等死吗？我告诉自己，还是要创作的。

　　宽松的环境，自由的人生，我轻松地进入新的创作天地。对真的追求，对美的向往，对善的寻觅，让我写亲情、友情、爱情的诗句，恬静而从容的心灵中不时地就闪现出灵感的火花。无论是下地、打工、看自行车，还是卖菜，所有谋生的过程中，我都不忘读书和写作。十多年过去了，创作底稿写满了一本又一本，最终竟然积攒了二三十本。我开始不断发表，不断迎来各方的关注。

　　我们开始住的河渠窑洞，后来因城市大改造，建筑垃圾不断增多，最后连道路也堵住了，无奈我们住进买下的大库房里，库房年久失修，顶上有各种大窟窿小眼睛，墙也四面透风。库房，我亲爱的库房，就那样坦荡无私地收留我、包容我，一直让我成了"漏屋诗人"。

　　　漏一点点

　　　　射进小星星的光

　　　　那是我的诗眼

漏一行行

射进一排排的光

那是我的诗行

我是漏屋诗人,感谢漏屋给我灵感、给我畅想,使我夜夜都能看到茅屋外遥远的星光,它时时照亮我的心房。

漏屋孕育了文学道上的一个苦行僧,那些美的诗句都是心灵的珍珠,灵魂的宝石。夏天所有的蚊子、跳蚤与我争地方,我王楚函才不怕它们呢,它们吸我的血,我还要作我的诗:

深夜自己谛听心灵的澎湃

无法诉说那久远的情怀

小鸟正在林间酣眠

我的心盛满溢美的春天

如果有一天我心的颜色上了枝头

定用经年酿造的美酒

酬谢世界最真诚的朋友

祁祥愚在家中是独生子,小时候母亲给他剃头,半个月剃左边,半个月剃右边,而且还留过长长的小辫子。他穿的是百家衣,脖子上还戴一个包过十三层布的项圈。祥愚十分珍视父母对他的爱,我与他成家后,还亲眼见过那个项圈。红洋布颜色还鲜红着,那上面每一个针脚都是老母亲的爱。他小时候长得圆头圆脸,不太大的圆眼睛也是双眼皮,他从小就有些灵性,唱秦腔、拉二胡,到十多岁时,就被村上的叔叔、大爷夸赞:"能跟木头说话,这娃就灵到家啦。"

富人惯骡马,穷人惯娃娃。祥愚五岁就上学了,无奈母亲常有病。新中国成立初,有位像村长又像家长的长辈,督促父亲带母亲进城看病,这位长辈知道父亲借不来钱,于是他几天前就向有钱人借好钱,临出发才塞到父亲手中。父亲只能用独轱辘车把母亲送到远在大差市的医院看病,看病的钱都是借来的。多么好的乡党啊!祥愚给我学说着身世,学说着过往,对乡党总是感激不尽。

那时候,他们住在一个叫半截沟的独家村。就那一次母亲看病,叮咛他在邻居家吃饭,他倒人小鬼大,吃完饭还硬要守在自家看门等父母,等着等着就瞌睡了,直接就睡到锅里边,像猫一样蜷成个圆球。夜里父母从医院回来找不着孩子,直逼得他们揭开锅盖,孩子在锅里打呼噜呢。

祥愚说"文化大革命"时,他在学校的宣传队每天排练样板戏、演讲、散传单,是很活跃的一个人。有一位女同学暗恋他,偶尔来家玩,就跟母亲睡一夜,但当他不声不响结婚后,那位女同学灰心极了。大学毕业后,女同学专门到边远的一个县工作,因为一切不如意,最后因病英年早逝了。我真替那位女同学惋惜。

祥愚望着我,友善地说:"咱俩才是天造地设的一对呢,相貌相当,肤色相当,个子相当,你看手和脚的大小都相当。"我说:"是呢,志趣也相同。"我心里冒出一段信天游:

> 清水水杂面生葱花
> 只要和你在一搭
> 洋芋擦擦南瓜汤
> 只要和你过一家
> 院里跑满鸡和鸭
> 墙头上开满架蔓蔓花

因为我想的民歌都是具有老家地域特色的,他又听不太懂,我事后就写在本子上保留着。

我真庆幸三十六岁以后遇上了祁祥愚,如果是孔四方,写这些情诗,不死也得被活剥几层皮。

后来,有一位文化干部说:"你几十岁了,为什么还要写爱情诗,而不写改革开放农村的新面貌、农民的新追求?"出于身份的不同,我没有当面回答他。

然而,在我心中已有了答案,追求文学,永远地追求文学,这就是新时代农民的新追求,至于写爱情诗,那是文学的永恒主题,我只恨自己写不出更多更美妙的爱情诗。有一次陕西经济台播出了我的爱情诗:

> 爱你的时候
>
> 想让你成为一粒珠贝
>
> 握在我的掌心
>
> 爱你的时候
>
> 想让你成为一枝花蕾
>
> 插上我的头顶
>
> 爱你的时候
>
> 想让你成为一本名著
>
> 搁在我的床头
>
> 爱你的时候
>
> 想让你成为诗神
>
> 领我走入诗境

> 相遇在海里,是两颗相依相偎的珠贝
>
> 相遇在泥里,是两根相触相挨的根须
>
> 相遇在枝头,是两枝相撞相碰的连理
>
> 相遇在天际,是两片相叠相合的云翳
>
> 相遇在梦里,是两个不能到一起的佳侣
>
> 相遇在火里,是一对凤凰鸟随烈焰腾飞

我多么庆幸自己,尽管是漏屋,也让自己的后半生,走进了一个自由任性的天地,我自己独占一间房想写就写。写什么,不写什么,都没有人管,没有人问。村里的乡党又是这样的友善,我从来都没有感到他们对我有所歧视。因为从来没有一个人问过我,为什么丢下两个孩子离了婚。

后来村上的人到几十里外走亲戚,回来告诉我,那边亲戚邻居知道她是来自永汀的,便问村里是否有个陕北人会写诗。她便说,我已经出诗集了。来自方方面面的荣誉,给了我更大的鼓舞,增强了我的自信心,不管写作质量如何,我写得越来越多了。

我总想试着寻找文学老师看看,就近找吧!我找到区委宣传部,有一名工作人员还是我们永汀人,我在报上看到过他的文章,他让我找本地的一位记者站站长,站长又给我介绍了一位自学成才的工人作家,作家又给我介绍《秦风》周刊。反正为了文学,为了寻梦,我就是个上足了发条的钟表,不停地奔跑。五十岁精神饱满,腿脚麻利,信心百倍。那是一九九九年的伏天,我从区委宣传部跑到俱乐部,从俱乐部又到一个家属院,敲开那位工人作家的门,他漂亮的媳妇说那位工人作家正在睡午觉,我就在院子里等了两个钟头。他媳妇见我没走,很受感动,就叫醒了爱人。爱人叫古驰远,是三线知青,腿受伤后就潜心写作。我太佩服他了,他只有高中文化程度,而且比我小四岁,已发表了不少作品,我才发表了十多首诗。在他面前,我很惭愧,他一听我也是无比痴迷文学,就敞开胸怀讲自己在文学道路上的努力,刻苦拼搏,从不气馁,从不放弃。他把自己发表在各种文学刊物上的作品,一一拿给我看,还给我指路,让我到城南,找《秦风》周刊的编辑老师。

《秦风》周刊在这年秋天连载了六次我的长诗,刊登了三首小诗,我心情特别激动,信心百倍,认为自己原来是没找到发表的门道。与《秦风》周刊有了联系,我就要到那里去拿刊登自己作品的报纸,那一块儿还有几家报社。果真,另一家报社又为我发表了一首《十五的月亮》。

十五的月亮
你是最美的那朵红玫瑰
风是你的枝干

读着自己写的月亮，眼前就出现了故乡的月亮，都市的月亮被霓虹淹没了，被高楼挡住了。

见我一个劲儿地往报社跑，有名女记者就说，给你写个报道吧，第一次听到这样的话，我很高兴。我告诉了她自己从青少年时期开始对文学的痴迷，但事隔好几个月，也不见她为我写报道，我只好把几张相片拿回家。

第二年春天，因为要在城南的书店买一本小说，我看见了华明报社。我想，既然能在那边的报社发表作品，也试一试看华明报社能不能发表。这是一家大报社，走到门口，两扇玻璃门自动开合，表示欢迎。我很谦恭地低声对编辑老师说："请您看看我的作品。"他认真地看了十多分钟，说道："您先回去，留下地址，我们去采访您。"他还说："你不要告诉别的报社。"真是三生有幸，我怎么一下成了香饽饽，还有人采访我。

凤凰鸟

这一年的五月四日，我和祁祥愚正在场面子上收割菜籽，华明报社的两个记者专门来采访我。到屋落座后，祥愚烧水倒茶。文字记者开始采访记录，摄影记者对着我，也对着祥愚摄像。这一天，我好像过了一个特别神圣的节日，新奇的美感充满心胸，是无形的荣耀，是巨大的抚慰，是如蜜一样的糖果。我的天，是我在文学道路上的努力感动了神灵吧！我值得报道吗？是不是神灵想鼓励我，这神灵是谁呀？是李白，是杜甫，是白居易、王安石、孟浩然、黄庭坚、辛弃疾、鲁迅吗？这一天的太阳无比的明亮，这一天的天气无比的晴朗，院子里的月季花昂着头在开放。我兴奋极了，好像天空露出一束只照耀我的光辉。两位记者走后，连祥愚也很激动和兴奋，他不仅是因为自己爱人能有抛头露面的机会，还因为我们这些小百姓从来都没有与媒体人面对面过。人家背着个相机一定是采访重大新闻，采访高级人物的，怎么能来到我们这破墙烂院，镜头怎么能对着我们这灰头土脸的老百姓？那一下午我们共同回忆着记者的每一个动作，每一句问话。

是的，做学问才能迎来荣耀。回忆上学时，老师的每一次表扬，都令我成为含苞待放的喇叭花。今夜难眠，我不知这样的采访会给我带来什么，但心里溢满了清泉，心中荡起漪涟，诗情满天飞扬。

> 漏屋里的诗人，身上一文不名。
> 抱着我的扑满，心里鲜花灿灿。
> 打开我的扑满，放飞我的情感。
> 放飞我的情感，中天红日昂然。
> 放飞我的情感，晚霞似锦旋展。
> 放飞我的情感，上弦月儿弯弯。
> 系上一根丝带，挂上我的灵魂。
> 我的心在飞翔，我的心在舞蹈。

时间到了二〇〇一年，婆母已于一九九〇年去世，虎行和龙吟也长大了，很有出息，承包了一个自行车摊子，祥愚下岗，就去帮孩子看自行车。龙吟先恋爱再结婚，已有了一个小男孩。我在家种地有空了，就帮二媳妇看娃。

这些年在文学道路上大有长进，我常常被自己感动。自从一九九八年开始，我有了自己的处女作《年》，相继又发表了《数字人生》《岁月老话题》《我是绥德女》《我是蝴蝶》，散文《我是绥德人》系列、《白鹿原的春雨》系列。我把自己定为九流诗人，如果把诗人分为一百级，我就是第一百级，分为二十级，我就是第二十级，分为九级，我就是第九级。九流比九级雅，所以就算九流诗人吧。你看我够谦虚吧，如果连最低那一级也不给自己评定的话，那也是不公平的。因为我们国家的法律是公平、公正的，我这名九流诗人需要努力，争取当八流诗人或七流诗人，一级一级地上台阶吧，台阶就在那里，就像朝圣的路。

我的缪斯，我的神，我每天都在读你如《圣经》一样的《诗经》，我每天都会读出一缕一缕的诗情，一帧一帧的诗画，一面一面的诗旗。所有的废旧纸张都是我的草纸，所有的生活居室都是我的创作室，露天的灶房，挡不住蚊子的堂屋、卧室都备下了草本，抓起本子，我就奋笔疾书。

夏收时节，正是晒麦的日子，这天早上，我突然有了灵感，起床后洗完一些衣服，就一直写一直写。祥愚这一天回家，可能心中是想帮我晒麦带种苞谷。他见我一直写，就急了，走到我的卧室门口，恼怒地大声喊："还不晒麦，没看几点了！"我啪的一声扔下本子，然后与他合伙把七八袋粮食搬到邻居家的院里，因我们的院子桐荫太浓。我发疯似的把麦从口袋里倒出来，连锨也顾不得拿，爬成狗的模样，奋力四散着刨开、摊匀，然后坐在漏屋的后院大声哭。也不知怎的，我情绪特别激动。

祥愚绕到墙角说："还不做饭？"我说："不做，你一个大男人七八袋粮食搬不出去，你不在还不是我一个人晒吗？我一早上不是光写作哩，你没看见我洗了这么多衣服，也有你的和儿子的，问题是你打断了我的灵感。""什么烂文章，我给你写，难道我还赔不起你这点儿灵感？"他一下把我逗笑了，我擦干眼泪开始做饭。

一场透雨下过，苞谷青葱蓬勃，因为是麦茬地种下的，麦青也蓬勃欢跃。七月五日，我正准备到地里拔麦青，村那边的英祥媳妇在沟那头大声喊我，说我哥打回来电话，让我去买上两份《华明报》，因为我们北汀的人家都没有电话。

我一边往街上邮局走，一边想，买两份《华明报》做啥呀？晚上带回来不就得了，我要锄地，还要抱娃。到了邮局我果真买了两份，坐在花椅上打开一看，就顿感喜从天降，"漏屋诗人——王楚函"，王楚函呀，王楚函，你怎么就开天辟地地上报了。这还了得，有钱没钱再买几份，一摸兜真的就没钱了。

如果说，记者来采访的那一天，我的心很美，这一次就更甜更美了，就像世人说的，活着不图名就图利，那么我肯定是图名的呀！如果谁给我上百块钱，甚至万把块钱，我都不会接受，要是我能赚上千块、上万块，我也不会这么喜悦。我深深地感到，荣誉是无价之宝，荣誉是人生最美好的花环。金项链、翡翠、珍宝，虽然看不见摸不着，但它是春风、是夏雨、是甘霖、是尘世美酒，我本来就是一块璞玉，我本来就是一只凤凰鸟，我会闪光的，我会出彩的。

在纺四路大街上，我感到无比满足。

> 七月呀
> 流火的七月
> 焰垒一样的太阳
> 那灼热的光芒让我心花怒放
> 七月的花朵
> 七月的花朵
> 旋开层层芳瓣将美诉说
> 美之水浸润着我的心灵
> 甜之水流淌在我的心季
> 品之如饴忘了苦与累
> 美无际

一九八四年三十五岁的我厄运如洪。时隔十六个春夏秋冬的岁月，五十岁以后荣誉悄悄地降临到我身上，我受宠若惊的同时，又感到荣誉是无比美好，因为荣誉像巨大的导火索，它能点燃我的激情，激发我的灵感。

当代文学大家陈忠实说过，文学是美丽的魔鬼。真是的，这魔鬼附着在我这样的文学爱好者身上，都令我神迷魂醉，云里雾里，不知道自己是干啥的。虽然我也认真地种地，拾破烂，捡柴火过日月。我曾经从垃圾堆里拾回一大袋子一尺长五寸宽的广告布，硬是在缝纫机上连成一块一块的门帘，既实用又美观，特别省钱，就是用了一点线钱。文学大梦做不成，就等于白来世上一回，所以，无论手里做着什么，我的脑中始终盘旋着文学的梦影。

我在都市举目无亲，想说的话又不是随便与谁都能交流的，就是想给周围的人说，人家也忙，都没兴致。可喜的是，都市是文化的都市，文明的都市，文学的都市。

过一阵子，我就摸索着寻着文化单位、报社、杂志社什么的，伺机请教请教老师，回家时带上几张报纸和杂志。

这一年冬天，我逛到一家大的报社，拿了几张当天的报纸，正准备下电梯打道回府。恰巧电梯上有一位天仙般美丽的姑娘，文化单位都是高智商人才，何不趁机与她谝一个闲，可说什么呀？电梯上大概只有一两分钟，还来不及攀谈就要到了，我有点儿猴急爬杆、猫急上树，脱口说出："你能不能报道我一下？"此话出口后，自己也觉太过唐突，因为看见如此美丽的姑娘，我也不知她是干啥的，也许也是像我一样从外面办事来的，可是已经那样说了，就看她怎样回答。我是问得那样随便，本没抱什么希望的，没料到对方说："因何事？"我说："因写作。"就这么简短的对话，下到一楼，那姑娘告诉我，她的办公室在八楼，再跟她一同上去。我这个寻梦的人当然乐此不疲，上楼到她的办公室坐定，姑娘先给我倒下一杯水，然后拿出笔记本，记下我的一些基本情况和地址。

我清楚地记得，这一年的腊月二十八，一清早我到纺四路11路汽车站把她接到家，那时枣林村离改造还有七年，我们一路并排走过枣林村曲里拐弯的巷道，竟然有谝不完的话题。她很用心地听我讲对诗歌由衷的爱，对文学不了的情怀。到了家，姑娘说，她要抓紧采访。我要表达还表达不完呢，我出去烧水时，祁祥愚和那位姑娘谝，她说她是刚毕业的大学生，四川人，二十四岁，名叫罗欣。我们都特别佩服她，这么有学问的姑娘，一个人深入农村采访，而且用了整整一天。下午五点我把她送到枣林村村口，我想把她送上车，但她坚决不让。路上我问她："你们采访的对象，是你们找，还是被采访者找？"她说："是被采访者找，我们要找的话，那不是大海捞针吗？"我庆幸自己在电梯上勇敢的问话。

过了年，正月十六，就是二月二十，这家报纸又大篇幅地报道了我追求文学的故事。当然，我十分珍爱这份报纸。

关中地区的农活远远比不上陕北故乡的累人，首先是种地路近，地平，不用出蛮劲背担。收割时充其量拉个架子车，只剩颗粒往回拉，还是队上雇的车挨家挨户把打下的粮食送到屋里。至于秋天的苞谷，有人种，有人不种，都是各自收割，新苞谷下来拉些苞谷糁，就些咸菜，吃得生香。那黄油油、甜丝丝、黏糊糊的新苞米汤，总让人喝得肚子胀。生活是无比甘甜的，再加上有文学的陪伴，我总感觉自己是世界上最幸福的人。

就是天冷了家里没有火，头些年整天在外打工，回来天黑透了，一吃饭就睡觉。这两年要在屋里看娃，天太冷了，就叫娃到他奶奶家去了。深冬的白天，房里很冷，打开收音机，好多人在一个叫《雅风假日时光》的栏目上朗诵唐诗。一时之间我倒忘了自己不会讲普通话了，留下了电话，准备在下一个《假日时光》打热线过去，朗诵自己的诗作。因为自己没电话，就在邻居家打，主持人雅风接通我的电话后，我恨不得把自己多年来对文学的痴爱，一口气说出来，然后朗诵自己写的诗。雅风只好让我打住，她说："你的陕北口音太重，有些字听不太懂，请把您的诗寄过来，我给您朗诵。"过了年，正月初八一上班，雅风就在电台朗诵了我的信和两首诗。

> 人生是树
>
> 梦是浓荫
>
> 心如硕果
>
> 人生是船
>
> 梦是碧波
>
> 心如风帆
>
> 心是玉液
>
> 梦是琼浆

人生和蜜一样

有心有梦

人生傲岸

有心无梦

人生暗淡

无心无梦

人生茫然

这样的经历，往往成了我人生的财富，我如痴如醉地享受着，情意绵绵地回味着，我想，整个三秦大地的农村文学爱好者都有这样的感受，比如薛向明、白敬安、何丽等。

有人说，人是生活在矛盾中的。可不是吗？我还记得，在金济当宣传员时，一位老同志讲："家庭问题不外乎两个原因，一是男女作风问题，二是经济利益问题。"真的，走到哪里也离不开这些问题。我和祥愚再没有当初的相见恨晚、心心相印了。

他连续买了两间旧房，他原本的想法是，自己能力有限，给两个儿子一人买一间旧房，以后翻修翻修，也就交代了。然而他没有前瞻性，随着社会的变化旧房是根本交代不了的。因为买房，他仅有的那点工资除了留了一点日用杂费，年年还要还账。我就给人当保姆、扫马路、打零工、卖菜、干裁缝，不过也只有二三十块的收入。我很牵挂陕北的老母亲，每年要给她老人家寄一点儿，过两三年还要到老家看一回，这样我就搞上了独立经济。祥愚内心很不满意，认为找了个老婆不跟自己一心，实际上，这些事情是无法说清的。

我也时常想念着自己的两个亲生儿子，但一直未通音信。

我离开金济的第四年，姐姐来永汀看我。姐姐说到鸣鸣和丰丰，她有时有好吃的背着他爸把娃叫到跟前给娃吃一口，不过姐姐又慢慢地说："以后再也给他们吃不成了，他们回老家了。"我的喉头一阵一阵憋屈，泪水就溢满了眼眶，他们老家距金济两千多里，这就意味着我是很难见到他们了。鉴于我的怯懦，鉴于我的无能，鉴于我的困境,我再怎么难过,只能压在心底,因为我知道,祥愚在这个问题上是比较自私的。他不想提说我的孩子,相反婆母还有一次说过,给那两个孩子买点儿衣服寄过去。我不会的,主要原因是我害怕引起孔四方的反感。

听妈说,我离婚的第二年,孔四方寄回家一百块,让给两个孩子做棉衣,当时妈就急得眼睛又红又疼。第二天,哥哥赶紧到县城邮电局返寄给他,大家都十分害怕与他再有什么瓜葛。据说,他很后悔离婚,一个人在外面打拼,回来还要做饭、洗衣,大半夜一边洗衣,一边哭,这是多年后两个孩子告诉我的。他还到西京离永汀不远的村里打听过我的下落。那一年,他还真的就来了,那时我去城里看自行车,走到街上一个招待所的楼下,听见有人在楼上叫我,因为我无论如何也想不到会是他,就在大门口等了一下。他走到大门口,那张脸令我毛骨悚然,我啊的一声就跑,大步地跑,直到跑不动了才停下来,庆幸他没有追我。下午返回家时,我转了好多弯路才回到家,多么可怕呢,我不知道他想干什么。他千里迢迢丢下孩子,是有预谋的,不管他怎样想,怎样后悔,天下难道有卖后悔药的吗?只可怜我的两个孩子,没人为他们做饭,从小到大饥一顿饱一顿。据说,孔四方调回去搞的是油粮,出差运粮,几天回不了家。兄弟俩就做下一大盆饭,几顿都是剩饭,他们总羡慕同学有妈妈给洗衣裳,总说:"你的衣服还不脏哩,你妈妈就给你洗。"儿在千里外受恓惶,我在西京写诗章《离子难》:

> 苦苦劳与作,为儿衣和食。
>
> 鸡雏母翅下,娇儿妈膝前。
>
> 冻了儿的手,痛在妈心头。
>
> 晒了儿的脸,湿巾递上前。
>
> 今娘要远别,何时再能见。
>
> 幼儿一双双,并肩齐楚楚。
>
> 一对好儿男,人见人称赞。
>
> 聪颖流利男,期望有发展。

开口讲做人，把手教识字。

盼儿快长大，志高学有成。

天有不测风，人有旦夕祸。

阎王起黑心，毁妈誉与声。

逼妈九死畔，命运多磨难。

别儿痛心肝，别后儿孤单。

有母两天地，苦痛不相知。

滴泪如密雨，心似滚油煎。

不走没奈何，不走妈没命。

只恨活阎王，无故相逼狂。

逃命是关键，儿大自了然。

望儿自照管，求得饱与暖。

少小不更事，莫闯是与非。

歧路漫漫长，老鹰孤魂翔。

写到这里，不由得想把另一首《苦母曲》也呈现给读者：

古刹深山急流险滩

夜沉沉一片黑暗

遥远的村庄隐隐的灯光

如大海一样在夜里漂闪

打湿了翅膀的老鹰

艰难而又低沉地飞翔

为了生命为了生存

它压抑着一切包括理想

遥远遥远的地方

传来儿子的声音

妈妈我冷

妈妈我饿

老鹰听到儿子的声音

是多么悲伤

痛苦和失望

还有比这声音更凄凉

更哀婉

更令人心酸的吗

妈妈我冷

儿子冷了多久

饿了多久

无奈的妈妈痛心地听着

儿子的倾诉

那心上压下沉重的石头

它使劲地拍打着翅膀

对天吼

对风喊

我是妈妈我是妈妈

冷冷的天地间狂风呼呼呼

有这样的经历，我恳切地希望虎行和龙吟在懂事后能理解我。后妈的心是狠毒的，就像《灰姑娘》中的后妈。我怎么就当了后妈呢，没娘的孩子是多么可怜呢，我自己经受过无父的悲伤。四个喊妈的孩子，都经受了无母的恓惶。

我知道后妈是很难做的，自己又是个很爱面子的人。刚做后妈时，别人在街道上给我一点儿吃的东西，我是不敢往嘴里放的，似乎四面八方都有眼睛在盯着我，谁的后妈在街上买着吃东西，不给继子吃？所以我做饭时，婆母在的时候，第一碗是婆母的，第二碗是小儿龙吟的，第三碗是大儿虎行的，第四碗是丈夫祥愚的，最后才是我的。我做事，一定要把握着度，一定少让别人说闲话，一切都用良心办事，一切事都要能放在桌面上。但我绝不是世界上最好的后妈，想到呜鸣和丰丰，就让人笑不起来。所以，很多时候我只是一个没有笑容的家庭主妇，脸上的肌肉一定是绷得紧紧的，然后照惯例喊孩子们吃饭。自从他们奶奶不在后，孩子们也很拘谨，吃完饭就出去了，只有在他爸爸回来后，四个人在一起时，气氛才显融洽。就这我有时也想，你们比鸣鸣、丰丰强多了，能吃个现成饭。请原谅我，儿子虎行、儿子龙吟。

我对祥愚是有意见的，我每天服侍着你的儿子，你连提我儿子都不愿意，我的意见只在心里，我要抵制一切不快的写作，我有时也恨自己，我曾这样写道：

> 狼抛家弃子
>
> 钻进了自认为的安乐窝
>
> 狼从此没有了眼泪没有了悲伤
>
> 更没有了柔情
>
> 只有咆哮
>
> 那咆哮只在梦的荒原
>
> 无论怎样声嘶力竭地呼喊
>
> 无人听见
>
> 无人阻止
>
> 那心的波澜像洪水像猛兽
>
> 翻江倒海
>
> 梦醒后狼要披上羊皮
>
> 在人世里混迹
>
> 狼是一个孤独的猎人
>
> 仰望着悬崖上的山桃花
>
> 久久发呆
>
> 那是我的血吗
>
> 狼自言自语
>
> 凝视着梅朵般的狗爪爪
>
> 这是我的足迹吗

狼又自言自语

面对满树繁密的苹果

狼问那是我的硕果吗

狼有自知之明

狼什么也没有

只有两条腿满世界疯跑

它对什么都感兴趣

似乎将美寻找

但狼终究很空虚

很无聊

很无望

情绪太过低落时,我会写一首缓和气氛的《独身苦》：

天地有日月,草木竞相悦。

鸭雏傍母眠,驹马同撒欢。

唯吾独孤单,举目无亲人。

苦泪莫夺眶,独自顺肚咽。

踽踽街前过,谁怜谁又笑。

雨中避漏屋,滴滴敲心鼓。

慈母千里念,娇儿已忘完。

霞飞彩虹展,曲颠青春完。

海中有孤龟,山里有独虎。

单雁乃远翔,只鹰翔四方。

没有团圆月,且有满天阳。

寒中放胆量,苦中生翅羽。

热风助心潮,漏雨湿心花。

女儿志本远,女儿心本坚。

白发飘摇中,激情如海浪。

大话真善美，疾书经年苦。

风中帆高扬，雨后花更繁。

和儿子们分别的第十个年头，大儿与他的未婚妻在子源县寻我，他们企图通过我的二姐夫、二姐让我回去见他们一面，我真的就回去了。他们在李峪的二姐家等了三天，等不上，就回到女方的娘家。我回去了，又让外甥从那边把他们叫过来。十年不见，大儿长得和门框一样高，他抓住我的手就不停地哭，我也不停地哭，直把我二姐急得说："你们母子怎么成了秦香莲？"他受了太多的苦，太多的气，我走后第一个受气的就是他。他长得很帅，所以这个名州姑娘宁凤看上了他。那边找对象讨钱多，他们也是贫穷一族。他和媳妇都说，让我回去，他们弟兄长大了，能给我做主。我说："这是不可能的，你爸在，再说我在那边有家，我本来就不是很随便的人，能见你们一面，是最大的喜事，你们将来结了婚好好地过日子，你们也不要牵挂我，我在那边一切都好着呢！"我流着眼泪写下一首诗：

十年未见吾儿面，风尘千里称心愿。

是喜带苦涌心间，儿泪母泪泪涟涟。

儿子年幼受艰难，母于千里无力管。

过去岁月不复返，祝儿幸福媳良贤。

这次见了大儿，我更加想念小儿，因小儿在首都参军未能见到。我很快就回到永汀，与邻居拉起话，学说了儿子让我回去的话，很快就传到了祥愚的耳朵里。祥愚特别生气，我不知该怎么办，难过了就一个人流泪。有一天我把龙吟叫到跟前，我给龙吟学了一遍，这一年龙吟才二十一岁，他听完我的话，立刻分析了四条："一、我爸不愿意听你说这话，证明我爸很在乎你；二、你不要与谁学说这样的话；三、那俩要来了，弟兄相认；四、让我爸向你道歉。"小儿子分析得头头是道，令我心服口服，祥愚真的给我道了歉。我就给龙吟写了副联语，"少晓事理可为男中英杰，胸有谋略会谋光辉日月"。

第十章

　　人说，一块骨头连着一块肉，谁家的妈不想自己的娃，绝对是假的。我想娃，可我又有什么办法呢？总不能挂在口头上说："想我儿，想我儿……"每当想起两个儿子，我的喉头就像插了一根铁丝，那痛苦的感觉必须自我调解。我赶紧拿起贺敬之的《回延安》念道："手抓黄土我不放，紧紧贴在心窝上……杜甫川唱来柳林铺笑……分别十年又回家中。"这个时候，延安的一些情景就出现在我脑海里，杜甫川唱和柳林铺笑团聚的喜悦也感染着我，我感觉自己好像也有和家人团聚的那一天。有时我仰望着远天，凝视着远去了的小鸟，自语道："你就在我眼前，你就在那天上，你就在我的心里，你就在我的视线中，你就在我的梦中；你是那奔腾的马驹，是那欢奔乱跳的小鹿，是那并飞的两只小鸟。"

　　见过大儿鸣鸣后，我更加想念小儿丰丰。鸣鸣是我的大儿，他小时候可爱极了，头是圆的，脸是圆的，圆圆大大的一双眼睛，单眼皮尤其像我。我妈抱着他，四五个月后，一天比一天好看。

　　在他一岁半后，我有了丰丰。丰丰一生下来就起了满身的红疱，手腕上、脚上都是，尤其是后脑左边长了一个硬疱，十七天时，也到医院看了一次，当时的医疗水平较低，大夫也没法治，说他太小。我每天看着他的头，一边成了扁的，一边是长的，和鸣鸣相比较，我心想他将来要是长成一个丑八怪，怎么办呀？

　　有一天早上，我忽然不想给他喂奶，他好像也没哭，中午他大姨妈过来，我对姐说："这孩子要不成了，我一上午没给他喂奶。"姐大声说："你胡说什么，赶紧给孩子喂奶，看娃口干成啥了。"我听姐的话，再没有出现过不要他的念头。现在想来,我真不能原谅自己一上午对亲生儿子的虐待,心里感到深深的忏悔。

丰丰出生四五十天,他大姨夫都没见过。有一天,我抱到姐家,姐夫说:"这孩子又白又胖的,怎么月子里就说要不成了。"今生今世,我都要忏悔我对他的狠毒,纯粹是无比的自私,当时总想他要成了一个丑八怪,我怎么抱着他见人。

我长得不漂亮,两个儿子可都是亲娃娃。出去看电影,他俩坐下差不多一般高,跟前的人都特别喜欢逗他们,还问是不是双胞胎。我当时虽然受气,但两个可爱的儿子让我欣慰。他们刚会握笔,我就教他们,可是鸣鸣学得不好,丰丰就特别出彩,我就特别喜欢丰丰,总是不停地亲丰丰。

离婚时,法官考虑到我做了结扎手术,问我要哪个小孩,我说要丰丰。孔四方不给,最后我说我不要孩子了。这里,我又要郑重地对鸣鸣忏悔,儿子是我对不起你,我嫌你笨,不要你。人说,儿不嫌母丑,可是我嫌过我的小儿丑,嫌过我的大儿笨,是妈妈良心坏,妈妈不好,所以上帝把妈妈惩罚得很重,让我长期与你们分离,我要以高昂的代价为我的良心买单。

见到鸣鸣后,我就一个劲地追问丰丰的情况,鸣鸣给我写信的同时,也深深地感受着我对丰丰的偏爱。

见过鸣鸣与宁凤后,我又回到西京,在一个医院的洗衣房打工时,我向同伴倾诉我的离别人生。钟玲与我同岁,她说话心直口快:"你自己说,你这当妈的能对得起孩子吗?你说人家在分开五六年后,去寻你,你竟然没理?"我说:"他们小,那是孔四方领他们去的,他们两次到子源与名州去寻我。第一次,那是暑假,我正在大侄儿打工的陕南,给侄媳妇收月子。第二次,他们到名州,孔四方到县城住下,刚好有村里开会的人把鸣鸣和丰丰用自行车捎到坪砚村,在他外婆家待了两天。"

两次孩子们都给我写了信,我现在仍保存着一封:

妈妈,您好:

　　在分别的五六年中,我们非常想念您,很抱歉,我们兄弟一直没有去信,因为我们不知您的地址,请原谅。您现在身体健康,生活愉快吧!我们也很好,我爸爸对我们也很好,不打不骂,请您放心。大儿我现在上初中二年级,学习成绩下降了,这次考试考了第九名,我现在是在我外婆家给您写信,是我们要来看外婆的,爸爸也同意了。说实话,我爸很后悔,但世上没有卖后悔药的,我也听说您找了人家,很幸福。

　　我爸调回去在粮油公司工作,经常出差,我们是自己做饭,米饭、白面馒头都会的,以后我一定抽时间给您写信,祝您身体健康,万事如意。时间有限,就此停笔。

儿:鸣鸣、丰丰
一九八九年十二月

凤凰鸟

208

　　还有一封写给他外婆的信。信中说,他爸一提起离婚这事就很后悔,经常喝酒,喝了酒就哭。孩子们还希望外婆能原谅他爸,说他爸很操劳,经常洗衣服洗到半夜。

　　拿到孩子们的信,我一个字一个字地读,反复地读,但我想,我怎样给他们回信呢?写孔四方的地址吗?那些年,我仍然对孔四方怀恨在心,因此我无视了两个儿子的感情,我这个当妈的无情也无义,我也不知道什么时候能与儿子们沟通见面。儿子们还是不嫌弃我的,大儿又领着对象见我来了。可是,小儿迟迟不给我来信,慢慢成了我的一块心病。

　　我叫在北京的堂侄到部队去看看丰丰。堂侄在部队看过后,说丰丰先把他当舅舅啦,后来才知道是哥哥,没说多久丰丰就听命令去忙了,也没问妈妈的情况,我听后很失望。丰丰变了,再忙,一句话是可以问的。可见,丰丰把我忘得差不多了。无论是何种情况,我的想念是不可化解的。

一九九五年的冬天，我特别地想念丰丰，这个差点儿让我结束在襁褓里的小儿，在那冬雪厚厚的下班路上，我一个人对着白白的麦田高喊："丰丰，丰丰！"

由于收不到丰丰的信，我的心就像有二十五只猫抓，百爪挠心。夜深了回到家，我就读写给丰丰的信。我与祥愚婚后一直分居，为此我特别感谢他，原因有好多，其中之一是他有他的爱好，也需要独立居室。我们分居，更有利于我对理想的追求。我在我的寝室，反复默读给最心爱的儿子写的信。

丰丰我儿：

现在是北京时间一九九五年五月二十一日的凌晨两点四十分。我在给你写信，你好，我亲爱的儿子。自从我们母子分离至今，没有过真正意义上的通信，从你外婆家转过来你们的两封信，第一封是一九八五年冬写的，你叫妈妈不要上你爸的当，要提防。我就考虑，你那一年读三年级，这两个词是你自己写出来的吗？有可能是老师帮你写的，但你在信中说中午放学后，你一个人在教室里写信，虽然我不是第一时间看到那封短得不能再简短的信，但我感到你很有思想，你的心还是向着妈的。你简短的信就是一把火，烘烤着妈妈凄凉而又孤独的心，点燃着妈妈人生的希望。

第二封信是你们于一九八九年冬，在你外婆家写给我的，你说，妈妈有个幸福的家，你就放心了。幼稚的孩子，妈妈一个流落之人哪有幸福可言呢？正像那首"离开妈妈的怀抱，幸福哪里找"，我离开孩儿，幸福又从哪里找呢？由于你们没有独立的地址，我没法给你们去信，后来我索性给学校去信，你肯定没收到。

丰儿，你小时候我是对你寄予无限希望的。你还不会握手的时候，我就开始教你写字，读儿歌，背古诗。你在不到四岁时，就能背十几首唐诗、好多儿歌和一册语文课本。

妈妈没上成学,把希望全寄托于你。没料到灾难从天而降,一九八四年四月中旬开始,妈妈被害得生不如死,那个阶段,你稚嫩的心灵受到毒烟雾的熏染,你最亲爱的妈妈,你认不清了,再不是之前你爱的妈妈了。当我问你"妈妈好不好"时,你难为情地说不出话来,但是,孩子要说他心里想说的实话,你只好说"我忘了"。你言下之意,当然是妈妈不好了,你不想当面说。孩子,你忘了的话像刀子一样扎在我心上,我难过极了。当时肉体上的、心灵上的苦刑重重叠叠。你这次回答与他烧毁我的书籍笔记同样令我痛苦。当时他把我所有的书籍和笔记焚毁,我整整号啕了一个上午。也许你上学去了,不知道。丰丰,你是多么童真和可爱呀!但你被毒害了,连妈妈是好是坏都认不清。多亏随着时间的推移,你还是认清了妈妈,而且也知道了妈妈所有的亲人,我特别高兴,我儿十四岁了,能认得人了,懂事了。

两个儿子念叨妈妈,是念叨妈妈的十月怀胎、一朝分娩吗?是念叨妈妈曾经十来年的养育吗?是念叨妈妈平白无故的灾难吗?妈这十年来也将就着能过,没有什么幸福不幸福可言。去年和前年,我们这里有我这般年纪的女人病逝。我就想,我要是哪一天突然死了,也无疑与十多年前的死没什么两样,特别是对于我的孩儿来说,这十多年你们只知道母亲尚在人世,但与异地有何区别?我小的时候,你外爷就不在了。我的父亲是有文化的人,我就常想,父亲的水准到底有多高,写的字是什么样子呢?父母毕竟是人一生至亲的亲人,我的孩儿知道他们的母亲吗?想知道吗?若是和别人谈论起呢?是不是只能说,我们的母亲弃我们而走了呢?我想,你们一定也想知道妈妈的为人、品质、道德、文化水准、社会形象等等。我确实想知道我的两个儿子的情况,你们整个少年时代妈妈都没看见。对啦!就是你们最后从金济回老家时,你大姨在矿俱乐部外面给你俩照的相,你大姨第二年春给我了,我看见你俩并排站着,乖乖的模样。

我做梦总梦见你俩还是小时候的模样,我想把你亲一下。现在你究竟有多高了,还能亲上一口吗?今生今世何时能见上我儿一面?丰丰,希望这次能与你取得联系,四月十一日我给你写的信,给你哥写的信,也许是地址没写对,只等等不来你们的回信。我又查找了你的邮政编码,这次再收不到的话,让我如何是好呢?我的信,你如果能收到,一定要给我复信,我恳求你了,哪怕你说不能通信,或是部队上不允许,或是写信影响你的工作。现在这里马上夏收,夏收完了,我有可能来找你,所以,你无论如何给我写上一封信。地址就写:陕西省康安医院洗衣房王楚函,邮编:710089。

祝儿:工作顺利,身体健康,学习上进!

你的妈妈:王楚函

一九九五年五月二十一日

小儿是不是不认我了?我焦虑着,困惑着,等待着,大儿鸣鸣这位已有妻室的男子汉,倒显得懂事多了,他见过我返回家不多时,就给我写来第一封信。

亲爱的妈妈:

见信好,现在你顺利地回到你住的地方了吧!儿回来已好几天了,今天是星期五,上的是下午班,中午吃了饭,给你写第一封信。许多话不知从何说起,在以后的日子里,我会慢慢告诉你的。这次去妈妈的老家,整整十天,我的感触是很深的,那里的亲人都是那么善良的(包括宁凤家),特别是妈妈你,更是那么善良,那么慈祥,让我一辈子也忘不了,相信妈是有崇高品德的人。

十年，无论对谁都是那么漫长，人生路上的酸甜苦辣是说不尽的，如果把每一个人的一生收起来，一定能写一本厚厚的小说，人生是曲折的，命运偏偏捉弄你这样的好人。这次看到你忧郁的面容，我感到无比的心酸，儿知道，你这些年也不容易，唉！不知为什么，他把我们害成这样（他也受到了惩罚），过去的毕竟过去了，忘掉它吧！

我现在一切都好，承包的门市生意也不错，宁凤是个好女孩，她把家收拾得像一个家了，我们结婚也不举行仪式了，宁凤与我相处得很好。我真希望你能在我身边，我永远是你的儿子！

儿子：鸣鸣

一九九五年十一月二日

我一遍一又一遍地读着大儿的来信，他长大了，懂事了，信写得蛮不错，更主要的是，他明辨了是非，基本上明白我是为何离开他们的。回忆他小时候的学习，十年后，我想不到，他能写下这样一封层次分明、通情达理的信。当法院提议把他分给我时，我非要老二，他也许知道我不要他，嫌他不好好学习。我善良什么？我才是一个抛家弃子的坏妈妈哩，儿子受过好多艰难后，今天还把十多年音信不通的妈说成一枝花，儿子，妈愧对你。折回头去，我想自己没带他们，还是对的，因为当时矿上正落实城市户口，现在他们有个户口，在县城里也好谋生。再说啦，我要把他们带出来，我现在这种情况，一个人都是艰难的，带个孩子又是什么状态呢，这样想过，我的心情略有平静。

见过鸣鸣一年多后，一九九七年三月初，我才收到小儿丰丰从北京寄来的第一封信。当时，我还在医院洗衣房上班，钟玲她们几个给科室送完被罩床单，顺便在收发室帮我捎回这封信。钟玲把信从身后晃到我眼前，说："看，这是什么？远方首都的来信。"我就上去抢，她就跑,她笑着逗我:"这是我儿子来的信,难道只有你儿子在北京的部队当兵,你儿子是哪年去的? 我儿子是一九九五年去的。"我越是急,她越要逗,她还说:"想看先买糖。"心急似火的我,逮不住她,抓不到她,索性就干活去了。桂芝对钟玲说:"快给她,盼这封信,她盼了一年多,再不给,人都急疯了。"钟玲倒完一筐子捞出的衣服,才嬉笑着过来递给我,大家都说,恭喜我,还说替我干活。洗衣房的姐妹们都知道我的身世,我们有时是无话不谈的。看看,就儿子来的一封信,都让大家戏耍了半天哩。

我当时没看,把信装在口袋里,想等中午闲下了,静心地读这十二年的母子情。

中午,洗衣房的姐妹们都回家吃饭去了。我的饭是早上从家带的一盆面,我先不吃饭,小儿的信是我今天中午的大餐。当班长把大门反锁上后,我迫不及待地坐在一个墙角,打开这封来自首都北京的信。在乡下,参军是一件很光荣的事情,谁家的儿子参了军,门上要挂上个光荣牌"革命军属"。自从知道小儿丰丰在北京服役后,我走到人家有光荣牌的门前,就有好多感慨,好多心酸,我算是一个军人的妈妈吧! 我是藏在那一个旮旯拐角的军人的妈妈? 谁还知道我这个军人的妈妈? 谁还认我这个军人的妈妈。我又自己骂自己,你算什么军人的妈妈,儿子吃不上喝不上,整天穿的脏衣服,你又死到哪里去了,你是个妈妈,你是个人吗? 你配当一个军人的妈妈吗? 没有付出,那光荣是不属于你的。

丰丰初当兵的那一年,是鸣鸣给我转来一个北京装甲兵工程学院的地址,我高兴了一阵子,心想,是不是丰丰也像村上那一家的娃考上军校了? 我还特意拿着那个信封请教人家。人家说,你儿是在那个学院的部队服役哩,你看几连几排几班就知道了,我在心里想,儿子参军也是不错的,将来会分个工作的。

从一九七八年前拿到丰丰写的信,再到今日这封信,单说他写的字,就有了极大的进步。展开信更是欣然悦目,多么漂亮的钢笔字,无论从字样、间距、笔力，都是没说的。这字是我见过的三个写得漂亮的钢笔字中的一个，第一个是曾与我书信来往两三年的小郝，第二个是我的后夫祥愚，第三个就是我的小儿丰丰。单从字就看出丰丰是个求上进的孩子。

这是一张抬头印着红字的信纸，"中国人民解放军装甲兵工程学院"的红条形信纸，丰丰写道：

> 母亲：
>
> 　　凝望这饱蘸深情于笔端写就的神圣字眼，眼前仿佛浮现出您那一头半白头发映衬下的期盼的双眸，童年的一缕缕渺茫记忆，终究没能抵挡无情岁月对亲情流水般的冲蚀，母爱也因此渐渐淡远。十二次四季的轮回，竟让自己不敢去面对母亲的远方来信。母亲的心情因此焦急万分，儿有愧，母莫惊，恍惚梦中的一朝相见，儿无法阻止泪水的潸然，时光对彼此容颜的雕刻，擦肩而过，似乎路人。只有从心灵之深井中才打捞上一点十二年前的感觉，十二载仿佛并不漫长，但它拉大了母子的距离，使母亲寻不到她梦中的小梅花鹿，使儿子只能发出无奈的叹息，原来世事并非如此简单。可儿子血管中流的是母亲的血，所以，便具有了母亲的品格，如同您竹筒倒豆子，儿也会掏心掏肺掏肝肠，让母子放飞一只只信鸽，去沟通彼此的心灵。
>
> 　　无奈笔拙，唯愿母亲于千里之外快乐健康！
>
> 　　　　　　　　　　　　　　　　丰儿敬上
>
> 　　　　　　　　　　　一九九七年二月二十六日晨

一中午，我忘了吃面，把小儿的来信反复地读，反复地品味、咀嚼。他还是我的小儿，只是十二年隔绝，使他将我淡忘了，这怪他吗？只能怪我。这怪我吗？只能怪孔四方。孔四方不摧残我，我绝对是个好母亲，我要一直督促我的小儿努力上进，考上大学。一阵痛恨过后,我想自己还要等待往后与小儿掏心掏肺掏肝肠的沟通与交流,为此,我的心中又充满希望。

与儿子们离别十多年后,我又寻到了做母亲的感觉。过一向北边飞来一只信鸽,那是大儿寄的,过一向东边飞来一只信鸽,那是小儿寄的。当年的母亲节,我又收到了小儿的一封信,他在研究母亲的人生。信里说:"您的每一封来信,我总能在字里行间寻到您的艰辛与苦楚,那沉甸甸的牵挂,心痛得令人想哭。今天是母亲节,我的思绪像泛滥的潮水无法平静。母亲,您活得太累,实在无法了解您前半生虚无缥缈的追求,您为了寻求纯洁高尚'无污染'的空间,舍弃了人生最最弥足珍贵的亲情。人都为儿女活着,您也说,自己的希望寄托在儿子身上,但十几年未见,难道您不觉少了些什么?"小儿向我问罪。他说他们能理解我,我不能理解他们。

"您感觉活得很充实,不,您错了,错在您青年时期学到的一点知识,错在您好高骛远的性格,错在了那桩可恶的婚姻,您自己断送了前半生的幸福,您不能体贴一个与自己无共同语言,层次不一的丈夫,于是您度过了地狱般的生活。精神和肉体上残酷的折磨使您不堪忍受,于是胡拼乱凑的家庭残垣断壁彻底倒塌。您从火海里像凤凰鸟一样飞走了。您觉得,儿的评价中肯吗,准确吗?现在,您衣衫褴褛,念着古今诗文,仿佛达到了一个很高的境界,但我认为,你对人生的理解还是谬误的,人生就是柴米油盐酱醋茶呀!这世上所有的哲人都是这样认为的。"

我又反复地读他的信,读他那锋利的语言,深刻的批驳,思想久久不能平静。由于我在信中大肆表示对他的喜爱,他有一次在信封后写道:"宠辱不惊记前夜。"我在队里的一家卫生室接到那封信,一时羞愧难当,不知别人怎样看我。

后来又接到他的一封信,他对他父亲做了好多肯定。在信里,他说:

母亲与我们音信隔绝十多年,是不是有人说的铁石心肠?儿倒认为,母亲的心是软不是硬,软弱、懦弱以致放弃了主见,没有了召唤亲生骨肉的胆量、勇气,您有自己的解释,但一切解释都是无力和苍白的。

母爱是伟大的,世人皆知,但儿并没有体会到。在电视、书籍等许多载体上,总能获知一些母爱伟大的生动事例。那些使世人流泪的故事,不知母亲做何感想?

母亲,我没有责备您的意思,您不在身边,但有哥哥有父亲。父亲长期在外挣钱,经济上未曾让我们拮据过,我们只是多做了两餐饭而已。所以,我们没有感觉到与正常孩子有何差异。有些书上讲一些离异后的子女看到别的孩子享受亲情就伤心,可我却从来没有过,我总感觉自己是不是不正常或是少根神经。真的,坦白地说,自从您离开我之后的十几年,我几乎没有挂念过您(起初是因为年龄小,后来由于没有音信,更不知怎样挂念)。

我总在想,父亲是个令人伤心的人,也可依母亲的看法,是个邪恶的、毒辣的、不可饶恕的人。但是,他让我们哥儿俩和别的孩子一样,以正常人的心态活着。他没有恶习,是一个懂得何为重的父亲。是他给了我们一个安心成长的环境,是他给了我们一个有吃有喝、快快乐乐的日子,是他使我们未曾被人瞧不起。的确,他的脾气、性格古怪是少有的,以至于他出差后,我们甚至盼他晚些回来。的确,他粗浅的文化程度,没能给我们以合理的引导与教育,以至于我们哥儿俩都很平庸,但他还是具备了常人应有的爱心,对生活的理智。所以,他对于我来讲,的确是有功了。他在我们弟兄心中,是爱恨交织的,有时是爱大于恨,有时是恨大于爱,但后者较少。所以成人后,我们一方面为没有完整的母爱而伤感,另一方面,也为父亲并非许多故事中所提到的离异后恶贯满盈、不务正业而庆幸,父亲为我们付出了许多,我们感激他。

　　矛盾的人生总会给人们提出一些难题,对于我来讲也是如此。也许对于现今的我来讲,如母亲所言,在不在身边已经无所谓了。其实不然,之所以渴盼母归,只有两点,希望残缺的母爱能完整起来,希望母亲心灵上的创伤能痊愈起来,让我们和母亲都不至于留下遗憾。人生毕竟是美好的,亲情毕竟是甜美的、暖人的。当然,儿不会勉强母亲什么的,也是没有理由的,但儿自始至终只是要达到母子团聚的目的。

　　今天,儿客观地、坦率地谈了一些自己的心里话,相信母亲能理解儿子的心情。儿永远站在你的身边,永远为你呐喊,希望母亲莫为我的一些不当词语而费神,好好地为儿子们,也为你自己保重身体。

丰儿敬上

凤凰鸟

217

　　一九八四年,我生命中那个黑色的年份,在我身心悲痛万分时,三十五岁的我,恨不得自己马上是四十七八岁的年龄,因为那样,儿子也都二十来岁了,能明辨是非了。现在是一九九七年,真的到了我当时期盼的年龄,儿子已能明辨是非了,但是他们离我是那么遥远,与他爸是那么亲近。他在为他爸立功,我明明知道儿子在信中说得没错,孔四方当初一个月能上三十一天班,他绝不上三十天班。但是,我读了丰丰最后这封信,无比失落和灰心,我写了无比长的信,与丰丰争执、争辩道:

丰丰:

　　自从收到你的信,我的心情十分懊丧,有些坐立不安,我努力让自己冷静。我仔细想,这只有一个原因,就是我现在的全部精神依托只有你,呜呜当然是我至亲至爱的大儿,但这个孩子没学进多少知识，头脑较为简单，跟我没多少好谈的。然而，你的心理比较复杂一些，你在文学语言方面跟我的程度不相上下，我想与你谈论一些人生感受，对世界的认识，我想把你当作我后半生的精神寄托。但因为那些无法消除的隔膜，使你抱怨我，我本应承受你的抱怨，深深地为我不尽母亲的责任而愧疚，但人往往偏重和看重自己，老觉得有诉不完的苦。你也有诉不完的苦，但你们已不想诉说。我设身处地想了想你们十多年的艰难，男人好比太阳，女人好比月亮，没有月亮的夜晚，让人无法想象，造成这个结局，不是我所情愿的，我不想说得太多了，一切都于事无补了。由爱生恨，致使长大了的你不想认我，但又从心里无法抹去。

是不是因我的固执记仇，让你生气了？你在气我，如果你认为我是无情无义、铁石心肠的人，你和你哥还要求看我？你说，你从小不想我，那不是真话。你在最初的那封信上说，看见人家的妈妈拉着孩子的手走在大街上，你就难过地低下了头；看见人家的衣服还不太脏，妈妈就给洗，你和你哥都很羡慕。我怎么会不想给自己的孩子洗衣服做饭呢？是我有病，我怎么会是铁石心肠呢？在你们小的时候，我曾经为你们洗脚、洗衣、料理一切，还要上班，每天腰酸腿困的，我受苦受气还要受冤。你说过为我的苦难心疼。我相信，儿子是会永远站在我一边的。然而因爱生出了恨，那你就恨吧，人应该是有爱有恨的。敢于直抒己见，敢于发怒，才能发泄幽怨的情绪。多年来，我的怨恨无法发泄，我在暗处叹息自己无奈的人生。想想我的悲哀，我就恨，恨得刻骨铭心，恨得咬牙切齿。我为什么不恨呢，上学半途而废，求职毫无门路，婚姻支离破碎，儿子别离生分。即使你把你爸写成一朵鲜花哩，对于我来说，他永远是只无比凶残、无比毒辣、无比残忍的恶狼。

他对于你们是有功的，你们好好孝敬他吧，我并不希望我的儿子成为无良心的不孝之子。我本来想等你们大了给我讨一个说法，问他为什么要那样迫害我、折磨我。现在看来，也没有必要了，与不讲理的人是无理可讲的。

妈妈：王楚函

最后这封信，我写了好久，思来想去，还是没寄。

又过了两年，我和小儿、大儿又在我的坪砚村团聚了一回，这一年，大儿已有了个小女孩。这以后，我们开始了频繁的通信。

秋种夏忙、寒来暑往，转眼间十几个年头过去了。我在西京郊区由一个少妇变为知天命之人。亲子在遥远的地方有了孩子，继子在租住的地方也有了孩子。由于房不仅破而且漏，龙吟就在外边租房生了孩子。孩子小名叫叮当，非常可爱，他一岁四个月时跟着我，从此，他的吃喝拉撒都由我经管，从早到晚与我形影不离。他不好好吃饭，我就变换着高招哄他，比如把勺子举得老高，说是空运过来食物了，逗他张口吃饭。叮当慢慢大了，学儿歌，学唐诗，学我给他编的一串一串的顺口溜：提南瓜，走大路，到三相县看舅舅；小壁虎爬墙壁，吃白薯我给你种，喝甜酒我给你倒……他会发挥，说成吃面面我给你擀，吃饺子我给你包。因此，我当时还创作了一些自认为很好的儿歌。比方：

天明了，风停了，天不明，风不停。

两个跳蚤抬了个瓷，打碎走虎口里的牙
老虎石上去磨牙，光路走了八万八
走到太阳下了山，下山的太阳去滑冰
把冰踩了个大窟窿，水底有个月亮婆
月亮逼马蒸花馍，马走千里追星族

追到外星姑娘奂妙妙，奂妙妙化作一股风

一股风丁零零，两股风拧绳绳

三股风风点灯，四股风五股风

五股风六股风，六股风七股风

七股风八股风，八股风九股风

九股风十股风，十股风十一股风

十一股风十二股风，一下来了个龙卷风

把妖魔鬼怪牛鬼蛇神吹了个尽

太阳红彤彤，月亮亮晶晶

小孩就是大地的花，开遍天之涯

　　早晨，我会领他锻炼，跑步向国旗敬礼。有天早上一开门，我就念起一首儿歌，他马上就会了。

一早上走了八里路，立马就到了你门口

你家门口大黑狗，一下撕住我喇叭裤

拿起个钩担就打狗，不小心打烂狗舌头

疼得个老狗汪汪叫，急得个小狗胡乱转

门口站了个碎脑娃，细脖项顶了个大光膛

碎脑娃，你叫啥，你家大人去哪搭

我家大人收芝麻，收了芝麻种西瓜

客人客人你坐下，让我给你倒杯茶

等我们大人回到家

　　过了几天晚上下凉，叮当给下凉的邻居们表演，演到"一下撕住我喇叭裤"时，他就把自己红裹兜的裤腿往上搂，逗得众人哈哈大笑，大家就说，真是你奶的关门弟子。

　　写作让我有无比强烈的表现欲，每到《雅风假日时光》的播出时间，我就到三里路外的邻村枣林村打热线，清明时就说悼念母亲的诗，平时根据季节或节目主题说些相关的内容。因为这年刚好是羊年，我就打电话说羊，热线接通后，我就开始表演朗诵。枣林村管电话的是一位六十多岁的老头，老头夺下我手中的电话说："人家打电话说话哩，你唱什么呢？"好无奈呀，我只好在另一家接着打。又一次《雅风假日时光》播出，有人在热线上问，怎么不见那个陕北小姑娘呢？我好想发笑，我都五十几了，但声音很清脆，热线上的人真听不出来呢。

每当我打热线，叮当和他爷爷就在家听收音机。见我一回来，叮当就跑到我跟前，站着把头放在我的下臂弯，朗诵我的《母亲——妈妈》里的一句诗，他竟然成了我小小的粉丝。平时，他的口中念念有词，都是我教给他带动作的词。什么金鸡独立、凤凰展翅。当时叮当与我玩得很好。我们玩老师学生，叮当点名："祁祥愚！"他爷就答"到"。"王楚函！"我就答"到"。叮当成了我的小尾巴，帮我赶走了很多空虚和寂寞。

这几年，我一直在看叮当，大部分时间没打零工，再加上陕北母亲临终那几年我每年回家一趟，手头没有一分钱。远在陕北北部的丰丰要结婚，给我来信了，我总得给娃拿一点儿礼吧。那一阵我很无奈，因为平时都不便在祥愚面前提起我的孩子。这怎么办呀！举目无亲的地方，我有困难请谁帮助呀？天气已冷了，叮当又到他外婆家避寒去了。丰丰和他的新媳妇通过邻居家的电话总想叫我回去。那一天，我正打电话，祥愚进了邻居家的门，问谁给我打电话，我说那边老二，他结婚让我回去。祥愚生硬地说："那你回去。"

过了两天，我说："那我回去时，你能不能送我一下？"

其实，我是想借个理由与他谈丰丰结婚的事。他大声地喊："你滚，滚出去就别回来，我知道你鬼鬼祟祟想干啥？"

我没与他争执，很难过地转到街道上，似乎想找谁诉说一下，但找谁呀？转了一会儿我自己劝说自己，我娃就当没有我这妈，这么多年没有妈还不是过来了吗？那一年，我要是被孔四方逼死的话，我娃

凤凰鸟

早十几年前就真的没有妈了。现在娃的脑海中还是有个漂泊在远方的妈的,有总比没有好吧。结婚是娃的终身大事,娃在第一时间还知道告诉自己的妈,谢谢儿子,算妈没能耐,既参加不了婚礼,也没有一点儿礼节。这样想着,天也黑下来了,我得赶紧回去做晚饭。饭向来很简单,等我把饭做好了,正好虎行在家,我对虎行说:"叫你爸吃饭。"

当虎行叫他时,他举起灌满开水的大热水瓶啪的一声摔在地上,虎行以为冲他来的,一拳头砸在玻璃柜上,这个家平时都安然无事,一生气好可怕呀,好险呀,要把虎行的手砸流血了,看怎么办,我的心在揪着,无能的我根本不知怎么收拾。最后,还是虎行分辨出这事与他无关,就问我:"因为什么?"我说,你把龙吟叫回来,因为龙吟原来给我们调解过家务事,我还是相信龙吟。

晚上八点多,龙吟一进门,就说,这事他知道,让我俩都做出让步,他对我说:"那边老二结婚,你就不要回去了。"对他爸说:"你给拿出几百块钱随个礼。"我很感谢这个小儿子,我们都五十多岁了,在一些矛盾面前无法好好沟通,这个毛头小伙子,出口麻利,只要几句话,就把问题解决了。

丰丰媳妇叫箫理萍,自从与丰丰结婚后,她有时就把电话打到邻居家,也来信,信和电话是一个意思,让我过他们那边去一趟。理萍很会说话,她多方分析说,我和两个儿子分别得太久了,应该团聚。我说没有条件,他爸孔四方还在。她说,我要是回去了,她绝对不会让我见孔四方的面。她的电话和信令我很纠结,因为我对西京很留恋,我在这儿已经平平静静地过了十八年了,再说那边的儿子,我从没记挂过他们一分钱,一条线,我又不是峨眉山的猴子,这一会儿还去摘孔四方的桃子呀!再说,想他们想得太久了,多少年来,他们在我的梦中还是六七岁的模样,梦里抱住他们就说,让妈妈亲一口,醒后泪流衾枕。现在不提说,我也就慢慢不太想了,我没养活他们,现在五十多岁了,去叫他们养活我吗? 再说,我怎么对祁祥愚说? 因为经济上的问题,因为孩子的问题,我们早就没了话题。对于理萍的请求,我不敢对祥愚说起。

后来,我终于被理萍打动了,因为理萍问我:"你就永远这样与亲生儿子分离吗? 不会后悔吗?"我悄悄地背着祁祥愚收拾东西,没什么可收拾的,衣服基本上没有新的,正是热天,穿一两件就对了。金银首饰那是连影子也没有的,甚至没有一双新鞋,最后走时我穿了一双拾的鞋,只有那一包文稿是我的心血,就装上吧。我在床上的文件箱里翻腾,祥愚从我的窗外面经过,肯定是有所察觉,可是他也想,既然要走,也是留不住的。夏收完,丰丰和理萍就来了,丰丰对祥愚说:"祁伯,我们想让母亲回去住上一段。"祥愚同意了。

第二天早晨,我就分文未拿地跟着他们上路了。因为当时虎行还没有成婚,祥愚下岗了,我们有时候只有一点儿菜,有时拾一点儿菜叶。主食上顿下顿都是麦面,我手头有二十块,走时把那二十块放在家里的抽屉里了。

虽然说我是与儿孙们团聚去了,但心里还是很难过的,感到永汀是我新的热土,不管我做饭是怎样的一个烂手艺,但我在这里做了十八年饭,我一走,这几口人是不习惯的。再就是不能与祥愚沟通,是我最难过的事,决然没有因为这个家不能给我一点儿远行的路费而难过。龙吟媳妇说:"不知道你要出门,知道的话,借一百块给你。"我说:"不用,既然丰丰、理萍让我去,一切费用他们会提供的。"钱是什么? 真的不是什么,这一会儿我还深深地对祥愚一家感到内疚呢。让他们在温饱线上挣扎,我是多么无能啊! 走到哪里,这一包文稿就是我的全部家当、全部积累、全部库存、全部成果。各位,看我多么多么可怜和可笑呀。

后来,我又回来了,四个月后又回到了西京我的漏屋,有一位信佛的老阿姨问我:"你这次回老家,总得花上一千块吧?"我轻轻地点点头,又重重地摇摇头,心想,你这个佛迷和我这个诗迷,都不适合谈孔四方的。

话说，理萍这个精灵鬼，原来是别有用心，做生意是其一，寻我才是其二。到了城里，我在一个站口等他们，他们整整批发了一天书，我就站在一个巷道的台阶下，干热干热地等着，等人家把书发完了。天黑了，住的宾馆，一间十几块，在那时也是特贵的。我出啥门哩，我团聚什么哩，简直是活受罪，还不如吞上两碗没菜的面条，坐在漏屋读书写作。

理萍在接我之前，就租赁了一间门面房。回去那天，是阴历的七月初二，神定县刚下过大雨，河滩泥泞，淤泥有半尺厚。蹚河踏泥到了门面房，房里积了一尺深的水，一盆一盆地泼出去，房子没床，我就铺下几个纸箱子，睡在地板上，然后再支床安锅，立货架。我的新居，就是一个小书店、小卖部，兼伙房兼卧室兼书房，一个十几平方米的房，能安顿一位别离十八年的妈妈。这就是团聚，没有妈妈的一腔心血，只有儿子和新媳妇的辛苦。

神定县当时正是煤流洪发的年份，理萍在学校带的那个班四十个娃，三十八个娃的爸都是大车司机，开的运煤的大车，一装十几吨，每天一辆接一辆地从小书店的门前经过，那黑烟雾全冲进店里，所有的货物书籍都被黑烟雾吞没。每天都是阴天，走到天边边，看见一团雾，还像浓云天。

生意一点儿都不景气，这个金钱时代，人人都要赚钱、赚钱、赚钱，连有文化的大都市的人们都很少看书。

这新型的煤都，人们更是见钱如狂，能开大车的就开大车，不能开大车的就开小车，不想开车就开修车店，要么车配件店、车美容店，一切应有尽有。把书卖给谁呀，理萍能想的都想到了，要么租书吧。一套古龙、金庸全集放上租架，可只有一个人借书。那人也是抓把煤的，四个月把书全部看了一遍，把书全部翻成煤片片，我既心疼又难受，既感慨又无奈，究竟如何是好呢？

我到这里的第四天就写好了给祥愚的信，因为邮局远，我就让理萍帮我寄出去。信的大致内容是这里条件不行,我想回西京。理萍很精明,她当然能琢磨我的心思。

她为我摆弄下这一摊子,怎么能让我走呢?事后我猜想她没把信寄出去。我当时收不到祥愚的来信,以为他也不想让我回去了,就硬着头皮住着。由于丰丰工资很少,结婚时也欠下好多账,书店投资这么多,不赚钱,每月都要交房费、卫生费、厕所费,我简直有点儿受不了。我的生活从那个贫境又走到这个困境,我好难受,要走又走不利索。我无利可图,团聚的喜悦早被贫困驱赶得无影无踪。

我开始背着丰丰、理萍,给祥愚写信。谁让我是一只夹在风箱里的老鼠呢,在那边给儿子们写信,鬼鬼祟祟;在这边给老伴写信,又鬼鬼祟祟。

凤凰鸟

祥愚:

　　我现在不知如何面对你。给你写信,是对你的伤害;不给你写信,还是对你的伤害。你一定会因我的离开,精神萎靡,灰心丧气,食欲不振,甚至失眠,我无法面对你善良的为人和善良的心。十八年来,我们心照不宣,各行其是,关系不密切,甚至冷战,但是我们还是能一团和气,共同生活,这与你的性格,与我的与世无争都有关。你给我的生活提供的最大便利是能使我自由自在,一切活动如我所愿,这样能让我可以海阔天空地想那些一钱不值的歪诗。我要为我的追求,为我的诗活着。但传统的观念,世俗的观念,生存的观念,深深地揪扯着我的灵魂。十八年后要我离开你,好像是命里注定的,假如你知道后,坚决不让我走,我也就不走了。假如你说与孩子们团聚一段就回来,我心里也好受些,你怎么不说话呢?我也不知道,你是不是还留恋我,你是不是还有一种侥幸的心理,这只多年喂养的鸟,也许会像燕子一样思恋归巢。

　　是的,我想回来,白鹿原坡根青青的麦田,平展而层叠的麦田,诱惑着我,住惯了的漏屋也是有吸引力的。那里有我的磁场,那里有我的诗魂,还有叮当。一个小小活泼的身影经常在我眼前晃动,人说,生的不亲养的亲。这里鸣鸣的女儿和儿子我有时也能见到,孙女八岁,留着好长好重的两条小辫,孙儿三岁,来了就像小猫一样黏人,坐在我怀中。我说这两个你会不高兴的,但这封信不一定给你邮,就当我练手哩。纯真的孩童都有天真的美,美到他们只用一颗小小的心认识世界,他会哭着伸开臂膀挡着逗他去屋里拿馍的人。人类原先的美德全能在孩童的身上表现,我怎么活得这么纠结呢?人从一个熟悉的环境中走到另一个生疏的环境中,难免使人难以适应。白鹿原,我走了,我还要回来。

十八年青青的麦田

熏染了我的心扉

十八年皇天后土

开阔了我的眼界

十八年茫茫都市

壮阔了我的心胸

十八年多礼的乡情

温润了我的孤独

十八年平静的生活

使我身健心闲

莫说别了都市

莫说别了白鹿原

我的心魂总在绿绿的麦叶尖上跳跃

如一只蝴蝶

我的泪滴总在野菊丛中滚动

如一颗露珠

我的心思总在村中茂盛的桐叶上逗留

如一只小燕

爱人我轻风一缕

永在你的衣襟边缠绵

你的函

　　无论怎样说,这次团聚总是母子分离十九年后的一次最重要的团聚。鸣鸣在外边打工,休假了就领着儿子小胖来看我,我对小胖又抱又亲,孙女小圆就在跟前上学,早晚也见,大媳宁凤也来过几次,宁凤吃啥都给我拿些。我不知道孔四方住得离我有多远,听他们说,骑自行车有半个小时路程,我心里还是有些怕孔四方的,但理萍一再说,她与孔四方说过了,不会对我有任何打扰。

　　我走时丰丰八岁,十九年后丰丰一下成了二十七岁的大小伙儿,不知他对年轻时的我的记忆还有多少,但毕竟是亲生子,相谈还是比较融洽的。他爱看书,钢笔字写得非常漂亮,在拿回来的一堆书中,他说,他知道我最想看的是哪一本,我让他说出来,他说贾平凹的《我是农民》,我说猜对了。他说,这书店就是为我开的,让我好好看书,好好写作,也算帮我圆梦吧!天凉了,晚上十点多,他把我的被子盖好,才转身拉下卷闸门,到理萍学校的宿舍休息。

　　有一天中午吃过饭,我正与丰丰谝得兴高采烈,孔四方提着个小袋子进来了,我肺都快气炸了,报复的念头一下从脑中闪现。我疯狂地骂着,你这个死鬼,凭啥到我面前,是当初还没把我害死吗?我几步到门前把摆放小商品的案子掀翻,然后气得站不起来。理萍从学校赶过来,孔四方早都走了。我说:"我要走,回西京,见到孔四方是我的奇耻大辱,又在二十年后怒火中烧,我要走我要走。"丰丰和理萍只管给我赔不是。

　　要是祥愚那边不同意我过去呢,是不是就把我晾在空中了,我就让丰丰也给祥愚写封信。

　　小儿丰丰,娃乖巧,我让他写,他马上展纸把笔,就开始写了:

祁伯伯：

您好！自西京相见后，转眼已四个月了，由于忙于工作及生活等琐碎杂务，迟迟未去信与您，见谅。

西京一遇，伯伯给我留下了和蔼、乐观、大度、豁达的美好印象，后从母亲处获知伯伯给予她的种种恩典，使经历了磨难的母亲，在祥和的环境中还原了她本有的积极生活的美好心态。对此，我对伯伯充满了感激之情。

回到神定后，门市效益平淡，加之城镇环境污染厉害，母亲心情不佳，生活多有不适，随着时间的推移，虽有所好转，但对您的好，叮当的乖巧，仍使她念念不忘。

真诚祝伯伯健康、快乐，暂收笔，待见后长叙。

丰丰

丰丰写好信，我当然要过目，他委婉的言辞，我还是较为满意的，拿着这封短短的，似乎有求于祥愚的信，我陷入了深深的自责中。我觉得自己就不会为人处世，不能"八面玲珑，四面讨好"。最简单的一个出行问题，都弄得这么被动，这么尴尬。祥愚会让我回去吗？鉴于我在永汀的所有表现，鉴于我在家庭中的劳动，就算没功劳也是有苦劳的吧！近几年来，给小孙子喂吃喂喝，洗涮陪伴。我的户口、我的一切都在那里，更重要的是，与我有特别联系的文学在那里。在这遥远的陕西最北部，收音机收不到《雅风假日时光》。我不能与都市空中文学取得联系。想到这里，我便马上提笔，给祥愚写信，我要回去，我一定要回去，我马上要回去。

亲爱的祥愚：

现在是北京时间二〇〇三年十一月十七日早晨六点五十分，我一个人正给你写信，这是分别后我给你写的第二封信。你想我吧？肯定。你恨我吗？这几个月我想你，也想小叮当。想永汀，想麦田、野菊花及村舍路径。

是那里宽松的环境让我的思绪纷纷扬扬,让我的诗情蓬勃昂扬。可是,我要是不过来与长大了的儿子团聚,肯定也是不正常的。

这里生意不好,环境也不好,我的情绪一直很低落,由于走时没有与你达成共识,给你造成了很大的伤害,现在我要回来,你还能接纳我吗? 请尽快告诉我。

魂归兮呀白鹿原,如风如鸟如蝴蝶,情所依兮白鹿原,似电似闪似雨雪。我笨拙的身影在你梦中连成一片思念,我苍老的声音在你耳边响成一篇诗乐,问全家好。

你的函

二〇〇三年十一月十七日

这一次我亲自把丰丰和我写给祥愚的信寄出去,然后就急切地等待回音。过了十多天,祥愚就来信了,他说,收到我们的来信非常高兴。他在信中诉说了我走后,叮当去了他外婆家,儿子、媳妇上了班,他一个人在家守着小狗、小猫与四只鸡。他在信中说,后来叮当从他外婆家回来,到处找"王师师、王师师",寻不着就眼泪汪汪地哭。

我要走了,我要返回属于我的文学基地,白鹿原根的永汀。再见了,我的两个儿子、两个儿媳;再见了,我的孙女小圆、孙子小胖。

第十一章

二○○四年的春天,那是一个美丽的春天,快乐的春天,我的心情平静而闲适。无论怎样,我和儿孙们团聚了一回,我的命运似乎有了一个美好的结局。回到西京,又能感受省城历史的厚重、现代的文化、时尚的气息和城市的繁华。更主要的是,漏屋有一种磁场效应,漏屋是我个人最独特的追梦的地方。

其实我一点儿都不想住漏屋,但我有什么办法呢? 漏屋越漏越大,而且每天每时每分每秒都有土渣从顶上掉下来。这是三间用荆笆盖下的库房,年代久了,风吹雨淋,荆笆散了、碎了,就和土块一起往下掉。地是扫不干净的,而且箱盖上、柜盖上、床铺上都是灰尘满满。祥愚买了两套旧房,多年来一直还账。当时,队上分下的新庄基,拱手送给了乡党,等意识到旧房不能当新房时,已经晚了,因为队上后来再不批庄子了。等再要翻盖更不适合了,所以我们总在等待一个机会要来新庄子。我们只能在漏屋里坚持,漏屋冬天很冷,因为针尖大的窟窿钻进寒冷的风,再别说拳头大的窟窿了。冬天十分冻,又没火,就得用被子蒙住头,头一蒙,口里出的气就把脸捂湿了,早晨起来风一吹,脸就冻了,冻得又红又肿。夏天,蚊子满屋,因喂猫喂狗,跳蚤不停地顺着腿在全身搞突击战。我真不在乎,真不惧怕,因为漏屋能敞开怀抱地接纳我,我能在漏屋中自由自在地写诗作文。

这年春天,一场春雨过后,麦田就成了那水嫩碧绿的海洋,水珠珠在每一片蓬勃向上的麦叶上滚动,太阳一照,更是水淋淋的、亮晶晶的。三月,菜花也洋洋洒洒地开了。我的心情无比愉悦,文章就写得更好了。写文章的人必定都有一种发表欲,我就把当年春天写白鹿原根的小雨、麦田的文章，寄到陕西文艺台。播出的时候，主持人一宁用那特别清脆、优美的声音朗诵道：

"三月的麦田，那真是一汪绿的碧水，总想寻一只绵长绵长的风筝，载我到碧蓝的诗空。站在三月的麦田，使人想起五月的麦香，使人觉得自己就是一只用麦叶喂养的蚕虫，总想吐诗。三月的麦田是丰润的、诱人的。诱人的情思，诱人的情怀，使你想潜入那绿海。花蝴蝶般的荠荠菜将根深深地扎在麦田里，麦瓶瓶花摇着粉红的脑袋，赖在麦苗的膝下。站在三月的麦田，我总想变为一只花大姐，在那鼓进春风的绿帆上爬上爬下；我总想变为一只幼蝉，伏在麦心中饮露长大；我总想伏在那绿海里，让绿海含化。绿海呀！麦田呀！你一定会在一个早晨让我变为朝霞，和你灵犀情依，快乐无涯。"

朗诵完这一段优美的文字，主持人一宁说："这是西安市灞桥区的农民诗人王楚函的文章，优美而富有诗意。"我在漏屋里别提有多高兴了，那种独特的享受，是美酒盛宴无法相比的，接下来一篇篇《三月》系列散文都被播出。当年春天，本地区只有两位作者的文章在文艺台播出。另一位是医院的护士张琼，后来我拜访了张琼，张琼就给了我一本她的散文集，叫《山地笔记》。从那时起我也萌生了一个出书的念头。

这一年春天，三岁半的叮当上了纺兴厂的幼儿园，纺兴厂的隔壁就是纺织城地区的公园。每天早晨，我把叮当送到幼儿园，就在公园里打拳。武术老师姓邢，我拜他为师之日，他正在公园教学生呢。三月阳春，柳枝婆娑，冬青青嫩蓬勃，高大的松树郁郁葱葱，木棉花红艳艳的，紫藤花在高墙上开得正旺。花园里鲜花丛丛，小路曲径通幽，假山池水，亭台朱栏，公园里的一切让人赏心悦目。要是能在这水磨石地板上打拳练剑，那是别有一番风味的。自从改革开放后，我经常见人家城里人在街心花园，路旁树林边，广场上跳舞、打拳。我只认为那是城里人的事，我们乡下人，忙于生计，根本抽不出时间玩乐。这一会儿，我忽然也跃跃欲试，要打一回拳，首先这定是有利于身心健康的。再说要写作，这也是一种生活的体验。

只见邢老师鹤发童颜，身轻如燕，闪转腾挪，形象优雅。等到空闲了，我走到他面前，双手抱拳说："老师，有礼了。"这一会儿太阳出来了，阳光照着邢老师花白的银发、白皙的面孔。邢老师笑眯眯地说："欢迎你，你就站在后排，看大家怎么打，你就怎么打。"

邢老师穿一身黑色剑服，真有一股仙风道骨。每天清晨把练功十八法、二十四、四十二、八十五拳，三十二、四十二、五十一、五十六剑轮番打完，就开始上武当剑的新课。他边示范，边讲解，前边后边地跑，笑着叮咛我，既要学好，又不能伤着身体的任何部位，他还开玩笑说："伤着了，我是赔不起的。"他有时哎的一声，像美猴王一样旋转如风，把大家逗笑了。他哪里像古稀老人，他的幽默诙谐、活泼愉快，使我们忘了自己的年龄。无论知天命之人，花甲之人，在邢老师的指导和训练下，都精神抖擞，挥洒自如，伸胳膊蹬腿的。

是的，改革开放后，经济活了，人也活了，开放了公园，让老年人老有所乐，返老还童。我的心情一下开朗了许多，也找出婆母逝世时亲戚送下的红绸子，自己做了一身剑服，祥愚也支持我锻炼，就给我做了一把木剑，后又在朋友处借了一柄铁剑。手巧的我别出心裁地做了剑套，上面绣着"中华武术"。一种美好的传统技艺，是会让人精神大振的，是会让人性格张扬的。练剑空当，我不由自主地给大家说快板、唱民歌、吟诗。为此，剑场上的老年朋友都知道我是一个多才多艺的女农民。每天穿着红剑服路过村庄，村上的人也对我另眼相看。有人就说，你看人家活得多潇洒，也有人说，只有有她那样的性格，才能潇洒起来哩。

一整个夏天，我都被练拳练剑的运动深深地吸引着，趋之若鹜，不由自主。这运动真有一种魔力，让人上瘾，星期天不送孙子，我也早早起来。雨天时，公园的小广场不能练，大家便在工厂的一个货棚下练。邢老师特别刻苦，他早上四点起来，先下楼把当天的教学套路自我复习几遍，天明了洗漱后，用完早点，直赴公园，练两个钟头，累了才在水泥栏墙边稍微休息一小会儿。

这位好老师,感染着我的情绪,那一段,我总是感情饱满,像老树上的新花般盛开着。老年人舒展着四肢,舒展着身心,当我要离开时,恋恋不舍地给邢老师写了一首诗:

> 人生歧路师未满,紧握剑戟泪眼转。
>
> 长跪恩师莫心酸,魂梦深处英姿展。
>
> 熟背剑谱及时返,今世师缘铭心坎。

邢老师就把他自制的武当剑谱送给我,作为纪念。

每年冬天,在最冻的时候,叮当就要到他外婆家避寒。当他妈妈从住处捎来话,让给叮当收拾衣服出门时,叮当就特别兴奋,他在我被擦子上翻着跟头,在床上又跳又蹦喊着"我要享福去了,我要享福去了"。二〇〇五年过了年,叮当还没回来,房里冷,早早地吃过饭,我就坐在床上,用被子盖住腿取暖,因为我没有亲戚可走,过年也索然无味的。

正月初五晚上七点,电话铃突然响起,娘家人和儿子年三十晚都打过了电话,这会是谁呀? 拿起话筒,是一个陌生的男乡音,说找王楚函。我说正是本人,他让我猜他是谁,说是子源小学的同学,我就说了一串记忆中的同班男生的名字,也没说对,他才说,自己是肖朋友。肖朋友又是谁呀,他说是肖震雄。我便一点一滴地想起,与他在子源小学上过两年学,他也属于学习好的同学。从一九六四年到二〇〇五年,整整四十一年了,我们从没联系过,从没见过面。猜不透他给我打电话要说啥。

他随后道出打电话的原委。起源于二〇〇三年他在旧书摊上买了一本《黄土吟》杂志,看到我的两篇文章,他很感慨,这是他第一次看到同级同学的文章发表。他就把那篇文章拿给好几个同学看,那是一次文化的传递。从肖朋友的谈话中,也让我知道了好多同学的情况,我很感动。多少年了,我消失在茫茫的人海中,如一粒灰尘,如一粒沙子,只有文学,才使我像一朵浪花浮出水面,我就不断地把自己的作品寄给肖朋友。肖朋友就逐个逐个地在十多位老同学中传看。肖朋友特别热心,热心得令我感动,他不惧酷暑炎热为我打听我曾经亲近的同学地址,他不惜精力,把给我做的电视碟片给我的姐、我的哥看,我又不是文学名家,值得如此吗? 他还把子源县的种种杂志,子源中学的报纸,子源人的著作,千方百计地想办法给我寄过来,他还让他妹妹专程来看我。他还在给我的来信中,夹着邮票和现金。他把我的事又告诉我另一个子源小学的同学,这位同学也被我追求文学的精神所感动,就寄来了一千块现金,弄得我不知所措。我要给他返回去吧,害怕他媳妇不知道弄成是非;收吧,我很愧疚,几十年都没有联系,怎么是好呢? 子源县的十几位同学给我来电话,来信,表示支持我。在文学的道路上我不努力,能对得起谁呀? 我应出一本书,让他们看看我努力的成果,这样,我出书的欲望就更加强烈了。

今天我还翻到当年给肖震雄的第一封信:

震雄:

　　今晚我注定没有瞌睡,这会儿特别激动,是你带给我的。四十一年前,六十多名同学少年时的模样,在我脑中翻滚成一锅粥,旧的子源完小,一个又一个的院落和那古旧的庙堂教室,可敬的老师的面容映现在我的脑海中,是那样的清晰,那样的凝重。我真想回到小时候,做一回小学生,像现在的少年手拉着手尽情地跳,放声地唱,我想给敬爱的老师们再行一个庄重的举手礼,并热情地说:"老师,我永远是您的好学生。"我想与同学们拥抱,高呼友情永远,真情长存!

　　可是,尊敬的上帝说过,一个人只有一次生命体验,你已经体验过了,珍存在你记忆中的少年生活,是你生命密码中特有的印象,你就尽情地回味吧!

　　所有的街镇都没有子源街给我的印象深,因为我过来过去在那里四五年,每次上学出了南丰寨沟,就大开眼界,感受到大理河冲刷过的山川更高大雄伟,川道茵茵给人湿漉漉的气息。街上人家朴素整洁,开着的门还可看见每一家的"面客"。

在学校，我光知道用功，从不主动帮助哪一位成绩差的同学。同学们都很友好，很友爱，毕业时还互送小画片。

四十载花开花谢，四十载月圆月缺，四十载同学少年永存心间，问苍天情无限。

四十载子源街大变，四十载大理河水仍流动，四十载白发双鬓忆从前，回味少时颜。

今夜，我的心变成一片窄窄的柳叶飘回梦乡，遥寄一片相思，给那古远的庙堂；遥寄一片深情，给那所有的师长；遥寄一片念想，给那所有的同窗。

王楚函

三月时，《艺术丛林》的一名小青年来采访我，他非常热情客气，对人尤显真诚。他把写的报道发表后，专门给我送来，叮嘱我保存两份，一份做资料，另一份给来人看。我也有与他谈出书的想法，但是，我这些作品质量如何呢？一定要寻一个内行看看，最后，我找到一个文化艺术处的电话，当我打过去后，刚巧就有人接。我问他，能不能看看我的文学作品，他问了我的作品情况就让我放在市政府门口站岗处。

第二天，我拿了几大本作品赶到市政府，一个个子高高，额头宽宽，眼睛明亮的中年干部接待了我。他把我领上他的四楼办公室，给我沏了茶，问了我的基本情况，然后就开始看我的作品，一口气看了五个钟头。从早上九点看到下午两点，他提起笔来写下这样一段话：

名州女王楚函是一个苦女子，然而苦难是人生的财富，她从艰难中一路走来，在自学的道路上自强不息。她的作品，真挚热情，地域特色浓郁，是难得的好作品。山上有一棵大树，山下有一棵大树，在世人眼里，肯定山上的树高，可是，在上帝的眼里，两棵树是一样高的。

他对我的作品做了肯定,令我信心倍增,恨不得请更多的人商量出书的事。首先,我寻到多年来支持我的肖蓉,因为经常往西安市群众艺术馆跑,西安市群众艺术馆的王老师一直支持我,不仅把我推荐给几家媒体,还特聘我为西安市群众艺术馆的艺术家。

我们永汀村的人离城近,一边从事农业,一边就近打工。珍宁很年轻,为了给正上学的娃做饭,她就在二里地的政府家属院扫地,与院里的干部闲谝,人家问她有什么业余爱好,她说,上学时喜欢画画,人家就介绍她上老年大学。珍宁回到村里告诉我,她上老年大学,她建议我也上老年大学。这正是我多年来的愿望,二〇〇六年,已五十有七的我也上了老年大学。多年来奢想走进文化,现在竟然有了学上,这不刚好圆我的大学梦吗?

这一下我有了老师,为何不把作品拿给老师看看?讲诗词的张老师学识丰富,每节课带着讲义讲唐诗宋词,分析背景,解析词义,平仄押韵、意境、影响力、艺术手法,真是头头是道,听他的诗词课真是享受。一堂课两个钟头,讲完就下课了。我一直没时间请教他,就抽空让两位校长看,当我拿着一大摞底稿给李校长和朱校长看过后,两位校长都给予了肯定。李校长是书法家,随即写下了一首王安石的《梅花》送与我。朱校长在我留言本上写着"执着追求,勤奋耕耘,潜力无限,更加努力"。校长还告诉我,本地区有好几个业余文学爱好者,都自费出了书。可是,我没有自费的能力,怎么办呢?

很快就到暑期了,每年暑期灞桥区老年大学和灞桥区老年书画协会合作举办诗书画展。六月二十六日,画展开幕,我和同学们一个展室一个展室地看。每个同学都想首先看到自己的展品。这一期只有我的诗作,展出了我的四首诗,《上老年大学》《数字人生》《蝶意》《雅情》。我便在诗词展室逗留了好长时间,见有人看我的诗,我就开始讲解数字人生。我有板有眼地说,这首诗是我读了臧克家的"有的人活着他已经死了,有的人死了他还活着"而写成的。我的诗绝不是臧诗人的翻版,而是用1、2、3、4、6、9、10、0.1 这 8 个数字的巧合颠倒,说了六种人生。堂堂正正的大多数公民，相当于1，站着是1，倒下是一。2与乙是颠倒，可以认为二等公民。3与山是颠倒，是最伟大的一种人生。因为有一天晚上没电，我在黑暗中伸出右手的食指、中指和无名指，想到一个人上对国家，中对社会，下对家庭一致负责任，这个人就是一个重如泰山的人，这是最伟大的人。4是死的谐音，站着是4。6与9是颠倒，就说有些人活着，人们只看到他六成的人品，盖棺定论后，人们发现他是九成的人品。10这种人，我原本写的是那些贪污犯，起先是高官，人们以为他有十成的人品，但事后暴露了，名利丧失已尽，充其量就剩0.1，犹如今生披了一张人皮。这数字人生好像我的代表作一样，很多场合，我都在滔滔不绝地解读。有几个喜爱的人，就抄在自己的笔记本上，有年轻人会用手机拍照。

> 有的人站着是1倒下是一
>
> 有的人站着是2倒下是乙
>
> 有些人站着是3倒下是山
>
> 有的人站着是4倒下人说他死了
>
> 有的人站着是6倒下是9
>
> 有的人站着是10倒下也许只有0.1

因为我是蝴蝶，总想往人面前飞，而不是一只蟑螂往背圪坶里钻。

随后我又与同伴上到四楼观赏了一位姓阮的中学老师所画的蜡梅四条屏。大家尽情地看，热烈地讨论。我忽然想起写诗，就下到一楼用毛笔往留言簿上写，越写越想写，一会儿写了十五首。中午我还不尽兴，路上又写了几首。回到家放下拾来的菜，就开始蒸馍，一锅馍蒸了三个钟头，揉一下馍，写一下诗，烧一下火，写一下诗。六月二十六，天气真热，我在厨房烧的菜籽秆和菜籽壳，汗水顺着脸流得睁不开眼，多亏跟前放的湿毛巾，擦一下，又擦一下。

这天中午，我写了二十七首，连头一天共四十五首。第二天学校一开门，我就开始往留言簿上抄。第二天夜里，又写了五六首。我想着把这些抄进留言簿就行了，一进门，只见书画展撤展了。大家都在摘展品，有位老先生拿着他的作品从记录桌前经过，问我写啥，我说给人题诗，问他要不要题一首。他的名字有一个沛字，我就立马给他写：

　　沛公一生都爱美，笔法行云和流水。
　　书尽心志晚阳中，情怀无限大江去。

他一看，说我才思敏捷，我就让他给我留个言，原来他叫常忠沛。
在二楼展室，我看到一幅书法写得方正工稳，就写了一首诗：

　　天雨地豆粒相似，湖静波韵纹细生。
　　哪得闲心握大笔，如雨如豆又如星。

我没记下作者的名字，问跟前的张同学，张同学告诉我，就是这位老先生。我一看，就是我刚才求他签名，他不肯的那一位。我就说："我不认识你，都给你写了诗，叫你给我签个名，你还不肯。"老先生这一会儿有些感动，就在我的留言本上写下了他的名字，然后找纸笔抄走了我给他的题诗。老先生珍爱自己的书艺，肯定也珍惜一个小小的评价。

我的诗还没完，留言台的桌子就真的被搬走了。我又一次挪到校长办公室，又下来三位女画友，我一一给她们题了诗，有一个画梅的，有两个画牡丹的。第一个展开题款是东风起头，马上就是东风万里丹花开的四句；第二个洛阳牡丹，马上就是洛阳牡丹七色美的四句。人走完了，我还给谁写呀？一数三天共写了六十首，打破了自己的纪录，我真是个诗篓子。最后，我心情舒畅地顶着烈日凯旋。

一进门，我就对祥愚说："亲爱的，这三天，你说我怎么这么神，写了六十首诗。"

祥愚也一下变得很会说话："那是你平时积累的都在库房里存着呢，这次一下子打开了库房门。"

过了那三天，我没了灵感写不出来了。祥愚说："库房门已经贴了封条，肯定写不出来了。"

第十二章

二十一世纪初,西京进入了最为鼎盛的时期,高楼大厦数不胜数,商家云集,街市繁华,人民生活富裕,人们都不知道如何过年、过节,因为平时都是吃海鲜,想吃啥就吃啥,绫罗绸缎想穿啥就穿啥,一切都是那么高档,那么时尚,那么前卫,所有穿的用的铺的盖的不断更新,不断淘汰。那么,淘汰下的怎么办呢?有渠道的就捐赠贫困地区,有些想不起捐赠的或数量较小的,就直接扔进了垃圾里。所以,郊区的垃圾场是什么都有,除了石块瓦渣,不过有的起先看似无用,后来却大有用处,这当然是个别的。再后来,所有的建筑垃圾都成了新型砖厂的原料。

我这个漏屋诗人,当然是都市垃圾的受益者,当然,不是最大的受益者。最大的受益者也许是天天以捡破烂为生的人,比如捡到唐公主墓碑的唐舍娃。唐舍娃成为"薪火相传——中国文化遗产保护年度杰出人物",为国家文物保护做出了重大贡献,得到国家的奖励,上了国家领奖台,这位热爱国家的农民,光荣了,辉煌了,风光了。

由于唐舍娃离我很近,村挨村地住着。那一天中午,当我得知唐舍娃的事迹后,我给唐舍娃写了一首长诗,中央电视台来采访唐舍娃的镜头里,也有这首诗的视频,那是远在陕北北部的小儿告诉我的。他说:"中华新闻网上有你给唐舍娃写的诗。"我当然有一种成就感。以下我把这首长诗献给读者,以表达我对唐舍娃的赞赏,激发我们的爱国之心。

凤凰鸟

239

赞唐舍娃

灞河水流响，关中日月长。

白鹿显灵光，后土埋皇上。

岁岁桐花开，年年菜花黄。

塬坡翻麦浪，塬根有村庄。

名叫唐家寨，改革大开放。

平地建新村，家家居平房。

生活大变样，各行有能人。

腰包日渐满，心如鲜花灿。

喜悦挂眉梢，地灵紫气升。

人兴物丰饶，唯有唐舍娃。

生活仍贫寒，妻子有病亡。

老母年已迈，舍娃身单薄。

没有大能耐，两手不停闲。

家里又家外，在家孝父母。

下地种春秋，喂羊拾破烂。

热天蚊蝇叮，气味实难闻。

身如在火盆，冷天寒侵身。

手麻脚冰冷，为了讨生活。

舍娃不嫌苦，舍娃不畏脏。

舍娃不惧累，人穷志气在。

家贫靠双手，手勤济温饱。

拾荒度日月，倦容绽笑颜。

热汤孝慈母，粗食养自己。

垃圾有衣衫，换季不愁穿。

霉馍喂鸡狗，废旧弥用度。

和睦处邻里，拾金从不昧。

歇暇自思谋，诸事不如人。

也羡能行人，为国做贡献。

也羡英杰们，为国立功劳。

〇八二月天，轻风把柳剪。

五味垃圾堆，埋头拾宝贝。

手抓塑料袋，磁铁沾螺钉。

大车哗啦响，尘土四飞扬。

同行争挤忙，舍娃随后上。

两块大石碑，土中露端倪。

拂尘观真迹，公主还有唐。

舍娃心机灵，舍娃眼放光。

唐代文物碑，岂能让埋损。

细将灰尘擦，小心运回家。

火速献考古，心中方安妥。

捐赠发了证，国家给奖励。

为国进本分，舍娃婉言谢。

薪火相传年，舍娃名在前。

媒体争相访，全村尽喜悦。

门上挂喜联，宾客纷至前。

喜登国家领奖台，绶带红花齐佩戴。

送行锣鼓敲起来，奖杯证书捧回家。

善良门第出人杰，爱国真情乡党美。

保护文物人争先，伟大中华万万年。

　　垃圾里边出人杰，也出诗人。我在西安冬暖夏凉的两孔窑洞里，在一九八六年的大改建中，被建筑垃圾包围了。一九九〇年后，各路垃圾又开始包围我的漏屋，漏屋跟前只有三户，也是当时预料错了把房盖在这边。不过，这边拾破烂就得天独厚了，我只要下个二三十米的大坡，硬柴就拾到了，当时的硬柴被我摞成了巨大的硬柴摞子，码得整整齐齐，上边盖上拾来的塑料布或油毛毡。尽管那么多柴我还是节约着烧，因为长期以来我只烧麦秸、菜籽秆、苞谷秆、棉花秆，有了硬柴，蒸馍时才烧，雨天时才烧。节约的优良品质是我的天性，包括晚上写作，能不拉电就不拉电，摸黑写，第二天，靠记忆再解释夜晚写下来的意思。垃圾场离我很近，除了气味不好，苍蝇多了一些以外，好处多多。好多衣服全成了我衣箱的贵物，还有颜料盘子、梳子、镜子、小球艺，应有尽有。我会对着一面还很新的圆镜子想，我年轻时，咋就没有这么好的条件，原先镜子被打碎了，得花七八毛钱买一面新的。农村人家，家家也必须有一面镜子，要不黑灰沾到脸上怎么出门呢。面对桌子上的笔筒、床上的凉席、行走用的背包，我觉得自己这个文学的痴迷者，就像掉进了蜜缸，生活用品好似天上掉下的。我觉得我要对自己做一个客观的评价，用垃圾维持生活，既不光荣，也不可耻，这样用了还减少了环境的污染。随后我又自我开脱，认为这是上帝的安排，上帝就要把我安排到这垃圾山旁，享用不出力就得到的东西。上帝好神奇呀！上帝千方百计不让我在老家成亲，这一会儿，我的思绪像箭一般地穿越到二十世纪七十年代的大姑娘时期。

　　吕明涛家寻人四次提亲未成，后来，吕明涛订下了我在毛选队那个村的姑娘。那个姑娘比我年轻漂亮，她与吕明涛订过婚后，我在去名州城的路上碰见她。她美丽的脸蛋上洋溢着春风，刚过年，她穿着婆家给的蓝花达呢棉大衣。之前，我在她村因派饭在她家吃饭，知道她家的一切，空荡荡的一孔石窑里，有五张嘴。面容憔悴的妈妈，精瘦的爸爸，还有弟弟妹妹三个珍宝。前炕上放一把琴，高贵地显示着她爸爸年轻时的文艺雅兴。这一会儿，那家的珍宝姑娘，要变成另一个村姓吕人家的珍宝媳妇了。

　　在老家，只要有男娃，大约在十来岁，父母就要积攒娶媳妇的物件，那么，她这件蓝花达呢大衣是公婆多年前就为这个珍宝媳妇准备的。王楚函，你当时只看到吕明涛穿着露着棉花肘子的棉衣，怎么知道疼他爱他的父母呢？要是你同意嫁吕明涛，这一会儿，这新崭崭的蓝花达呢大衣,不是穿在了你身上了吗? 放着珍宝媳妇不做,你去寻十年的水深火热。我的思绪就那样前三十年后五十年地像一只无目的的蚊子飞来飞去,飞到手中正拾下的深绿呢大衣上。如果说,吕明涛媳妇是公婆的珍宝,王楚函,你不要羡慕,你才是上帝的珍宝,大地的珍宝呢! 上帝一直把你送到不费举手之劳就有穿有用的地方,上帝叫你在这异乡之地开花呢,开诗花呢,结诗果呢! 我想着就不敢停下自己的思维。仰天是诗,俯地也是诗,走在旷野里,更是春风吹动的如柳絮般的诗心。

有一天夏天下大暴雨,当时我们已住进两院旧房。中午虎行在一院房里休息,这一院只有我,当倾盆大雨下开后,外面下大雨,屋里狂流水,从大小窟窿里往进灌。雷电交加,电光在屋顶上四处闪耀,好吓人,有乌云压城城欲摧的感觉。我当时忘了害怕,淋着大雨在那一院敲门,一直把虎行叫起来,然后我拿大扫帚,虎行拿盆子,往院子里泼水,母子俩共同努力,打了一个暴雨仗,因为我们要救粮食。粮一泡,淹霉了,吃啥呀!

大雨过后,房里就成了鱼塘。漏湿床漏湿被,漏湿书籍我哭泣。暴雨过后,祥愚回来了,祥愚一进屋,啥话也没问,就坐下看电视。我别提多生气了,我第一次骂了祥愚。

我说:"你长脑子不长,你没看漏成啥了,这还是人住的地方吗?"

他一声不吭,再看我唠叨得多了,他说:"那我有什么办法呢?"

我说:"必须翻修。"

这年秋天,祥愚真的请匠人翻修了,一进三开的中堂盖着红蓝的彩布,两边用纸板吊顶,漏屋真的就焕然一新了。堂屋又挂了一个大竹帘,十几年来第一次把大部分蚊子挡在了外面,我真是三生有幸,总算住上了一个较为完整的房子。

这一年,陕西农村广播开播了《乡音·乡情·乡事》栏目。我和陕西广大文学爱好者一样,每播必听,而且踊跃投稿。真是大开眼界,三秦大地竟然有这么多文学迷。来自农村的文章,带着泥土的芳

凤凰鸟

243

香、汗粒的晶莹、庄稼的气息、空气的清新，陕南的、陕北的、关中的。有时，苹果林中疏花的开始发言；有时，谷子地间苗的开始朗诵；有时，苞谷地掰苞谷的开始唱歌。电台里南呼北应，东唱西和。有一次，陕西农村广播召开了联谊会。

二〇〇六年的五月二十二日，我穿了一件诗马甲，上边绣了自己写的诗，还有近些年帮助我的贵人之名，有雅风、一宁，还有给我拍过电视的，我寻过的文学老师的名字。在会上，就有人在诗里夸赞我的衣服为文化衫。那一次，我结识了陕西农民诗歌协会的郭建民老师，后也参加了农民诗歌协会，并几次在陕西农民协会的征文大赛中得了奖。每到一处，我的表现欲都特别强，主持人问谁有才艺，我就说我会唱民歌。记得那次在几千人的大会上，我走上台，主持人说："我把话筒给你了。"我边接边说："你放心，我不怯场。"一曲《三十里铺》唱完，下面掌声热烈，我深感一切是文学给我的力量。每一次展示，我的心都涌动着激情，发自内心对文学感恩；每一次展示，都使我下定决心，要更加勤奋努力，更加刻苦写作，争取早日出书，献给我终身喜欢的文学事业。

这年年底，我便整理出一部书稿，但交给谁呀？就交给那名记者吧！顺便把同学资助的一点儿经费，也交给采访过我的那名记者。人说瘦人筋多，穷人心多。我对社会总是怀有特别的感恩之心，由于各大媒体多次报道我，我当年整理了一下，从二〇〇〇年开始，有《华明报》《晚报》《文化报》《电视报》，各个电视台，还有天府电视台不断报道，各地文学爱好者时有来信，我能回报社会什么呢？我就办了一份叫作《心飞》的小报，自己发行，每期做好后，就复印二三十份寄出去，祥恩也帮我做。上面除了自己的作品，再摘抄一些唐诗、宋词、格言、警句。因为出不了书，这也不失为一种展示的办法。

我为什么要这样信任这名记者呢？因为这名小青年是那样的谦虚和气，对人友好，当我把自己热爱文学，不断创作的情况寄信告诉他们的艺术报社后，没过几天，他便带着他正上大学的弟弟来采访我。大篇幅的报道出来后，他不仅送了我报，给我带了书籍与稿纸，还给叮当买了吃的，他的言行令我很感动。

两年的时间，他为我做了好多事情，电视台为我做了节目后，他从城南拿了碟片送给我，又让他女朋友在另一家报社再把我报道一遍，事前还没告诉我。他为什么要对我这么好呢？也许他就是特别热心的那种，只求付出不图回报的青年。小伙高高的个子，英俊的长相，诚实的面容，我总想，四个儿子不能为我做的事，他都能为我做，我在心中把他想象成我的第五个儿子。我也想为他做点儿什么，就把地里产的青菜、葱、芝麻给他一点。我与他谈出书的事，他就表示支持。有一次，他领我见作协的一名原副主席，讨论给我写序的事。于是，我把整理在三个本子上的书稿交给他，然后等待他给我带来好消息。

原来是每过一阵他就主动给我打电话，那一阵，好长时间了也不见他打电话，时间又到了年下，我就想，人家也忙，不要打扰。一直等到二〇〇七年过了年，正月初八上了班我给报社打电话，先开始说没上班，再打就说他不干了。我问他去哪了，报社的人说，不知道。

出于两年多的友情，我真为他担心。起初我不往坏的方面想，想着那就祝福他吧。后来我有些埋怨他，你走就走，把书稿给我还了吧，我也写了好一阵子呢，多亏有底本，要不就惨了。这样的事情，对谁来说，感觉也不会好的，更何况我这个出书狂。

现在怎么办呢？对着安静的夜空，对着满天的星星，对着天灯般的明月，我一次又一次地问天，我该怎么办呀，世界这么大，谁能帮我出书，了结我的心愿呢？我就想，文化界谁对我最好，我就找他去。当我转至书架前，眼前突然一亮，是鹿老师的《守望家园》，里边是鹿老师的签名赠言，扉面上写着"赠王楚函，贫穷的土壤也能开诗之花朵，结诗之甜果"。

我顿时想到当时接到这本书激动的场景。那一年年关，我依然冷冷地守在漏屋里，冻了就跺跺脚，在门前走走。无意间往大道上一望，北崖上来了一辆小车，是来右邻家的吧，我猜测，只见车子直接开进我漏屋的院子。车上下来的竟然是肖蓉，还有一个英俊的年轻男子。肖蓉从车上提下一大桶油，还有大米、面粉。我一时惊呆了，肖蓉说："就是给你送精神食粮了，这不是鹿老师出的新书嘛。"我双手接住那本《守望家园》，看着这重重的礼物，我马上想到回报肖蓉，非要给她苞谷糁和芝麻，她不要，我就拉住不让她走。我还对她说，因为她说七月一日要来看我，我一天写了五十二首诗。房里太冻，又是年关，我就让肖蓉赶紧回去，她爱人启动了汽车，她还一再叮咛我注意身体。

肖蓉是一位三十出头的文化干部，她长相俊俏，为人精明利落，走路步态轻盈，办事说一不二，她为我出书动了好多脑筋，最后把事办妥了方告诉我。我三生有幸遇上了她，也遇上了韦经理。

我又一次来到肖蓉的办公室，说了出书的事情，肖蓉说："慢慢来，办法总会有的。"虽然话是这样说的，我还是感到很渺茫，现在整个社会出书都是自费，凭我自己，别说这辈子，下辈子也是出不了书的。我嘴上对肖蓉说着谢谢的话，心里还是凉凉地返回了。

转眼到了奥运会的这一年，我在想，全世界都来中国开这么大的会，我要在这一年出诗集，多有纪念意义呀，除了出书，我还能做点儿什么呢？我就把自己写灞桥的诗抄了几沓子，还写上了一些口号，我想卖东西可以散发传单，宣传文明也能散发传单。那一天，我也从纺二路转至纺一路散发诗传单，又与肖蓉不期而遇。肖蓉看似很忙，正要与我擦肩而过的时候，她看见了我，我也惊喜地与她打招呼，她开口只说了一句话："你的事（出书的事），咱过两天坐下说。"

二○○八年的四月八日，在纺一路的大街上，那一句话对我就是春雷，如雷贯耳；就是重锤，敲在我心灵的响鼓上，就像天泻光华，一扫阴霾，心中顿感幸福无比。这喜悦真是从天而降，肖蓉早已匆匆离去了，留给我满满的幸福。在那绿荫浓浓、花香扑鼻，处处鸟语声声的纺一路大街上，我的心开始飞翔了。我的心花又一次开放了，让我飞翔的竟是这位俏丽而热心的年轻文化干部。

> 让我飞成一朵火焰
>
> 在飞翔中熄灭
>
> 让我飞成一只小鹤
>
> 在云层上停歇
>
> 让我飞成一支利箭
>
> 击碎所有的不幸与仇冤
>
> 让我飞成一片云锦
>
> 飘浮在天边
>
> 让我飞成一挂瀑布
>
> 在悬崖间高泻
>
> 让我飞成一瞬时间
>
> 夹进历史的扉页

凤凰鸟

247

　　二〇〇八年是一个值得纪念的年份,北京开奥运会,全国人心激动,西京城的大街上随处可以看到迎奥运的标志。这一年,全国人民都是喜庆的,在那繁华的街道,熙熙攘攘的人群中,谁能知道,我这个陕北名州乡村女子,我这个漏屋诗人,我这个灞桥农妇的心灵更多了一层喜悦,多了一层喜庆,多了一层幸福。

　　自从肖蓉给我吃了那颗能够出书,帮我出书的定心丸后,我的心就沸腾了。从一九九八年,我在《华明报》上发表第一首诗到二〇〇八年整整十年了。这十年,是我在文学道路上最为努力的十年,这十年,是我神魂颠倒、痴迷疯狂的十年,醉生梦死的十年。文学像月色一样被我披在身上,挂在脸上,挑在肩头,融在心里,化在梦里,铸进魂里。

　　这十年,都市里有多少人给我指过路,有多少老师指导过我,有多少媒体报道过我,我要捧着自己的诗集向帮助我的所有人做一个回报,向美丽的西京做一个回报,向可爱的永汀,可亲的漏屋做一个交代。可惜母亲十年前就去世了，要不，母亲也会惊喜，母亲会给村里人说："我家三女子出书了。"在故乡，为我上学背粮的哥哥、切酸菜的二姐听到这个消息后，会想他们当年没白供我。

四月下旬的一个星期天，在灞桥区政府文化局的一间办公室里，肖蓉、陆老师、盛颖为我诗集的出版开了一个奠基会。会上，陆老师拟定了书名《漏屋水滴》，肖蓉说："经费是我联系到的一名工程经理出的，名叫韦晓宁。"盛颖老师是一所中学的高级教师，她教高三语文，文字功底深厚，是编辑。在会上我十分激动，但一句话也说不出来，巨大的幸福从天而降。

这个夏天，吃苦最多的是盛颖老师，她一个人多次往西郊的出版社跑，打字、排版、校对。这一切亲人们不能为我做的，都让她做了。我真的不知该怎样感激他们。

我的新书出来后，在文化馆开了座谈会，《文艺报》《华明报》和电视台都做了报道。座谈会上我拥抱肖蓉的照片被登在《华明报》上，陆老师写的《诗意人生》登在《文艺报》上。

出书着实让我在西京风光了一回。

从此，人才辈出的西京大都市，有了一位农妇诗人，我想自己太幸运了，太幸福了，只有到西京，才能迎来最心仪的幸福。幸福还是动力，在攀登文学高峰的道路上，我要更加努力。

因子源肖朋友的热心支持，我知道自己最初的文学偶像沈泽宜老师这些年的一些情况。闲暇的时候，我常在想，世界上的事情为什么这么神奇，为什么会有这些千丝万缕的联系。时隔四十多年，我怎么就能与北大才子，中国著名诗人沈泽宜老师有了联系呢，就单从文学上来说，沈老师也不一定认可我。可是，其中有肖朋友的联系，要是那一天下午肖朋友不出去散步，就看不到那本发表我《右派老师》文章的书，也就没有后来的这些事了……

最主要的是肖朋友过了两年还在打听我的电话号码，与我联系，后又把子源县的文学刊物，沈老师与林昭的资料都寄给我。收到子源县的文学刊物,我看到沈老师二〇〇四年在子源中学五十周年校庆中的风采,勾起了我学生时代对文学的美好憧憬。那时的文学偶像在四十年后又是那样神采奕奕地出现在母校,好不令人感动。那一天下午,我坐在西京东郊的一片碧草茵茵的池畔上,开始给沈老师写信。

沈老师:

　　您好!今年正月,肖朋友与我取得联系,五月他为我寄来了二〇〇四年第十一期《大理河》和二〇〇五年第一期《陕北文化》,使我终于读到了您的《北行记》。多年来,对您的崇敬心情又一次油然而生。在《北行记》里,我领略到的不仅是您的文才,还有您博大宽厚的胸怀,您不但没有恨遭贬遭辱的子源,反而对子源这块土地有深深的情感,对子源的人和事有深深的眷恋和热爱。您具有中华赤子的最崇高的精神境界和人格魅力,向您讨教,向您学习,向您致敬。这也是我一个崇尚真善美的陕北女子的心愿,有这样的联系契机,我很高兴。

　　七月中旬,芳莲来我这里小坐,我问到您的地址。她说先向沈老师打个招呼,最近,她在电话中告诉我,沈老师还记得王楚函,并看到了我写的《右派老师》,我很欣慰,把看过《北行记》的心情抄下给您。

　　从邮局取回杂志,边走边看,后坐在麦田边一口气读完,我终于读到了《北行记》,读到了江南才子沈泽宜重到陕北子源的风貌、风采、风度,读到了江南才子的豁达、深邃和渊博。您曾经是岁月丢在子源热土上的一粒文学种子,批斗辱骂、殴打糟践,就像潜到海中的鲸要遭到水妖、水鬼、王八的袭击一样,众多的海底动物还是羡慕鲸的宏大伟岸,所以,是金子不怕蒙尘,您的子源弟子们心中永远有一位光辉灿烂的文学明星,文学的种子已在他们身上生根发芽。

孤单落寞哪里去了,耻辱怨恨哪里去了,都被滚滚滔滔的大理河水冲走了,在您身上只有对祖国,对陕北,对居住了十一年子源大地的热爱。友情是您心中泛起的一股股清泉,您只想继续启迪子源学子们的人生与未来。

子源人民感慨您的人生,感慨中华精神和文化在您身上的体现,多少声沈老师在呼唤您,多少热忱的心在拥戴您。二〇〇四年的校庆中,您成了焦点,大家痛惜您的过去,更欣喜江南才子十一年给子源留下的实惠和福气还有荣耀。曾经击弯的是脊梁不是脊骨,打倒的是身架不是灵魂。真正的英雄经过高墙,胆更大,胸更宽,骨更硬,心地更善良,灵魂更高尚、更伟大。人性的光华如明珠,会更璀璨更闪耀。

二十世纪六十年代子源中学的校园里,我是崇拜您的一个初中生,不能亲耳聆听您的讲课,但子源有您这样重量级的文学老师,子源中学变得沉甸甸的。人走情在,情走魂在,您是子源学界的丰碑,您的讲演得到了热烈的掌声。所以,做人要如闪电,在闪光中走过;做人要如浪花,在急流中显现;做人要如雄鹰,在高远中凯旋!您就是闪电,您就是浪花,您就是雄鹰!往后在书信中希求得到您的赐教。

祝您身体好,工作好,一切好!

王楚函

二〇〇五年十一月十八日于永汀

随信,我还寄上了我的好几首诗,让沈老师点评。

不到一个月,我收到了沈老师的回信。

楚函同学:

你好,你热情洋溢的信已收到数日,近忙,迟复为歉,四十年未见,你还好吗?

来信中,你对我在子源的年月给予我如此高度的评价,让我愧不敢当,感谢你那份殷殷的关照与问候。

早在前些年,我已在《大理河》上读到了你写的关于我的怀念性文章,当时我就很感动,没想到一个我从未教过,当时还在读初中的同学还记得我,为我讨还公道,这是何等的难能可贵!

沈泽宜

沈老师还在信中点评了我写的《河底石》,他说:"你的《河底石》我已诵读再三,构思、情感、语言都有可圈可点之处,是对坚毅人生的写照。《妈妈——母亲》这首诗非常感人,让我看到了一位伟大、平凡的中国母亲及作者的思念和孝心。《悼林昭三首》诗意地表达了你对烈女林昭的崇敬之情,也代我说出了我的哀痛和怀念,其中'用心骨举起正义的杠铃'一句,是难得的警句,是对林昭最深的理解和最好的赞美,一句话就写出了她灵魂的圣洁、坚强和美丽,以及她视死如归的抗争精神。这一句诗是投向不公道、非正义世界的投枪和匕首。

"还有你写梦的三首诗也有很高的抒情性,它们是你灵魂的渴望,美丽而凄伤。你在没人指导,也很少交流的情况下,能取得这样的成绩,让我由衷地赞叹,相信你还能走得更远。

"在真正的民间,能有你这样一位痴心不改、努力自强的诗人,这是诗坛的荣幸!"

沈老师对我作品的肯定与鼓励,当然令我无比感动,在文学的道路上,无疑把我向前推动了一把。

怀着激动的心情,我重新反复地读肖朋友寄过来的资料,有沈老师在北大校园与林昭的相识初恋。沈老师在一九五三年考入北大,林昭在一九五四年以江苏头名状元考入北大。林昭清秀俊美,秀外慧中,沈老师气质不凡,多才多艺,他们同办校报,三年中深厚的友谊发展成暗恋。一九五七年春,林昭在他们每天下午跳舞唱歌、吟诗之地,美丽的未名湖畔表白,林昭是站在建筑用的木料上边的,她让沈老师拉她一把,说她就过去了,沈老师不肯。不久他们因为写《是时候了》为标题的诗,被贴了大字报,双双被打成右派。分别二十余年,沈老师平反后,得知林昭的早已不在人世,他只有在墓地吟咏写给林昭的一首《启明星》:

> 领唱者
> 何时以你的一声长啸
> 率领晨风与麦浪
> 让中箭的夜在逃跑中
> 扔下所有的赃物还给黎明
> 让久已抹去的大地
> 又显现轮廓
> 给早行者以慰藉
> 让破晓时分的天色不致太冷
> 久已麻痹的皮肤又感到
> 水的清凉和滋润
> 让人会爱会恨
> 星辰的命运是点缀天空
> 你的命运是尽快地消隐

时间很快到了二〇〇八年四月二十三日,这也许是沈老师最后一次来陕西,他与众多学子、友好同事在西安建国饭店见面。同行的肖朋友的妹妹给我打电话,这是难得的一次与沈老师的见面机会,由于生活的各种原因,近在咫尺的我还是放弃了这一次机会。肖妹妹就给我捎来沈老师的签名赠书《西塞娜十四行》,书里写着"楚函存念"。拿到这本诗集,我当然如获至宝,反复阅读。

序是著名诗人屠岸写的,序中说"西塞娜"这个名字是呼告语,西塞取古代浙江湖州诗人张志和的词中"西塞山前白鹭飞"的山名,作为复姓,"娜"来自《聊斋志异》中《娇娜》一篇中一个狐女的名字,沈老师说,娇娜令他向往与敬重。

诗人屠岸在序中说:"沈泽宜诗中的人物,据他自称,是他的'梦中少女',一个虚构的,或者想象中的人物。凡我所敬佩的女性,诗中也见鸿影,所以,西塞娜的原型,有羞涩的才女,有豪爽的女侠,有乡村女老师,有青年女诗人,有女裁缝,有诗人的祖母、妹妹等。"

我读《西塞娜十四行》,领悟着每一首每一句的诗意,不由得与沈老师有了共鸣。沈老师至死都是一个未婚者,他是一个南方的才子,在《西塞娜十四行》中写下了对天下女性的崇拜、爱怜、深情。

我在想,我是北方的一个婚姻不幸的女子,我能不能也用一个呼告语,抒发一名北方女性对天下最美的男性的崇拜。既然沈老师是我青少年就开始崇拜的文学偶像,我就学老师,也设置一个呼告语,于是我就有了"苏潘若"这样一个呼告语,然后我为天下女儿代笔,抒发心底对天下男性的崇拜。当年,我一口气写就六十首,后续至九十九首,意为九十九朵玫瑰。

后来,我给沈老师的信中写了我对他的回应和写作初衷。

敬爱的沈老师:

　　过年好,身心健康,一切都好!好久不给您写信了,我与这边的同学都害怕打扰您,所以十分克制自己的写信欲望,但心灵的深处与您是紧紧相连的。上帝给了我们同在子源中学的那些光阴,有了您,子源中学变得那么富有、厚重与博大,有了您,子源中学的我们有了最好的人生楷模与文学样板。虽然您没有教过我们,但您是一颗光辉的星,发出的光芒射穿我们的心灵与人生。很想看到您所有的著作,但我要克制这个欲望,有一本《西塞娜十四行》就行了,就足以让我拜读终生了。这是一本您签了名的书,写上了

"楚函存念"和您的大名。二〇〇八年四月二十三日,我为什么不去建国饭店见您一面?我不能原谅自己的自卑,不能原谅自己的怠慢,我应该怀着对文学、对诗歌、对人性光芒的虔诚与崇拜,去拜望您。但是,我没去,往后什么时候,什么时候才能见到您呢?我只能一遍又一遍地读《西塞娜十四行》。美丽的、温馨的、亲爱的大地上有这么多姐妹,您给所有的姐妹献上发自心灵的,如溪流、如江河涟漪的歌,当然也是送给我的,那歌里都是您对姐妹们最美的祝福,愿都是快乐不是悲哀。您是一位北大的才子,一位婉约的诗人,不像平常人拥有一个媳妇在厅堂,您对女性的向往是那样的美和飘逸。西塞娜这纯真、美丽、善良、通情达理、多才多艺的形象中,有我有她,有东方故国所有的好女子的影子。您感悟深才走进了纯真女儿的心灵。因为她的语音至今还在您耳边,您抵挡不住思念,等得两鬓如霜呀。等待结成冰,积成霜,化为这不朽的诗行,追求崇高,追求正义,追求美,追求自由和飞翔。虔诚进取、自强不息、坚韧,那些优秀的品格植根于您的心灵,您的骨髓。您的诗让人看得痛彻肺腑,"白发双亲倚门而望,盼到眼枯见骨"。动人的诗句比比皆是,"似我孤单地在旷野行走,感受到星星滴落下泪珠""我的父母双亲……忍受了无穷无尽的绝望""唯有我如同在街头露宿""没有爱过所以我无法死去"。您以人生非凡的经历,吟咏自己无比巨大的痛苦、凄婉、哀伤、苦难、无奈。您的苦让人觉得无边无沿,但再认真读您的诗,经狂风暴雨冲刷过的心,又是一片明媚灿烂,鲜花盛开的春天,是绿荫洒洒的夏天,是秋果累累的秋天,是妖娆纯净的冬天。诗人的心灵世界是这样的凄美和高尚,是这样的令人神往,是您用巨大的爱,无比坚强的爱,收揽人世间的精彩。

世界万物最精彩的是人,您是男性,用您独具的慧心慧眼,欣赏着、想象着、思盼着个人世界的另一半。是风给了您柔情,是天给了您胆量,是海给了您胸襟。上帝毫不吝啬地让所有的花开在一块,成为情草萋萋的田园。读您的诗,让天下女儿感受那追逐,那怜爱,那纯情的男心。您给世界留下的将会是一本经典的情书;您给天下女人留下的将会是读不完的爱。您是爱神,爱神无疆!沈老师,我也算是一个诗人吧,我也追求心灵深层、灵魂深处的东西,所以,在您诗作的引发下,我想对应地代表天下的女儿回敬。我已写了六十首,仿您叫《苏潘若十四行》,像苏轼一样豪放,像潘安一样美貌,像若虚一样多情。您听,您是男性美的化身,为什么难有人与您匹配?因为这个世界上有等过您的才女,再没有女人能超越她的典雅和倩美,再没有女人能超越她的刚强不屈和聪颖伶俐。您在深夜疾书,想送我一厢祝福,你是啼血杜鹃,哀怨啼鸣九州。我不敢将你回望,因为未名少女痴情一片,即使在天堂,她的情书写了一张又一张,你在春江堤岸徘徊,眼前的美人过去又过来,您的心思是五味杂陈的仙果,怎能让人品尝。尝得让人苦心恋念,白昼无眠,向往膨胀;尝得让人想去天堂为你寻回痴心重重的未名姑娘。走近我白色如星的小屋,为我左手画一轮太阳,右手画一弯月亮,我要握着长长的日月,把情丝扯得悠长悠长,让它从此装饰所有新娘的霓裳。

西塞娜是二十世纪炎黄女性的美丽代表,只有追求美的英才,才会对她有海的情意,才会对她倾诉爱的凄美。我一如娇娜,静夜走进您的书房,为您红袖添香,为您把盏翻章,为您披好外套,一起研读诗章。您的情是苦海提炼的琼浆,使人怜惜又凄伤;您是历经磨难后屹立的英才,光芒四射,英武飒爽。让我收揽尘世女儿的心意,写常青藤般不老的诗章,为您奉上清若兰美如玉的爱光。真爱无瑕,如堤百摧不垮。您的诗是天籁凝聚的露滴，开放在广阔的田野。只因为苏潘若是我的男神，他如星亮在天上，他如松竖立山前，只要心中有一个苏潘若，美便在深心飞翔。我想做一位女诗圣，把美丽的世界浓缩，您应欣赏我的胆量，不要痴笑我的狂妄。帅气的苏潘若幻化为满天祥光，消融在我的憧想。

王楚函
二〇一〇年三月二日于西安水沟

没事时，我会从一个大箱子中翻我的手稿，还有长篇《凤凰鸟》和六大本散文，我在想什么时候我能出第三本书呢？我又在等待一个机会。

二〇一一年，世园会快闭幕的前几天，我领叮当最后一次去游园。在车上，一位干部模样的人与我搭话，他说，在灞桥区诗书画展中看到我的部分作品，他很感慨，我一个农民长期在文学道路上坚持，令人佩服。我就告诉他，我还有一些作品想结成集子，这位吕老师就鼓励我，让我准备出版，有了准备，机遇来了，就方便了。与此同时，盛颖老师仍然自告奋勇地帮我编辑，通过五年的努力，我终于又出版了散文集《生命的颜色》。

《生命的颜色》是二〇一二年盛颖老师就为我编辑好了的，由陆老师拟定书名和每章的序，但由于经费的原因，盛颖老师陪我经过了漫长的等待，终于在爱人祥愚的鼎力支持下，我又将几年的社会养老金积攒起来，勉强付梓。老年大学诗词课上的于老师向同学介绍后，十几名同学为了支持，争相购书。

在诗词学会的端午诗会上，我对航天四院的文学主席说："你的散文集叫《生命的叶子》，我的散文集叫《生命的颜色》。我们是灞桥文坛上一双姐妹花呀。"说完这话，我内心不禁哑然失笑，我这只土得掉渣渣的灰麻雀，硬往都市文学中挤，还和典雅时尚的文学家媲美呢。

现在是酷暑七月，我的屋子热如蒸笼，让我不停地流汗。说来也怪，我这个人无福难享福，有福也不享。比方酷暑，近年来，也有一部分农村人用上了空调，风扇应该是普遍的，但是我不用，潜意识害怕费电，口头上且用"身体会自我调节温度"来解释，出些汗是排毒呢。丈夫问我要不要风扇，我说不要；要不要电视，我说不要。我常想，自己是一个苦命的边缘人，有一个立足之地就够幸福了，有一碗粗食就能维持生计。衣服是别人给的，也有垃圾里拾的，是穿不完的。因为我要海阔天空地写作，耽误了好多赚钱的机会，比方我做几身婴儿棉衣，纳几双鞋垫子，也可以卖，但我没空干这些事，我要把业余的时间都用在写作、画画上。

　　我去市场上看见一位山东大娘，七十九岁多，佝偻着背，天天推着自行车卖塑料袋，回家时连拾的菜、水果、纸箱子都拿不动。还有一位与我年龄相仿的陕北老年人，天天拾纸箱子。我想，我要是一直干这样的事，也挺实惠的。

　　然而，今年六十有七的我更是忙碌了，我要写《凤凰鸟》的下半部分，写得晕头转向，好长时间也没给曾供养我的二姐、哥哥打电话了。这一晚，停下写作的笔，给哥打电话，哥说二姐有病，住了十几天医院，已经出院了。侄儿、侄媳妇、侄女、侄孙女都去看过了。我的心一阵阵地难过。我亲爱的二姐今年七十七岁了，她叫王楚莲，嫁到李峪，到今年已有整整六十个年头了。她的有些语言成了子源西川口音，比方说钱，她也像地道的西川人不用上声用去声。六十年来，她是子源县的乖媳妇、好妈妈、好奶奶，我更熟知她是母亲的好女儿，是我的好姐姐。

　　小时候，两个姐姐不仅成了妈过日子的两大支撑，而且是我们感情上的依靠，大姐总是做重要的针线活，我总是绕着打杂的二姐转圈圈，我爱数她的辫子是几股、几把，我爱偎在她胸前，把她长长的辫子从我头顶拉下来，挂在我的胸前。

　　作为左膀右臂的二姐，为了减轻妈的负担，小小年纪就出嫁了。

凤凰鸟

257

婚后二姐夫出门了,在那孔没有小窗只有大窗的窑里,她一个人守着几升黑面过了几个月,每顿饭煮点儿菜,做点儿黑面糊。她执意不去娘家,害怕拖累妈和弟妹。想念了,她独自以泪洗面,从来不把自己的苦告诉任何人,害怕妈知道了,替她操心。偶尔到了娘家,她总是多干活,少吃饭,别人把几回饭舀过了,她还是那一碗底,妈吵她,再吵她,仍然如此。妈就说再这样,就别来了。她笑着说:"妈我不来,不是想你,而是想楚函、楚季。"说着一手揽着我的肩膀,一手揽着弟弟的肩膀。

孔老先生教导人要克己复礼,我想,我的二姐是最克己的典范,她真正是口里挤,肚里省。我想起母亲教她小时候念的课文,"女儿精,仔细听,烧茶汤,敬双亲",也只说烧茶汤敬双亲,没说不要吃敬双亲呀。我也再没遇上像我二姐这样近似残酷克己的人了。

她刚结婚那两年,千方百计地给我和弟弟做衣服、做鞋,我们总盼望她来,给我们带来惊喜。我在十来岁以前穿过两件粉红花衫子,都是二姐给做的,让我终生喜欢上粉色。粉红色是理想,使我成为理想主义者。

现在,我仍然在为理想忙碌,连二姐年迈有病,也不去看一眼,我还有良心吗?我还算人吗?我很纠结,是继续我的写作呢,还是看恩重如山的二姐呀?那就先打个电话吧!

二姐说,她发病的时候,倒在地上不会站了,现在躺在炕上,儿子、媳妇、女儿端吃端喝的。我哽咽着,眼泪不断往下滴。

想完我的二姐,又想我的哥,我的兄弟姐妹就剩这两个最亲的人了。我的哥十二岁就成了家里的顶梁柱,他大半生多么的苦累,弱冠之年担起了多么沉重的担子,每天白天在山里劳动,晚上还要为我们打土窑,尽管那么艰难,他还要走几十里山路为我送粮,供养我。又有什么用呢?我现在出了第二本书,他还没有看到呢。我在街道上捧着自己的著作卖:"这位老师,能看看我写的书吗?""忙你的事吧!"冷嘲有,热讽也有。我想卖上几本,攒上一点儿路费,回家看二姐和哥哥去,让他们高兴地说:"我的妹子能出四本书,我们算没白供她。"

走出大门,仰望着蓝天,我想给被大山压了二十二年的弟弟说说,给已升天十八年的母亲说说,给已升天三年的大姐说说,给恩重如山仙逝十九年的二姐夫说说:"亲人们,我已出了两本书,现在正出第三本,将来还要出上两本。你们听到我的努力和收获,你们在那一个世界会高兴吧!"

我还想把我的作品送给语文马老师看,要不是他当时在课堂上夸奖我,给我作文上写传阅、张贴,我能有今天吗?可是,我现在都不知道他在哪里。像忠实的粉丝一样的肖朋友,在五年以前就去世了,要是他活着,又会在子源县奔走转告着说,王楚函出第二本书了。千里路上我未见他的面,都能体会他的感动。那么远在四川的王同学,也是热爱文学的,他们在西藏参军,战友们合出了一本回忆录寄给我,让我知道了日喀则、达孜等西藏地名,还有他们当年在风雪中保家卫国的战斗。可是,现在他已不与我联系了。一千元的资助,成了我永远对他的亏欠。

我还想送给闻频老师,二十多年前,闻老师在信中说:"文学已几起几落,而你对文学的热情却依然如故,始终眼望前方痴心不改,很难得。我希望你醉心诗的天地,艺术长廊辛勤耕耘,无怨无悔。"对于支持过我的老师,我会永远铭记。还有朱鸿老师,一句话相求,他第一时间就为我寄来了他的《西部心情》,里边的"三人行必有我师,圣人如此,我凡人更应如是。"几个字就表现了他的内心。想着等天凉了给他们送我的书,勾起了我久远的记忆。

写作时,我翻出几十年来的一大堆草稿,想在这烂纸里边寻找心灵的印痕,记忆的碎片。

> 说你行,你真行,一根头发点着灯
> 鼻孔里边盖大楼,跳蚤就在楼上住
> 蚊子楼顶吹喇叭,苍蝇楼梯往下滑

两条黄河水泛滥，冲走了跳蚤、蚊子和苍蝇

鼻孔成了仙人洞，风钻进去放大炮

说你行，你真行，天山顶上去滑雪

太平洋上去滑冰，戈壁滩上去航船

指尖挑起两座山，山上的石头煮不烂

栽根竹笋八丈长，吓跑庙里的老和尚

盯着不知哪一年写下的这些胡言乱语，我抹干眼泪，继续写作。

《生命的颜色》出版后，《今日文艺报》刊发了消息，有一天，上老年大学的诗词课前，我带了几本书摆在课桌上，让同学们知道一下，刚好诗词老师也在那堂课上做介绍，就有六七位同学一人要了一本。之后还有几位同学买了，他们知道我出书十分艰难，友好地表示支持，令我非常感动。更让我感动的是航天四院的文联主席付老师，付老师读完《生命的颜色》后，写了《王楚函其人其事》刊登在中国作家在线网，过了两天付老师号召众文学爱好者及网友，到我家座谈并买书。

二〇一六年七月三十一日那天，我好高兴啊！付老师带领了十几位文学爱好者来我家。其中，有学校的老师、校长，工厂的工程师，等等。先一天付老师就在电话上通知，按照来宾姓名，我一一在本子上面签了字。

我打扫了卫生，准备招待我尊贵的客人。三十一日早上，我又把卫生打扫了一遍，烧好水，一切东西摆放整齐。九点半了，我准备换换衣服，走到卧室，又想起不把我的底稿让文友们过过目，是不可以的。于是我打开属于我最重要的文稿箱，抓了一本又想抓一本，《凤凰鸟》《苏潘若十四行》等诗歌底本、散文底本、民歌底本、书信底本、荣誉证书、刊登书籍，一下又摆满了床，正想往整齐放哩，门铃就响了。

我穿着大红花的绵绸裤子和短袖去迎接我尊贵的文学朋友。二楼由于住的人不多，大媳妇的房空着两间，开始我想自己的房太小，就在走廊里与朋友座谈，后来猛然想起打扫一间空房，打扫好正愁没凳子，祥愚不言声就借来了人家的椅子，我不禁欣喜，多好的一间会客室呀！中间摆上我长期以来写作用的食堂淘汰的黄饭桌，还真够完美呀！这张黄桌子是一九九八年在康复路拿回来的，算来它与我陪伴十八年了，是它让我灵感丛生，文思敏捷，妙笔生花的。现在就让众文友也借借它的光，这样想来我又说，你也不照照镜子，你是孙悟空还是猪八戒呢！你虚心点儿好向老师学习，好叫老师指导，好不断提高自己。

　　这一次，来的文学朋友不仅人多，而且文化层次都很高，有工程师、中学党支部书记，还有教师……他们都着装时尚，先到我卧室看一眼我翻腾出来的东西，就上到二楼会客室。室内插了两个风扇，大家坐定，我给付老师介绍了爱人祥愚和学友舒霞，并说，还有一个学妹没到，付老师依次介绍了所来的十位文友。我忽然说，我还没换衣服哩，就下到一楼卧室，换上了二〇〇四年高姐赠送的一件裙装。

　　我开始赠书，吟赠言，赠画，照相，完了我说自己无比感动，那些年记者来得多，记者新闻性强，采访要上报上电视，他们急匆匆就走了。也有拜访我的人，一个两个三个，今天就有十二个，今天文朋相聚，今天诗意酷暑，今天谈笑风生，今天快乐无比。真正的欢迎发自心底，像朝露欢迎黎明，像知了高歌夏季，像喇叭花开在晨曦，像秋风吹动成熟的香味，欢迎你们，我真挚的文学朋友！董鸽飞是我的文章在二〇〇〇年上《华明报》后认识的，舒霞成为我邻居，我引荐她俩上了老年大学，参加了灞桥诗词学会。我们一起学画学诗词，都写作，往来频繁，互相学习，成为诗画三姐妹。之前，由舒霞画竹子，我和董鸽飞在竹子下画牡丹，合作了一张画，我配诗：

　　　　白鹿原下相聚首，诗画结缘好朋友。

　　过一会儿董鸽飞才来了，然后舒霞与董鸽飞给大家赠画合影，大

凤凰鸟

家嬉笑着，谈论着，气氛特别热烈。付老师说："大家把王老师的散文拿到手了，再让她介绍介绍她的诗作。"我就从自己的诗集里找出句子吟出来让大家听："只要你把真情织成七彩的晨景，只要你把善心修炼成一盏佛灯。有些人在弯路上把腿走直了，有些人在直路上把腿走弯了。"我还问大家，我是不是在不平坦的路上把腿走直了。

文学界朋友来相聚，我的心醉成一片玫瑰色的朝曦，我是一个空坛子，请你把所有的友谊向它里面投注。

我的诗如河流，在生命的里程中喧响；我的诗如大海，在今生的血脉里澎湃。

留一粒美的种子，让心灵充满诗韵。

留一粒诗的种子，让人生美妙无穷。

前一天晚上，我四点多开始写诗，写到五点，写了好几首呢，我一一给大家朗诵：

我是过客

我像云一样飘过天空

我像候鸟一样不得不转移

我像燕子一样借人的屋檐歇息

在天空我要留下飘逸

在大地我要留下俏丽

转移时奔波不息

不在乎途路坎坷崎岖

做窝只求不淋雨

只为不打湿我的心迹

石头

谁是收揽春光的叶子

谁是怒放风雨后的花朵

谁又是秋风中的红果

谁是冬雪只有晶莹

我不知为什么

总要泪水涌流地告诉你

一颗破碎的心

一份人间真情

一腔火热情肠

只因为我是从上游流下的石头

经过太多的冲撞

只因为太阳炙烤过我的躯体

月亮光照过我的心房

只因为我流经过好多地方

所有美妙的风景

都在我深心里珍藏

星期天

歇一歇你疲累的身心

睡一个懒觉不好吗

清晨走进一个阴凉的树下

伸伸胳膊蹬蹬腿跳跳广场舞不好吗

做一顿可口的饭菜酬谢家人不好吗

为什么要兴师动众精心策划

到乡下看一个苦行僧

为此我不知怎样向你们回馈

为此我不知怎样表达一个农人的心迹

为此我想把月亮请来

赠送你们凉意

为此我想把诗仙请来

赠送你们美意

为此夜半我就酿造苦瓜一样的情绪

为你们清暑

大家报以热烈的掌声，我接着再朗诵：

相同的感受

我们共同感受着都市的繁华

我们共同感受着时代的风雅

是大雁塔的喷泉引发我们的诗心

是高速公路的通达引发我们的向往

是都市的嘈杂

使我们想到要在心中酿造一片宁静

翻开历史我们寻找幽古

翻开小说我们寻找故事

翻开诗歌我们寻找情怀

我们是一群追索者

追索才使我们有了共同的感受

上帝的胡杨

生长在沙漠那是上帝的安排

我是上帝的臣民

我在领会着上帝的苦心

所以我不怕所有的寒冷

再冻冻不死我的心

因为我是上帝的胡杨

再热热不化我的心

因为我是上帝的胡杨

我不怕西北风

因为西北风让我倒下

东南风又让我站起

因为大地上有我坚韧的根系

因为我要唱一首沙漠之歌献给人类

因为我要吟一首沙漠之诗

证明生命的不息

诗文

诗就是我们今天祛热的蒲扇

文就是我们今天驱暑的空调

但愿我沸腾的心是大家的清粥

但愿我美丽的梦是大家的冷饮

回溯那一个情浓浓的夜晚

回溯那一个个冷冰冰的冬夜

回溯长年奔波在生计最底层几十年的农妇

你们就会知道诗的魅力、文的神功

你们就会知道上帝是怎样把一个底层人打造

心花开放

这个夏季郁金香开了

凤冠花开了

石榴花开了

心花也开了

美心相聚情意菲菲

美心相融胜过美酒

接下来陶老师朗诵即兴作的诗：

七律·访王楚函老师

周末相逢文露重，文学素养总关情。

浮萍聚力豪情在，心雨同窗有婉容。

百字诗词约旧梦,千年传递却惊鸿。

取经楚函求学问,唱响红尘华夏名。

第二个申晓山朗诵:

命运不由自己主宰

生活却靠自己丈量

掬诗向月

历久弥香

执着缪斯感动上苍

从屋顶的星星

吸纳无限的遐想

把芳香和甜蜜与世人分享

梦如一湾清波

诗如星光闪耀

黄土地埋藏不了热爱与梦想

借款漏屋的光亮

写不朽的诗行

付老师知道,小路老师很早就与我成了文学挚友。小路又是这么热心而真诚的人,付老师问起来我村的路时,我说:"小路老师知道。"小路就说:"我不仅带路,我还开自己的车送大家。"小路是活跃在当地文坛的青年人,他诗写得好,文章更好,特别是人品好,他是我们灞桥诗协的秘书,又办了《百花》杂志,他是编辑。这一会儿,付老师让小路发言,他说:"我八年前就读了楚函老师的诗集,她是一位纯朴、执着、坚毅、好学、多才的女诗人,散文《生命的颜色》更详尽地写了她对人生的感悟,文学的痴迷,而且她还坚持画国画,她是我们平民百姓学习文学艺术的佼佼者。"我真的有那么好吗?

接下来拍照的时候,几乎人人用自己的手机拍这次交流的盛况,三姐妹的画成了一道亮丽的风景。付老师拿着我的散文集《生命的颜色》，我拿着她的散文集《生命的叶子》，留下一张灞桥文坛姐妹花的合影。

最后，所有人又在我的牡丹花后拍下了集体合影。从始至终大家兴高采烈，笑靥如花，谈笑风生，情绪高昂，不禁使人想起毛主席六十年前在文艺座谈会上的讲话和习主席在文艺工作座谈会上的讲话。这小小的文艺交流会，是文艺长河中的极微小的一朵浪花，但它显现了文艺精神，映射了华夏普通儿女的风采。

座谈会就要结束了，表现欲很强的我说："让我朗诵《我是蝴蝶》答谢付老师的组织，大家的光临。"

末了，我还不忘介绍蝴蝶精神就是一种农民文学精神，并告诉来宾，《人民日报》采访我时，我朗诵了这首诗：

我是蝴蝶

每一缕阳光都是我的乳汁

每一块大地上都有我的路径

每一片天空下都有我的追索

每一缕轻风都传诵我的歌谣

总在征程

总在路上

着七彩斑斓的衣裳

怀满心狂放的唱响

我作蛹穿越冷冻

积攒身心的美丽

只需饮露喝风

就能长满激情

付老师做了总结发言："这是一次特别有意义的城乡文化交流活动，我相信，王楚函这位长期在底层坚持文学创作的农民，会给我们这些城里文学爱好者留下深刻的印象。我们来到乡下，会给他们带来鼓舞，带来城市文学情愫，带来真诚的友谊。"

第二天，付老师又写了一首诗，抒发她对农村文学的感慨：

> 长在庄稼地里的那一粒种子
> 向太阳张望
> 它说我有破壳出土的翅膀
> 它说我要挺拔向上迎接风雨
> 它说我要蓬勃进绿色的海洋
> 就是几座粮仓
> 也会扑闪出诗的渴望
> 就化作一只蝶吧
> 用生命寻找凤凰的歌唱

还有张老师留言：

> 乡村文人王楚函，文学立命当无憾。
> 苦菜花开灞河旁，屡结硕果人尽赞。

舒霞也在微信上发了写给我的诗：

> 辛勤笔耕几多年，一分苦涩九分甜。
> 当年作品上春晚，遨游文海自悠然。

舒霞诗中说的春晚，指的是二〇一六年的《陕西春晚》节目，我把上一个猴年写的《猴年说猴》寄到《陕西春晚》，元月十九日接到通知，节目将对《猴年说猴》进行彩排。

> 说个猴道个猴，花果山上有个美猴
> 蓝田日暖有玉猴，民间雕刻的是石猴
> 云南单出长尾猴，四川就出些峨眉猴
> 最大的就是那大马猴，最小的就是那小墨猴

马戏团里表演猴，街上有人在耍猴

爬得飞快猴上树，小孩鞭子抽毛猴

普天众生有精猴，长得特瘦称瘦猴

精品蘑菇是猴头，老牌香烟金丝猴

人类的祖先是猿猴，六小龄童演孙猴

相声宗师他姓侯，古代历国有诸侯

春秋二季好气候，家乡人把小说成猴

过年窗花剪纸猴，清明花馍捏面猴

百寿图里有寿猴，小孩故事里有捞月的猴

秦岭山里有芝麻猴，长得一样终南猴

还有会飞的小狐猴，钉个木猴翻跟头

今年正是申猴年，所生的孩子都属猴

从七月三十一日开完座谈会，已过去一个礼拜了。文友们的心情还是平静不下来，他们的文章写得非常好，诗也写得非常好，因为他们都是文化人。小品演员张俊丽评价我说："她是一个诗化了的人，任凭激情张扬，任由诗意流淌。似清泉一样美的情感，令人赏心悦目。"

陶老师是一位中学的党支部书记，他的诗写得令我非常感动，深感他过奖了：

今朝见王楚函

慈眉善目有情商

今宵品亦言志

满目诗情叙梦强

一腔热血人间耀

万首诗歌充栋梁

不同词义来答谢

字字珠玑送暖阳

饱含诗情美

难藏志气刚

交流互动连心梦

高唱生活举莽苍

问斜阳

绘书简

百姓诗歌映玄黄

无言断想云端上

大爱思齐在故乡

昂首文学人品靓

笔耕不辍重荣光

倾情写尽生活美

五味陈杂苦乐尝

诗画两绝接力棒

图言三卉上华堂

根深意厚月明亮

且蘸柔情颂故乡

夜寝夙兴呈千字

呕心沥血已万行

欲凭盛世调标向

却借东风写义方

此行交流结勇将

明朝共享塑坚强

生花妙笔结华发

兴世胸怀不隐藏

携手浮萍生命在

文坛从此更繁忙

灞桥福地多姿彩

共建文学情意长

是的,生活在继续,生命在继续,文学也在继续。愿我们西京城的文学大树蓬勃在城市,也蓬勃在乡村。

我真的能感动人吗？我会感动人吗？我值得被人感动吗？闲暇时我自问。《华明报》《晚报》《艺术报》《电视报》报道过后,就有人给我来信,有一个小媳妇这样写道：

> 我性格内向,从不跟人多说,当今天在报上认识你,我就想和你说心里话。

外县的一个教师这样写道：

> 我从教三十余年,秉性内敛,不善交往,看到你的报道,不由欣喜,提笔抒怀。

来自子源县的校友这样写道：

> 看了你的那些东西,我的内心深处无比激动,我为你不幸的人生遭遇而流泪,为你痴心不改坚持创作而感动,为你聪明、勤劳、善良、正直、纯洁的心灵肃然起敬……我衷心地祝愿你在文学道路上做出惊人的业绩。

他还写了一首诗：

致王楚函

苦女有志苦耕耘,一方痴心在诗中。
身在异乡思家乡,心系故旧忆故人。
放眼九州吟新歌,胸怀广阔著美文。
莫道前途无光明,天下智者都识君。

居住在西京的一个苦妹子写道：

我不仅屋漏，心更漏，所以在你的诗中，领略和欣赏你的情怀与境界。

来自阎良的一位女同胞写道：

我性格内向，我恳求上帝给我一个知心朋友，你就是我的知心朋友。有你这样一位坚强的大姐来到我的心中，这是上帝的恩赐，我要在文学上更加努力。那一封封情感真挚的信，我已保存了十几年，那是人间真情，那是我的动力。

还有来自故乡子源中学张老师的信：

你对故园的深情，使我受到很大鼓舞。你的文章感情真切，文笔流畅，意境至深，是我在咱县就发现的人才。

来自浙江的沈老师说：

民间有你这样的痴迷诗人，是诗坛的荣幸。

杨处长还把我比作山下的大树，所有的鼓励都是缪斯的火种，令我的心火一次次地燃烧。我有时恨不得把自己点燃，我有时又恨不得把自己撕碎，撒在祖国的大地上。故乡的凄风苦雨没有折断我的翅膀，人世沧桑，把我磨砺成水流中的珍珠，没有忘记的是你的情，你的爱装满我的胸腔……我愿化作七彩的虹，镶嵌在故乡的天空。

留一粒爱的种子，让世界蓬勃生动；留一粒美的种子，让心灵充满诗韵；留一粒诗的种子，让人生美妙无穷。

二〇〇九年冬，社会活动家张仲联老师把我领到作曲家辛老师家，张仲联对辛老师说，看能不能把我的诗谱成曲子，辛老师一看我的诗集就选到《黄土情》，正合我的心意，因为我是黄土的女儿，要抒发对黄土地的情感。辛老师很快就谱成了，我每天到纺织城公园，让龚老师拉琴练唱。二〇一〇年夏，我登上了第二届民歌大赛的舞台，深情地演唱了一个农民女儿对黄土地的深情：

一生生的苦来半生生的难

精脚那个片子在那黄土地上站

干畔畔的圪针哟枝叶叶那个繁

背洼洼盛开了山丹丹

山后有山哎山外山

桃粟那个糁糁养育我红脸蛋

苦菜扑啦香来

糠窝窝甜

母亲的恩情唱不完

捧一掬清泉润肺腑

抓一把黄土我亲不够

那发自心底对黄土的深情迎来一阵阵掌声。我特别感谢辛老师让我的诗长上了音乐的翅膀,辛老师矢志不渝热爱音乐的热情,让人感动不已。

文学艺术是祖国的瑰宝,随着我视野的开阔,我发现在茫茫的人海中,有多少人在为文学艺术而努力,而奋发。复兴中华文明,繁荣祖国文化,是我们每个公民的责任与义务。我对一名《农科报》的记者说:"无知就是无知,当我知道咱这地区谁在努力进取时,我的心很膨胀,像海绵;当我知道了写作、绘画、书法、音乐各个领域都有一群人在热爱,在攀越,我就想变成一只蜜蜂,在一棵棵艺术之树上采蜜。"

上老年大学的第二年,我也开始学国画。头几年,由于家务太忙,家里贫困,儿子、媳妇都外出打工,我照看三个孙子,家务又多,没时间画。后来娃大了,我就抓紧一切时间刻苦习画。主画牡丹,以花寄情,边画边配诗,而且自称"丹后"。

丹后一腔情,夜夜鸣深心。

星星可明鉴，金月玉盘明。

丹后诗无穷，碧落至天空。

霞飞万里红，虹消入云涛。

一腔心思一个梦，梦醒时节看残萍。

我无哀怨萍无泪，遥看碧水到天际。

当我牡丹画得差不多了，我就把所画的都送了人。二〇一三年夏，在小孙儿的满月庆典中，我送出去七十多张牡丹画。当时电视小窗口有报道我的视频，有与祥愚一同唱秦腔的两个朋友，让他俩的女儿拜我为师，我就免费收了徒弟。后来，老年大学的同学，只要谁让我帮忙，我都十分乐意。莫说多情唯此花，众花开放更精彩。当然，书画三姐妹也是因诗画结缘的。

是我把董鸽飞和舒霞引上文学和绘画道路的，她们都与我有相见恨晚之感。

董鸽飞在一篇《良师益友王楚函》的文章中说：

认识她是我重新开始学习文化的新起点，是她感动了我，我才开始上老年大学，她不但对我好，对任何人都好。

舒霞在《难忘的人》中写道：

我最难忘的人就是自己的母亲和王楚函老师。

我真不敢当，舒霞考上民族学院，因家贫没上成，她有十分深厚的文化情结。她是一个十分聪明的人，短时间内就把画画学在前列，诗歌文章写了几十篇，农村女儿用文化之水一滋养，心就充满了美丽的幸福感。所以，舒霞在文章中说，我是她的福星。

连同祥愚的一位老同学也写了《生活的启迪》《读了王楚函的散文集〈生命的颜色〉》等，给我感触很深，使我认真思考生命的真谛，无论怎样的年纪，都要奋斗不息。

刘琦主任是灞桥区原副区长，他退下来后，还在不断发挥余热，

凤凰鸟

编纂灞桥村史、文史等好多书。他特别支持文化人，为了与灞桥文化人联系方便，他在文化馆一楼的一间办公室守候。他的办公室后门，有一个小小的花园，花园里有四季鲜花，名画书法，那是一个怡情养性的地方。刘主任笑嘻嘻地在那个美丽的画苑，与当地的文化人交流、谈心，共同商讨文艺的复兴。刘主任说，要发展灞桥文学事业，农村是一块最大的阵地，要特别鼓励农村有潜力的爱好者。在刘主任的文学后花园，这位灞桥文化学会的领导与他身边的骨干，为农民歌词作家、农民诗人召开了一个又一个的研讨会。二〇〇九年九月九日，我的文章上了《人民日报》。十月十日，文化学会给我召开了座谈会，刘主任说，早就应为王楚函开这个会了。

在都市，在灞桥，我是农民中的佼佼者，更是幸运者。荣誉、鲜花、掌声，鼓舞着我的人生，没法感激这么多器重我的人，支持我的人，我就潜心画牡丹。每次在会上，我都要捧一幅拙作以表心意。

我是牡丹想做王，感激灞水来滋养

夜晚，我站在永汀二层的窗户前，看着都市闪闪烁烁的辉煌夜景，看着那千幢万幢的高楼大厦。我的心潮总是倒海翻江，激情澎湃。都市，我是你衣襟边的一朵野菊花，我也盛开过；我是你东都旷野上的一只蝴蝶，总在征程，总在路上，只需饮露喝风，就能满是激情；我是你乡村肥沃土地的一朵牡丹花，沾着乡土的气息，带着泥土的芳香；我是你白鹿原根的一只凤凰鸟，总在幽夜中展翅飞翔。

后　记

  我把我大半生的文学生涯大致分为三个阶段。第一阶段是学习、读书阶段，也就是创作的准备阶段。二十多年为生计所迫，我只能是用见缝插针的工夫搞创作，但是我坚持了下来，应该为之庆幸。

  第二个阶段是发表阶段，从发表诗作《年》《数字人生》《我是蝴蝶》到散文《我是绥德人》系列、《三月的麦田》系列，其间甘苦自知。重要的是，虽然作品还稚嫩，但我更加坚定了创作的信心。第三个阶段是出版阶段，继诗集《漏屋水滴》、散文集《生命的颜色》的出版，困扰我的还有爱情诗《九十九朵玫瑰》和长篇小说《凤凰鸟》的创作、出版事宜。

  2015年，我们砚池洼的后人，一心为祖爷爷王士吉立新碑。大侄儿说他有个砚池洼的同学叫王生华，在外打拼得不错，更主要的是人品特好，为人诚实、友善、义气。这次立碑，他们家出资最多，大侄儿说如果有机会见到他的话，把我出书受困的心结告诉他，看能不能得到他的帮助。

  我也和砚池洼所有的后代一样，感佩祖爷爷六百多年前扎根荒山，创立家业的举动。但给祖爷爷立碑，自己手头拮据，就送上一张自己画的牡丹吧。

  2015年中秋前，生华来我这里小坐取画，我就告诉他我想出长篇小说《凤凰鸟》面临的困难。

  2016年正月初二，生华与他哥生瑞提着礼物给我拜年，并说愿意资助我出版《凤凰鸟》，真是令我百感交集。

  看到我犹豫的样子，生华十分明确地说我们在外打拼，虽不容易,但也一直过着简朴的生活,一直低调做人。对我长期坚持文学创作他表示很感慨,一是因为我们是同一个祖先;二是他想帮助值得帮助的人;三是他只为了结我的心愿,不为别的。

这样,生华成了我生命中的又一个贵人。

特别感谢乡亲贤侄王生华的资助。

特别感谢创作上帮助我的陈社英老师。

特别感谢太白文艺出版社编审曹彦老师。

特别感谢责任编辑小谢老师、封面设计人员以及诸位校对老师。

谢谢所有关心和支持我的好心人。